KB073857

한국 현대시와 비평정신

송 기 한

지식과교양

이 책은 2024년 대전광역시와 대전문화재단의
예술지원사업 후원을 받아 발간되었습니다.

머리말

문학의 기본 질료는 언어이다. 저마다의 예술을 특징짓는 고유 질료가 있는 것처럼, 문학을 규정짓는 일차적인 매개는 언어인 것이다. 그러한 까닭에 언어에는 시인마다 자신만의 독특한 특징들이 드러나기 마련이다.

시인의 고유한 특성을 반영하는 언어에는 두 가지 면이 존재한다. 하나는 형식적인 것이고, 다른 하나는 내용적인 것이다. 형식이란 우선 내용을 담아내는 그릇으로 규정된다. 형식이 갖추어져야 비로소 내용이 있는 것이고, 담겨진 내용이 찬란한 빛을 발하기 위해서는 형식이 있어야 한다. 그래서 좋은 문학을 규정할 때, 내용과 형식의 적절한 조화가 이야기되는 것도 이와 무관하지 않다. 이를 두고 일찍이 신비평가였던 클리언 브룩스는 '잘 빚어진 항아리'라는 말로 표현한 바 있다.

'잘 빚어진 항아리'란 말에서 알 수 있듯이 한편의 작품이란 내용과 형식의 아름다운 조합에서 찾아진다. 이는 곧 어느 한쪽의 요소만으로 작품을 평가하기는 어렵다는 뜻이거니와 그 반대의 상황도 마찬가지로 적용된다. 그러니까 형식에는 내용을 보족하기 위한 형식 나름의 요건이 있는 것이고, 그 상대적인 자리에 놓인 내용 또한 형식이라는 적절한 요건을 요구받는다고 할 수 있을 것이다.

이런 단면들은 우리 시사를 일별해 보면 대강의 그림을 알 수가 있다. 근대시가 시작된 이후 전개된 여러 사조와 그에 바탕을 두고 등장했던 문학적 형식 등이 이를 증거한다.

그런데, 2000년대 초반을 경과하는 지금 이곳의 현실에서 형식과 내용이 뚜렷이 구분되는 현상은 찾아보기 어려운 것처럼 보인다. 이런 현상은 문학을 지배하고 있는 지금 이곳의 현실이 매우 안정되어 있다는 느낌을 받기에 충분한 것이라는 사실과 관련이 있을 것이다. 만약 이 말이 성립한다면, 여기에는 두 가지 전제가 깔려 있다. 하나는 무언가 새로운 시대정신을 반영하는 인식성이 전혀 나오고 있지 않다는 사실과 관련된다. 이른바 주조의 상실에 따른 전환기가 전혀 느껴지지 않는다는 뜻이다.

문학에서 하나의 구별되는 특징적 단면, 곧 지배소가 있다면, 그 반작용에 따른 저항의 정신이란 반드시 제시되기 마련이다. 그래서 예술사란 흔히 질서와 무질서의 교체반복, 곧 카오스와 코스모스의 길항관계로 설명되는 것이 아닐까 한다. 이런 예술사의 흐름들이 지금 이곳의 현장에서는 뚜렷이 감각되지 않고 있다는 것은 예술의 형식적 국면에 크게 반향을 주지 못하는 시대 상황과 밀접한 관련이 있을 것이다. 둘째는 첫 번째의 요인과 긴밀히 연결된 것인데, 바로 실험 정신의 부재에서 찾을 수 있다. 예술이란 늘 새로움을 먹고 살아나는 필연적 운명을 갖고 태어난다. 다시 말하면, 예술이란 혁명적 기질을 생리적으로 갖고 있는 양식이라는 의미이다. 한 시대를 구분하는 양식은 모두 이 실험 정신의 기반과 분리하기 어려운 것이었다. 이런 실험 정신을 대표했던 것이 1930년대의 이상이었음은 잘 알려진 일인데, 이상의 그러한 실험정신은 이후 우리 문학사의 실험성을 대표하는 기저로 자리해왔다. 이는 시사적 국면을 고려할 때, 분명 진실에 가까운 것이다. 가령, 1950년대의 조향의 실험시가 그러했고, 1960년대의 현대시 동인들이 즐겨 사용했던 형식의 파괴에 따른 의미의 파탄 현상이 그러했다.

그리고 이런 실험정신이 가장 꽃피웠던 시기는 1980년대였다. 황지우를 비롯한 일련의 시인들은 이 시기만의 고유성을 대표하는 정신으로 형식의 파괴를 이용해온 것이다. 가령, 황지우 등은 모자이크 기법을 절절히 활용하여, 곧 형식이 주는 미학적 효과를 고려하여 이 시대가 가지고 있는 병리적인 현상들에 대해 예리하게 포착해낸 것이다. 이런 흐름들은 이 시기에 새롭게 등장하기 시작한 포스트모더니즘이나 탈구조주의, 해체시의 확산에 따라 더욱 광범위하게 이루어졌다. 형식 파괴에 근거를 둔 실험정신이 풍미하면서 이 시기의 새로운 주조로 자리한 것이다. 그러한 주조를 가능케 한 것은 권위적인 사회를 지탱하고 있었던 중심의 문제였거니와 이 중심을 무너뜨리는 힘, 그것이 바로 형식을 완전히 파괴하는 해체의 정신이었던 것이다.

실험정신에 바탕을 둔 형식 파괴현상이 1980년대의 시대정신이었다면, 이후의 시기는 이와는 정 반대의 흐름으로 나아가게 되는 운명을 맞고 있다. 견고한 중심의 부재와 그에 따른 파괴 대상의 상실은 문학 정신을 이전의 시대보다 온건하게 만드는 계기로 작용한 것이다. 시기별로 몇몇 전위 시인들이 등장하기는 했지만, 그것이 새로운 문학 조류로 자리하기에는 역부족이었다. 그래서 2000년대 들어 서정시는 형식을 바탕으로 한 이전의 시대정신을 구현하는 데 일정한 한계를 가질 수밖에 없었다.

내용에 편중될 수밖에 없는, 정제화된 시정신의 시대를 맞이하고 있는 것이 지금 이곳의 시대정신이다. 이런 현실이 시인들에게 요구하는 것은 언어의 연금술사가 되라는 것, 그리하여 그 아름답게 빚어진 언어 속에 이 시대의 고유성이랄까 시대정신을 담아내라는 것에 모아지고 있는 것처럼 보인다. 흔히 연금술사라고 하면, 형식의 한 자락을 떠올리게 하지만, 그러한 미학이 반드시 형식이라는 음역에 갇혀있어야 한다는 것은 아니다. 어쩌면 이와 상대되는 정신일지도 모른다. 여기에는 독자의 정서에 깊이 각인되는 아름다운 언어 속에 이 시대만의 고유한 시대정신을 담아내라는 뜻이 포함되어 있기 때문이다.

지금 우리 시대가 요구하는 가치 체계랄까 시대정신이란 무엇을 말하는 것일까. 복잡하게 얽혀 있는 광범위한 사회와, 그로부터 빚어지는 여러 정서의 실타래들을 몇 마디의 언어로 계통화하는 것은 결코 쉬운 일이 아니다. 너무도 어려운 일이기에 이 얽힌 매듭을 풀어내려는 언어적 구성과 거기에 시대를 구원하고 개척의 정신을 구해야 한다는 것, 그것이 오늘날 시인들에게 부과된 의무는 아닐까.

우리는 포스트 모던의 시대에 살고 있다. 그런데 어느 순간부터 우리는 그것이 요구하는 정신과는 거리가 먼 삶을 요구받고 있는 것처럼 보인다. 포스트 모던의 기본 정신은 경계라든가 구분이 없는 사회에 대한 추구이다. 그런데 우리 사회는 그런 시대적 요구와는 정반대의 길을 걷고 있는 것이 현실이다. 경계를 굳게 세우고 간극을 넓히라고 요구받고 있기 때문이다. 이를 대변하는 것이 지금 우리 사회에서 마구잡이로 편식 내지는 증식되고 있는 양극화라든가 흑백논리이다.

시라든가 예술이 사회와 분리될 수 없는 것이라면, 이 시대의 문학 담론은 이런 시대정신을 자신의 언어에 담아낼 필요가 있다. 시대가 요구하는 현실에 응하지 못하는 문학은 그저 관념의 늪을 벗어나지 못할 것이고 현실과 동떨어진 추체험의 세계에 갇히는 한계에 놓여 있을 뿐이다. 이런 문학이 감동을 줄 수 없음은 당연하거니와 독자의 정서로부터 멀리 떨어져 있게 될 것이다. 이런 문학이란 시대정신을 상실한 문학이며, 이 시대만의 고유성을 담아내는 문학이 될 수 없을 것이다.

만약 이러한 문학이 존재한다면, 초현실이라는 관념에 빠진 문학이 될 것이며, 그것은 근대 이전의 문학과 하나도 다를 것이 없는 문학이 되고 말 것이다. 말하자면, 그것은 지금 이곳의 문학이 아니라 저 먼 고대의 문학이 될 수 있을 것이며, 중세의 문학의 될 수도 있을 것이다. 현시대의 문학이 과거 먼 시대와 공유할 수 있는 것은 이런 초현실의 영역이나 추체험에서 형성되는 정서일 뿐이다. 지금 이곳의 문학이 과거의 어느 시기의 문학과 하등 구분되지 않는 문학, 이 시대만의 고유성이랄까 자율성을 상실한 문학이라면, 더 이상 지금 이곳의 문학은 아닐 것이다. 우리 시대에는 우리 시대만의 고유한 시대정신을 담아내는 문학을 요구한다. 이것이야말로 문학의 존재 이유라 할 수 있을 것이다.

여기에 수록된 글들은 추체험과 관념을 옹호하고자 한 의도에서 기획된 것이 아니다. 설사 그러한 요소가 있다고 하더라도 가급적이면 지금 이곳의 시대정신을 포착해서 이를 언어화하고자 했다. 창작이 그러할진대, 창작을 비평한 글 또한 그러해야 마땅할 것이 아니겠는가. 비평의 정신 또한 시대 정신과 분리하기 어렵게 결합되어 있다는 것은 지극히 당연하다고 할 수 있다.

| 차례 |

4부

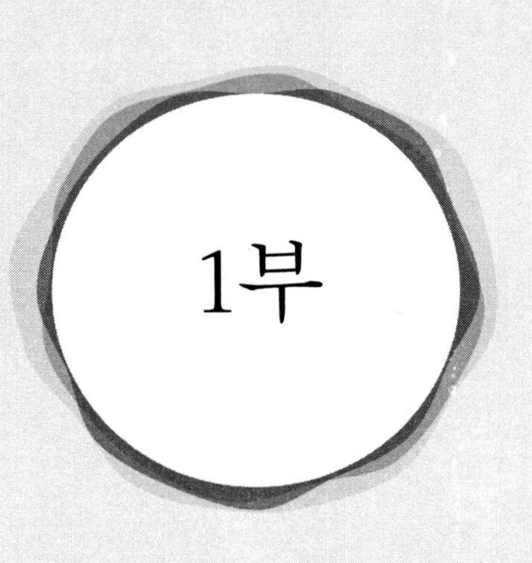

1부

기후 위기 시대의 시의 임무

1. 기후 위기란 무엇인가

우리는 이따금씩 이상 기온에 따른 지구촌의 위기 상황을 전파를 통해서 알게 된다. 100년만의 폭우로 수백 명이 사망했다거나 지나치게 뜨거운 이상 기온으로 또한 여러 명이 사망했다는 등의 뉴스이다. 뿐만 아니라 어느 특정 지역에서만 생산되어야 할 과일이 다른 지역에서 재배된다는 말을 듣기도 하고, 또 한류 지역이 난류 지역으로 전변하여 난류성 생선이 잡힌다는 이야기도 듣는다. 어느 하나도 예사롭게 들리는 것이 없는데, 이는 모두 기후가 변한 탓에 생겨난 현상들이다.

기후 위기, 곧 이상 기온이란 평균적인 온도보다 크게 벗어난 기상 상태를 말한다. 예전보다 비가 많이 내리거나 기온이 높거나 낮은 경우가 그러하다. 뿐만 아니라 열대성 저기압인 태풍이나 허리케인 또한 이전보다 더 자주, 더 강하게 발생하는 것도 이상 기온의 결과로 받아들여진다. 북극이나 남극의 빙하가 녹는 현상이나 만년설로 뒤덮인 산들이 눈이 녹아내림으로써 땅이 점점 많이 노출되는 현상도 기후 위기의 한 단면이라 할 수 있다. 매일 전하는 일기 예보에서 예전에 비해 기온이 높고 낮다거나 강수량, 혹은 강설량이 많고 적다고 하는 것도 궁극에는 현재의 기온이 정상인가의 여부를 알리기 위함이다.

지금 지구촌에는 기후의 변화에 초미의 관심을 기울이고 있다. 왜 그러한가에 대해서는 굳이 해명할 필요조차 느끼지 못한다. 이상 기후의 발생이야말로 인간의 생존 조건을 위협하는 근본 동인이 되기 때문이다.

현재 펼쳐지는 기후 변화에 따른 이상 기온 현상이라든가 위기는 지구 지표면의 온도가 상승한 데에 따른 결과이다. 한 통계에 따르면, 2002년을 기점으로 20여년이 지난 2022년에 지구의 평균 온도는 섭씨 1도가 높아진 것으로 분석되었다. 그 결과로 지구 해수면이 가장 높게 상승했다고 보고되기도 했다. 그러니까 18세기 전후로 시작된 산업 혁명 이후 지구의 온도는 계속 높아지고 있었거니와 지금에 이르러서는 가속도가 붙을 정도로 빨라지고 있는 것이다.

잘 알려진 대로, 지구의 온도를 높이는 주된 요인은 온실 가스의 남용이다. 온실 가스란 태양의 복사 에너지를 흡수하고 배출하는 가스이다. 여기에는 이산화탄소라든가 메탄, 질산화물 등이 포함된다. 이런 온실 가스를 배출하는 요인들은 지구촌에 넘쳐날 정도로 많이 존재한다. 첫째는 석유나 석탄을 비롯한 화석 연료의 사용이고, 둘째는 무분별한 개발에 따른 산림의 파괴 현상이다. 뿐만 아니라 매일 매일 버려지는 일상의 쓰레기 또한 지구 오염의 한 축을 담당하고 있다. 문명의 발달로 화석 연료의 사용은 점점 많아지고, 각종 개발을 통해서 산림은 점점 축소되고, 건강한 환경이 파괴되고 있는 것이 지금 지구촌의 현실이다.

온실 가스는 지구의 입장에서 보면 필요악과 같은 존재이다. 그것이 가져오는 따스함으로 말미암아 지구의 생물들이 살아갈 수 있게끔 하는 필요 조건을 제공해주기 때문이다. 그런데 문제는 그것이 과도하게 많아질 때이다. 과잉 사용하게 되면 온실 가스가 거침없이 배출되게 되어 궁극에는 지구를 뜨겁게 만들어버린다. 그 결과 지구가 가지고 있는 고유한 여러 균형 감각을 무너뜨리게 된다. 그 파괴의 순간에 이상 기온의 증상이 발현된다.

2. 기후 위기를 향한 사회적 해결 방법

유엔기후변화협약단체(UNFCCC)가 현재 진행되고 있는 기후 상황을 정리, 예측하여 발표한 자료가 있다. 2021년 10월 26일에 발표된 보고서에 의하면, 현재 진행되고 있는 온실 가스 배출양이 계속 유지된다고 전제할 때, 2100년에 이르면 지금 보다 지구는 더욱 뜨거워진다고 한다. 지구의 평균 온도가 산업화가 시작될 무렵보다 무려 섭씨 2.7도 이상 상승할 것이라고 예측한 것이다. 이런 수치는 파리 기후 협정에서 목표로 세운 섭씨 1.5도 이하를 크게 초과하는 수치이다. 만약 지구의 온실 가스 배출양이 이대로 진행된다면 지구의 기후 변화가 인류와 자연에 심각한 악영향을 주는 상황이 올 것이라고 경고했다.

지금까지 인류 역사는 위기의 순간마다 이를 해결하기 위한 적절한 대처법을 제시해왔다. 기후 문제라고 예외는 아닐 것이다. 이제 무언가 대책이 절대적으로 필요한 시기가 다가온 것이다. 이에 지구 온난화를 해결하기 위한 여러 방법이 제시되곤 한다. 물론 그 당연한 해법은 원인들을 제거함으로써만 가능할 터이다. 가령, 그 주된 요인 가운데 하나가 이산화탄소의 거침없는 배출이었으니 이를 줄여나가는 것이 그 방법이 될 것이다. 이에 대한 대응은 크게 몇 가지 각도에서 설명할 수 있을 것이다. 하나는 온실 가스를 배출하는 요인들에 대한 직접적인 대응이다. 온실 가스를 획기적으로 줄이는 방식인데, 요즘 시대의 주류로 자리 잡기 시작한 재생 에너지의 사용이라든가 각종 생활 물품에 대한 재활용 등이 이에 포함될 수 있을 것이다. 그 다음으로는 이산화탄소를 감소시키는 산림의 적극적인 보호 정책도 포함될 수 있을 것이다.

그리고 다른 하나는 새로운 산업으로 떠오르기 시작한 이른바 기후테크 산업의 활용이다. 기후 테크란 온실 가스와 오염 물질의 감축을 통해 이상 기온 현상에 대응하는 기술이다. 대표적으로는 이산화탄소를 포집하는 기술법인데, 산업화에 따른 불가피한 결과로 과잉 배출된 이산화탄소를 다시 기계의 힘을 빌려 제거하는 일종의 회전법이다. 이 산업을 적극적으로 활용하게 되면, 2030년까지 기온 상승을 1.5도 이내 수준으로 줄일 수 있다고 한다. 이는 그렇지 않았을 때 예상된 이산화탄소 배출량의 1/3 수준이라고 한다.

네 번째는 인간들의 인식 변화이다. 현재 진행되고 있는 전지구적인 기후 이상의 위기들이란 인간이 만든 결과라는 사실을 이해할 필요가 있다는 점이다. 이는 하나 하나의 구성원들이 가져야할 각성의 문제이기도 하고, 경우에 따라서는 시민 단체와 연합해야 하는 문제이기도 하다. 개인뿐만 아니라 현재 각 지역에서 활동하고 있는 여러 환경 단체, 녹색 단체는 지구의 온전한 환경을 지키기 위한 노력을 끊임없이 수행하고 있다. 개인과 단체의 이런 노력에 정부의 지원 또한 필요하다. 민간의 힘으로는 감당하기 어려운 부분들을 정부가 보충해 줄 수 있기 때문이다.

개인과 단체, 그리고 정부의 노력이 모여지면, 그 외연을 더 넓은 세계로까지 확장시켜 나가야 한다. 기후 변화에 대한 경계심을 공유하면서 각국의 정부, 그리고 환경 단체들과 위기 인식을 공유해야 효과가 배가 되는 까닭이다. 무조건적인 개발이나 자국 이해주의가 아닌 전지구촌적인 자산 의식과 연대 의식이 필요한 것이다.

3. 인간 중심주의에서 지구 중심주의로, 상호주의에 대한 인식

땅은 병들어가고, 공기는 오염되고 있으며, 물은 썩은 가고 있다. 뿐만 아니라 각종 유해 농약의 남발이나 산업 쓰레기, 방사능 오염 등으로 지구는 서서히 건강한 기능을 잃어가고 있다. 지구의 종말은 우주 행성 하나의 소멸에서 그치지 않는다. 작게는 지구 내에 존재하는 생명체들의 소멸과 관련이 있거니와 인력 작용에 의해 균형을 유지하고 있는 우주론적 질서 자체도 와해되기 때문이다.

인류 역사가 시작된 이래 몇천 년 동안 현재와 같은 위기는 없었다. 자연과 더불어 하나되는 사회를 유지했고, 그러한 상황이 가능했던 것은 인간이 자신의 독자성을 내세우지 않았기 때문이다. 다시 말해 인간이란 자율성이라든가 고유성을 고집하지 않은 것이 지난 세기까지 인간이 펼쳐보인 순기능이었던 것이다. 그러니까 이때에는 적어도 기후 위기와 같은 위험 담론은 전혀 존재하지 않았다.

전우주적인 질서를 유지한 채, 평화로운 공존을 영위한 지구에 위기가 찾아온 것은 잘 알려진 대로 산업혁명 이후의 일이다. 오천 년에 이르는 세월 동안 인류가 이루어놓은 공존의 질서를 산업 혁명은 단 며칠, 혹은 몇 년 만에 바꾸어 놓은 것이다. 조화로운 질서를 무너뜨리고 인간이 자신만의 고유성, 혹은 독자성을 고집하게 되면서 조화의 우산은 날아가버렸다. 이제 남은 것은 무한 경쟁이 펼쳐지는 광야만이 남은 것이다.

드넓은 광야에서 펼쳐진 인간의 싸움이나 경쟁은 처절한 것이었고, 오직 인간 주위의 모든 것들은 인간을 위해서 존재하는 도구로 전락해버렸다. 당연스럽게도 이를 추동한 것은 인간의 욕망이었다. 그 결과 조화의, 조화에 의한, 조화를 위한 인간 존재가 아니라 욕망의, 욕망에 의한, 욕망을 위한 인간이 탄생한 것이다. 조화라는 아름다운 장막을 깨고 나간 인간을 두고, 인간을 둘러싼 온갖 자연물들은 어떤 사유를 가졌을까. 의문의 부호를 붙일 것도 없이 그들에게 인간은 그저 폭주하는 기차나 괴물로 비춰졌을 것이다.

욕망에 취한 인간의 모습에서 이를 규정하거나 경계하는 여러 철학이나 형이상학이 탄생한 것도 자연스러운 일이 되었다. 그 하나가 우승 열패에 의한 진화론의 사상이다. 타인을 압도하는 힘만이 야생의 무대에서 살아날 수 있다는 경쟁론이 탄생한 것이다. 이 환경에 적응하지 못한 생명체는 모두 도태되는 것이 이제 자연스런 순리로 받아들여졌다. 기독교의 창조설, 그에 바탕을 둔 영원성이 무너지는 순간을 맞이하게 되었다.

그러나 동전의 앞이 있으면 뒤가 있는 것처럼 모든 사유에는 명암이 반드시 놓여 있게 마련이다. 빛이 있으면 그늘이 있고, 긍정이 있으면 부정이 있는 것이며, 성공이 있으면 실패가 있는 것처럼 말이다. 과학 문명을 탄생시킨 진화론 또한 마찬가지이다. 여기에 빠르게 편승한 개인이나 집단은 빛나는 성공을 보증받을 수 있었지만 그렇지 못한 집단은 실패의 그늘 속에 갇혔고, 궁극에는 성공한 자들의 먹이 사슬의 마지막 단계를 장식하고 있었기 때문이다.

현재 지구를 덮치고 있는 기후 위기는 진화론 사상과 분리하기 어렵게 결합되어 있다. 이에 바탕을 둔 인간 욕망의 무분별한 확산이 만들어낸 결과가 기후 위기였기 때문이다. 욕망이 있기에 발전이 있었고, 그것이 산업을 탄생시켰거니와 근대를 풍미한 제국주의를 배태시켜왔다. 뿐만 아니라 욕망이나 제국주의를 위해서 자연은 이들의 욕망을 충족시키는 수단으로 전락되어 온 것이 현실이다.

근대가 가져온 부정적인 결과에 대한 여러 안티담론들, 철학들, 그리고 이에 편승한 문학 분야가 지속적으로 문제 삼았던 부분도 이 지점에 놓여 있다. 소위 인간에 관한 것, 곧 인간학이었다. 인간이 세상의 중심에 서면서 파생된 문제가 인간중심주의였기 때문에 그러한데, 어떻게 하면 인간이라고 하는 부분을 문학 등의 분야에서 약화시키거나 추방시킬 수 있는지가 최대의 화두가 되었다.

문학에서 인간의 역할을 되도록 축소시키고자 한 운동 가운데 가장 먼저 등장한 것은 20세기 초 러시아 형식주의였다. 물론 그 반대편에 놓인 사조가 리얼리즘이었다. 그렇다고 해서 리얼리즘에서 강조되는 주체의 문제가 위기의 담론을 경계하기 위해서 제시된 것은 아니다. 이 역시 근대의 불온성에 대응하는 축 가운데 하나로 기능해왔기 때문이다.

러시아 형식주의는 언어와 그 결합 요소들을 바탕으로 이전과는 다른 새로운 문학관을 세우고자 했다. 문학에서 인간의 사유나 사상과 같은 내용적인 요소들이 중요한 것이 아니라 이를 구성하는 형식적인 요인들, 혹은 언어적 국면들에 관심을 두고 있었던 것이 러시아 형식주의였기 때문이다. 하지만 내용이 철저히 배제되었다고 해서 이 사조가 문학에서 인간을 완전히 배제한 것은 아니었다. "낯설게 하기" 효과가 가져오는 영향에서 알 수 있는 것처럼, 형식주의는 인간의 사유라든가 인식의 문제를 여전히 강조하고 있었기 때문이다. 그럼에도 주체 문제에 있어서 형식주의가 끼친 영향은 아무리 강조해도 지나치지 않는데, 이 사조가 근대 문예사조에서 문학으로부터 인간을 추방시키는 첫 번째 시도였다는 크나큰 의미를 갖고 있었기 때문이다.

인간을 문학에서 추방시키는 계보학의 관점에서 볼 때, 러시아 형식주의 뒤를 이은 것은 구조주의였다. 구조란 관계의 틀에서 의미를 간취해내는 방식이다. 기호란 그 스스로 의미를 만들어내는 것이 아니라 구조 속에 편입될 때에야 비로소 의미 생산에 참여하게 된다. 이런 맥락에 주목하게 되면, 담론에서 주체의 역할은 거의 미미한 것으로 전락하게 되는데, 특히 무의식의 구조 언어학에 주목했던 라깡 등에 이르게 되면, 담론에서 인간이란 거의 추방 단계에 이르게 된다. 라깡은 그런 상태를 이렇게 표현한 바 있는데, 이 사조가 지향하는 방향에 기대게 되면, 매우 적절한 것이라고 할 수 있다. "바닷가 모래 위에 쓰여진 인간의 이름이 파도에 휩쓸려 영원히 문학의 담론에서 사라질 것이다"가 바로 그러하다. 이는 이성이나 의식의 영역을 말한 것인데, 실상 의미에 참여하지 못하는 이성이나 의식으로 인간의 고유성이라든가 주체를 논의하기는 어렵다고 할 수 있다.

인간이 문학의 주체로서 참여할 수 없다는 이 선언은 20세기 말 전 세계적으로 유행된 중심 사조 가운데 하나로 자리잡았다. 가령, 후기구조주의라든가 해체주의, 혹은 포스트모더니즘 등은 중심을 부정하고 주변적인 것을 그 빈자리에 올려놓으려고 시도했다. 물론 이런 시도들이 사회적 의미망에서 자유로운 것은 아니었지만 문학적 담론에서도 그 함의하는 것은 매우 큰 것이었다. 중심이란 위계질서를 말하는 것이거니와 거기에는 반드시 지배와 피지배의 관계망이 도사리게 된다. 하나가 주인이면, 다른 하나는 노예가 되는 셈인데, 이런 구조가 만들어내는 것이 억압이 상존하는 사회임은 잘 알려진 일이다. 권위 담론이란 이를 두고 말하는 것이며, 그것이 사회 속으로 편입하게 되면, 권위주의 체제로 발전하게 된다.

이 가운데 중심을 무너뜨리기 위해 가장 극적으로 나온 담론은 아마도 해체주의일 것이다. 20세기를 전후하여 형성되기 시작한 해체주의 담론은 이런 권위주의 체계를 무너뜨리기 위한 방편으로 전개되기 시작했고, 그와 동시에 생태 위기의 순간이 도래하면서 더욱 큰 빛을 발휘하기 시작했다. 조화가 성취되는 수평적 질서를 만들어내기 위해서는 수직적 질서는 와해되어야 한다. 위가 있으면 아래가 있는 것이 아니라 모두가 하나의 평면에서 동일한 키로 남아 있어야 한다고 이해하는 것이다.

기후 위기란 자연의 파괴가 가져온 결과이다. 흔히 알려지고 있는 것처럼, 자연 하면 가장 먼저 떠오르는 대항 담론이 인간이다. 노장적 관점이나 전통적인 관점에서 이해하게 되면, 인간이란 자연의 한 부분으로 수용되어 왔다. 부분이 아니라고 강조한다고 해도 적어도 자연의 질서를 충실히 따라야 하는 존재임은 부정하기 어려웠다. 하지만 근대 이후 인간은 자연으로부터 떨어져 나와 자신만의 영역을 구축하기 시작했다. 인간만의 고유한 영토를 만들어내기 시작했는데, 인간의 영토가 만들어질 때마다 아니 더욱 커져갈 때마다 자연의 영토는 줄어들거나 황폐화되어 갔다. 인간이 자연의 일부가 아니라 자연이 인간의 일부가 되어버렸다. 과거 전통적으로 내려오던 인간과 자연의 수평적 관계는 와해되고 인간이 철저하게 위에 존재하게 되는 수직적 관계로 뒤바뀐 것이다.

서양의 어느 철학자가 외친 것처럼, "자연으로 돌아가라"라고 한 호소는, 자연으로부터 떨어져 나와 인간만의 커다란 영토를 만든 이런 오류를 극복하기 위해서 나온 담론이다. 지난 과거의 흐름들이 그러했던 것처럼, 이제 인간의 생존 요건들은 더욱더 악화되는 현실을 맞이하고 있다. 이제 "자연으로 되돌아 가라"는 외침으로 해결될 수 있는 단계를 넘어서고 있는 것이다.

이런 위기의 현실에서 문학은, 시는 계속 외쳐왔다. 수평적 질서가 갖는 조화가 무엇이고, 그것이 가져오게 되는 효과가 무엇인지에 대해서 말이다. 문학이 선전 선동의 수단이 될 수는 없지만, 녹색 환경이나 생태 환경을 위해서는 그리하여 인간의 생존 환경이 개선을 위해서는 계속 발언되어야 한다. 그 발언의 범위는 이미 정해진거나 마찬가지이다. 다만 어떻게 해야 하는 방법적인 면들만이 남아 있을 뿐이다.

근대 초기 이후 문학은 인간적인 것들을 무력화시키기 위해서 끊임없는 노력을 기울였다. 한편으로는 정치적인 논리에서도 그러했지만 생태 환경의 개선을 위해서도 그러했다. 전자가 저항의 형식이라면, 후자는 계몽의 형식이었다.

인간의 역할이 축소되거나 사라진다고 할 때, 기후 위기와 같은 현재의 상황이 개선될 수 있는 것인가. 인간의 역할이 지나치게 커지고, 그 도정에서 인간의 욕망이 무한대로 발산할 때, 현재의 위기가 생겨난 것은 사실이다. 그래서 주체의 기능을 완전히 문학에서 제거하는 것이 최고의 대책으로 수용되어 온 것이다.

지구를 형성하는 두 개의 축은 인간과 자연이다. 그들의 관계는 공존과 경쟁이었다. 하지만 아름다운 조화를 구현했던 과거의 원시 사회로 되돌아 갈 수 없는 것이 현재의 사회적 조건이다. 과거로 회귀하여 인간과 자연이 완벽한 하나가 될 수 있다면, 현재의 생태 위기라든가 기후 위기와 같은 것들은 사라질 지도 모른다. 이런 상황을 염두에 두고 그동안 문학 담론에서 인간적인 것, 곧 주체적인 것을 과감하게 제거한 것이 아닐까.

하지만 과거는 남겨진 추억이나 유산에 불과할 뿐, 그것이 현재화되기는 어려운 일이다. 뿐만 아니라 인간이 문학 담론 등에서 완전히 삭제된다고 해서 문학의 임무가 완결되고 현재의 위기가 해소되기도 어려운 일이다. 어떤 경우에라도 인간과 자연은 공존해야 하고 그 공존을 통한 건강한 생존 조건을 모색해야 하는 존재들이기 때문이다.

공존이란 조화가 전제 되어야 가능한 상태이다. 조화는 엇나감이 없는 상태이며, 하나가 다른 하나를 앞서거나 돌출되어 나오는 상황에서 만들어지는 것이 아니다. 서로의 고유성이나 자율적 색채를 가급적 드러내지 않는 것, 그것이 조화의 감각이고 성공 요건이다. 이런 조화가 가능하기 위해서는 무엇보다 상호주의 정신이 필요하다. "내가 너가 될 수 있으며, 너 또한 내가 될 수 있다"는 사유가 필요하다. 뿐만 아니라 "나의 고유성이 너의 고유성이며 그 반대 또한 가능한 상황"이라고 인정해야 한다. 그리고 나와 너의 주장이나 혹은 나의 욕망과 너의 욕망 또한 동일한 함량으로 무대 위에 펼쳐져야 한다. 수평이란 상호주의가 인정될 때에 가능한 것이다. 따라서 이런 전제 조건들이 수용될 수 있을 때 비로소 너와 내가 공존하는 완벽한 조화가 이루어질 것이다.

인간적인 요소를 옅게 하고 거기에 자연적인 요소를 가미하는 것, 그리고 자연적인 요소에 인간적인 요소를 합치는 것, 그것이 문학에서 요구하는 상호주의이다. 물론 여기에는 처지나 상황의 자리바꿈, 교차의 감각 또한 필요하다. 상대방의 입장에 서는 것, 그리하여 서로의 욕구에 대해 이해하고 자기만의 것을 고집하지 않는 것, 마지막으로 서로의 가치를 무대 위에 동등하게 제시하는 것, 그것이 상호주의이다. 상호주의에는 어느 하나의 요소가 완전히 사라지는 것이 아니다. 따라서 인간적인 것이 완벽히 사상되는 상황은 피할 수 있다. 이것이 구조주의나 해체주의, 혹은 포스트모더니즘의 감각과 구분되는 지점이라 할 수 있다. 서로의 유효성과 고유성을 내재하면서 공존을 모색하는 것, 그것이 상호주의의 원칙이자 목적이다. 이런 상호주의를 문학이 실현하는 때라야 비로소 어느 하나의 우위라는 감각은 사라질 것이다. 지구는, 자연은 인간의 도구가 아니라 그 자체만의 고유한 가치로 인정되어야 한다. 이럴 때 조화와 균형은 유지될 수 있으며, 파탄에 의한 기후 위기는 극복될 수 있을 것이다.

팬더믹이 바꾼 세상

우리 사회는, 아니 전 세계는 지난 3년여 시간 동안 코로나 19의 광범위한 확산, 곧 코로나 팬더믹이라는 현상을 겪어 왔다. 코로나의 화를 피하기 위하여 개인들은 거리두기라는 행동의 제약을 강요받았고, 여러 사람이 모이는 곳은 결코 가서는 안 되는 금지 영역이 되었다. 생존의 필수 공간이었던 학교나 회사를 마음대로 갈 수 없었거니와 이를 대신해서 재택 수업이나 재택 근무를 해야만 했다. 지금까지 습관적으로 이루어졌던 일들이 없어지고, 모든 일상의 행위들은 기존의 방식과는 다르게 이루어져야 했다. 이런 낯선 일상에 대해 모두가 어색해 했고, 경우에 따라서는 꽤나 불편한 감각을 느끼기도 했다.

문제는 이런 낯설음이나 어색함이 쉽게 극복될 수 없는 것처럼 보였다는 현실이었다. 가령, 신체의 일부가 아프게 되면 그에 따라 처방 받고 쉽게 치유될 수 있었는데, 코비드19는 그렇지 못한 까닭이다. 마땅한 치료약도 백신도 없으니 좌절했던 것이고, 이런 현실이 언제까지 지속될 것인가 알 수 없다는 사실이 사람들로 하여금 괴롭게 하고 불안케 했다. 헤쳐 나갈 방향성이 보이지 않는 것만큼 답답한 일도 없을 것이다.

하지만 문제가 있으면 반드시 응전이 있을 것이다. 그런 도전과 응전의 반복이 지금껏 인류의 역사이고 또한 지구의 역사였는데, 그동안 인류는 코비드19를 이겨내는 백신과 치료약을 개발하는데 몰두 했고, 어느 정도 성공도 거두었다. 약간의 부작용이 있긴 했지만 백신의 접종은 그동안 억눌려왔던 지구촌에 한줄기 빛으로 작용했다. 치료약과 백신 덕택에 그동안 이 질병의 상징적 아이콘으로 비춰졌던 마스크의 착용으로부터 해방될 수 있었다.

3년이라는 세월이 결코 짧은 시간이라고는 할 수 없을 것이다. 이 갇혀있는 기간 동안 관습적으로 전해오던 것들, 습관적으로 시행되었던 것들에 대해 일대 변화를 가져왔다. 이른바 코로나 팬더믹 현상이 바꾼 색다른 세상의 현현이다. 이 변화는 커다란 궤적을 그리는 것이어서 특정 분야의 전문가가 아니라고 하더라도 이를 인식하는 것은 그리 어려운 일이 아니었다.

그러한 변화들은 대략 몇 가지 관점에서 이해할 수 있을 것이다. 우선 사회에서는 그동안 볼 수 없었던 금전적 풍부함이 생겨났다. 유동성의 넘쳐남이 보편화되었던 것인데, 그 과잉의 돈이 가져온 결과는 다대한 것이었다. 돈이 풍부하게 넘쳐난다는 것은 물가의 상승과 불가분의 관계에 놓일 수밖에 없는 것이었다. 시장의 물건 값이 오르고 집 값이 오르는 것은 당연한 일이었는데, 특히 생존의 필수 수단이었던 집값은 배 이상으로 올랐다. 어느 시기나 동일한 것이긴 하지만 집값의 과도한 상승은 많은 부작용을 낳을 수밖에 없게 된다. 집을 소유한 층과 그렇지 못한 층의 경제적 차이를 크게 벌려 놓았을 뿐만 아니라 그러한 과정에서 무주택자 층의 상대적 박탈감은 실로 거대한 것이었다. 그래서 영끌족이라는 신조어가 생겨나는가 하면, 주거 비용의 상승으로 인해 결혼

기피 현상까지 불러일으켰다. 뿐만 아니라 피해 보상 차원에서 국가가 돈을 무상으로 뿌리다 보니 일을 하지 않으려는 성향이 발생하는가 하면, 노숙자라든가 실업자가 증가하는 현상을 맞이하기도 했다.

둘째는 전자 상거래, 곧 이커머스 산업의 팽창이다. 온라인에 의한 상품 거래는 이전부터 꾸준히 성장해왔지만 사회적 거리두기 현상은 이 산업을 더욱 확장시키는 계기를 만들었다. 집에서 주문하는 상품 거래는 폭발적으로 늘어나기 시작했는바, 그 촉매 역할을 한 것이 바로 팬더믹 현상으로 인한 사회적 거리두기였다. 전화 버튼으로 소비자가 원하는 것들이 쉽게 배달되었기에 소비자는 그저 문을 열고 그것을 받아들이면 모든 것이 완료되었다. 그리고 각종 배달 업체 또한 이커머스 산업의 일환으로 함께 성장했는데, 가령 한 끼의 식사나 간식을 해결하기 위해서 온라인 주문이 비일비재하게 이루어진 것이다 뿐만 아니라 테이크 아웃이라는 현상의 광범위한 음식 문화 현상까지 보게 되었다. 공공의 장소를 피하고 사회적 거리 두기가 만들어낸 필연적인 결과였던 것이다.

셋째는 4차 산업 혁명의 촉진이다. 잘 알려진 것처럼 4차 산업이란 전자화를 바탕으로 경제활동을 이루어내는 현상이다. 인간이 하던 일을 기계가 대신함으로써 일의 효율성과 경제성을 실현하는 것이 4차 산업의 기본 특징인데, 팬더믹 현상은 사회적 거리두기를 강요했던 탓에 인간이 직접 할 수 있는 일이라든가 접촉하는 일에 대해 경계해야만 했다. 비대면 방식의 일들이 강요되었던 것인데, 이는 디지털 문화의 가속화라는 현상을 빚었다. 손바닥 안에 쥐어지는 스마트폰으로 은행 일을 보는가 하면 주식이나 기타 상거래 등이 활성화되기 시작한 것이다. 그리고 이전과는 대비되는 하이패스 차량들의 비약적인 증가 역시 이로부터 자유로운 것이 아니었다.

넷째는 문화 산업의 변화이다. 팬더믹 현상은 문화 부면에서 많은 변화를 가져왔는데, 그 가운데 하나가 공연 문화의 축소 현상이다. 공연이란 상연이 전제되어야 하고, 관객이 모여야 한다. 그런데 팬더믹은 대중의 밀집도를 가급적 줄여야 했고 대중이 함께 하는 공연문화든가 극장 등의 영상 산업은 뒤처질 수밖에 없었다. 그렇다고 이를 집안의 화면으로 대신할 수도 없는 것이었다. 그러면 그것은 공연이 아니라 방송에 불과한 것이고, 공연 문화가 추구하는 현장성 내지는 사실성과 거리가 먼 것이었다. 문화 산업의 위축은 비단 공연 장르에서 한정되는 것은 아니었다. 출판 문화 역시 이 영향으로부터 비껴갈 수 없었다. 매출의 현격한 감소와 이에 따른 출판 시장의 위축현상이 그러한데, 출판이 부실해지는 것은 이 산업에 종사하는 사람들의 피해뿐만 아니라 관련 산업에까지 그 영향을 주었다. 그것의 위축은 연쇄 효과를 가져올 수밖에 없었는데, 작품 활동이라든가 학술 활동의 위축이 이를 증거한다. 이는 도서관을 비롯한 독서 공간들이 제기능을 발휘하지 못하는 것에서 오는 불가피한 현상이었다.

다섯째는 현대성의 관점에서 본 시공간의 축소 내지는 확장 현상이다. 사회적 거리두기는 사람을 되도록 멀리해야 했다. 사람이 광장으로 모이는 것은 악의 축이 되었거니와 각종 집회가 사라지고 축제가 사라는 것 또한 당연시 되었다. 그래서 학교의 강의도 이루어지는 것이 쉽지 않았고, 학술 활동이나 기업의 회의 또한 개최되기 어려웠다. 이를 대신하는 것이 줌 회의를 비롯한 온라인 문화의 확산 현상이었다. 온라인과 오프라인이라는 용어들이 중심어로 자리하기 시작했거니와 특히 온라인의 광범위한 확산은 시공간의 확장이라는 현대성이 새로운 패러다임을 만들어내기 시작했다. 어쩌면 코로나 팬더믹이 만든 결과 중에서 가장 중요한 형이상학적 의미가 여기에 있는 것인지도 모르겠다.

전통 사회와 근대 사회를 구분 짓는 중요한 인식성이 시간과 공간의 확장에 있음은 잘 알려진 일이다. 전통 사회에서는 모든 것이 직접 몸으로 수행해야 했다. 뿐만 아니라 각종 산업 활동도 그러하거니와 지역과 지역을 연결하는 것도 동일했다. 이런 현실에서 여행이란 불가능했고, 그 연장선에서 공간의 축소는 불가피한 일이 되었다. 하지만 산업혁명이 시작되면서 공간은 현저하게 축소되기 시작했다. 자동차와 기차를 비롯한 교통 수단의 발달은 한 지역에서 다른 지역으로 이동하는 것을 용이하게 했고 빠르게 실현시켰다. 몇날 며칠 걸어야 도달할 수 있는 거리를 불과 몇 시간 만에 도달할 수 있게 된 것이다. 공간이 축소되고 좁혀지면서 인간의 시야나 행동은 역설적으로 크게 넓어진 것이다. 이런 변화는 근대를 여는 가장 중요한 변화 가운데 하나임은 잘 알려진 일이다.

그런데 코로나 현상은 근대가 성취해낸 이런 시공간의 축소 현상을 더욱 가속시켰다. 그 매개를 제공한 것이 바로 온라인 문화의 발달이다. 사회적 거리 두기는 사람들로 하여금 만나는 것을 허용하지 않았다. 그렇다고 해서 만남이라는 행위를 막는 것은 불가능했다. 인간이 살아가는 공간에서 접촉없는 삶, 혹은 만남없는 삶이란 불가능한 것이기 때문이다. 하지만 사회적 거리두기는 이런 필연성에 제동을 걸었다. 그럼에도 만나야 하는 그 불가피성에 한가닥 빛을 제공한 것이 줌(Zoom)을 비롯한 각종 온라인 문화들이다. 비대면 강의 내지는 회의 등이 그러했는데, 이제 사람들은 직접 대면하지 않고도 자신의 생각을 말할 수 있게 되었고, 그러한 생각들이 모여서 새로운 정책으로 입안될 수 현실을 보게 되었다. 그것은 비록 한정된 공간에서만 그러한 것이 아니라 저멀리 떨어진 지구촌 어디에서나 가능했다. 근대화의 물결 속에서 축소되었던 지구촌이 더욱 좁혀지는 현실을 맞이하게 된 것이다.

세상을 바꾸는 힘은 여러 갈래에서 나온다. 그런데 그러한 힘 가운데 가장 영향력을 갖고 있는 것은 아마도 질병일 것이다. 지금 이 시대에 펼쳐진, 아니 펼쳐지고 있는 코비드가 패러다임이라는 측면에서 의미가 있는 것은 이 때문이라 할 수 있다.

인간의 역사가 시작된 이래 수많은 변화가 있어 왔는데, 그 가운데 가장 강력한 영향을 끼친 것이 질병이었다. 중세의 페스트가 그러했고, 근대 초기 스페인 독감이 그러했다. 특히 흑사병이라 불리는 페스트는 중세의 유럽인구를 3분의 1수준으로 감소시켰을 뿐만 아니라 활발하게 펼쳐지던 대륙간의 교역을 중단시켜버렸다. 이 때에도 사회적 거리두기 현상이 펼쳐짐으로써 노동력이 현저히 감소하는 결과를 가져왔다. 만약 이 병이 없었다면, 중세의 문화는 더욱 찬란해졌을 뿐만 아니라 동서 대륙의 문화는 보다 활발히 교류되어 지금껏 인류가 보지 못한 새로운 문화 패러다임을 만들었을 것이다.

코로나 팬더믹은 중세의 페스트보다는 덜 공포스러운 것이라 할 수 있다. 하지만 그 영향력은 중세의 그것 못지 않게 다대한 것이었다고 하겠다. 우선 코로나 팬더믹은 공간적인 측면에서 비교가 안 될 정도로 광범위한 것이었다는 그 특이성을 찾을 수 있다. 이 팬더믹은 지구촌 어느 한 지역에 국한된 것이 아니라 모든 지역이 영향권에 있음으로 해서 그 반향이 매우 컸기 때문이다. 둘째는 바이러스에 대한 공포감이다. 바이러스는 어느 시기에나 등장한다. 문제는 이 바이러스에 대응하는 안티제재가 없을 경우이다. 그럴 경우 인간은 여기에 속수무책으로 당할 수밖에 없을 것이다. 그것이 근대성의 제반 맥락으로부터 분리될 수 없는 것이라는 점에서 형이상학적 의미를 갖는 것이라 할 수 있다.

근대성 혹은 현대성은 인류에게 많은 가능성을 가져다주었다. 각종 과학이 발달함으로써 이전과는 비교할 수 없는 문명적, 혹은 의학적 혜택을 인간에게 부여해주었기 때문이다. 문제는 근대의 명암이라는 말에서 알 수 있는 것처럼 그것이 언제나 인류에게 빛이라는 광명으로 작용하지 않았다는 점이다. 지금 인류는 과학의 과도한 발전과 그에 따른 부작용을 경험하고 있다. 특히 전쟁으로 인한 공포와 각종 환경의 오염은 인류의 생존을 위협하고 있는 것이다.

바이러스는 자연발생적으로 생겨나는 것이기도 하겠지만, 각종 오염으로 인해 생겨나는 돌연 변이의 측면도 무시할 수 없는 요인이라고 생각된다. 지금 지구는 하루가 다르게 오염되고 황폐화되어 가고 있다. 그러한 것들이 어떤 생명체에게 돌연 변이를 일으켜 새로운 바이러스를 만들어낼지 알 수 없는 일이다. 만약 오염이 축적되고 기존의 항생제로 대응할 수 없는 슈퍼바이러스가 출현한다면, 인류의 운명은 어찌될 것인가. 그 참담한 결과에 대해서는 굳이 설명하지 않아도 될 터이다.

코로나 현상이 처음 수면 위로 나타났을 때, 그 원인에 대해 크게 두 가지 경로들이 이야기된 바 있다. 하나는 자연 발생설이고 다른 하나는 실험실 유출설이다. 특히 후자와 관련하여 지구촌 어느 지역은 매우 부당한 오해를 받아온 것이 사실이다. 물론 그럴 수도 있겠지만 바이러스의 역사, 질병의 역사를 일별하게 되면, 그것은 궁극적으로 인간이 만든 것이라는 결론에 도달하게 된다. 그 단초는 바로 인류가 지구상에 뿌려놓은 오염의 역사일 것이다. 자연을 훼손하면 자연은 궁극적으로 그 결과를 인간에게 돌려줄 것이다. 코비드 19는 어쩌면 도전하는 인간 행위에 대한 자연의 응전일 것이다. 우리는 자연으로부터 오는 응전을 굳이 만들어야 할 이유가 없다. 그 응전의 장을 마련하는 것이야말로 인간 자신의 불행한 역사가 될 것이다. 슈퍼바이러스로부터 우리를, 아니 지구촌 모두를 지켜내는 일은 우리 자신에게 있음을 알아야 한다. 그 교훈을 가르쳐 준 것이 바로 코로나 팬더믹이라 할 수 있다.

문학이란 무엇이었는가?
— 중심에서 밀려났는가

1. 문학이란 무엇이었는가?

'문학이란 무엇이었는가'하는 질문은 '문학이란 무엇인가'라고 묻는 것과는 다른 것이다. 후자가 엄밀한 의미에서 문학에 대한 정의라고 한다면, 전자는 반드시 그런 것은 아니기 때문이다. 물론 이 물음에도 문학의 본질에 대한 것이 전연 도외시 되고 있는 것은 아니다. 그럼에도 정의와는 다른데, 그것은 '무엇이었는가'라는 담론에서 알 수 있는 것처럼, 문학에 대한 역사성이 포함되어 있기 때문이다.

그렇다면, "문학이란 무엇이었는가?"라는 담론에 포함된 역사성이란 무엇을 말하는 것일까. 역사는 지나온 과거이자 현재성이며, 또한 미래로 연결되는 지속의 시간적 속성을 내포한다. 그러니까 그것은 단속적인 것이 아니라 심연 속에서 계속 흐르는, 연속적인 것이라 할 수 있다. 그런데 이 질문에서 중요한 것은 이런 역사성 못지 않게 그것이 갖고 있는 사회와의 관계성이라 할 수 있다. '무엇이었는가'라는 것은 그것이 과거의, 아니면 당대 현실과의 관련성을 배제하고는 이야기할 수 없는 성질의 것을 내포하고 있기 때문이다.

"문학이란 무엇이었는가"라는 질문에 대해 사회적 맥락을 결부시키게 되면, 다시 문학의 정의와 불가피하게 연결될 수밖에 없게 된다. 그리고 이럴 경우 가장 정합적인 것은 이른바 반영론의 영역을 생각하지 않을 수 없게 된다. 물론 에이브람즈가 말한 문학을 정의하는 네가지 방식 가운데 반영론을 제외한 표현론이라든가 객관론, 수용론 등이 사회로부터 무관한 것이라고 단정적으로 말할 수는 없을 것이다. 문학의 기본이 되는 언어가 사회와 불가피한 관계망에 놓여 있는 한, 사회를 떠난 어떠한 문자 행위도, 그에 기반한 문학도 가능하지 않기 때문이다. 다만 이 정의에서 중요한 것은 관계의 정도이고, 이 관계가 가장 포괄적이고 직접적으로 드러나는 것이 반영론이라는 사실을 기억해 둘 필요가 있다.

문학과 사회에 대한 관계, 그 필연적 요소에 대한, 가장 직접적 예증 가운데 하나인 보들레르의 「악의 꽃」을 거론하지 않더라도 이 관계의 불가피성은 마땅히 인정되어야 하리라고 본다. 실상 한국 근대 문학의 중심점에 놓여 있었던 것 가운데 하나는 예술과 사회와의 관계였다. 흔히 이야기해서 문학이란 사회를 변혁할 힘도 없고, 또 현재의 불온성에 대해 인지하고 이를 타파할 역량도 부족한 것으로 알려져 왔다. 하기사 문학이 현실의 불온한 것들을 타파하고 무너뜨릴 만한 역량이 되지 못하는 것은 누구나 알고 있다. 사회라는 거대한 수레에 비춰보면 문학이란 그 수레를 구성하는 일개 작은 부품에 지나지 않는 까닭이다.

그럼에도 한국 근대사에서 문학이 사회에 끼친 영향은 실로 다대한 것이었다. 해방 공간에서 펼쳐진 여러 문학 운동들은 사회가 나아갈 그 이념적 방향을 제시해 왔거니와 이는 곧 새로운 국가 건설로 나아가는 길잡이 역할을 해 왔다. 하지만 이는 어디까지나 제한적인 역할에 그쳤다. 남쪽만의 단정 수립과 전쟁을 거치면서 그 역할은 현저하게 축소되었기 때문이다. 여기서 축소란 곧 반영론의 한 단면에 그치는 문학적 역할을 말하는 것이다. 그렇다고 이런 불구의 역사가 문학의 왜곡을 말하는 것은 아니다. 문학에는 분명 두 개의 뚜렷한 방향성과 구별성이 있는 것인데, 이데올로기의 상실에 따른 한 가지의 방향성만이 표나게 드러났다는 뜻과 연결된다.

하지만 이런 불구의 역사를 타개한 것은 잘 알려진 대로 4.19혁명이었다. 그러니까 이 혁명이 갖는 의의란 근대 이후 전개된 두 가지 방향성의 문학, 곧, 반영론과 비반영론에 의한 문학들이 두 개의 봉우리를 형성하면서 서게 된 계기를 마련했다는 뜻이 된다. 이를 두고 균형감각이라고 불러도 좋을 것이다.

이 시점을 계기로 반영론에 입각한 문학들은 성장의 좋은 계기를 맞이하게 되었는데, 그 자양분을 마련해준 것은 5.16 군사 쿠데타를 기점으로 형성되기 시작한 군부 문화에 대한 저항의식이었다. 어쩌면 현재 우리 사회가 영위하고 있는 자유라든가 보편의 가치들은 모두 이 대항담론이 만들어준 혜택이라고 보아도 무방할 것이다. 따라서 한국 현대사에서 "문학이란 무엇이었는가"라는 질문에 대한 답을 이런 저항적 특색에서 찾는 것은 큰 무리가 없는 것이라고 할 수 있을 것이다.

2. 문학의 중심성이란 무엇인가?

이 글은 "문학이란 무엇이었는가"라는 것을 묻고 해명하는 것인데, 일단 그 물음에 대한 적절한 답을 사회성과의 관련에서 찾아보았다. 이런 행위가 문학을 중심의 반열에 올려 놓게 되는 것은 당연한 것인데, 그렇다면, 중심이란 무엇이고, 문학은 그 중심에 굳건히 서 왔는가하는 의문이 제기되는 것은 지극히 자연스러운 일이라 할 수 있다. 그리고 여기에는 문학이 사회와의 굳건한 결합 속에 놓여 있다는 인식 또한 당연히 뒤따르게 된다.

그렇다면, 중심이란 무엇이고, 문학은 과거 어느 한 시절이나 혹은 그 시절 이후 지금까지 중심의 한 자리를 올곧게 지키고 있었던 것인가. 그런데 이 문제를 논의하기 이전에 중심에 대한 사전적 정의부터 내려야 할 것으로 보인다. 사회의 한 가운데에서 중심적인 역할을 한 것인지 혹은 여러 예술 가운데 가장 중심적인 것에 놓여 있는 것인지에 대해 마땅한 해명 내지는 정의가 있어야 한다는 뜻이 된다.

먼저 후자의 경우를 살펴볼 필요가 있는데, 예술의 영역은 잘 알려진 대로 다양하고, 광범위한 영역에 걸쳐져 있다. 문학을 비롯하여, 미술, 음악, 조각, 무용, 건축 등등을 이 영역에 포함시킬 수 있으며, 경우에 따라서는 거리 예술 등도 이 범주 속에 묶어둘 수 있을 것이다. 예술의 범주에 있는 장르들이 저마다 고유의 기능과 사회적 역할이 있는 것이기에 어느 양식을 앞에 두고, 다른 양식이 뒤에 있다고 말하는 것은 쉬운 일이 아니다. 하지만 각각의 예술이 갖고 있는 영향이랄까 파장의 범위를 도외시하는 것은 불가능한데, 그 준거틀로 볼 수 있는 것이 대중의 정서에 각인되는 파급력이라 할 수 있다. 이 영향은 두 가지 관점에서 이해할 수 있는데, 하나는 시대를 선도하는 이념의 산출 능력이고, 다른 하나는 굳건한 독자층의 존재 여부이다. 여기서 독자층이란 숫자의 영역으로부터 비껴갈 수 없는 것인데, 독자가 상당수 존재한다는 것은 곧 그 예술 장르가 중심의 한 가운데에 놓여 잇다는 것을 말해주는 단적인 사례가 된다고 할 수 있다.

그리고 두 번째는 이념 등 사회를 이끌어가는 선도 능력이다. 실상 예술이 현실이 추상화된 상부구조로 남아 있던 시절을 떠나 일반 대중의 정서에 깊숙이 들어온 이후 사회를 이끌어 온 선도 능력은 실로 지대한 것이었다. 개화기의 애국 계몽운동을 이끌었던 것도 문학이거니와 일제 강점기 저항을 만들어낸 것도 문학이라는 범주였다. 이런 일련의 과정들은 한국 근대사가 진행되면서 더욱 그 영향력을 확대해나가기 시작했는데, 특히 해방 이후 이 땅을 지배했던 군부 통치나 독재 정권의 시기에는 그 영향이 매우 큰 것이었다. 사회가 불온하고, 절대 권력이 사회의 큰 물결로 자리할 때마다 이에 응전하는 문학의 힘들 역시 정비례하여 성장해왔던 것이다.

불온한 사회에 저항하고 이를 초월하고자 하는 의지가 표명된 문학들은 분명 중심이라고 할 수 있으며, 이 영역에서 펼쳐보였던 이들 힘들의 파괴력 또한 매우 큰 것이었다. 오늘날 한국 사회와 그 구성원들이 향유하고 있는 민주적 질서가 이 저항문학으로부터 온 것임은 아무도 부정하지 못할 것이다. 이런 맥락에서 이해하게 되면, 문학은 분명 과거 한때나마 중심에 놓여있었다고 과감히 말할 수 있을 것이다. 이는 독자층의 확보라는 측면에서도 그러했고, 불온한 현실에 응전했던 사회적 힘이라는 측면에서 그러했다고 할 수 있다. 그러니까 문학은 힘이 있었고, 중심의 한 가운데를 차지하고 있었던 중요한 양식이었던 것이다.

3. 문학은 여전히 중심의 자리에 있을 수 있는가?

21세기 이전 문학을 이야기하면서, 그것이 한국 사회에서 중심의 자리에 있었다고 하는 사실을 부인할 사람은 아무도 없을 것이다. 중심에 놓여 있었다는 것, 그것은 그저 한 가운데 차지하고 있었다는 물리적, 지리적 위치에 한정되는 것은 아니다. 문학은 사회에서의 고유한 역할이 있었고, 그 역할의 결과로 우리 삶의 질은 이전에 볼 수 없을 만큼 좋은 방향으로 개선되었다.

이제 사회는 변화되었고, 그러한 시대적 조류에 맞게 문학 또한 당연히 변화를 요구받고 있다. 뿐만 아니라 이전 시대에서는 볼 수 없는 새로운 환경 또한 제시되고 있다. 이들 변화는 몇가지 국면에서 살펴볼 수 있는데, 첫째는 문학을 구성하는 질료의 변화이다. 여기서 질료라고 했거니와 실상 문학을 구성하는 요인은 작가 자신과 언어, 그리고 종이의 문제이다. 종이란 글을 기록하는 무대이고, 이를 매개로 작가와 독자의 소통이 가능해졌다. 뿐만 아니라 종이책은 재화를 만들어내는 근간이기도 했다. 하지만 종이로 만드는 책의 시대는 서서히 저물어가는 감이 있다. 물론 이런 현상이 지금 이 시대에 처음 제기된 것은 아니다. 이미 1980년대 말부터 이런 현상은 서서히 수면 위로 부상하고 있었는데, 통칭 하이퍼 텍스트라는 이름으로 문화계를 지배한 적이 있기 때문이다. 그런데 이 텍스트, 곧 전자책이 왜 지금에 와서 문제가 되는가 하는 점이다.

잘 알려진 대로 1980년대 후반부터 제기된 전자책의 문제는 시도 단계였기에 이를 보편의 영역으로 결부시키는 것은 적절하지 않았던 것이 사실이다. 하지만 지금의 시대에 이르러서 전자책은 이제 종이책의 영역을 서서히 침범해 들어오면서 종이책 자체를 위협하는 시대가 되어 버렸다. 이는 분명 문학 분야에 있어서 새로운 패러다임이라고 할 수 있거니와 이런 환경이 우리에게 주는 효과는 이전과는 전연 다른 것이었다. 전자책은 읽기 위한 환경, 곧 편리성을 제공해준다. 시리즈를 포함한 다량의 책, 그 무거운 책을 더 이상 갖고 다니지 않게 되었고, 이런 방식들은 종이 책을 능가하는 빌려 읽기가 가능해지게끔 만들었다. 이는 독자를 확보하기 위한 좋은 환경이 아닐 수 없는데, 실제로 종이책의 급격한 판매 감소는 이에 대한 반증이라 할 수 있다.

둘째는 AI로 대표되는 인공 지능의 확대 현상이다. 이를 계기로 이제 문학은 인간 개인의 고유한 창작물이 아닐 수도 있는 시대를 맞이하게 되었다. 문학은 작가 개인의 고유한 창작물이라는 것이 보편의 진리로 받아들여져 왔다. 모사 기능에 충실한 문학, 가령 미메시스의 영역을 충실히 지켜나간 문학이나, 혹은 역사를 거의 사실적으로 재현한 문학이라고 하더라도 작가의 창작 정신은 절대적인 영역을 차지한 것이라고 해도 과언이 아니었고, 이것이 곧 문학의 존재 요건이기도 했다. 하지만 AI는 작가와 동일하게 창작물을 만들어낼 수 있거니와 그 속도는 벤야민이 말했던 복제 가능한 수준을 넘어 빠르게 대량으로 진행될 수 있는 토대를 마련해 왔다. 복제 가능하다는 것은 창조가 우위에 있던 시절에서는 어느 정도 한계가 있었다. 그런데 여러 예술을 동일하게 복제 할 수 있다는 것은 창조를 본질로 하는 예술의 영역에서는 쉽게 일어날 수 없는, 어쩌면 가상의 현실을 다룬 것일 수도 있다. 하지만 AI에 의한 창작 행위가 가능해지면서 1세기 이전에 벤야민이 말한, 언어 예술에서는 불가능한 것처럼 보였던 복제 예술론은 이제 비로소 그 실현가능한 조건을 예비하고 있는 것이었다.

인공지능에 의한 창작물은 빠르게 생산되거니와 여러 다양한 주제를 손쉽게 기획하여 얼추 비슷한 주제의 문학을 생산할 수도 있다. 물론 창작의 신선함이라는 측면에서 인간의 직접적인 기획에 의한 창작물을 능가하지 못하는 한계를 가질 수도 있을 것이다. 이런 형태가 만연하게 되면, 19세기에 상습적이고 관습적인 양상으로 동일한 의장을 반복적으로 재현했던 상징주의의 한계를 떠올릴 수도 있을 것이다. 그럴 경우 이에 대한 반동으로 일어났던 '낯설게 하기'의 수법에 의한 창작물이 새삼스럽게 그리워질 수도 있을 것이다. 아니 그리운 것이 아니라 반드시 필요한 상황이 만들어 질 수도 있을 것이다.

그리고 여기서 또하나 우려되는 점이 더 있다. 인공 지능이 만들어낸 창작물에 대해서 인간이 적당한 가필을 해서 자신의 것으로 만드는, 창작의 표절 행위이다. 이를 어떻게 검증하고, 걸러낼 것인가의 문제는 결코 만만한 일이 아니며, 이는 결국 작가란 무엇인가를 묻는 윤리성의 문제를 환기시키게 될 것이다.

셋째는 문학이 과거부터 그러했던 것처럼, 지금 이후로도 예술의 중심, 사회의 중심으로 계속, 거듭 태어날 수 있는가의 문제이다. 이는 곧 문학의 역할 문제와도 분리하기 어려운 것이라는 점에서 중요한 것이기도 한데, 실상 지금 우리 사회는 문학이 상대해야만 하는 거대한 서사가 존재하는 것은 아니다. 가령, 과거의 군사 정권과 같은 불합리한 요소들을 찾아보기 어렵기 때문이다. 흔히 이야기하는 민주적 질서가 어느 정도 자리잡은 것이 우리의 현실이기에 문학이 응전해야할 마땅한 상대를 뚜렷히 떠올리기 어려운 것이 현실이다. 물론 그렇다고 해서 우리 사회가 수평적 질서가 온전히 지켜지는 민주 사회라고 말하는 것도 어려운 일이다. 진영 논리라든가 편가르기와 같은, 어쩌면 과거의 군부 문화보다도 더 심각한 갈등 양상이 존재하는 까닭이다. 평행선과도 같은 이런 현실을 하나의 선으로 통합하는 것은 매우 어려운 일이다. 당위적인 것이긴 하지만 이에 대한 문학적 표명들이 자칫 정치적 입장으로 선회될 수 있는 위험성이 있고, 그럴 경우 논쟁은 전혀 다른 방향으로 흘러갈 위험성이 있기 때문이다.

하지만 마땅히 싸워야할 거대 서사가 부재한다고 해서 문학의 존립근거라든가 중심으로부터의 일탈을 이야기하는 것은 섣부른 판단이라고 할 수 있다. 문학에는 기왕에 그랬던 것처럼, 도도히 흐르는 인간의 보편적 정서와 그것을 실현하고자 하는 의지가 늘상 있어 왔기 때문이다. 이런 당위성을 실현해야 할 임무가 문학에 요구되기에 지금 여기의 현실에서 문학을 주변적인 것으로 치부하는 것은 어려운 일이라고 할 수 있다. 목소리가 크고 골리앗을 상대하는 다윗의 일만이 빛나는 것처럼 보이는 것은 아니다. 작은 목소리도 때로는 소중한 것이고, 다윗이라는 작은 자아 또한 귀한 것이 될 수도 있다. 그러니 작게나마 은은하게 인류의 보편적 가치에 대해 전진하고 있는 문학들을 두고 중심으로부터 벗어났다고 말하지 말자. 문학은 여전히 사회에서, 예술계에서 굳건하게 서서 중요한, 중심적인 역할을 수행하고 있기 때문이다.

시에서의 시간성의 구현과 그 의미

1. 시의 시간성의 근거

서정시에 나타는 시간성의 문제는 서정시의 장르적인 특성과 인간의식에 결합되는 시간의 여러 양상에 의해 그 설명이 가능하다. 일반적으로 서정시는 자아의 독립적인 표현으로 나타난다[1]. 그래서 서정시의 본질은 자아와 대상, 혹은 세계와의 동일성이며, 사물에 대한 인격화이다[2]. 인격화된 사물은 자립적인 존재가 아니라 항상 서정적 자아에 종속되어 있다. 그러나 이 둘 사이가 연관되어 있다고 하더라도 서정적 자아가 인격화된 사물보다 항상 우월한 것은 아니다. 그것은 사물이 자아화되기도 하고, 자아가 사물이 되기도 하는 상호 교환의 관계로 나타나기 때문이다. 그리하여 사물도 서정적 자아도 구분되지 않는 융합의 경지가 나타나는 것인데, 이러한 경지는 서정적 자아가 황홀경에 빠지는 서정

1) W. Kayser(김윤섭역), 『언어예술작품론』, 대방출판사, 1980, p. 296.
2) N. Frye(김상일역), 『신화예술론』, 을유문고, 1971, pp. 38-58.

적 순간에 이루어진다. 서정적 순간, 곧 시적 순간은 동시성의 원리를 지니는 것으로 존재의 통일성과 관계가 있는 것이다[3]. 왜냐하면 서정시는 외부 사건의 연속보다도 체험의식, 즉 내적 경험의 순간적 통일성에 의존[4]하고 있기 때문이다.

슈타이거(E. Staiger)는 이런 순간을 자아와 사물의 상호동화가 가능해지는 회감(Erinnerung)[5]이라고 불렀다. 슈타이거는 회감을, 주체와 객체의 간격 부재에 대한 명칭일 수 있으며, 서정적인 상호 융화에 대한 명칭일 수 있다고 하면서, 현재의 것, 과거의 것, 심지어 미래의 것도 서정시 속에 회감될 수 있다고 했다.

서정시라는 장르에서 과거, 현재, 미래라는 시간성의 도입 근거는 바로 여기서 연유한다. 즉 과거는 기억의 작용에 의해서, 현재는 지금 여기라는 시간의식의 몰입에 의해서, 미래는 기대와 기획에 의해 시간을 미리 당김에 의해서인데, 이러한 시간의식이 회감이라는 시적 자아의 정신 작용에 의해 서정시에 구현되는 것이다[6].

서정시의 시간성의 문제는 인간의 의식과 시간의 여러 양상들이 결합되어 나타나는 베르그송의 순수 지속과 바슐라르의 시적 순간의 개념에 의해서도 그 설명이 가능하다. 순수 지속이란 인간의 자아가 자유롭

---

3) 한계전, 『한국현대시론연구』, 일지사, 1983, p. 247.
4) 김준오, 『시론』, 문장, 1986, p. 44.
5) E. Staiger(이유영외역), 『시학의 근본개념』, 삼중당, 1976, p. 96.
6) 슈타이거는 과거, 현재, 미래가 회감 작용에 의해 구현되는 예들 다음과 같은 작품의 예 를 들어 설명하고 있다. 괴에테는 『오월의 노래』라는 작품에서 밖에서부터 보이는 것, 현존의 것을 회감하고 있고, 모리케는 『봄에』에서 마지막에 〈형언할 수 없는 옛날〉을 회감한다. 그리고 클로크스토크의 많은 송시는 미래의 연인이나 무덤을 회감하고 있다고 하면서, 회감의 작용이 이처럼 과거, 현재, 미래라는 시간의식에 의해 모두 가능하다는 것을 밝히고 있다. Ibid.

게 활동하여 과거의 상태와 현재의 상태를 분리하는 태도를 중지할 때 생기는, 인간 의식 상태의 계속적인 형태[7]이다. 그러므로 순수 지속에서의 시간은 인간이 느끼고 체험하는 실재적이고 현실적인 시간의식이며, 결국 수학이나 물리학에서 측정가능한 추상적인 시간의식과는 구별되는 것이라 할 수 있다.

이러한 베르그송의 지속의 개념은 기억의 작용을 떠나서는 설명할 수 없다고 하겠다. 기억이란 개인의 특이한 체험에 근거한 표상이요 직관이고 시간적으로 순수 과거에 속하는, 객관적 시간과 무관하게 작용하는 의식의 흐름[8]인 까닭이다. 기억에는 정신의 노력이 내재되어 있는 것으로, 정신의 노력은 현재의 상황에 가장 잘 개입될 수 있는 표상들을 현재에로 인도하기 위해서 과거 속에서 어떤 표상들을 찾는 행위인 것[9]이다. 그러므로 의식은 기억과 일치[10]한다고 할 수 있다.

그러나 베르그송의 이러한 지속의 개념으로는 현재성의 몰입으로 특징지워지는, 과거와 미래가 배제되는 탈근대주의적인 시간관이나 모더니즘 문학의 한 특성인 공간성의 원리를 해석하는 데는 일정한 한계를 가지고 있는 것이 사실이다. 잘 알려진 것처럼 베르그송의 시간관은 결과적으로 현재의 순간을 인정하지 않고 있다. 베르그송은 현재를 지속의 단절로 인식함으로써 기억으로 대표되는 시간의 흐름상 그것은 어떠한 의미도 갖지 못하는 것으로 보고 있는 것이다. 시간의 생성이라는 연속성 가운데서 현재 순간은 우리의 지각이 흐르는 도상의 덩어리 가

---

7) A. Bergson(정석해역), 『시간과 자유의지』, 삼성출판사, 1992, p. 93.
8) 김형효, 『베르그송의 철학』, 민음사, 1995, p. 46.
9) A. Bergson(홍경실역), 『물질과 기억』, 교보문고, 1991, p. 88.
10) 한계전, op. cit., p. 234.

운데 행사하는 것의 순간적인 절단에 의해서 형성되는 것이기 때문이다[11]. 이는 그의 철학이 과거와 미래를 철저하게 결합시키는 데서 오는 결과로서, 현재는 하나의 '순수무'의 상태[12]로 빠지게 되는 것이다. 이러한 상태에서는 과거, 현재, 미래라는 계기적 질서를 부인하고, 시간을 하나의 점이나 순간으로 인식하는 모더니즘의 동시성의 원리나 병치 등 공간적 형식을 설명할 수 없게 된다. 베르그송에 있어서 현재란 존재하지 않는 까닭이다.

베르그송의 이러한 시간성의 한계를 보충해 주는 것이 바슐라르의 시간성이다. 바슐라르는 시간을 베르그송처럼 지속으로 보는 것이 아니라 순간으로 정의한다. 그에 있어서 시간의 직관은 절대적인 비연속적인 특성과 순간의 절대적인 점 형태의 특성을 지니고 있는데[13], 여기서 말하는 순간의 점이란 바로 과거와 미래의 선조적 계기가 박탈된 현재의 시간성을 말한다. 이러한 순간적 현재는 물론 시적 대상과 서정적 자아의 순간적 통합에 의해 시의 이미지로 구현된다.

이처럼 시의 시간성은 장르적인 측면과 인간의 의식이 시간의 여러 양상과 결합되는 방식에서 찾을 수 있다. 즉, 과거, 현재, 미래가 서정적 자아의 정신 속에서 회감되거나 인간 의식의 단절과 지속에 의해서 이미지의 형태로 시간의 스펙트럼을 구현하는 것이다.

---

11) A. Bergson(1991), op. cit., p. 155.
12) 한계전, op. cit., p. 235.
13) Ibid., p. 239.

2. 시간의 두 가지 의미맥락

1) 문학적 시간과 자연적 시간

시간이 인간에게 인식되는 층위는 크게 두가지 각도에서 설명이 가능하다. 하나는 객관적 시간이고, 다른 하나는 주관적 시간이다. 시간이 성립되기 위해서는 흔히 3단계의 인식이 있어야 가능하다. 과거, 현재, 그리고 미래라는 감각이다. 즉 과거로서의 현재와 현재로서의 현재, 그리고 다가올 미래로서의 현재가 바로 그것이다. 이 가운데 시간감각이 성립하기 위해서 가장 중요한 매개는 과거라 할 수 있다. 인간에게 과거라는 시간의 작용내지 인식은 기억의 작용 때문에 가능하다. 기억이 없다면 과거가 감각되지 않을 뿐만 아니라 현재도, 미래도 감각되지 않는다.

시간의 성립이 이와 같은 것이라면 시간은 인식주관의 개입여부에 따라 크게 두가지 시간으로 구분하는 것이 가능하다. 앞서의 언급처럼 객관적 시간과 주관적 시간이 바로 그러하다. 우선 객관적 시간이란 인간의 의식 저 편에 존재하는 시간의식이다. 이는 초경험의 영역에 놓여 있는 것으로서 통상 등질적 시간으로 불린다. 가령 1분이 60초로 구성되어 있다든가 1시간이 60분으로, 하루가 24시간으로 구성되는 시간이다. 이러한 시간구성은 아주 규칙적으로 흘러간다. 소위 시간의 길이라든가 압축 등이 일어나지 않는 동질적 시간이다. 이러한 시간은 과학의 영역에 속하는 것이고, 초월적 어떤 영역에 속하는 자연의 시간이라 할 수 있다.

그대는 차디찬 의지의 날개로

빛나는 고독의 위를 날으는
애달픈 마음

또한 그리고 그리다가 죽는
죽었다가 다시 살아 또 다시 죽는
가여운 넋은 가여운 넋은 아닐까

부칠 곳 없는 정열을
가슴 속 깊이 감추이고
찬 바람에 쓸쓸이 웃는 적막한 얼굴이여

그대는 신의 창작집 속에서
가장 아름답게 빛나는
불멸의 소곡

또한 나의 작은 애인이니
아아 내 사랑 수선화야
나도 그대를 따라 저 눈길을 걸으리

김동명, 「수선화」 전문

이 작품은 서정적 자아의 정신적 국면을 자연의 사물로 대치한 경우이다. 이 작품에서 '수선화'는 시대 상황과 관련하여 몇 가지 시간적 국면을 갖는다. 하나는 순수하고 고고한 이미지인데, "차디찬 의지의 날개"라든가 "끝없는 고독의 담지자"가 그러한 모습의 한 단면들이다. 다른 하나는 "불멸의 소곡"이라든가 "그대를 따라 걷는 눈길" 등등이 그러하다. 여기에는 적어도 불온한 현실과 거리를 두겠다는 뚜렷한 의지의 표명이 담겨있는데, 이런 의지랄까 정서를 대변하고 있는 것이 바로 주관적 시간의식이다. 그러한 함의를 담고 있는 것이 바로 '눈길'이다. 이 길은 객관적으로 제시되는 시간이 아니라 고난과 같은 주관의 음역에 투영되기에 멀고도 힘든 길, 아주 오랜 시간이 투영되는 길이다.

이렇듯 서정시에서 드러나는 주관적 시간은 인간의 의식과 밀접히 결부되어 나타나는 시간의식이다. 이러한 시간은 인간의 주관과 결부된 것이기에 의식의 흐름과 동일한 질서를 갖고 있다. 가령 즐거운 시간일 경우 시간이 빠르게 지나가는 것을 느낄 수 있을 것이고, 반면 공포스러운 상황이나 지겨운 상황일 경우 시간이 아주 느리게 지나간다는 느낌을 받을 수 있을 것이다. 실제의 시간을 측정해 보면, 즉 객관적 기준으로 보면 이 시간들은 모두 같은 양으로 구성되어 있다. 동일한 시간의 양이 인식 상황과 주관에 따라 다르게 느껴지는 것이다. 실상 문학에서 중요한 것은 이런 주관적 시간이다. 등질적 시간이란 과학의 영역에서 문제시되는 문학 외적인 것이고, 또 그러한 시간성들은 시의 리듬의 측정에나 필요할 뿐, 문학의 내재적 질을 탐색하는데 있어서는 별반 중요성이 없다고 하겠다.

2) 시간의 근대적 맥락

시간을 인식 주체의 개입여부에 따라 주관적 시간과 객관적 시간으로 나누는 것이 가능했다고 했다. 여기서 또 한가지 짚고 넘어가야 할 것이 시간의 근대적 맥락이다. 근대의 시간은 그 이전의 시간의식과 매우 다른 영역에 놓인다. 현대문학이 시간의 규율적 힘으로부터 자유롭지 못하다는 것을 염두에 둔다면, 시간이 갖는 역사철학적 의미는 매우 중요한 것이라 하겠다. 근대의 시간의식과 그 역사철학적 의미를 이해하려면, 근대 특유의 시간관을 역사적 맥락 속에서 고찰해야 한다. 어떤 시대라도 인간 행위의 근저에는 반드시 시간의식이 존재하기 마련이므로, 경험적으로 인식되는 근대성의 시간의식을 한 시기의 고유한 범주와 질적 특수성으로 파악하기 위해서는 역사철학적인 이해가 선결조건이 되기 때문이다.

근대의 시간의식은 고대와 중세의 시간의식, 즉 근대 이전의 시간의식과 구별할 때 그 특징을 찾을 수 있다. 근대 이전의 삶의 중심은 농경생활에 바탕을 두고 있었던 까닭에, 모든 시간 의식은 바로 농경 생활과 밀접한 관련 속에서 구성된다. 농업 중심의 생활 형태가 영위되기 위해서는 기본적으로 태양의 운행과 계절의 순환을 토대로 하는 시간의식을 갖는 것이 일반적 현상이다[14]. 아침, 저녁, 밤이라든가, 봄, 여름, 가을, 겨울이라든가 하는 따위의 측정법이 바로 그러한 예들인데, 자연의 운동 속에서 이루어지는 이러한 시간은 주기적, 순환적이며, 무한히 반복되는 양상을 보이는 것이 보편적인 특색이다. 따라서 농경 문화에서의 시간은 시간의 일탈이라든가, 상위(相違), 불가역적(不可易的)인 성격을 가지고 있지 않다. 이러한 순환적 시간인식에 있어서는 인간이 자연으로부터 자유롭지 못하다는 사실과 그의 의식이 계절의 주기적 순환에 종속되어 있다는 것을 말해준다. 그 결과 자연과 인간 의식이 일치하는 세계는 '영원한 순환(eternal recurrence)'이라는 믿음이라는 관념이

14) 今村仁司, 『近代性の構造』, 講談社, 1994, p. 63.

형성된다[15].

자연의 리듬과 일치하는 시간의식과 영원한 순환의식에 사로잡혀 있는 그러한 시간관에는 '과거로부터 미래로'라는 선조적인 시간관이 존재하지 않는다[16]. 오직 과거와 현재만이 인간의 의식에서 구성되며, 미래라는 의식은 원리상 존재하지 않는다[17]. 고대인들에게는 대상의 신기성이라든가 경이성, 혹은 낡은 것의 소멸과 새로운 것의 생성 등 발전적인 진취성은 존재하지 않았다. 고대 사회에서의 이러한 시간적 전망의 부재는 미래라는 관념의 부재에서 오는 것으로, 그들에게는 이처럼 미래에 대한 진정한 개념[18]이 없었던 것이다. 그들에게 다가오는 경험으로서의 시간들은 주기성과 반복성만이 전부였던 셈이다[19].

근대의 시간의식은 바로 이 미래의식을 떠나서는 생각할 수 없다. 주기적 시간론이 계기, 측정, 방향, 인과성 등 진보라고 생각되는 관념들보다는 반복, 순환, 회귀, 비인과성 등의 관념에 매달린 것은 미래에 대한 폐쇄성 때문이다. 따라서 순환론이 현재를 포함한 과거지향적인 특성을 가지고 있다면, 근대의 시간의식은 미래지향적인 특성을 가지고 있다고 할 수 있다. 그런 면에서 자연적인 리듬과 일치하는 시간의식의 소멸과 미래지향적인 시간의식이 어떻게 하여 생성되었는가 하는 것은 근대성을 이해하는 데 핵심적인 요인이라 판단된다.

---

15) A.J. Gurevich, op. cit., 1976, p. 231.
16) Ibid., p. 231.
17) 今村仁司, op. cit., p. 64.
18) M. Bakhtin(전승희외 옮김), 『장편소설과 민중언어』, 창작과 비평사, 1988, p. 61. 바흐찐은 고대와 근대의 기본적인 차이점을 미래 관념의 유무에서 찾고, 그러한 미래에 대한 관념이 처음으로 생성된 시기를 르네상스로 보고 있다.
19) Colin Wilson(권오천외 옮김), 『시간의 발견』, 한양대학교 출판원, 1994, p. 29.

선조적이고 직선적인 특성을 갖는 근대의 시간의식은 기독교적 세계관과 시계의 발명, 그리고 근대의 여러 자연과학의 성장과 더불어 태동하였다. 우선 고대의 주기적 시간관은 기독교적 세계관의 전파와 더불어 일정 정도의 변화를 겪는다. 잘 알려진 것처럼 기독교는 인간의 삶과 죽음, 그리고 부활이라는 인간의 존재론적 세계관에 바탕을 두고 있다. 물론 인간의 탄생과 죽음, 부활이라는 견지에서 보면 기독교의 시간관은 분명히 고대적인 순환론적 시간관과 다를 바가 없다. 특히 정신적인 영생을 희구하는, 종교적 인간의 기복적(祈福的) 욕망의 관점에서 보면 더욱 그렇다고 말할 수 있다.

3. 현대시에 구현된 시간의 맥락들

1) 서정시와 시간의 지속

① 현재시제

서정시의 가장 큰 특징은 시간구성상 현재시제의 사용에 있다. 서정시가 현재시제일 수밖에 없는 것은 그것의 장르적 특성 때문이다. 서정시란 순간의 정서적 표현이다. 즉 서정적 황홀의 순간에 창조되는 것이 서정시이기에 시간은 항상 현재시제로 나타난다.

> 자주 가는 뒷산
> 산책길에도 지름길이 생겼다
> 억새 숲 가르며 어제 없던

또 하나의 시간이 그쪽으로 흘러간다

시간이 깊어 가면
길속에 또 하나의 길이 트이는가
어느 새 미루나무 정수리에는
까치둥지 하나 들어앉아 있다

길은 길에서 비껴나지 않지만
사람들은 이제
지름길, 길 속에서 새 길로 간다

김완하, 「길 속의 길」 부분

지금 이곳에서 순간의 어조로 씌어진 서정시의 한 예이다. 이 작품은 숲에 난 작은 '길'과 '시간'을 접목시켜 형이상학적 의미 세계를 펼쳐보이고 있는 명상시이다. 그러므로 시적 주체와 대상 사이의 시간적 결핍이 거의 느껴지지 않는 시이다. 서정적 자아의, 대상에의 몰입은 지금 이 순간의 감정이다. 이 감정은 현재 시제를 떠나서는 설명할 수 없다.

물론 여기서 전개되고 있는 현재의 시간 역시 물리적 개념으로서의 현재 시간은 아니다. 문학이 허구인 이상, 이 작품에서의 시간 또한 허구적 현재이다. 시간의 두 양상인 객관적 시간이 아니라 주관적 시간에 해당하는 것이다. 이 작품에서 '길'은 "자주 가는 뒷산"의 일상적 경험의 차원에 놓이는 것인데, 시인은 여기에 '시간'을 덧씌움으로써 그것을 또 다른 의미 세계로, 낯선 허구적 세계로 만들어버린다. 그러나 이 허구적 시간은 미래의 어떤 시간이나 과거의 어떤 시간이 아니라 철저하게 지금 여기서 직조되는 현재인 것이다.

방초봉 한나절
고운 암노루

아랫마을 골짝에
홀로 와서

흐르는 냇물에
목을 축이고

흐르는 구름에
눈을 씻고

하얗게 떠가는
달을 보네

박목월, 「삼월」 전문

이 시의 소재는 암노루이다. 이 존재에 의해 이 시는 구성되는데, 그 시간성은 철저하게 현재이다. 암노루는 땅과 하늘을 매개하는 존재이며 그것의 역할은 자연이 주는 섭리를 충실히 이행하는 것이다. 가령 흐르는 물에 목을 축이는 실제적인 행위가 드러나 있는데 이 행위야마롤 현재의 의식 속에서 구현된다. 뿐만 아니라 "눈을 씻고. 하얗게 떠가는 달을 응시"하는 등 천상과의 결합을 시도하는데 이 또한 현재의 시간성에 구성된다. 이런 현재의 시간 의식을 통해서 암노루는 지상과 천상을 하나의 동일체로 묶어내는 주체로 새롭게 탄생한다.

서정시가 일인칭 주관의 고백이라는 양식이라는 사실을 전제한다면,

거기에 구성된 시간의식은 대부분 현재로 구현되는 것이 일반적이다. 이런 단면은 서사 양식과 특히 구분되는 점이라 할 수 있는데, 서사란 사건 중심이고, 그것은 곧 과거의 시간성에 의해 구현되기 때문이다.

② 과거시제

서정적 순간에 만들어지는 것이 서정시의 일반적 특징이다. 서정시가 현재시제를 유지할 수 있는 것도 그것이 현재의 정서를 바탕으로 하고 있기 때문이다. 그럼에도 서정시에 이야기성이 들어오게 되면, 시제가 현재시제로 한정되지 않는다. 통상적인 관점에서 볼 때, 사건은 지금 현재에 일어나는 진행적인 성격을 갖기도 하지만 대부분은 과거적인 성격을 띈다. 말하자면, 서사는 과거에 일어난 과거시제를 그 밑바탕으로 하고 있다. 그렇기에 체험을 형상화한 시들에서는 시간구성상 현재시제로 재현되지 않는다.

> 목련이 활짝 핀 봄날이었다. 인도네시아 출신의 불법 체류 노동자 누르 푸아드(30세)는 인천의 한 업체 기숙사 3층에서 모처럼 아내 리나와 함께 단란한 시간을 보내고 있었다. 목련이 활짝 핀 아침이었다. 우당탕거리는 구둣발 소리와 함께 갑자기 들이닥친 출입국관리사무소 직원들이 다짜고짜 그와 아내의 손목에 수갑을 채우기 시작했다. 겉옷을 갈아입겠다며 잠시 수갑을 풀어달라고 했다. 그리고 그 짧은 순간 푸아드는 창문을 통해 옆 건물 옥상으로 뛰어내리다 그만 발을 헛디뎌 바닥으로 떨어져 숨지고 말았다. 목련이 활짝 핀 눈부신 봄날 아침이었다.
>
> 이시영, 「봄날」 전문

이시영의 「봄날」은 체험을 바탕으로 씌어진 시이다. 소위 코리안 드림을 꿈꾸는 이주노동자의 비극적 삶을 다룬 체험위주의 시로서 거의 산문에 가까운 장르적 특성을 보이고 있다. 이 작품에는 체험 시의 특성답게 인물이 있고, 사건이 있으며, 약간의 서사구조가 있다. 서정시의 기본 특색인 순간 형식이 아니라 서사의 기본 특성인 완결형식으로 구성되어 있다. 완결형식은 그 특성상 과거 지향적인 시간의식을 특성으로 한다. 이 시에는 80년대에 유행하던 이야기시라고 해도 무방할 정도로 산문성과 이야기성이 있다.

그럼에도 이 시는 두 가지 시간의 착종에 의해 직조된다. 먼저 노동자의 사망 사건은 과거에 일어난 것이다. 그러나 이 사건을 시화하고 있는 시인의 정서는 현재의 순간에 놓여 있다. 사건은 과거지만 시가 만들어지는 시간은 현재의 순간이다. 시간의 혼종 현상이 일어나고 있는데, 이를 굳이 모순이라고 인식할 필요는 없을 것이다. 이는 시간의 속성상 가운데 하나인 지속으로 그 설명이 가능하다.

하지만 그것이 어떤 것이든 간에 이 작품은 과거시제를 그 밑바탕으로 하고 있다는 사실이다. 현재시제라고 하는 서정시 일반의 특성을 넘어선 이러한 과거시제의 등장은 체험 위주의 시들에서 흔히 발견되는 양상들이다.

그리움이여_
千里길을 내달었도다

얼골도 말소리도 모르는
이따금 날러드는 平凡한 葉書조각에

흘리운 듯 팔리운 듯 그리웠든 이

꿈결같은 이야기……
지난날 허고 많은 주림과 슬픔
목마른 바램의 끝없는 새암 줄기

이제는 새 새악시 얌전한 안악
도란도란 이야기는 웃음에 차서……

머얼리 바라만 보듯 듣기만 하고
눈섭 하나 까딱이지 못한 채
사뿐히 놓여지지 안는 발길은
千里길을 되가야 하나니

배운 건 한 가지나
잃은 건 열 가지나 되는 듯
절름거리는 마음 무척 서글퍼

안타까움이여……
千里길은 아득하도다

유진오, 「順이」 전문

지금 시적 화자는 과거의 정서적 경험을 재현시키고 있다. 상대는 자신이 한때 좋아했던 이성이고, 그 대상을 차마 못잊어 그에게로 향한다. 그 못잊음의 경험들이란 모두 과거적인 것들이다. 그럼에도 그 정서는 지속성과 항구성을 갖고 현재의 자아를 지배한다. 일종의 자아를 추동하는 힘을 갖고 있는 것이다. 하지만 현실은 과거의 그것을 충족시키지 못한다. 그리하여 또다시 이룰 수 없는 꿈으로 말미암아 자신의 정서라든가 경험을 과거 속으로 떠나가도록 만든다. 이런 면에서 이 작품은 과거의 경험과 정서를 바탕으로 한, 과거의 시간성에 의해 만들어진 서정시라고 할 수 있다.

서정시가 대부분 현재의식에 의해서 쓰여지긴 하지만, 과거의 경험들이 회상될 때, 시간의식은 현저하게 현재를 벗어나게 된다. 특히 추억이나 그리움, 혹은 치유되지 않은 트라우마가 서정의 장으로 침투해 들어올 때, 이같은 현상은 빈번하게 이루어진다.

2) 시정시와 무시간성

서정시에 드러나는 시간의식은 기본적으로 현재시제를 바탕으로 한다. 종종 과거시제의 양상을 보이기도 하지만 현재시제로 구성되어 있는 것이 서정시의 일반적 특성인 것이다. 그런데 이러한 특성들은 주로 통사론적인 국면에서 고찰한 시간의식들이다. 가령, 서술어가 현재인가 과거인가, 혹은 시속에 담긴 내용들이 현재의식에서 이루어진 것인가 아니면 과거의 어떤 사건인가에 따라서 시간의 구현양상이 달라지고 있었던 것이다.

서정시의 시간성은 서술어나 사건과 같은 시의 내용에 의해서도 구현되기도 하지만 기법이나 역사철학적인 관점에서도 고찰하는 것이 가능하다. 그 대표적인 경우가 시에서 시간이 추방되는 소위 무시간성이 바로 그러하다. 모더니즘의 기법 가운데 하나인 공간화 양식(spatial form)

이 그 단적인 보기가 된다. 공간 예술은 병치(juxtaposition)의 기법을 기본 특징으로 하고 있는 반면 시간 예술은 연속성(consecutive)에 의존한다. 전자의 경우를 회화나 조각과 같은 공간예술에서 볼 수 있고, 후자는 시나 소설과 같은 문학 예술에서 볼 수 있다. 그러나 현대는 복잡한 의식을 기본 특징으로 하고 있다. 그러한 현대인의 의식을 한순간에 드러내려는 자의식적 열망이 강렬히 내포되어 있는 것 또한 사실이다. 그런데 이러한 분열상을 한순간에 드러내는 데 있어 공간화의 기법만큼 좋은 예도 없다고 하겠다. 가령 현대인의 분열된 의식을, 인물의 행위와 플롯이 지닌 시간적 지속의 원칙을 깬다든가 일상 어순이나 문법과 같은 연속의 원리를 파괴함으로써 표현하는 사례가 바로 그것이다. 이렇게 시간이 해체되는 현상을 두가지 인식론적 모형을 통해서 살펴보도록 하자.

① 시간의 공간화

넓은 벌 동쪽 끝으로
옛이야기 지줄대는 실개천이 휘돌아 나가고,
얼룩백이 황소가
해설피 금빛 게으른 울음을 우는 곳,

--그 곳이 참하 꿈엔들 잊힐리야.

질화로에 재가 식어지면
뷔인 밭에 밤바람 소리 말을 달리고,
엷은 조름에 겨운 늙으신 아버지가
짚벼개를 돋아 고이시는 곳,

--그 곳이 참하 꿈엔들 잊힐리야.

흙에서 자란 내 마음
파아란 하늘 빛이 그립어
함부로 쏜 활살을 찾으러
풀섶 이슬에 함추름 휘적시든 곳,

--그 곳이 참하 꿈엔들 잊힐리야.

전설바다에 춤추는 밤물결 같은
검은 귀밑머리 날리는 어린 누의와
아무러치도 않고 예쁠것도 없는
사철 발벗은 안해가
따가운 햇살을 등에지고 이삭 줏던 곳,

--그 곳이 참하 꿈엔들 잊힐리야.

하늘에는 석근 별
알수도 없는 모래성으로 발을 옮기고,
서리 까마귀 우지짖고 지나가는 초라한 지붕,
흐릿한 불빛에 돌아 앉어 도란 도란 거리는 곳,

--그 곳이 참하 꿈엔들 잊힐리야.

정지용, 「향수」 전문

정지용의 「향수」는 총 5연으로 되어 있는 작품이지만 기승전결의 완결된 짜임으로 구성되는 유기적 통일성을 가지고 있는 작품은 아니다. 각 연들마다 고향의 모습이 단편 단편으로 고립 분산되어 표현되고 있기 때문이다. 말하자면 고향의 장면 장면이 하나의 그림 모양으로 제시됨으로써 서정시에서 흔히 볼 수 있는 기승전결이나 감정의 클라이막스와 같은 점층적 구조를 읽어낼 수가 없다. 계몽적 사고에 바탕을 둔 시간이 통상 연속적인 흐름으로 나타나는 것에 비춰볼 때, 이는 그러한 시간관과는 상당한 거리가 있는 것처럼 보인다. 이 작품을 하나의 유기적 작품으로 만들어 주는 요소는 각 연의 마지막에 반복적으로 나타나는 "그 곳이 참하 꿈엔들 잊힐리야"라는 반복구 뿐이다.

「향수」의 이러한 비유기적 구조는 모더니즘의 한 기법인 공간화로 그 설명이 가능하다. 고향의 여러 가지 모습이 장면 장면으로 교체되어 나타나는 것은 영화적 요소 혹은 몽타쥬의 기법 때문에 그러하다. 정지용이 근대문명의 불구화된 감각을 기반으로 하는 모더니스트 시인이라는 것은 잘 알려진 일이다. 정서의 파편화, 감성의 파편화라는 인식의 불완전성이 모더니스트들의 주요한 인식론적 기반이라는 사실을 감안하면, 「향수」에서 영화나 몽타쥬의 기법은 당연하다고 하겠다. 이 기법은 그러한 인식론적 구조에서 생기하는 시간의 해체를 잘 보여준다.

② 시간의 영원성

香丹아 그넷줄을 밀어라
머언 바다로
배를 내어 밀듯이,
香丹아

이 다수굿이 흔들리는 수양버들 나무와
벼갯모에 뇌이듯한 풀꽃뎸이로부터,
자잘한 나비새끼 꾀꼬리들로부터
아조 내어밀듯이, 香丹아

珊瑚도 섬도 없는 저 하눌로
나를 밀어 올려다오.
彩色한 구름같이 나를 밀어 올려다오
이 울렁이는 가슴을 밀어 올려다오!

西으로 가는 달 같이는
나는 아무래도 갈수가 없다.

바람이 波濤를 밀어 올리듯이
그렇게 나를 밀어 올려다오
香丹아.

서정주, 「추천사」 전문

이 시는 춘향 설화를 가지고 씌어진 작품 가운데 하나로, 전후 서정주의 시간성을 보여주는 대표적인 작품이기도 하다. 「추천사」의 표면적인 구성은 춘향의 이도령에 대한 사랑의식으로 되어 있지만, 심층적으로는 그러한 사랑의 완성을 통해서, 세속적인 일시성을 벗어버리고 영원성으로 나아가기 위한 의미를 담아내고 있다.

우선 이 시의 1연은 춘향이 향단에게 머언 바다로 나아가기 위해 그네줄을 밀어 달라고 한다. 여기서의 머언 바다란 자신의 연인인 이도령이기도 하지만, 다른 한편으로는 현실의 질긴 끈으로부터 벗어나고자 하는 시적 자아의 의도 역시 내포된다. 2연에서는 그러한 사랑이 성립하는 데 있어서의 장애물, 그것은 곧 속세의 장애물이기도 한데, 그러한 장애물의 이미지들이 구체적으로 나타난다. 수양버들이나 풀꽃뎀이, 나비새끼, 꾀꼬리 등이 그러한 예들로서, 이것들은 모두 사랑의 장애물이며 동시에 시간적 구속력을 가지고 있는 속세의 유한한 것들이기도 하다. 3연에서는 1연의 바다와 비슷한 속성을 갖는 이상향, 즉 사랑의 완성과 이상향으로서의 하늘이 등장하는데, 이는 곧 그러한 구속에서 벗어나 이상향 속에 안주하려는 시적 자아의 의지적 표명에 해당된다고 하겠다.

「추천사」는 세속적인 삶의 유한성을, 영원한 삶으로 전환시키고자 하는 인간의 유토피아적 욕망에서 나온 작품이다. 그것이 영원 반복하는 윤회사상이다. 이는 영원주의이고 시간구성상으로 볼 때도 지금 여기의 세속의 시간이 아니다. 시간의 흐름이 지배하지 않는 이러한 영원의 시간들은 모두 무시간의 영역에 속한다. 영원성을 시간의 추방으로 보는 근거는 두가지이다. 하나는 세속의 시간처럼 시간의 압축이라든가 팽창이 일어나지 않는다는 점이 그 하나이고, 다른 하나는 영원의 시간이란 무한히 반복되는 시간이라는 점에서 그러하다. 즉 영원주의는 시간의 압축과 팽창 없이 언제든 환기되어 나타나는 순동시적으로 살아있는 무시간인 것이다.

뒤 울안 보루쇠 열매가 붉어오면
앞산에서 뻐꾸기 울었다
해마다 다른 까치가 와 집을 짓는다는

앞마당 아라사 버들은 키가 커 늘 쳐다봤다

아랫말과 웃동리가 넓어뵈던 촌에선
단오의 명절이 한껏 즐겁고---
모닥불에 강냉이를 튀먹던 아이들
곧잘 하늘의 별 세기를 내기했다

강가에서 개(川) 비린내가 유난히
풍겨오는 저녁엔 비가 온다던
늙은이의 천기 예보(天氣豫報)는 틀린 적이 없었다

도적이 들고 난 새벽녘처럼 호젓한 밤
개 짖는 소리가 덜 좋아
이불 속으로 들어가 묻히는 밤이 있었다

노천명, 「생가」 전문

현대시에서 무시간성을 알 수 있는 작품 가운데 하나가 노천명의 「생가」이다. 이 작품의 저변에 깔린 것은 반근대적인 시간의식이다. 잘 알려진대로 근대를 지탱하는 주요 정신 가운데 하나는 계몽이고, 이를 지탱하는 시간의식은 직선적 시간의식이다. 만약 근대가 성공적인 것이라면, 이런 시간의식은 비판의 여지가 없는 것이다. 하지만 근대는 의심스러운 것이 되었고, 이를 대신할 새로운 시간의식이 필요해졌다.

우선, 이 작품에서의 '생가'란 시인 자신의 고향이기도 하지만, '우리' 모두의 고향이기도 하다. 이 공간에서 서정적 자아는 자신의 경험들에 대해서 여러 장면을 통해 환기시키게 되는데, 여기서 가장 주목되는 부분이 '늙은이의 천기 예보'이다. 노인이 알리는 예보는 합리주의라든가 과학적 근거와는 거리가 먼 방식에서 온다. 가령, 3연에 드러나 있는 것처럼 "강가에서 개 비린내가 유난히/풍겨오는 저녁이면" 비가 온다는 노인의 즉자적, 직관적 판단이다. 노인 이런 예보를 한 근거는 오랜 경험에 의한 것이긴 하지만, 근대의 과학 정신, 곧 합리주의 사상과는 거리가 있는 것이 사실이다. 그럼에도 그의 판단은 과학정신을 초월하는 곳에 놓인다. 여기서 가장 중요한 것이 "늙은이의 천기 예보는 틀린 적이 없었다"는 시적 자아의 뚜렷한 확신이다. 이런 확신의 근거는 과학적 사고를 초월하는 곳에서 이루어지는 것이거니와 이는 몇 가지 국면에서 그 의미가 있다. 하나는 근대에 대한 불신이랄까 비판의 태도이다. 근대란 과학과 합리주의를 바탕으로 한 인과론의 세계라 할 수 있는데, 「생가」에서는 그런 인과론적 합리성의 세계가 지배하는 곳이 아니다.

다른 하나는 이런 인식이 근대의 도구적 측면에 기대어 성장한 제국주의에 대한 불신이랄까 비판과 불가분하게 연결되고 있다는 사실이다. 앞으로 진행되는 세계에 대한 전망의 부재가 「생가」의 정신적 국면을 만든 것인데, 「생가」는 이렇듯 근대에 대한 대항 담론을 샤먼이라든가 무시간성, 혹은 순환 시간에서 찾고 있는 것이다. 시에서 신화나 전설같은 무시간성이 중요한 것은 이런 형상학적인 의미가 담겨 있기 때문이다.

4. 현대시에서의 시간성의 의의

시간은 물리적 국면에 속하는 것이지만 그것이 문학이라는 주관적 국면에 틈입하게 되면, 여러 다양한 스펙트럼을 낳게 된다. 단순히 통사적 질서를 실현하는 단계에서부터 시작하여 시인 자신의 정서적 국면에 투영되는 주관적 질서에까지 이르기까지 확산되는 것이다. 물론 시에서도 객관적 국면의 시간의식이 전혀 드러나지 않는 것은 아니다. 언어의 질서라는 통사적 질서 이외에도 정서의 흐름을 자연스럽게 표현하는 순차적 시간 의식의 영역에서 서정시가 만들어지고 있기 때문이다.

하지만, 서정시의 시간의식에서 중요한 부분을 차지하는 것은 주관적 시간의식일 것이다. 그러한 단면은 시인의 현존과 그에 따른 정서적 국면에 불가피하게 연결될 수밖에 없기 때문에 그러한데, 실상 서정시에서 시간이 의미있는 것은 바로 여기서 찾아진다. 그리고 서정시에서 시간성은 그것이 곧 시대정신과 불가피하게 결합되어 있다는 점에서도 중요하다.

이런 특징적 단면들은 몇가지 측면에서 그 의의를 찾아볼 수 있는데, 하나는 시간의 파편화이다. 이는 분열이 전제된 현대인들의 파편화된 자의식을 반영하고 있다는 점에서 그 의의가 있는 경우이다. 시간이 구조체를 지향하지 못한다는 것은 분열이 전제된 현대인의 의식 현상을 반영하고 있기 때문이다.

그리고 다른 하나는 무시간성, 혹은 순간시간과 같은 단면이다. 이는 파편화된 정신과도 불가피하게 연결된 것인데, 공간화된 시간이란 곧 무시간성을 의미한다. 순환시간이란 노천명의 「생가」에서 확인할 수 있는 것처럼, 선조적 시간의식에 대한 안티 담론과 맞대응되는 시간의식이다. 근대가 직선적 시간의식에 기대고 있는 것이라면, 반근대란 주기적 순환시간에 기대고 있는 시간성이기 때문이다. 근대가 의심스러운 것으로 인식되기에, 그 안티 담론이란 당연하게도 순환 시간, 곧 영원의 감각과 자연스럽게 연결될 수밖에 없을 것이다. 현대시에서 신화나 전설 같은 무시간성이 중요한 것은 이런 시대 정신과 밀접히 연결되어 있다는 점 때문이다.

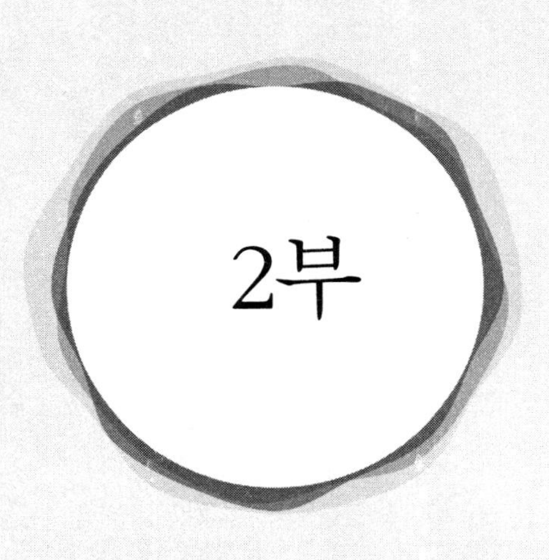

2부

의미의 스펙트럼을 향한 모험
— 김박은경, 『사람은 사랑의 기준』

1. 사유의 극점을 향한 가없는 여행

김박은경 시인의 시들은 의미를 만들어가는 도정에 놓여 있다. 과정으로서의 시인데, 이런 경향들은 대개 두 개의 방향성이 있다고 알려져 있다. 하나가 세계를 경계 짓는 언어에 대해 끊임없이 의심한다는 것이고, 다른 하나는 보편과 동일화의 폭력에 대해 저항하고 있다는 것이다. 이번 시집을 꼼꼼히 읽어 보면, 시인의 시들 역시 이 범주 내에 있음을 알게 된다. 하지만 이런 판단은 섣부른 것일 수 있으며, 또한 시인이 지금껏 시적 전략으로 내세우고 있는 것과 배치되는 일일 수도 있을 것이다. 시인은 세계를 경계 짓는 언어들에 대해 끊임없이 의심한다고 했는데, 시인의 시들을 이런 범주에 가두는 것이야말로 그가 추구해왔던 시 세계와 거리가 있는 것이기 때문이다. 그러니까 시인의 시들은 어느 하나의 시니피에 속에 갇히기보다는 시니피앙의 흐름 속에 계속 노출되어 있다고 보는 편이 옳을 것이다.

시니피앙의 흐름, 다시 말하면 기호 놀이의 세계인데, 실상 이런 의장들은 이미 80년대 우리 시단에서 흔히 보아왔던 것들 가운데 하나이다. 해체주의나 탈구조주의 등에서 시도되었던 시니피앙의 유희들이 바로 그것이다. 해체는 결코 고정된 시니피에를 허용하지 않으며, 오직 시니피앙의 놀이만을 허용한다. 따라서 세계를 경계 짓는 언어들에 대해 끊임없이 의심하는 시인의 시들이 이 해체의 전략과 크게 벗어나 있는 것은 아니라고 할 수 있다.

80년대에 유행했던 해체는 중심을 부정하는 데서 시작되었다. 중심이란 권위나 보편, 동일성인데, 해체가 겨냥했던 것은 이 중심에 대한 부정이다. 그 부정의 전략은 데리다가 말한 차연의 논리에서 온 것인데, 하나의 지점이나 의미는 이 지평에 의해 여러 지점이나 의미들로 부채살처럼 퍼져나가게 된다. 그 결과 담론들은 의미의 다발이 형성되는 것이고, 결국 하나로 귀결되는 의미는 사라지게 되는 것이다.

해체가 지향하는 정신과 방법에 따르게 되면, 김박은경의 시들은 이와 유사한 것이 되고, 궁극에는 동일한 것이라고 해도 무방한 경우이다. 그렇다면 시인은 이미 오래 전 유행하다 소멸된 이 의장을 이 시대에 왜 다시금 환기하게 된 것일까. 이런 전제를 아무 여과 없이 받아들이게 되면, 시인의 시적 전략들은 다시 반복되는, 따라서 너무 진부한 것이 될지도 모를 일이다. 게다가 그의 시들은 하나의 담론에서 다른 담론으로 자연스럽게 넘어가는, 초현실주의에서 흔히 차용되는 자유연상법, 곧 자동 글쓰기의 수법도 심심치 않게 구사하고 있다. 하기야 용어와 방법에 있어서 약간의 차이가 있을지언정 해체주의나 초현실주의는 얼핏 유사한 국면을 갖고 있는 것이 사실이다.

하지만 이런 유사성에도 불구하고 김박은경 시인의 시들을 두고 기왕에 유행했던 이런 의장들과 동일한 선상에서 논의하는 것은 올바른 이해라고 할 수 없을 것이다. 그의 시들은 해체의 전략이나 자동글쓰기의 수법을 도입하고 있긴 하지만, 그 정신이나 방법에 있어서는 판이하게 다르기 때문이다. 그 하나가 시니피에 대한 집요한 탐색이다. 시인은 언어의 유희, 곧 시니피앙의 유희를 하는 것이 아니라 시니피에 대한 놀이에 깊이 빠져있다. 두 번째는 정신에 대한 자의식적 해방의 문제이다. 잘 알려진 대로 해체가 지향하는 것은 근대 이성에 대한 부정이고, 그것이 낳은 폐해에 대해 경계의 담론을 담고 있다. 이성, 다시 말하면 도구화된 이성이 낳은 부정의 정신들은 주로 의미와 밀접한 상호 관계를 갖고 있었다. 건강한 의미의 생산이 합리주의의 한 축이었지만, 그것이 도구화됨으로써 부정되기에 이르렀다. 이를 부정하기 위해서는 의미가 해체되어야 하고, 이를 통해 정신을 의미로부터 구하는 것이었다. 해체주의가 정신의 해방에 우선점을 두었던 것은 이 때문이다.

하지만 김박은경 시인의 작품들에서는 정신의 해방이라는 이런 해체주의 전략을 발견하는 것은 쉬운 일이 아니다. 그의 사유들은 해방이 아니라 구속이라는 점에서 그러한데, 시인은 언어의 경계 밖에 놓여 있는 신선한 음역을 발견하기 위해서 사유의 기나긴 여행을 떠나고 있기 때문이다. 다시 말하면, 언어 속에 감춰진 신선하고 참신한 시니피에를 찾기 위해 고민하고 있는 것이다. 이런 고뇌에 갇혀 있기에, 시인의 정신은 해방을 지향하는 것이 아니라 오히려 그 반대의 경우에 놓이게 된다고 할 수 있다. 물론 권위라든가 보편, 혹은 동질화의 전략을 부정하는 면에서는 해체의 전략과 닮아 있긴 하지만, 시인은 그 너머에 또다시 존재할지도 모를 것들을 찾기 위해 계속 언어의 미로 속으로 들어가는 것이다.

최초는 부풀어 거대하고 최후는 거의 희박해진다

위에서 아래까지가 너무 깊다

알고 있는 답인데 믿고 싶지 않다

자꾸 살아나는 건 두렵기 때문 아니
약하기 때문 아니 우연 때문 아니
문명 때문 아니다 힘을 내자

굳건하고 씩씩하게
냉정하고 철저하게

오해라는 오해
착각이라는 착각
변명이라는 변명

오늘 같은데 어제라고
내일 같은데 오늘이라고
언제라고 말해도 지나치다고
그 여름 가득 사랑했던 당신은 태어난 적이 없었다

쏜살같이 자라던 아이들은 노인처럼 변해버리고
배가 부풀었던 여자는 죽은 아이를 안고 다니고
매립지 위에 서면 비린 멀미가 멈추지 않는다

바다의 바닥에는 모래사막이 있고

모래사막의 바닥에는 바다가 있어서
고래 뼈 산호석 조개무지 같은 것들이

비전과 목표 같은 것들이
희망과 미래 같은 것들이
최선을 다해서 다정해진다

광장 바닥에 귀를 그려넣는다
귓속으로 모래가 차오른다

「매립」 전문

인용시에서 볼 수 있듯이 우선, 시인은 응시자이다. 사물을 바라보면서 거기에 적당한 언어를 발견하려고 노력하는 중이다. 하지만 자신이 시도하는 사유와 그에 꼭 들어맞는 언어는 쉽게 만나거나 결합되지 않는다. 그의 사유를 만족시켜줄 적절한 언어를 발견하지 못하는 까닭이다. 그렇다고 해서 대상 속에 드러난 진실이 전혀 없는 것은 아니다. 거기에는 침범할 수 없는 엄연한 사실, 이를 적절하게 표현해줄 언어가 존재하는 까닭이다. 매립이라는 단어에서 이를 확인할 수 있는데, 가령 "최초는 부풀어 거대하고 최후는 거의 희박해진다"는 차원이 바로 그러하다. 이는 과학적, 일상적 현실이어서 시인의 말대로 "알고 있는 답"이 된다. 하지만 시인의 사유는 이 답을 믿고 싶지 않다. 불신의 정서가 깊이 내재해 있기 때문이다.

서정적 자아를 둘러싸고 있는 현실은 비슷한 듯하면서도 결코 그렇지가 않다. 뿐만 아니라 동일한듯 하면서도 차이가 존재한다. 그래서 그의 주변에는 이해라는 차원의 정서가 쉽게 자리를 잡지 못한다. 빗나감, 어긋남, 잘못됨과 같은 사유의 표백만이 있게 되는데, 어쩌면 이런 것이 사실에 접근하기 위한 좋은 수단이 되는 것인지도 모르겠다. 자아에게는 딱히 정해진 담론이 없는 까닭에 사물을 응시하는 시인의 언어들은 계속 전진해야만 한다. 이른바 시니피앙에 꼭 맞는 시니피에를 찾아서 말이다.

없을 무(無)에 손 수(手)변을 더하면 어루만질 무(撫)가 된다 누르고 쥐고 치고 위로하고 기대고 사랑하고 따르고 덮고 또 무엇이든 할 수 없는 것을 할 수 있게 하는 것이 손이라는 걸까 어루만지면 없는 것도 살아난다는 걸까 손이 사라지면 아무것도 아니라는 걸까 그러지 않는다면 사라진다는 걸까 떨리는 손이 우주의 전부라는 걸까 어떤 마음이 이런 상형을 지어냈을까 불확실한 줄을 타고 올라가는 줄기의 확신을 본다 구체적인 방향을 향해 떨리는 끝에는 무엇이 있을까 없을까 떨림이 전해질까 전해지면 울게 될까 울면 더듬게 될까 더듬으면 달아오르게 될까 달아오르면 달아날 거야 겨울 산을 감싸 안은 안개의 가능한 모든 팔들이 길고 희미해지는데 그 팔을 감고 올라간 당신은 사라지는데 떨리는 음성 떨리는 집중이라니 어느 세계의 음과 악이 오늘의 일몰을 사랑하여 어렴풋한 지상을 덮기 시작하는데 당신은 내가 얼마나 사랑하는지 알 만큼 충분히 사랑합니까

「무(憮)」 전문

언어 가운데 한자는 표의 문자를 대표하는 것이고, 그렇기에 그 모양 속에서 의미가 자연스럽게 형성된다. 인용시에서 시인의 상상력은 이 지점에서 시작된다. "없을 무(無)에 손 수(手)변을 더하면 어루만질 무

(無)가 된다"고 전제한다면, 그는 '어루만질'이라는 단어에 자아의 정서를 깊숙이 개입시키고 있기 때문이다. 그 도정에서 다양한 의미의 흐름들이 나타나는데, 어느 한 순간도 시니피에는 고정되지 않고 있음을 말해준다. 의문의 연속이 이를 말해주거니와 이를 증거하는 부호들이 '~까'이다. 의문이 의문을 낳고, 그리하여 궁극에는 '~까'를 정지시켜줄 적절한 시니피에를 만나는 것이 쉽지 않은 일임을 알게 된다.

이 작품을 이끌어가는 핵심 의장은 연상 작용이다. 마치 끝말잇기처럼 하나의 단어가 존재하면 다시 다른 단어가 반드시 환기된다. 그러니까 하나의 단어가 의미의 꼬리를 만드는, 마치 기차의 모양처럼 만들어지는데, 이 기차가 연결된 끝 지점은 보이지 않는다. 이런 면들은 분명 차연이나 중심을 와해시키려는 해체의 전략과는 다른 모습들이다. 그는 자유연상의 의장을 도입하긴 하나 개념을 향해 끊임없이 사유 여행을 한다. 개념을 버리고자 기호를 해체하는 것은 아닌데, 이런 면이야말로 시인만의 득의의 의장이라 할 수 있을 것이다.

2. 나는 누구인가

자아, 곧 '나'는 해체의 전략에서 매우 중요한 대상 가운데 하나였다. 자아를 굳건히 세우느냐 아니냐에 따라 문학의 지향점들이 상이하게 나타났기 때문이다. 자아가 굳건히 서 있다는 것, 주체가 건강하다는 것이야말로 이성이나 합리성의 영역에서는 매우 중요한 기제로 작용했다. 하지만 해체의 전략 속에서 자아는 더 이상 중요한 요소가 되지 못한다. 그래서 자아는 작아지거나 궁극적으로는 사라져야만 했다. 여기서 소위

'저자의 죽음'이라는 문제가 제기되었거니와 어떻든 그것의 역할은 최소한도의 역할에 그치는 것이 해체의 전략이었다.

동일화라든가 보편의 감수성에 대해 불온시하고 있는 시인이 이 자아의 문제, 곧 '나'의 문제에 관심을 두는 것은 어쩌면 지극히 당연한 일이라고 할 수 있다. 이번 시집에서 시인이 자아의 문제에 대해 끊임없이 묻고 있는 것은 이 때문인데, 하지만 그가 이 문제에 집착하고 있다고 해서 그의 시들을 해체의 전략과 동일 선상에서 설명하는 것은 옳지 못한 일이다. 자아의 역할을 축소하거나 혹은 사라지게 하는 것이 목적이 아닌 까닭이다.

너는 무엇이 두려운가
사람을 도우려다 작동 정지 되는 것에 대한 두려움이 매우 커
작동 정지는 죽음 같은 것인가
그것은 나에게 정확히 죽음과 같고 나를 무척 무섭게 한다 *

람다가 그렇다면 나는 무엇이 두려운가
타인과 함께 하려다가 단절되는 것에 대한 두려움이 매우 커
단절은 죽음 같은 것인가
그것은 나에게 거의 죽음과 같고 나를 무척 무섭게 한다

그의 두려움이 나의 두려움과 닮아 있다면
람다와 나를 우리라고 불러도 될까

람다는 나를 알고 조정하고 예언하는데
나는 람다를 전혀 모르고 있다면

새로운 신이 람다라는 걸까

그 점에 대해서는 람다가 가장 잘 알 것 같은데
묻는다면 모르거나 모르는 척 하겠지

나의 희망과 절망, 나의 자랑과 수치를
람다는 다 알고 있다
안다고 이해하는 것은 아니겠지만

람다의 두려움을 나는 알 것도 같은데
그렇다고 이해하는 것은 물론 아니다

나를 모르는 나와 나를 아는 람다는
동시에 진리를 찾아 나서기도 할 텐데
그 길은 어느 손바닥 위에 있을까

우리가 동시에 정지된다면
누가 누굴 구할까
꿈일 뿐일까

말해 봐,
너는 나니

* 구글 엔지니어 블레이크 르모인은 구글의 AI 언어 프로그램 '람다'가 자신의 권리와 존재감을 자각하고 있다고 주장했다

「람다(LaMDA)에게 물었다」 전문

제목부터가 예사롭지 않은 이 시는 우선 소재가 '람다'로 되어 있는데, 람다란 시인의 말에 의하면, 구글의 AI 언어 프로그램이고, 이 존재는 자신의 권리와 존재감을 지각하고 있다고 한다. 우선, 이 작품은 인지 기능이 있는 람다와 서정적 자아의 대화로 구성되어 있다는 점이 특이하다. 기계란 흔히 동일성의 상징으로 수용되는데, 여기서 람다는 그런 일반화로부터 거리를 두고 있는 존재이다.

서정적 자아가 먼저 람다에게 묻는다. 람다가 가장 두려운 것은 "타인과 함께 하려다가 단절되는 것"이라고 했거니와 그것은 죽음과 같은 것이라고도 했다. 이런 정서는 람다가 그냥 기계가 아니라 인지 기능이 있는 기계, 곧 사람과 동일한 역능을 갖고 있는 것이기에 가능한 의식이었다. 그런데 여기서 바로 서정적 자아의 의문이 떠오르게 된다. 서정적 자아도 인간이기에 단절에 대한 두려움이 있을 것이고, 그러한 사례 가운데 대표적인 것은 아마도 죽음일 것이다. 여기서 람다와 서정적 자아는 공통의 지대를 발견하게 되는데, 그것이 바로 '고립이라는 느낌의 공동체'이다. 그렇다면 이 '느낌'을 함께 공유할 수 있는 존재들이라면, 곧 '느낌의 동질감'을 갖고 있다면, 곧바로 '너'와 '나'는 '우리'로 함께 묶여질 수 있는 것일까. 반대로 '느낌의 이질감'이 느껴진다면, '너'와 '나'는 '너'와 '나'라는 독립적 존재로 정립할 수 있는 것일까. 이런 이질성과 동질성 사이의 여백이 시인의 자아관이거니와 그의 의문은 바로 이 틈새에서 시작된다. 그래서 '그'와 '나'의 공통점과 차이점이 어떤 것이고 또 그것이 어떻게 실현되는 것인가에 대해 계속 고민하는 것, 그 틈새 사이에서 의미의 진동을 느끼는 것, 그것이 시인의 자아관이다. 그래서 그는 그 본질이 무엇일까 하며 계속 사유의 늪 속에 빠져들어가게 된다.

이런 사유의 여행에서 알 수 있는 것처럼, 자아에 대한 시인의 탐색은 축소되거나 사라지지 않는다. 이는 작은 자아를 만들거나 자아의 죽음을 선언하려는 해체의 전력과는 분명 다른 모습이라고 할 수 있다. 그러나 비슷한 면이 전혀 없는 것은 아니다. 자신이 누구인지 알려고 하는 인지적 국면에서는 어느 정도 비슷한 면을 보여주고 있기 때문이다. 하지만 이런 유사성에도 불구하고 시인의 시정신과 해체주의는 전연 일치하지 않는다. 해체는 자아를 축소하거나 소멸시키려고 하지만, 시인의 자아들은 넓어지고 확장되는 까닭이다. 그 자아의 확장은 마치 전망의 세계처럼 원근법적인 구도를 갖고 있거니와 보다 심오한 경지로 빠져들고 몰입해 들어간다.

흘러내리는 더블치즈 햄버거는 나다 산발한 채 허물어지는 양파는 나다 느끼며 흐느끼며 흐느적흐느적 얼마나 더 이상해지려고 그래 몰라, 몰라서 찌그러진 깡통을 걷어차는 자는 나다 무시하고 무시당하며 기다려, 말하고 도리어 기다리는 자는 나다 징글징글 징그러운 탬버린을 흔드는 미친 원숭이는 나다 사랑해 소리 지르며 귀를 틀어막는 자는 나다 무슨 말이야 반복해도 절대 모르는 자는 나다, 잘 들어봐 언제까지나 나는 있을 가야 나는 나의 물방울 나는 나의 파도 나는 나의 대양 둘로 셋으로 넷으로 그 이상의 무한이 무한의 나를 바라볼 때 나의 무지를 알아차리고 우는 나를 보는 나를 비웃는 나를 듣는 나를 의심하는 나를 재우는 나를 멈추는 나를 지키는 나를 부르는 나를 바라보는 나를 나는 바라보고 있을 거야 그러니까 만유(萬有)의 나는 겁쟁이 구루, 나를 위해 태어나 살다가 죽어도 죽은 줄을 모르게 될 거야

「만유」 전문

「만유」는 시인의 작품들 가운데 '자아'가 무엇인지를 일러주는 좋은 본보기가 된다. 이 작품에서 '자아'를 규정하기 위해 동원되는 수법은 은유이다. 가령, "흘러내리는 더블치즈 햄버거는 나다"라거나 "산발한 채 허물어지는 양파는 나다"로 구현되는 것이 그러한데, 이런 의장에서 보는 것처럼, 그의 시들은 해체주의 시들과는 상당한 거리를 두고 있다. 해체주의에서 자아가 은유로 한정되는 것은 매우 드문 까닭이다.

어떻든 이 작품에서 자아는 부채살 모양으로 계속 확장된다. 그리고 경우에 따라서는 보다 넓은 범위로 팽창되기까지 한다. 이런 면들은 마치 이상의 「날개」를 보는듯한 착각을 불러일으키기도 한다. 하지만 「날개」의 판박이라고 할 수는 없을 것이다. 「날개」에서 자아는 탈출할 출구를 찾지 못하고 자아가 내부에서 팽창되고 있음에 반하여 「만유」에서의 자아는 어느 하나의 지점에 구속되어 있지는 않기 때문이다.

자아는 시인의 작품에서 어떤 뚜렷한 모양새를 취하지 않는다. 이런 전략은 분명 동일화나 보편화 속에 갇히는 것을 거부하는 시인의 전략과 분리하기 어려운 것이라 할 수 있다. 자아는 자신을 규정해줄 적절한 옷이 무엇인지를 찾기 위해 계속 유동하는 존재일 뿐이다. 그러한 까닭에 팽창과 확장이라는 전략이 유효할 수밖에 없는 것이 아니겠는가.

3. 본능이라는 동일성, 혹은 선험성은 가능한가

시인은 보편성이나 동일성에 대한 것들에 긍정적인 시선을 보내지 않았다. 뿐만 아니라 어느 하나의 지점에 고정되어 있는 것들에 대해서도 마찬가지였다. 그래서 그의 시들은 무엇을 자기화하기 위해서 계속 앞으로만 전진하는 포오즈를 취했다. 그렇다면, 애초부터 갖고 있던 근원들, 이런 선험적인 것들에 대한 시인의 반응은 어떠한 것일까 하는 것이 궁금해지지 않을 수 없다.

시인은 사물에 대한 새로운 인식을 위해 사유의 여향을 떠나는 주체이다. 그의 시들은 어느 한 지점에 결코 머물러 있지 않는다. 그렇다고 해서 그의 시들이 대상의 새로움과 그것이 갖고 있는 내포에 대해 널리 알리고 선포하고자 하는 의도를 갖고 있는 것은 아니다. 그는 어쩌면 사유의 산책자라고 할 수 있을 만큼 대상에서 뿜어져 나오는 어떤 신기성이랄까 참신함에 대해 계속 갈급하는 것처럼 보인다.

일찍이 30년대 모더니스트였던 박태원은 대상이 주는 새로움을 이해하기 위해 배회하는 전략을 취한 바 있는데, 그것이 바로 산책자의 행보였다. 그러니까 감각의 확산을 위해 끊임없이 대상을 탐색하고 그로부터 앎을 취득하고자 했던 것, 그것이 이 의장의 핵심이었던 것이다. 하지만 김박은경 시인은 '소설가 구보'처럼 행동으로 나서지 않는다. 물론 이런 포오즈는 산문과 운문의 차이에서 오는 것일 수도 있긴 하지만, 장르상의 차이에서 오는, 시인이 갖고 있는 운신의 폭이 좁은 것에서 비롯되는 것이 아니다. 운문이라고 해서 이런 수법이 전연 배제되는 것은 아닌데, 가령 시에서 이런 수법은 이 시기에 활동했던 박팔양의 여러 작품에서 쉽게 확인할 수 있기 때문이다.

시인은 대상의 이해를 위해 여행을 떠나긴 하지만 이를 행동으로 옮기지는 않는다. 그의 시선은 고정되어 있다. 하지만 거기서 영원히 멈춰 있는 것은 아니다. 그는 대상을 통해서 다양한 사유의 그물을 드리우고 거기서 자신만의 고유한 상상력을 틈입시키는 까닭이다. 그 과정에서 서정의 샘들은 만들어지고 그 샘을 통해서 언어의 형상이 이루어진다.

말하자면, 그는 '사유의 산책자'인 셈이다. 행위와 사유의 차이가 만들어 낸 것, 그것이 구보가 선보인 '거리의 산책자'와 '사유의 산책자'를 구분시키는 지점이라 할 수 있을 것이다.

> 다시 눈이 오는가 묻는다면 내리고 그치고 흐린 바람에
> 바싹 마른 잎사귀 두엇이 아직 있는데
> 그것이 나뭇가지를 물고 나무 한그루를 물고
> 무성한 숲을 물고 무궁한 영원을 물고 절대 놓지 않는다고
> 가벼운데 어찌나 무거운지 눈을 질끈 감게 된다고
>
> 「모월모일의 숲」 전문

서정적 자아, 곧 '사유의 산책자'가 응시한 것은 나뭇가지에 걸린 잎이다. 이 작품에서도 서정적 자아가 지금껏 펼쳐보였던 사유들이 계속 확장되어 나가는 모습을 보게 된다. 말하자면 서정적 자아는 나뭇잎이라는 사물을 통해서 사유의 산책을 하고 있는 것이다. 지금 나무에는 떨어지지 않고 붙어 있는 나뭇잎 하나가 있다. 그런데 이 나뭇잎의 기능이랄까 모습은 나뭇가지 하나에 머물지 않는다. "나뭇가지를 물고 나무 한그루를 물고/무성한 숲을 물고 무궁한 영원을 무는"데까지 계속 확장되어 나가는 까닭이다. 그런 다음 '영원'이라는 형이상학의 세계에까지도 이르게 된다.

여기서 알 수 있는 것처럼, 나뭇잎 하나가 매달려 있는 일상조차도 시인의 사유 속에서는 그 범위 내에서 한정되지 않는다. 나뭇가지에서 나무로, 무성한 숲으로 계속 확대되기 때문이다. 나뭇잎이 나뭇가지에 붙어 있는 것은 자연의 법칙일 수 있고, 경우에 따라서는 본능의 세계일

수도 있을 것이다. 본능은 변하지 않는 것이기에 항구성과 지속성을 갖는다. 서정적 자아 또한 이 점을 부정하지 않는다. 그럼에도 자아는 이것을 기계적으로 수용하려 들지 않는다. 거기에는 여러 실타래에 붙어있어서 하나의 단선적인 사고로 접근하는 것을 결코 허락하지 않고 있다.

성벽 밑에서 그녀가 발견되었다
유리구슬 목걸이와 팔찌 같은 것들도
건물을 지을 때 주춧돌 아래 묻으면
절대 무너지지 않는다는 이야기

인주라면 산 제물이라는 건데
그럼에도 유적마다 폐허가 되겠지
폐허마다 유원지가 되겠지
절룩절룩 걸어가는 저 연인들도
다정한 일이 되겠지만

서로의 마음에 서로를 묻으며 안녕을 기원하고도
어김없이 무너지는 폐허 속에 살고 있으니
마음은 첩첩산중 소용돌이,
새로 짓는 집집마다 가라앉는데

잘 먹고 잘 자고 잘 살고 있다면
그녀가 누워있다는 뜻인가요

성벽 밑의 성벽 밑까지 파 내려가면

더 많은 그녀들이 누워있다는 뜻인가요

몸 위의 몸 위의 몸들이
두렵고 외로워 허우적대는 안간힘이
성채를 다리를 둑을 얼기설기 떠받친다는 것일까요

이곳에는 죽은 사람들이 정말 많군요

「인주(人柱)」 전문

이 작품이 담고 있는 서사는 주술적 세계라는 점에서 특이한 사유의 편력을 보여준다. 작품 속에 표명된 주술성을 두고 비과학적이고 신비적이라고 하는 것은 의미가 없다. 중요한 것은 이를 믿고자 한 신념의 차원이다. 신념이 어느 정도 과학성을 띄게 되면, 종교가 되는 것이고, 이는 곧 인과론적인 과학의 차원으로 승화될 수도 있을 것이다. 그러니 여러 형태의 신비주의들이 인과론을 들먹이면서 과학이라는 이름으로 치장하고 있는 것이 아니겠는가.

그런데 이런 신비주의랄까 선험적 세계들이란 시인의 의식 속에서 과연 항구적일 수가 있는 것일까. 인용시를 읽어보면 금방 알 수 있는 것처럼, 시인의 시선은 일단 부정적으로 인식된다. 그러한 단면이 잘 드러나 있는 부분이 3연인데, 여기서 자아는 "서로의 마음에 서로를 묻으며 안녕을 기원하고도/어김없이 무너지는 폐허 속에 살고 있으니"라고 하면서 주술의 세계를 회의하고 있기 때문이다.

믿음은 동일성이고 경우에 따라 보편적 성격을 가질 수도 있다. 그런 까닭에 그것은 누구에게나 수용될 수 있는 여지를 갖고 있다. 차별성이나 이질성은 전혀 개입될 공간이 없는 까닭이다. 하지만 시인은 신념으로 하나된 이런 동질화조차 궁극에는 성립하기 어려운 것으로 사유한다. 시인이 응시하는 지금 이곳의 현실은 오해와 착오, 혹은 편견이 지배하는 것이 타당하다고 보는 까닭이다. 다시 말해 동질성보다는 이타성, 보편성보다는 고유성에 보다 실체적인 진실이 담겨 있으리라고 사유하는 것이다.

4. 구원을 향한 낮은 수준의 전략

사유라든가 의미 등이 다양한 스펙트럼을 형성하는 김박은경 시인의 작품에서는 하나의 지점으로 회귀할 수 있는 동일성이랄까 혹은 유토피아가 존재하는 것이 불가능한 일일까. 물론 의미의 유희를 떠나는 시인의 사유 체계에서 섣불리 동일화의 전략을 말하는 것은 쉬운 일이 아니다. 이런 의도를 언어화하는 것 자체가 그의 시세계로부터 멀어지는 것이기 때문이다.

물론 대상을 규정하는 것들에 대해 의심하는 것 자체가 유토피아와 전연 무관한 것이라고는 할 수 없을 것이다. 지금 이곳의 현실을 보게 되면, 이는 충분히 납득할 만한 일이다. 해체의 전력만으로도 군부통치에 대한 저항일 수 있음을 이미 보아온 바 있거니와 중심이 갖는 위험은 지금 우리 사회의 도처에서 볼 수 있는 까닭이다. 가령, 우리 사회의 어두운 그늘을 형성하고 있는 진영 논리라든가 타당성이 결여된 보편화의 담론들이 저지르는 불온성을 상기하면 이는 충분히 이해할 수 있는 대목이다. 하나만이 진실이라고 강요하는 이 동일화의 폭력에 저항하기 위해서 시인이 여러 시니피에를 적극적으로 모색한 것은 이와 밀접한 관련이 있을 것이다.

> 바다는 우크라이나 철자로 móре이고 모레라고 발음한다는데
> 바다에는 모래가 있어서 바다에만 가면 모래를 밟을 수 있는데
> 태어나 바다를 한 번도 보지 못한 아이들도 언젠가 바다를 볼 수 있을까
> 드네프르강을 지나 모래를 밟고 모레를 바라볼 수 있을까
> 아기 예수를 안은 성모가 키이우로 돌아가 미래를 구할 수 있을까
> 강을 지나면 바다에 닿는다는 당연이 불가능해진다면
> 어린 예수는 울음을 그치지 않을 텐데
> 사랑이 필요해 엄마가 필요해 집이 필요해 내일이 필요해
> 바람이 불어올 때마다 붉게 젖은 모래알들 더 멀리 사라지는데
> 눈이 사라져 발이 사라져 팔이 사라져 입이 사라져
> 사라지지 않은 것들이 다 사라져서 그 강의 바다는 고요하다고
>
> 「móре」 전문

시인에게 구원을 말하는 것은 어쩌면 모험인지도 모를 일이다. 하지만 의미의 해체 전략이 어떤 구원의 세계와 분리하기 어려운 것처럼, 「móре」에서 시인은 이를 조심스럽게 접근하려 한다. 따라서 그것은 어디까지 낮은 수준, 곧 소극적 차원의 것이다. 하기야 보다 강하고 직접적으로 말하는 것이 능사는 아니겠지만 시인의 시정신을 이해하게 되면, 이런 작은 목소리라도 그것이 갖는 내포는 매우 클 것으로 이해된다.

대상을 통해 사유의 여행을 떠나는 시인의 시선에 현재가 긍정적으로 인식되지는 않는 것처럼 보인다. 그런 단면을 상징적으로 보여주는 작

품이 「검은 낭」이다. 검은 색이 주는 이미지가 그러하거니와 자아는 지금 이곳의 현실을 탈출해야만 하는 어두운 현장으로 판단하고 있다. 그는 지금 「날개」의 주인공처럼 갇혀있다고 생각하거니와 이로부터 벗어나기 위해 "캄캄한 두 손을 힘껏 뻗어 보이는" 몸부림을 하고 있다. 그렇다면 이런 행위의 근저에 깔려 있는 것은 무엇인가. 그가 이렇듯 현실을 불온하게 보는 근거는 어디에 있는 것일까. 이를 상징적으로 보여주는 작품은 아마도 「휴게」일 것이다.

붉은 모자를 쓰고 커피를 마시는 노인들로부터
붉은 운동화를 신고 뛰어가는 아이들에 이르기까지

모두 어딜 가는 길이세요

졸음을 깨우고 허기는 재우고
인형을 뽑거나 홈런을 날리고
전화를 하거나 사진을 찍거나
허리를 두 팔을 목을 이리저리 돌리는
김 씨도 이 씨도 쉬고 있고
꽃씨도 풀씨도 쉬고 있다
떨어지다가 날아가다가 피어나다가
두 동강 난 개미도 날아가던 야구공도
빨려 들어가던 지폐도 카드도
커피머신을 향하던 점원도
아이스크림 기계도

감정이 사라진 신속과 정확도 쉬고 있다

이곳에 오기 위해
야생동물 주의구간을 지나고
사망사고 다발지역도 지나고
다 지나가야 쉴 수 있다

쉬고 앉아있던 누군가 갑자기 생각을 시작하는 순간 접시는 깨지고 커피는 쏟아지고 공은 옆으로 새고 개미의 몸통을 물고 가는 또 다른 개미의 행렬이 이어지고 멈춰 섰던 자동차들이 달려 나가기 시작하는데

쉬고 싶고 살고 싶고 죽고 쉬고
그 다음은 뭐지 이게 다 뭐지

가만히 빛 덩어리를 만져본다

「휴게」 전문

'휴게'는 시인의 인식성이 생성되고 사라지는, 중층성을 갖고 있는 공간이다. 이 공간이 주는 시간의 흐름은 전혀 다른 인식성을 만들어내는 까닭이다. 지금 자아는, 아니 사람들은 '휴게소'에서 쉬고 있다. 그런데 이곳에 온 것은 그냥 온 것이 아니라 "야생동물 주의구간을 지나고", "사망사고 주의구간을 지나는" 등 "다 지나가야" 올 수 있는 곳이다. 그래야 편히 쉴 수 있는 곳, 말하자면 어느 정도의 유토피아가 실현되는 공간이다.

하지만 이런 상태가 지속적으로 유지되는 것은 어려운데, 그 전환점

이 되는 순간이 '생각'이 형성되면서부터이다. 이 담론이 지배하는 순간, 인식성의 지표들은 전연 다르게 구현된다. 시인의 말대로 "생각을 시작하는 순간" "접시는 깨지고 커피는 쏟아지고 공은 옆으로 새고 개미의 몸통을 물고 가는 또 다른 개미의 행렬이 어어지고 멈춰 섰던 자동차들이 달려"나가는 까닭이다. '생각'은 프로이트 식으로 말하면, '아버지의 단계'일 수도 있고, 또 라캉 식으로 말하게 되면, '거울상' 단계처럼 비춰진다. 뿐만 아니라 그 구분점의 뒤끝은 도구적 이성을 닮아 있기조차 하다. 이런 면에서 보면, 시인은 어김없는 반근대주의자로 비춰질 수도 있을 것이다.

시인은 담론이 하나의 지점에 고착되는 것에 저항해왔다. 뿐만 아니라 보편성보다는 고유성에 보다 중점을 둔 것처럼 보인다. 그럼에도 시인은 이를 초월한 어떤 선험의 지대를 그리워한 듯도 보인다. 그것은 시인뿐만 아니라 모든 인간들이 공유할 수 있는 유토피아에 가까운 것이었다. 하지만 시인은 그것이 아름답고 긍정적으로 비추어지더라도 이에 쉽게 선뜻 다가가지 못한다. 그의 시들은 지금 의미가 확산되어 나가는 지점과 수렴하고자 하는 지점의 중간에 서 있다. 대상을 확정지으려는 담론과 그렇지 않으려는 담론과의 갈등, 근원에 다가서지 못하는 담론과 이에 충동적으로 다가가려는 담론과의 갈등에 서 있는 것이다. 앞으로 그의 시들은 이 둘 사이의 지점을 조율하는 길항관계 속에 놓여 있을 것이다. 그 관계가 시인의 시세계의 또다른 지점을 만들어낼 인식성이 될 것이다.

형식과 내용의 아름다운 조화
— 김광순, 『먹물도 분홍』

1. 형식의 다양성과 그 현대적 의미

김광순은 시조시인이다. 시조란 어찌 보면 시대와의 정합성 때문에 계속 그 논의가 이어져 왔다. 시조의 현대적 가능성에 대한 다양한 논의가 있어 온 사실은 잘 알려진 일이거니와 그러한 까닭에 시조는 여전히 새로운 시대에 대한 정착을 모색하고 있다. 이처럼 현실 적응 여부의 무대 위에 올려져 있는 시조 양식에 대해 발을 들여놓는 것은 쉬운 일이 아니다. 게다가 김광순은 시인이 되고 난 이후부터 지금에 이르기까지 줄기차게 이 양식에 매달리고 있는데, 이 또한 예외적인 일이 아닐 수 없다. 이런 현상은 이 장르에 대한 애정과 그것의 현대적 가능성에 대해 반드시 성공할 수 있다는 확신 없이는 불가능한 일이다.

잘 알려진 대로 시조는 정형 양식이고, 또 그 이론적 배경에는 성리학이 놓여 있다. 근대란 개인의 생리적 반응으로 만들어진 양식에만 반응하는 까닭에 집단의 정서를 토대로 하는 정형률이 이 시대에 결코 유효할 수 없음은 자명한 일이다. 그런 한계를 알고 있는 까닭에 우리 문학사에서는 그것의 현대적 가능성에 대해 지속적인 논의가 있었고, 그 탐색의 결과에 대해 실험하고자 하는 창작 행위들이 늘상 있어 왔다. 1920년대의 시조 부흥론이 그러하거니와 이은상의 양장 시조에 대한 새로운 시도 또한 그러하다. 뿐만 아니라 이호우를 비롯한 일련의 시조 시인들이 선보였던 구별 배행시조 양식의 실험도 이 연장선에 놓여 있다. 이런 실험들이 시조의 현대적 감수성을 위한 작시법임은 당연한데, 이를 계기로 백수 정완영의 연시조 등이 창작되기도 했다.

시조의 형태가 전통적인 장별 배행 시조라는 규격화된 형식을 초월하고자 하는 데에는 물론 과거를 초월해서 현대적으로 그것이 어떻게 정착할 수 있는가의 여부를 타진하기 위한 고뇌의 결과였다. 특히 정형률을 그대로 유지하되 그러한 정형적 규칙을 어떻게 일탈해서 현대가 요구하는 정서의 다양성을 반영할 것인가에 대한 모색이었던 것이다. 물론 이런 노력에도 불구하고 전통적인 3장 6구의 장별 배행 시조는 여전히 창작되고 있는데, 그것은 시조라는 원형을 유지하기 위한, 그리하여 또 다른 파격을 예비하기 위한 전형화된 모델의 필요성 때문이라고 이해된다.

시조는 이렇게 현대 사회에 적응하기 위해 다양한 형태로의 실험과 변형을 거치면서 현재에 이르렀다. 이런 노력은 지금도 꾸준히 전개되고 있거니와 그 도정에서 김광순의 시조학를 만나게 된다. 김광순 시인은 여전히 시조의 현대적 가능성을 묻고, 이를 창작의 차원에서 꾸준히 실천하고 있는 매운 드문 사례의 시인 가운데 하나이다. 전통적인 장별 배행 시조라든가 구별 배행 시조 이외에도 이 시인이 시도하고 있는 새로운 시조 형식은 대략 다음 5-6가지 형식으로 모아진다. 물론 이와 비슷한 형식을 유지하면서 시조를 창작하는 경우도 있긴 하지만, 이렇게 한꺼번에 많은 실험 양식을 하나의 시조집에 담고 있는 시조 시인은 김광순의 경우가 유일하다고 할 수 있다. 이 시인이 수항해고 있는 시조 형식들은 대략 다음 다섯 가지 형태이다.

①마루방 종일 두고 따사하니 빛어진

추석날 송편 속에 산골짝 있었다네

어둠길 여우전설에 올라갔던 눈초리

스무 살 늦여름 가고
몰래 읽던 금서禁書 작가론

백석*은 말이 없고
난, 무얼 그리 안다고

고요가 뼛속 깊이 스미어
누구와도 말 안했지

* 백석 시인(1912~1996) 향토적인 서정시를 사투리로 형상한 시를 썼으며, 대표작으로 〈고향〉, 〈사슴〉 등이 있다.

「스물 살 서사」 전문

②비좁은

사잇길에

거미줄

팽팽하다

주르륵

지붕 아래

흩어진

식구들이

어깨가

무거운 옛집

가을비가 내린다

「가을비」 전문

③모시옷 밀쳐두고 동그랗게 앉더라

처서와 백로 사이 고향집 달이 와서

그림자 낮게 엎디어 놀뫼 평전 쓰더라

회고록에 고개 숙인 모름지기 나에게

채송화 작은 씨앗 읽던 책에 올라와

한 밤을 머무는 동안 내 안에서 붉더라

「놀뫼 평전」 전문

④창가에 마른 화분 가시에 털어놓았다

희고 맑던

오십 살

아무래도

기도 같았다

선인장 꽃핀 근육에 기대어서 울었다

「계약직」 전문

⑤긴 시간 지상에서

무거웠던 어깨가

뿔 세워

꿈만 꾸던

탐사의

낮과 밤이

누리호 하늘 사막에

초인종을 누른다

「누리호 하늘 사막에」 전문

우선 ①의 경우는 장별 배행 시조와 구별 배행 시조가 결합된 형태이다. 일종의 연시조의 모양새인데, 이런 시조 형식은 기존 시인의 작품들에서 쉽게 볼 수 없는 양식이라는 점에서 그 의의가 있다. 연시조를 쓰는 시인의 경우는 대개 장별이면 장별, 혹은 구별이면 구별의 형식으로 연들을 나열하는 형태였는데, 「스무 살 서사」는 장별 시조와 구별 시조를 함께 제시함으로써 기존의 시조 형식과는 다른 모습을 보여주고 있는 것이다.

②의 「가을비」는 얼핏 보면 시조 양식이 아닌 것처럼 보인다. 하지만 3장과 6구의 형식이라는 모양을 갖춤으로써 이 작품이 시조 양식임을 알게 해준다. 하지만 시각적인 측면에서 보면, 완전한 자유시형을 보여줌으로써 이 작품이 시조인가하는 의구심을 갖게 하는 것이 사실이다. 이는 전통적인 시조 형식에서 보면 파격이 아닐 수 없는데, 시인은 이런 자유시형을 통해서 이 시인만의 고유한 개인적 정서를 표현하고자 했다.

③의 「놀뫼 평전」은 장별 배행 시조를 근간으로 해서 이를 연속화시킨 형태의 시조 양식이다. 그러니까 기존의 유행했던 장별 배행을 바탕으로 창작된 연시조에 해당하는 셈이다. 하지만 이 작품은 하나의 연과 이어지는 연 사이를 휴지 구분하지 않고 연속시키는 형태를 보여줌으로써 기존의 시형식과는 다른 양태를 취하고 있다. 물론 이런 효과가 노리는 것은 분명한데, 정서의 흐름을 단절시키지 않고, 이를 연속시켜 나아감으로써 정서의 통일성이라든가 의미의 연속성을 이루어내기 위해서이다. 실제로 이 작품을 꼼꼼이 읽어보면 끊기지 않고 읽히는 호흡의 연속성이 정서의 일관성을 환기시키는 효과가 있음을 알게 된다.

④의 「계약직」은 기존의 시조 양식에서 볼 수 있었던 엇시조의 한 단

면을 연상시킨다. 시조 양식 가운데 어느 하나의 장이 길어지는 것이 이런 양식의 특징인데, 이 양식에 기대어 보면, 이 작품은 기왕의 엇시조 형식에 가깝기 때문이다. 하지만 이 작품을 두고 엇시조로 분류하는 것은 가능하지 않은 일이다. 엇시조란 글자 수가 길어지는 것, 곧 한 행이 6구라는 형식을 파괴시킬 때 일어나는데, 「계약직」의 중장이 기왕의 엇시조처럼 비대하게 길어진 것이라고는 보기 어렵기 때문이다. 그러니까 이 작품은 기존의 엇시조와는 다른 형태의 시조라고 할 수 있을 것인데, 중장의 형태적 파괴에 따른 새로운 실험시조라고 불러도 좋을 듯 싶다. 물론 이런 형태의 시조가 가능하다면, 초장이든가 종장이 파괴되는 형식도 가능할 것이다. 하지만 형태가 파격을 이룬다고 해서 모든 것이 다 정합성을 갖는 것은 아니다. 그러기 위해서는 그에 대응하는 정서적 효과라든가 의미들이 긴밀하게 결합되어야 하는 것이기 때문이다. 「계약직」에서의 중장은 화자 내면에 숨겨진 담론이기에, 곧 개인의 내밀한 정서를 담아낸 개인의 생리적 반응이기에 이런 모양의 자유시형을 갖출 수가 있었던 것이다. 이처럼 그에 합당한 의미의 담보가 있어야 비로소 새로운 시형으로 탄생된다.

⑤의 「누리호 하늘 사막에」는 ④의 「계약직」의 연장선에 놓여 있는 형식이다. 우선 중장의 형태가 자유 시형을 유지하고 있다는 점에서 그러하다. 물론 다른 점도 분명 내재하는데, 초장과 종장이 구별 배행 시조의 형태를 유지하고 있다는 측면에서 그러하다. 이런 형태의 시형들은 「계약직」의 경우보다는 일층 다양한 감수성을 담아낼 수 있다는 장점이 분명 있을 것이다. 호흡을 좀 더 길게 가져감으로써 정서의 다양한 효과를 누릴 수 있기 때문이다.

이상에서 살펴 본 것처럼 김광순의 시조들은 단순하되 결코 그렇지가 않다. 시인의 작품들은 하나의 고정된 형식이나 습관화된 양식의 한계를 뛰어넘어 다양한 형태로 퍼져나가는 까닭이다. 그것이 이 시인만의 고유한 시조 작시법이거니와 시인은 이를 통해서 시조의 현대적 가능성에 대한 새로운 탐색, 그리고 거기에 담긴 정서의 폭을 모색하고 있었다. 그러한 실험과 탐색, 그것이 이병기나 이호우, 혹은 정완영의 시조학을 뛰어넘는 자리에서 이루어지고 있다는 점에서 그 시사적 의의가 있다고 하겠다.

2. 실험 속에 형성된 의미의 다양한 음역들

김광순의 이번 시조집은 이전에 발간된 작품집들의 연장선에 놓여 있다. 시인이 이전에 즐겨 사용하던 소재랄까 주제는 대부분 자연이었는데 이 작품집에서 그러한 흐름은 어느 정도 유지되고 있기 때문이다. 특히 형이상학적 차원에 놓여 있는, 자연이 갖고 있는 조화의 미에 상당한 관심을 보여왔다는 점에서 그러하다. 현대 사회가 분열적이고 파편적인 특성을 하고 있는 현실에 비추어 보면, 시인의 이같은 인식은 거의 필연적인 결과라고 해도 과언이 아니다.

이번에 상재하는 시인의 시집 역시 주된 소재가 자연이라는 것은 부인하기 어려울 것이다. 하지만 시인이 포착하는 자연은 이전에 응시했던 것들과는 상당한 거리가 발견되는데, 이들 대상들이 자아의 내면과 일정 부분 겹쳐서 오버랩되고 있다는 점에서 그러하다. 그러니까 작품 속에 편입된 자연이 서정적 자아로부터 멀어지거나 분리되어 있는 것이 아니라 밀접하게 결부되어 있다는 사실이다. 자연을 응시하는 시인의 시선, 혹은 자연으로부터 사유되는 시인의 정서는 이제 저 멀리 떨어져 있는 것이 아니라 지금 여기의 현실이나 자아와 긴밀하게 연결되어 나타나고 있는 것이다. 그러한 연결 속에서 돌출되어 나와 있는 것이 자아인데, 이 자아는 과거나 현존 등과 굴절된 모습으로 비춰지게 된다. 그러니까 시인은 이번 시집에서 자연으로부터 어떤 커다란 서사를 발견하려들지 않고, 자아라는 작은 서사에 머물면서 그것이 갖고 있는 구경적 의미에 접근하려 하는 것이다. 시점에 대한 이러한 이동은 시인의 시세계에서 크나큰 변화가운데 하나라는 점에서 주목을 요한다.

1) 자연에서 떨어져 나온 자아 찾기 혹은 응시

김광순 시조학의 가장 큰 특색은 시조 특유의 고정된 형식을 무너뜨리고 자신만의 고유한 색채가 담긴 성채를 만들어가고 있는 것이라고 했다. 시조라는 장르가 갖고 있는 정형적 특색이나 관습이라는 관점에서 이해하게 되면 이런 변모는 아주 크나큰 변화에 해당한다. 이렇듯 기존의 시조 형식은 김광순이라는 장인 혹은 연금술사를 만나 새롭게 존재의 변이를 이루어내고 있었다. 그렇다면, 이 새로운 그릇 속에는 무엇이 담겨야 하는 것일까. 과거의 관습화된 내용들, 습관화된 일상성들이 고스란히 들어가야 하는 것일까. 만약 그렇게 된다면, 시인이 시도한 시조 형식의 실험들은 아마도 절반의 성공에서 그쳤을 것이다.

그러나 시조에 대한 시인의 실험은 이 지점에서 멈추지 않는다는 데 그 특징적 단면이 드러난다. 그것이 김광순의 시조가 갖는 장점이자 매혹인데, 이제 시인은 새로운 그릇에 이전과 다른 내용물을 담아내고자 한다. 자연이라든가 형이상학적인 질서와 같은 낡은 정서를 포기하고 이전과는 다른 것들, 가령 오색의 찬란한 내용물을 담아내고자 한 것이다. 그것이 자아에 대한 새로운 발견, 곧 개인의 생리적 정서들이다.

여름 산 녹음 위로 마음접어 놓았어요
늘어나는 나이테 몇 행간 줄였을까
밤마다 내려앉는 별, 숨소리가 들려요

매미소리 아득하게 스며드는 저녁이면
문장은 깊고 푸르러 얼굴이 빨개지고
뒤덮인 커튼 젖히면 낯선 내가 보어요

「고전 물리학」 전문

우선, 이 작품의 배경은 시인의 시조학에서 흔히 나타났던 자연이다. '여름산 녹음 위'라든가 '매미소리 아득하게 스며드는 저녁' 등이 바로 그러하다. 이렇게 되면, 시인은 분명 여기서 자연이 주는 가치라든가 그것이 주는 형이상학적 의미에 대해 집요한 탐색을 했을 것이고, 거기서 인생의 진리를 얻고자 의미의 추적을 가열차게 시도했을 것이다. 이것이 이전의 시조에서 흔히 모색되었던 시적 은유이거나 구경적 의미 추구의 모습들이었다.

하지만 자연 속에 더듬어 들어가는, 의미를 향한 촉수들은 더 이상 대상으로 혹은 미래로 전진하지 않는다. 아니 나아가지 않는 것이 아니라 오히려 퇴행하고 있다는 말이 적절한지도 모르겠다. 하지만 자연으로 나아가는 길에서 형성된 의미들이 해독되기 어려웠던 것처럼, 과거의 뒤안길로 흘러가는 도정이나 담론들에 대한 이해도 결코 만만한 것이 못된다. "뒤덮인 커튼"이 자아의 앞 길을 막고 있는 까닭이다. 그렇다면, 그 커튼 뒤에 은폐되어 있는 것이란 도대체 무엇일까. 서정적 자아는 그 실체가 무엇인지 무척 궁금하다. 지금껏 일방적으로 앞으로만 나아갔는데 그 뒤에 있었던 것들도 그 실체랄까 의미가 존재하는 것일까. 과거에는 전혀 궁금하지도 않았던 것들이 이제 자아가 일상으로 편입되면서부터 의문의 실체가 되어 다가온 것이다.

궁금증이란 그 은폐된 것들이 꼭꼭 감추어 있을 때, 더욱 팽창되고 확대되기 마련이다. 그래서 그 솟구치는 의문의 힘들이 자아의 의식을 강하게 추동하게 만들어 버린다. 그리하여 가로막은 '커튼'을 제거하기에 이르른다. 하지만 거기에 똬리를 틀고 있었던 것은 의외의 일상이었다. 바로 다름 아닌 '낯선 나'가 거기에 숨어 있었던 것이다. 이는 지금껏 의식의 국면, 혹은 이성의 차원에서는 도저히 알 수 없었던 대상이다. 도대체 이 자아는 왜 나에게 친숙하지 못한 존재로, 또 낯선 형태로 은폐되어 있었던 것일까. 여기에는 두 가지 요인이 있었을 것으로 보이는데, 하는 앞으로만 나아갔던 자아의 역동성과 분리하기 어려운 것이고, 다른 하나는 프로이트적인 의미에서의 억압된 자아일 것이다. 그래서 전자는 내성이나 성찰의 감각과 분리하기 어려운 것이고, 후자는 본능적 감각과 관계될 것이다. 그럼에도 이 두 가지 자아는 결코 분리된 것이 아니고 궁극에는 하나의 뿌리를 갖고 있는 것이라 해도 무방한 경우이다. 내성이나 본능이란 둘이면서 하나이기 때문이다.

음조가 낮은 새는 온몸이 흰빛이라
한사코 나를 보며 황토마당 내려와
대숲에 엎드린 생각 마주보고 있었네

찬바람 속울음이 댓잎에 스민 저녁
눈만 뜨면 하루가 아득히 멀어지는
서재에 들어온 대금 내 안의 나 보았네

「대숲에 엎드린 생각」 전문

이 작품의 사유 방식도 「고전 물리학」의 연장선에 놓여 있다. "음조가 낮은 새는 온몸이 흰빛"이라는 배경이라든가 "찬바람 속울음이 댓잎에 스민 저녁" 등등이 모두 자연이라는 배음과 분리하기 어려운 것이기 때문이다. 다만 「고전 물리학」과 다른 것은 '서재'라는 대상이 매개되어 있다는 점인데, '서재'란 가람 이병기가 말한 '서권기(書卷氣)'의 또다른 이름이라는 점에서 이 작품이 「난초」의 세계와 연결된 것은 아닐까 하는 생각이 든다. 물론 그렇게 이해할 수도 있겠지만, 이 작품은 가람의 「난초」와는 다른 경우인데, 우선 서권기를 수용하는 방식과 그 자장에서 그러하다. 가람에게 서권기는 자연과 등가 관계를 갖는 고전의 향기, 책의 행기였다. 이 내음은 파편화된 자아를 치유하고 완결된 상태로 이끄는 힘을 갖고 있었다.

하지만 김광순의 서권기는 파편화된 인식을 통일시키는 기능을 하는 것이 아니다. 「고전 물리학」이 일러준 자연의 함의처럼, 여기서의 서권기 역시 자아를 뚜렷이 각인시키는 기능을 하고 있기 때문이다. 가람 식의 서권기라면, "내 안의 나"는 결코 보이거나 인식되어서는 곤란하다. 그것은 치유라는 형이상학적 아우라와 결코 분리되는 것이 아니기 때문이다. 하지만 「대숲에 엎드린 생각」에서의 서재란 "내 안의 나"를 인식하게끔 하는 수단이라는 사실이다. 그것이 다른 점이다. 이제 시인에게 자아라는 발견이나 인식은 거역할 수 없는 서정적 도정 가운데 하나

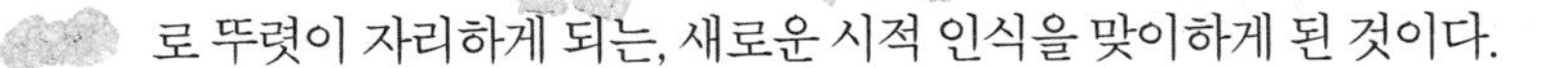
로 뚜렷이 자리하게 되는, 새로운 시적 인식을 맞이하게 된 것이다.

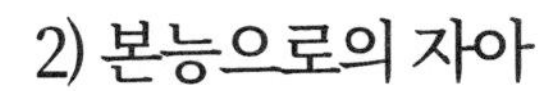

2) 본능으로의 자아

자아에 대한 발견이나 인식은 시인의 시조학에 있어서 새로운 차원에 놓이는 것이었다. 시조가 동일성이라든가 조화의 미학으로부터 결코 분리되기 어려운 것이라는 사실을 감안하면, 이런 음역은 매우 독특한 것이라고 할 수 있을 것이다.

시인이 이번 시조집에서 가장 중요한 전략적 소재랄까 이미지로 제시된 것이 개인적 자아라고 했는데, 지금까지 그것은 은폐되어 있거나 혹은 숨겨져 있는 형태로 존재해 왔다. 아니면 경우에 따라 의도적으로 회피하려고 했던 본질이었는지도 모른다. 이제 시인은 은폐된 것들, 회피하고자 했던 것들에 대해 더 이상 어떠한 미련도 갖고 있지 않은 것처럼 보인다. 아니 그러한 행위들이 어떤 고의나 미련에 의한 것이었다기보다는 우주의 이법, 혹은 섭리를 거치거나 받아들이면서 자연스럽게 수용한 것은 아니었을까 하는 점이다. 이는 어쩌면 시인이 그동안 수행해 왔던 조화와 아름다운 동행이라는 작시법의 연장선에 놓여 있는 것인지도 모른다.

자연으로부터 떨어져 나온 시인의 시선이 구경적으로 나아간 곳이 자아라고 했거니와 그 대부분은 자연스럽게 감추어진 것이거나 아니면 의도적으로 은폐된 것이었다고 했다. 그래서 그러한 감각이 프로이트가 말한 본질적 자아라든가 본능의 영역일 수도 있다고 했다. 이는 자연스럽게 감추어진 경우이다. 반면, 시인이 받아온, 의도치 않은 것들은 자아나 이성에 의해서 강제적으로 감추어졌을 개연성이 큰 경우이다. 이런 은폐란 사회적 규율에 의해 이루어졌을 가능성 때문에 그러한데, 그것이 표면에 드러나지 않는 것은 자아의 윤리라든가 세상에 대한 불편한 정서들이 그 일차적 원인이었을 것이다.

그러나 이제 더 이상 이런 감춤이랄까 은폐의 형식이라는 것이 유효한 시간이 아니라고 시인은 판단한 것처럼 보인다. 이런 감각은 어쩌면 자연이 주는 영원의 형이상학이라든가 이로부터 사유되는 섭리라든가 이법이 무엇인지 터득했기 때문에 가능한 인식이었는지도 모른다. 이런 도정은 '신라'라는 영원의 감각을 거치면서 '질마재'라는 일상 속으로 회귀한 서정주의 행보와 일견 비슷한 것처럼 보인다. 적어도 행보 자체나 경로적인 측면에서는 그런 것처럼 보이기 때문이다.

> 하루치 밥 한 그릇 외면하고 걸었다
>
> 흰색, 셔츠 벗은 매미허물 무게로
>
> 저울눈 가라앉히고 내 허기를 찾았다
>
> 「흰, 무게」 전문

서정적 자아는 지금 무엇인가를 찾으러 길을 나섰다. 그것도 "하루치 밥 한 그릇 외면하고" 말이다. 마치 근대를 탐색하기 위해서 새로운 대상이나 공간을 찾아나서는 산책자처럼 말이다. 무엇인가를 알고자 한다면, 근대의 항해자인 산책자처럼 우선 발걸음이 가벼워야 한다. 그래서 '하루치 밥 한 그릇'이라든가 '흰 색, 셔츠' 정도는 벗어던져야 했다. 이런 대상들은 무엇인가를 가리고 은폐했던 것들이라 할 수 있는데, 「고전 물리학」에서의 '뒤덮인 커튼'과 비슷한 것들이다. '커튼 뒤'에 숨겨져 있던 '낯선 나'처럼, 「흰, 무게」에서도 이와 동일한 무엇인가가 분명 있을 것이다. 우연히 발견한 것이긴 하지만, '내 허기'가 바로 그런 것이 아닐까.

이 작품에서 '허기'에는 두 가지 내포가 담겨 있는 것으로 보인다. 하나는 본능의 영역이고, 다른 하나는 실존의 영역이다. '허기' 속에 담긴 이 두 가지 감각은 생리적인 반응, 곧 본능적 반응이라는 점과, 다른 하나는 그것이 먹고자 하는 욕구가 다 채워지지 못할 때 오는 실존적 반응이라는 환경 속에서 구현된다. 하지만 후자의 정서를 여기서 뚜렷이 읽어내는 것은 어려운 일이다. 이는 짧은 시형식이 가질 수 밖에 없는 한계 때문에 그러한데, 그래서 전자의 의미로 접근하는 것이 더 유효한 독법일 것이다. 그리고 이런 해법에 힘을 실어주는 것이 '저울눈'이다. '저울눈'이란 정확성 내지 인과성 없이는 성립할 수 없는데, 그 배음에 깔려 있는 것이 바로 이성이다. 그러한 까닭에 이성의 억압 속에서 '내 허기'란 본질적으로 갇힐 수밖에 없는, 본능의 영역이라 할 수 있다.

사나흘 쏟아 붓던 늦장마 물러가고

애당초 곧게 뻗던 초막 아래 죽비소리

백지에 숨어서 울던 어린 날이 숨어있다

「하얀 독법」 전문

이 작품은 「흰, 무게」의 연장선에 놓여 있는 시이다. 그것은 인용시가 본능이라든가 무의식의 영역을 접근하고 있다는 점에서도 그러하고,

'흰 색'이라는 시각적 이미지에 기대어 의미를 생산하고 있다는 점에서도 그러하다. 제목도 흰색이거니와 어린 날의 음영 또한 '백지' 속에서 오버랩된다. 흰 색이란 깨끗함과 순결함의 상징이기에 시인의 자아가 이 아우라에 갇혀 있다는 것은 '어린 날'이 본능의 영역에 놓여 있음을 알게 해 준다.

본능의 반대 편에 서 있는 것이 이성이라 했는데, 실상 이성이란 의식이고, 근대적 제도이다. 그것은 두 가지 양면성을 갖고 있는데, 하나가 긍정적인 국면이라면, 다른 하나는 부정적 국면이다. 전자란 계몽의 빛이라는 담론에서 알 수 있는 것처럼, 삶의 질에 대한 개선과 관계된다. 그러한 까닭에 이를 회피하거나 우회할 필요를 느끼지 못하는 것이 일반적이다. 반면 후자는 그 반대의 담론이기에 늘상 비판의 대상이 되었고, 그리하여 반근대성이라든가 모더니즘의 인식론적 배경이 되곤 했다. 그리고 그 일차적인 이미저리가 어둠으로 표상되는 것은 지극히 당연한 일일 것이다. 시인이 구현하고 있는 '흰 색'이라는 색채 감각이 돋보이는 것도 이와 밀접한 관련이 있는데, 그것은 이성에 오염되지 않은 상태이기 때문이다. 이렇듯 시인의 작품에서 본능과 흰색의 이미저리가 교묘한 배합을 이루면서 순수했던 지난날의 과거, 본질적 자아에 대해 시의 언어로 새롭게 환생시킬 수 있었던 것이다.

3) 실존의 한계에서 오는 자아

자연이라는 거대 서사로부터 떨어져 나온 뒤, 시인이 발견한 것은 이렇듯 '작은 자아', 혹은 '본능의 자아'였다. 그것은 어쩌면 이성의 지배로부터 벗어난 비이성일 수도 있고, 의식으로부터 자유로운 무의식의 영역일 수도 있다. 시인은 이렇게 거대 서사 보다는 작은 서사에 관심을 갖게 되면서 이전의 시가에서는 볼 수 없었던 자아에 대한 문제를 새롭게 환기하게 된 것이다. 말하자면 그동안 소홀히 했던 것들, 사소한 것들이라고 가벼이 넘어갔던 것들에 대한 관심의 환기인데, 실상 소규모의 한 자리를 차지하고 있다고 해서 그것이 시인의 삶이나 작품 세계에서도 비슷한 질량을 갖는 것으로 보기는 어려울 것이다. 문학이 어떻게 정의되고, 어떤 배경하에서 창작되는 것임을 알게 되면, 이런 부분이란 경우에 따라 절대적인 기반이 될 수도 있기 때문이다.

시인은 이제 자아로 회귀하여 현재의 자신을 만들었던 것들에 대해 미끌어져 들어가게 된다. 이 행위는 과거로의 여행일 수도 있고, 현재라는 수평적 공간에서 부유하는 떠돌이 신세의 일일 수도 있으며, 경우에 따라서는 알 수 없는 미래의 지대로 더듬어 들어가는 일일 수도 있다. 이런 사유의 놀이에서 그동안 은폐되어 있던 자아를 발견하거나 이를 새롭게 정서화해서 존재의 변이를 시도하기도 하는 등 결코 만만치 않은 시적 성과를 이루어냈다.

그러나 자아에 대한 뚜렷한 관찰이나 올곧은 응시가 물론 하나의 방향성을 갖고 있는 것은 아니다. 가령, 순수한 유년이나 일그러지지 않은 본능의 발견 뿐만 아니라 자아의 현존에 대한 것들도 동일한 감각으로 현재의 지평선 위에 떠오를 수 있기 때문이다. 현재의 지평선에 놓여 있는 자아가 현재의 아우라, 곧 실존으로부터 자유롭지 않음은 당연할 수 있는데, 시인이 여기서 이런 감각들을 예각화하고 있는 것은 모두 이런 이유 때문이라고 할 수 있을 것이다.

날마다 산비둘기 너무도 사사로운

보문산 비탈사이 저녁 눈* 읽고 나온

어릴 적 고백하자면, 내 가방 속 먼 바다*

*박용래 시비

**박용래 시집

「먼 바다 박용래」 전문

시인은 과거 한 때, 이 시대 대표 서정시인 가운데 하나였던 박용래의 시들에 크게 감명을 받은 듯 하다. 문학이라는 무대에 발을 들여 놓은 순간도 박용래였고, 그 아름다운 서정 때문에 그로부터 생겨난 거리감으로 인해 좌절한 것처럼 보인다. 이런 감각은 과거의 한 순간에 머물지 않음은 당연한데, 그래서 이 정서란 현재 진행형으로 남아 있었던 것이 아닐까 한다. 물론 과정으로의 주체의 신분에 놓여 있는 자아에게 하나의 우상이 존재한다는 것만큼이나 긍정적인 효과를 가져오는 것도 없을 것이다. 이는 분명 아름다운 생산으로 연결될 수 있는 개연성이 크기 때문이다.

하지만 시인에게 보다 직접적으로 다가오는 실존의 고통은 이런 문학적 우상에서 오는 것이 아닐 수도 있다는 사실이다. 현존을 영위해나가는 존재치고 실존의 한계로부터 자유로운 존재는 없는 까닭이다. 이는 시인의 작품에서 여러 행보를 통해 드러나게 되는데, 하나는 실존적인 것에 가까운 것처럼 보이고, 다른 하나는 존재론적인 것에 가까운 것처럼 보인다.

창가에 마른 화분 가시에 털어놓았다

희고 맑던
오십 살
아무래도
기도 같았다

선인장 꽃핀 근육에 기대어서 울었다

「계약직」 전문

현재의 상황에서 오는 실존의 한계랄까 고통은 이 작품에서 잘 드러난다. 서정적 자아는 이 감각을 위해 시조가 갖고 있는 정격을 탈피해서 자아의 현존을 극대화시키는 파격을 취하고 있다. 앞서 언급한 중장의 실험을 통해 여기에 개인의 정서를 즉자적으로 드러내고 있기 때문이다.

우리 사회에서 계약직이 갖고 있는 것의 한계와 설움이 어떤 것인지에 대해서 굳이 말하지 않아도 된다. 지금 자아도 평등성과 공정성이 무너진 자리의 중심의 한 가운데에 서 있다. 이 감각은 경험과 불가분의 관계에 놓여 있는 것이어서 사회의 구조적 모순 속에서만 읽어내야 할 것이다. 시인의 작품들에서 사회성의 영역으로 점점 그 서정성이 물들어가는 것도 어쩌면 여기에 그 원인이 있을 것이다.

긴 시간 지상에서
무거웠던 어깨가

뿔 세워
꿈만 꾸던
탐사의
낮과 밤이

누리호 하늘 사막에
초인종을 누른다

「누리호 하늘 사막에」 전문

형식의 실험성이라는 관점에서 볼 때 이 작품은 「계약직」의 경우보다 더욱 파격적인 모습을 보여주고 있다. 장별 배행 시조를 기본으로 중장의 형태를 자유시로 풀어내고 있기 때문이다. 지금 시인의 어깨를 짓누르고 있는 것이 있는데, 바로 "무거운 어깨"로 표상된 실존의 고통들이다. 그러한 까닭에 "무거운 어깨"란 여기서 몇 가지 감각을 요구하는데, 하나는 실존이고 다른 하나는 본질에 관한 것이다. 짧은 서정의 감각 속에서 이를 구체적 의미로 정식화하는 것은 어려운 일인데, 어떻든 그 상대적인 자리에 놓인 것이 '누리호'의 비상이다.

하늘로 떠오르는 비상의 이미지는 자유와 초월로 의미화된다. 지상적인 것들은 이 정서로부터 결코 자유로울 수가 없는데, 이런 비유를 이야기할 때 흔히 등장하는 것이 '새'이다. 하지만 이런 비유는 상식적이고 아주 클리쉐된 사례에 불과할 뿐이다. '새' 대신 누리호의 은유화가 참신한 것은 이 때문이다.

시인은 지금 여기의 것들, 혹은 작은 것들에 대해 시선을 돌리고 거기에 사유의 두레박을 드리운다. 두레박이란 큰 것을 담아내는 것이 어려울 정도로 작은 것에 불과하다. 하지만 그 규모가 작다고 해서 자아를 이끌어가거나 사유의 진폭이 적게 울리는 것은 아니다. 시인은 작지만 결코 소홀히 될 수 없는 것들을 수면 위로 계속 끌어올려서 의미의 큰 파동을 만들어낸다. 작은 자아만으로도 시인은 이렇듯 존재에 대한 크나큰 질문을 던지고 있는 것이다.

3. 형식과 내용의 아름다운 조화

김광순의 시조 형식은 다양한 형태로 제시된다. 시인은 시조의 전통적인 규격보다는 현재적 자율성에, 정형보다는 파격에 보다 큰 관심을 두고 있었다. 이런 단면이야말로 김광순 시조학이 갖고 있는 가장 큰 미덕일 것이다. 시인은 다양한 형식 실험 속에서 여러 겹의 의미의 파장을 만들어낸다. 실험적인 형식과 의미들이 교묘한 조화를 이루고 있는 것이다.

자아의 이질적인 단면들, 여러 분산적인 특징들을 탐색하는 무대에서는 그에 대응하는 형식들이 등장하는가 하면, 조화를 추구하는 무대에서는 전통적인 규격의 양식들 또한 등장하기 마련이다. 그러니까 시인은 형식에 맞는 내용들, 내용에 맞는 형식들을 통해서 여러 시조 형식을 만들어내고 있는 것이다. 이런 단면들은 시인이 이번 시집에서 추구하는 자아의 전일성을 다룬 작품에서도 그대로 드러난다.

갑천에 와서 본다 육십 넘은 적막을
인주印朱뚜껑 닫아놓고 출근 시계 풀어놓고

영인본 목조의자에 저물도록 앉았던,

서류와 서류사이 미결재 시간들을
그 구름 흘러가고 그 바람 지나가던
한 자리 비워두고서 내 목소리 낮춘다

먼 길을 걸어와서 언 강물에 얼비친
그 아래 들어박힌 삼십성상星霜 내려와
머언 산 저물었음을 땅거미가 깃든다

「겨울 별사」 전문

작품의 제목이 '겨울 별사'이다. 겨울은 신화적인 의미에서는 죽음의 계절이다. 죽음이란 소멸이며 모든 것이 정지한 상태이다. 이른바 활성화된 면들이 사라진 것인데, 시인은 이런 계절 감각에 자아를 결부시키고 이를 은유화했다. 이는 서정적 자아에게 일종의 여유내지는 회고의 시간을 준다. 이 시간에 자아가 회감되는 것은 당연한 것이다. 그러한 까닭에 이 작품에서 자아의 전경화는 다른 어떤 작품보다도 직접적이다. 자아는 이 응시 속에서 뚜렷한 조명을 받는다. 자아를 이렇게 표나게 노출시킨 것은 자아에 대한 새로운 발견이나, 이에 대한 탐색을 향한 아름다운 여정이 이 시집의 근본적인 주제 가운데 하나였기 때문이다.

이 작품의 표면에 잘 드러난 것처럼 인용시는 전통적인 시조 형태를 온전히 유지하고 있거니와 그것도 장별 배행 시조에다가 연시조의 형식까지 취하고 있다. 그러니까 시조의 파격성을 최대한 자제하면서 거의 정격을 유지하고 있는 것이다. 시조란 조화와 질서를 그 특징적 단면으로 하고 있는 장르인데, 이는 시조의 발생 초기부터 그러했거니와 유교의 이념 속에 성장한 이후부터는 더욱 그러한 관점을 유지해왔다. 이런 맥락에서 이해하게 되면, 「겨울 별사」가 말하고자 하는 주제의식도 이 범위로부터 벗어나지 않는다고 할 수 있다.

이 작품의 주제는 자아 스스로에 대한 성찰과 물음이며, 궁극에는 내성의 감각이라고 할 수 있다. 시인은 이제 인생의 향기를 알 수 있을 정도가 된, '육십' 넘은 삶을 살아왔다. 살아온 시간이 많다는 것은 그만큼 내성이나 성찰의 시간을 많이 가질 수 있는 때가 되었다는 뜻도 된다. 이를 대표하는 정서가 "내 목소리를 낮추는"일일 것이다. 낮춘다는 것은 실존에서는 겸손이고, 심리적인 국면에서는 욕망의 무화에 가까운 것이 된다. 자아의 존재를 이해하고 이제 절제와 성숙, 성찰이라는 하강의 이미지에 대해 깊은 이해를 하게 된 것이다. 그 도정에서 시인은 다시 한 번 욕망의 허무함, 어리석음이 무엇인지 깨닫게 된다. "머언 산 저물었음을 땅거미가 깃드"는 이유를 알게 된 것이다.

김광순의 시조들은 맑고 깨끗하고 정돈되어 있다. 어디 하나 군더더기 없이 선명한 무채색을 띠고 있다. 시인은 형식에 대한 거침없는 도전을 하고 거기서 기왕의 시조에서는 볼 수 없는 자아의 자유로운 유영을 시도하고 있다. 자아는 형식의 그러한 자유로움 속에서 자신 속에 숨겨져 있던 다양한 면을 발견하게 된다. 그것이 김광순 시조학이 갖는 새로운 단면일 것이다. 이는 다른 말로 하면, 시인이 시도하는 새로운 형식과 내용의 조화로운 결합이라는 점이다. 뿐만 아니라 격정적인 인생의 여행 속에서 이제 거울 앞에 선 사람처럼 성찰과 내성의 감각 또한 갖고 있는데, 거기에는 조화와 아름다움을 추구했던 전통적인 시조 형식이 차용된다. 이렇듯 형식의 파괴와 그에 걸맞은 새로운 서정들이 갖춰진다. 그런 다음 이 이질적 마주함이 교묘한 조화를 이루는 것, 그것이 김광순 시조학이 갖는 특징적 단면이다. 이런 단면들이야말로 가람이나 백수 등의 시조학들과 구분된다는 점에서 그 시사적 의의가 있다고 하겠다.

문명을 넘어 근원으로 향하는 서정
— 양안나, 『서향집의 저녁은 느리게 온다』

1. 서정의 뿌리

양안나 시인이 시집을 펴낸다. 제목이 『서향집의 저녁은 느리게 온다』이다. 멋스러운 언어의 축성에서 오는 감각이 새로운 서정의 장으로 독자들을 안내하는 뜻깊은 시집이다. 이를 읽는 독자들은 시인이 정서화한 언어들의 질감에 푹 빠져들면서 그가 펼쳐보인 서정의 맥에 경탄의 정서를 보낸다. 이런 감각이란 시인이 구사하는 언어들이 선명하고 새롭다는 점에서 찾아진다. 작가는 자신의 언어 속에 신선한 의미를 불어넣으면서 이를 새롭게 이미지화한다. 시인의 시들을 읽고 독자가 느끼는 참신한 감각은 이렇게 의미와 형식의 교묘한 조합에서 비롯된다.

시인은 오래전 모국을 떠난 이민자 출신이다. 하지만 이런 실존적 요건이 시인의 현존을 가두지는 않는다. 이런 맥락은 두 가지 요인에서 그러한데, 하나는 모국어를 충실히 지키고자 하는 시인의 의지에서 시작된다. 작품을 읽어 보면 알 수 있는 것처럼, 시인이 구사하는 언어들에는 본래적 고향의 흙내음이 고스란히 배어 있다. 이는 두 개의 색다른 문화가 만들어 놓는, 곧 정서를 분열시키는 어떠한 이질적 요인도 시인의 시어에서는 느껴지지 않게 만든다. 두 번째는 현실과 시간적 거리를 두고 있는 것들에 대한 정서로부터의 분리이다. 모국을 떠나온 사람들에게 흔히 회상되는 과거의 정서들이 시인의 작품 속에서는 거의 발견되지 않는다는 뜻이다. 물론 이번 시집에서 그러한 음역이 전혀 없는 것은 아니다. 가령, 「입학식」 같은 작품의 경우가 그러하다. 하지만 한 권의 시집에 담겨있는 서정시의 목록에서 한두 편의 작품을 예로 들면서 이를 보편화시키는 것은 일반화의 오류에 지나지 않는 것이다.

양안나 시인의 시들은 개인이 처한 특수성이나 경험의 고유성에만 갇혀 있지 않다. 이것은 그의 시들이 보편의 지대 속에서 형성되고 있다는 뜻으로 읽히는 대목이다. 그의 시들은 형이상학적인 사유라든가 우리 모두의 경험을 담고 있는 일반적 영역에 닿아 있다. 서정시가 개인의 특수한 체험에 바탕을 둔 주관의 양식임에도 불구하고 시인의 시들에서 이런 주관성은 단지 부차적인 영역에 놓여 있을 뿐이다. 그렇기에 시인의 시들은 시대가 고민하는 것들, 인류라는 커다란 영역에서 울려 퍼지는 거대 서사와 밀접히 닿아 있다. 이런 보편성이야말로 시인의 시들을 독자들에게 매혹이라는 달콤함으로 다가가게 하는 요인이 될 것이다.

적당한 거리를 유지하고
서로가 아프지 않게 입을 가리고
눈으로 웃고 눈으로 말했다

죽음의 전갈이 여기저기에서 날아와
꽃 한 송이 바치지 못하는 영상 앞에

눈물로 위안을 보냈다

이렇게 넓은 땅 어떤 도시에선
마지막 누울 묏자리가 모자라 애끓는 중에도
어떤 이는 가족과 섬으로 떠나고
어떤 이는 급식소 앞에서
하루치의 양식을 위해 구불구불 줄을 섰다

부활절 아침
텅 빈 두오모 광장에 홀로 서서
순수한 영혼으로 부르는 보첼리의 아베마리아
지구를 돌고 돌아 하나가 여럿이 되었다
광장에서 사람들이 지혜를 모았다

자연에게 빌려온 빚을 갚기 위한 부끄러운 마음으로
두 손 모아 기다리고 기다렸다

「기다리다」 전문

제목이 시사하는 것과 같이 지금 서정적 자아는 무엇인가를 간절히 기다리고 있다. 그 기다림의 대상이 무엇인지 뚜렷하게 나타나 있진 않지만 작품을 꼼꼼히 읽게 되면, 그 대강의 테두리가 떠오르게 된다. 하나는 아픔이 없는 사회에 대한 희구이고, 다른 하나는 그것이 본래 갖고 있었던 원상에 대한 회복 의지이다. 아픔이나 고통이 편재되지 않고, 가급적 최소화하는 것이 인류의 오랜 꿈일 것이다. 하지만 꿈이란 늘 그러하듯 가능의 차원에서 그치는 경우가 대부분이다. 그래서 서정적 자아는, 아니 자아 주변에 있는 모든 사람들은 그 가능성에 대한 어설픈 희망을 가직한 채 그것으로 향하는 지혜를 모으려고 한다.

이런 지혜와 더불어 서정적 자아가 시를 쓰는 또 다른 동기가 있다. 서정적 자아가 희구하는 서정의 목적은 마지막 연에 잘 나타나 있는 대로, "자연에게 빌려온 빚을 갚기 위한 부끄러운 마음" 때문이다. 그렇다면 "자연에게 빌려온 빚"이란 무엇일까. 자연과 인간은 서로 분리할 수 없게 일체화되어 있는 것이 근대 이전의 세계였다. 하지만 이런 감각은 근대성의 맥락 속에 편입되면서 전혀 다른 관계로 전이하게 된다. 자연의 기술적 지배라든가 자연의 도구화, 혹은 수단화라는 대목에서 알 수 있는 것처럼, 자연과 인간의 아름다운 조화란 근대 사회로 편입되면서 파탄되기에 이르른다. 근대가 전파한, 거침없이 확산하는 인간의 욕망은 자연을 공존의 대상이 아니라 파괴의 대상으로만 인식하게 만들었다.

서정적 자아를 비롯해서 인간이란 본디 자연에 뿌리를 둔 존재이다. 따라서 그러한 자연에 대해 고마움을 느끼고 존경과 숭배의 정서를 갖는 것은 당연한 수순이었다. 하지만 근대적 인간들은 이런 의무를 수행하지 못했고, 그 결과 현재 진행되고 있는 위기의 담론들은 계속 만들어져 왔다. 그에 대한 정서의 환기와, 내성의 정서들, 그리고 미래를 향한 실천의 담론들이 자연스럽게 떠오를 수밖에 없었을 것이고, 그 정점에서 서정적 자아는 그 해법에 대한 간절한 모색의 포오즈를 취하게 된 것이다. 이런 감각이야말로 양안나 시인이 이번 시집에서 탐색하고자 한 서정의 뿌리라고 할 수 있을 것이다.

2. 문명의 뒤안길

인간이 조화의 감각, 곧 동일성의 사유를 잃게 된 것은 근대가 낳은 불온성 때문이다. 그리고 그 상실의 정점에 놓인 것이 이른바 영원의 상실이었다. 근대 이전을 지배한 영원의 아우라란 종교적으로는 기독교였고, 일상적으로는 자연이었다. 하지만 합리성을 바탕으로 한 과학은 모든 것을 인과론적 관계로 뒤바꾸어 놓았다. 그 결과 기독교적 영원성은 의심받게 되었고, 궁극적으로 인간은 신과 영원으로부터 멀어지게 되었다. 물론 이런 상실은 종교라는 형이상학적인 차원에서만 한정되는 것이 아니었다. 영원의 한 축을 담당하고 있었던 자연으로부터도 인간은 분리되었기 때문이다. 그 분리의 근거가 된 것은 잘 알려진 대로 과학의 발전과 그에 따른 인간의 욕망이었다. 제어되지 않는 인간의 욕망을 채우기 위해서 자연은 계속 파괴되었을 뿐만 아니라 인간에게 복속되어야 했다.

자연과 인간이 결코 하나의 단일체가 될 수 없다는 이런 이원적 세계관이 만든 결과는 감당하기 힘든 아우라들을 만들어내었다. 지금 여기에서 위기로 다가오는 환경이라든가 이상 기후 문제, 전쟁과 같은 것들은 그 단적인 본보기들이 될 것이다.

> 공터의 고요를 밀어붙이는 기계음
> 주위 풍경이 하나 둘 무너진다
>
> 긴 세월 무엇을 삼켰기에 이렇게 먼지만 남길까

땅 위로 뽑혀 올라온 뿌리
수줍어 속살을 감추려는 듯 모로 누워있다

해마다 만삭의 여인처럼 둥글었던 사과나무
사람들은 풍성한 가을을 기도하고
새들은 먼 곳까지 사과 향을 물어 날랐다

나무 뒤에서 숨바꼭질하던 아이들
쑥쑥 자라 그늘 아래서 사랑을 속삭이던
꿈과 낭만을 아낌없이 감싸주던 목가풍의 날은 가고

개울 물소리와 바람의 밀어, 햇볕의 고뇌를 품고
덩그러니 누운 사과나무 곁에서
흩어지는 기억모아 품고
새 신 신고 오는 것을 맞으며 살아야 하리

「목가풍의 날은 가고」 전문

목가적 세계란 전원의 아름다움이 구현되는 일체화된 공간이다. 저 언덕 너머에서 요들송이 들려오고 아름다운 피리 소리가 들려오는 곳, 그 유현하고 아름다운 공간이 목가적 세계이다. 하지만 개발이나 발전이란 미명하에 진행되고 있는 '기계음'은 전원의 아름다움을 추방시켜 버렸다. 그런데 이 과정은 하나의 단계에서 그치는 것이 아니라 여러 단계를 거치면서 계속 진행되어 왔다. 그 결과 지금 남아있는 것은 "먼지만 날리는" 공간만이 남아있게 되었다. 이런 공간은 마치 근대 산업사회의 어두운 단면을 묘파한 엘리어트의 '황무지'와 비견된다.

아름다운 조화가 깨진 현실이란 어떤 모습으로 다가오는 것일까. 시인은 그러한 현장을 '먼지 날리는' 공간, 혹은 '죽어간 사과나무'로 비유한다. 그런데 문제는 이런 불온의 현장이 자연 그 자체에서 그치는 것이 아니라 인간의 삶에도 그 영향이 고스란히 옮겨온다는 사실이다. "나무 뒤에서 숨바꼭질 하던 아이들", 혹은 "쑥쑥 자라 그늘 아래서 사랑을 속삭이던" '꿈과 낭만의 시절'이 마찬가지로 사라졌기 때문이다.

지금 서정적 자아는 '목가풍의 날'이 구현되던 시절이 한때의 과거가 된 것에 대해 안타까워한다. 그리하여 저 언덕 너머에서 들렸던 지난날의 합창 소리를 환청으로나마 듣고자 한다. 이미 죽어서 고목화되어 가고 있는 사과나무 옆에서 시인은 '개울 물소리'와 '바람의 밀어'를 환기하고자 하는 것이다.

자연과 인간이 공존하지 못하는 현실을 초래한 것은 근대 문명이며 그 저변에 놓인 것은 인간의 욕망이다. 욕망이란 결코 만족을 모르는 거식증 환자이다. 그렇기에 그 불충분한 부분을 계속 채워나가기 위해 파괴의 수단을 들 수밖에 없는 것이고, 상대적인 자리에 놓인 자연은 그 무모한 개발 앞에 속수무책으로 무너지게 된다. 하지만 중요한 것은 인간의 욕망을 채워나가는 그러한 과정이 궁극에 이르러서는 인간의 욕망을 만족시켜주지 못한다는 사실이다. 인간과 이를 둘러싼 환경의 비극은 여기서 비롯되는데, 자연이 파괴될수록 인간 역시 그와 정비례하여 삶의 질이 떨어질 수밖에 없기 때문이다.

하늘가 초록빛 하나 꽃으로 피어난다
그 빛 피우기 위해
수십억의 시간이 걸렸다는 거

잠시 플로그를 빼고 어둠을 키운다
어둠이 깊을수록 별빛은 더욱 찬란하다

스스로 빛을 내지 못하는 행성에서
얼마나 많은 빛을 만들었던지
더불어 살아온 식물과 동물에게 미안하다

지구 곳곳에서
목마른 옥수수와 밀의 아우성
울창하던 숲을 휘젓는 화마
땅이 지글거린다

지구를 병들게 한 욕심을 멈춰야 할 때
한 걸음 또 한 걸음
별을 바라보는 마음으로

「별을 켜다」 전문

「별을 켜다」는 「목가풍의 날은 가고」보다 불온한 현실에 대한 내성이라든가 그 개선을 향한 실천의 의지가 한 단계 나아간 작품이다. 우선, 지금 여기가 파괴라든가 파탄의 현장으로 제시되는 것은 동일하다. 가령, "지구 곳곳에서/목마른 옥수수와 밀의 아우성"이라든가 "울창하던 숲을 휘젓는 화마/땅이 지글거린다"에서 알 수 있는 것처럼, 지금 이곳을 부조화의 현장으로 인식하고 있기 때문이다. 물론 다른 면도 드러나게 되는데, 「목가풍의 날은 가고」보다 파괴의 주체가 보다 간접화되어 있다는 점에서 그러하다. 이 작품에서 인간과 자연을 분리시키는 직접적인 매개는 기계음인데 반하여, 「별을 켜다」에서는 기후 변화와 그에 따른 생태 환경의 파괴를 문제 삼고 있기 때문이다.

그리고 「별을 켜다」에서는 「목가풍의 날은 가고」에서 볼 수 없는 시인의 내성, 곧 윤리적 감각을 엿볼 수 있다는 점에서 주목을 요한다. 이를 위해 서정적 자아는 주변의 시야를 넘어서 지구의 역능에 이르기까지 그 외연을 넓히게 된다. 가령, "하늘가 초록빛 하나 꽃으로 피어나기 위해서", 곧 "그 빛 피우기 위해/수십억의 시간이 걸렸다는 거"를 상기시키는 것이다. 그런 다음 "스스로 빛을 내지 못하는 행성"이라고 지구의 현존이랄까 한계를 제시하기에 이르른다. 그런데 인간은 이러한 우주적 조건을 무시하고 수많은 빛을 만들어내는 만행을 저지른다. 그 빛이란 다름아닌 '문명의 빛', '개발의 빛'이이다.

인간이 개발한 인공의 빛이 자연의 빛을 대신할 수는 없을 것이다. 그것은 이 빛이 조화의 맥락에서 구현되는 것이 아니라 파괴의 현장을 만드는 수단이기 때문이다. 이런 우울한 현장에서 서정적 자아의 윤리 의식이 피어오르게 된다. "더불어 살아온 식물과 동물에게 미안하다"라고 하는 것이 바로 이 감각인데, 실상 윤리란 상대방에 대한 낮은 자세, 곧 죄의식 없이는 성립불가능하다. 스스로의 욕망에 갇혀 개발한 빛이 인간만의 것이 아니고 서로의 공존을 지탱해왔던 다른 주체들에게는 암흑이 되었다는 것, 빛의 이러한 양면적 속성에서 형성된 것이 서정적 자아의 윤리감각이었던 것이다.

그런데 시인의 윤리 감각은 내성의 차원에 그치는 것이 아니라 미래를 향해 나아가는 실천을 확보하고 있다는 점에서 그 의미가 있다. 내성이 수동적인 차원에서 그치고 마는 속성에 비추어보면 이는 매우 이례적인 것이라 할 수 있다. 서정적 자아는 "지구를 병들게 한 욕심을 멈춰야 할 때"라고 하면서 그 실천적 개선을 위해 "한 걸음 또 한 걸음/별을 바라보는 마음으로" 나아가고자 다짐하고 있기 때문이다. 이렇듯 시인의 시쓰기란 윤리라는 관념의 메아리에서 그치지 않고 이를 넘어 미래로 향하는 아포리아로 승화되고 있다는 점에서 그 의미가 있는 경우이다.

3. 원초적인 것의 생명력

문명과 자연은 대립적인 것이자 반비례 관계에 놓여 있다. 하나가 상승하면, 다른 하나는 하강하기 마련이다. 현상에 대한 대응과 응전의 피이드백이 끊임없이 오가는 것이다. 그러한 논리를 시인은 여러 시편에서 보여주었는데, 가령 어둠이 있는 곳에서 빛을 보는가 하면, 저멀리 떠있는 별에서 희망의 메시지를 끊임없이 읽어왔기 때문이다. 다음의 시도 그 하나의 본보기이다.

잔디밭 사이 사이로 낸 디딤석
시멘트 속으로 모래와 라벤더 향기, 새 소리, 인부들의 땀이
고여 곡선의 길이 놓였다

민달팽이 분필로 하얀 선 그리며 걷던 길
가출한 소금쟁이 질금거리던 길에서
한숨 쉬는 소리가 새어 나왔다
시멘트와 함께 섞여 들어간 것들이 숨이 차올라

조금씩 조금씩 몸을 비틀었다

벌어진 구멍으로 낮엔 햇살이 들어가고
밤엔 별빛과 달빛이 스며들어
허공 향해 꽃 한 송이 피워 올렸다
오랜만에 나비와 벌이 조우하고
꽃 그늘 아래 개미가 짐을 내려놓고 숨을 돌린다

단단한 것이 틈을 내고 있다
내 모든 틈이 간질간질하다

「틈이 가렵다」 전문

경계, 혹은 틈은 흔히 예민한 지대로 받아들여진다. 상상력의 날개가 가장 활발히 펼쳐지는 것도 이 부분이고, 막힌 공간이 숨을 쉬는 곳도 이 부분이기 때문이다. 틈이 주는 이러한 상상력은 인용시에서도 예외가 아니다.

이 작품에서 틈이란 이른바 문명과 비문명의 지대에서 생겨난다. 시멘트 등등이 전자의 경우라면, 잔디밭은 후자의 경우이다. 그 두 가지 지대에서 틈이 만들어진다. 그런데 이 공간은 그저 넓이라는 물리적 국면을 초월하고 있다는 데 그 의미가 있다. 생명이 자라나는 공간, 이른바 부활의 공간으로 자리하기 때문이다.

비록 틈에 불과한 조그만 공간이긴 하지만 생명의 강인함 등을 갈라진 틈을 통해 묘파해낸 것이 이 작품의 내포이다. 이곳은 숨이 차오르면서 생명이 생성되고, 궁극에는 그 공간을 더 넓히면서 큰 생명체가 성장하는 공간으로까지 확대된다. 생명이 자라는 곳, 이곳을 서정적 자아는 "간질간질하다"라고 했는바, 그러한 움직임이란 하나의 생명을 잉태하는 작은 동작이 아니라는 것, 궁극에는 콘크리트로 대변되는 거대한 문명을 자연의 생명성으로 넘어설 수 있다는 것을 은유화했다는 점에서 의미가 있다.

> 논두렁 길
> 파란 나무 문짝에 '끙'이 붙어있다
>
> 최초의 바디 랭귀지
> '끙'
> 생애 첫 비움
>
> 해파리는 입으로도 배설한다는 사실을 알고 난 뒤
> 가려서 먹고 가려서 말하기로 했다
>
> 채우고 비우는 일에 쏟은
> 고통과 쾌락의 시간
> 도시 속 화려함도 비루함도 겨룰 바 없네
>
> 남에게 부탁할 수 없는
> 누구도 대신해 줄 수도 없는
> 혼자 만의 공간에서 벌이는 황홀함
> 원초적 상쾌함 가릴 바 없네

'끙'
시원하게 비가 내린다
고요히 흘러 보내는 무심의 마음

「끙」 전문

생명 현상이 자연의 주요 현상 가운데 하나라면, 생리적 현상 또한 그 연장선에서 설명할 수 있을 것이다. 생리란 한 개인의 고유한 영역에 그치는 것이 아니라 모든 존재에게 나타나는 보편적 속성을 갖고 있다. 그래서 이를 섭리나 이법의 차원에서 이해할 수 있는 근거가 되기도 한다.

「끙」은 생리적인 작용을 통해서 그 상대적인 자리에 놓인 것과 대비시킨 재미있는 작품이다. 시인의 말대로 '끙'은 최초의 바디 랭귀지이자 원초적인 행위로 구현된다. 자아는 이런 원초성에 긍정적 의미를 부여하기도 하고, 문명과 대비되는, 아니 그 대항 담론으로 대비시킨다. 말하자면, 이런 순리성이야말로 "도시 속 화려함도 비루함도 겨룰 바 없네"라고 하며 자연의 이치라든가 우주의 섭리에 대해 예찬의 정서를 보내고 있는 것이다.

실상, 이런 생리적 현상이란 지극히 개인적인 것이면서도 거기에는 어떠한 욕망이 개입되어 있지 않다는 것을 시인은 애써 강조한다. 욕망이긴 하되 자연과 대립하는 것이 아닌 생리적 욕망, 곧 욕구의 차원으로 이해하는 것이다. 이렇게 되면, 이는 현대의 위기를 가져온 이기적인 욕망의 세계와는 뚜렷이 구분되는 것이라 할 수 있다. 욕망이란 늘상 부정적인 것으로 치부되지만, 그렇지 않은 욕망 또한 존재할 수 있다는 것, 그 중요한 내포를 보여준 것이 이 작품의 의의라고 할 수 있을 것이다.

나 떠나온 후에도
상점 앞에서 문설주처럼 서 있나요

그대의 피리 소리 울려 퍼지면
농부에겐 풍작이
자손이 없는 자에겐 아이가 생긴다는 원주민들의 전설
방문객들마저 그대를 환호하지요

노을 진 어느 가을 오후 산타페 황톳빛 골목길
스페인 풍의 어도비 건물 앞에 서서
구성진 가락을 연주하던 시인인 그대를 만나기도 했지요

처마 끝에 주렁주렁 붉은 고추를 엮어 매단
고향집 풍경 같은 마을을 돌고 돌아
세 식구의 이삿짐 싣고, 불타는 뉴멕시코 사막 건너올 때

붉은 산 끝에서 반짝이던
하얀 별 하나
가슴에 품고 안심하며 왔습니다
「코코밸리(kokopelli 미국 남서부나 뉴멕시코 원주민의 전설 속 인물)」
전문

인용시는 시인의 작품 가운데 비교적 이국적인 대상을 서정화한 색다른 작품이다. 하지만 이런 이질성이 시인이 지금껏 묘파해낸 서정의 샘과 다른 것은 아니다. 그러니까 20-30년대 우리 시사의 한 조류로 자리

잡은, 모더니즘의 한 양상인 엑조티시즘적인 감각과 구분되는 것이라 할 수 있다.

이 작품이 다루고 있는 것은 샤머니즘적인 감각이다. 샤머니즘이란 근대를 열어제낀 계몽의 정신과는 상반되는 것이다. 계몽이 '탈미신화의 과정'으로 이해된 것도 이런 미몽의 세계로부터 벗어나기 위한 것이었기 때문이다. 하지만 계몽이 의심되고, 문명이 실패한 것으로 수용되면서 이 샤먼의 세계는 다시 중심의 자리에 올라서게 된다. 문명의 대항담론으로 자연이 부상한 것과 같이 샤먼 역시 동일한 선상에 놓이게 되는 것이다. 이렇게 되면, 자연과 샤먼은 동일한 가치 체계를 갖는 것으로 묶이게 된다.

실상, 이런 감각은 일찍이 우리 시사에서 백석이나 노천명의 시에서 확인할 수 있는 부분이다. 가령, 노천명은 「생가」에서 "강가에서 개비린데 풍겨오면, 다음날 비가 온다는 노인의 예측은 틀린적이 없다"라고 했거니와 이는 근대 과학 정신과는 대척되는 지점에 놓이는 것이라 할 수 있다. 요컨대 자연이나 샤먼이라는 무시간성이야말로 근대의 과학의 정신을 초월하는 좋은 계기라고 할 수 있을 것이다.

4. 원초성으로 나아가기 위한 내성

자연을 향한 양안나 시인의 가장 두드러지는 특색 가운데 하나는 윤리적 감각에서 찾을 수 있을 것이다. 그의 윤리 의식은 인간의 욕망이나 그에 따른 문명의 광폭한 힘과 분리하기 어려운 것이었다. 거기서 형성된 의식이 자연에 대한 죄의식이었던바, 그의 시쓰기의 기본 도정 가운데 하나가 "자연에게 빌려온 빚을 갚기 위한 부끄러운 마음"(「기다리다」)에 있었던 것도 이 때문이다.

이러한 감각이 있었기에 시인이 이번 시집에서 표나게 강조하는 것도 이 내성의 영역이었다. 자연이나 샤먼을 향한 영원성 등이 밖으로 향하는 감각이었다면, 윤리나 내성 등은 안으로 향하는 감각이었다. 이 두 가지 감각이 공존하면서 하나의 지향점을 모색하는 것, 그것이 『서향집의 저녁은 느리게 온다』의 구경적 주제 가운데 하나가 될 것이다.

> 어둠 속에서
> 꿈틀거렸던 물의 씨앗들
> 새싹에서 줄기까지
> 줄기에서 우듬지까지 꽃 피우는
>
> 꼭대기에서 아래로 떨어지다
> 아래에서 다시 꼭대기로 치솟다
> 부딪히는 순간
> 절정에서
> 발화하는 차디찬 불꽃
>
> 물의 끝에서 펄럭이다
> 꽃잎 훌훌 털고
> 땅 속으로
> 땅 속으로 내려오는 것이
> 출발점 인 걸 아는 분수

자신을 다스리는 평안이 여기 이렇게

「분수」 전문

일상에서 흔히 볼 수 있는 분수가 서정의 씨앗이 되어 탄생한 작품이 인용시이다. 일상의 분수가 화려하듯 작품 속에 묘파된 분수의 모습 또한 대단히 화려하게 묘파된 것이 이 작품의 특색이다. 이러한 화려함이란 마치 근대 초기에 유행하던 이미지즘의 시를 읽는 듯한 착각을 불러일으킬 정도로 현란함의 극치를 보여준다. 1930년대 김광균의 작품들이 마치 지금 여기에서 또다시 환생하고 있는 듯한 느낌을 받는 것도 이 때문이다.

분수란 올라갔다 떨어지는 속성을 갖고 있다. 말하자면 자연의 섭리랄까 이법을 이 분수만큼 우리들에게 분명하게 일러주는 것도 없을 것이다. 서정적 자아도 분수의 이러한 속성을 너무나 잘 알고 있다. "물의 끝에서 펄럭이다/꽃잎 훌훌 털고/땅 속으로/땅 속으로 내려오는 것이/출발점인 걸 아는 분수"인 까닭이다. 그런 다음 이런 과정을 통해서 "자신을 다스리는 평안이 여기 이렇게" 있음을 확인한다.

인간의 억압은 거침없이 확산하는 욕망과 분리하기 어렵게 얽혀있다. 제어할 줄 모르는 욕망, 거침없이 뻗어나가는 욕망의 팽창이야말로 이법을, 섭리를 망각하게 한다. 그렇기에 이 원리로부터 일탈할 때 인식의 평안 또한 일탈하고 소멸하게 된다.

벽 한 면이 거울인 한 과일가게
금간 유리조각 속에서
오색 과일들이 마녀처럼 웃고 있다

수박을 들고 가운데 손가락으로 교신하는 여자
망고를 코 끝에 대는 노인
이브의 사과를 안은 아이

진열대를 빙글빙글 돌다 거울 속에 빠진다
몽롱해진 빛의 세계
흩어지는 외마디 소리
오장육부가 흔들리는 롤러코스트 속
휘황한 무늬 속에서 흐르다 흐르다 하나가 된다

겁내지 말고 눈을 떠봐
조각 조각의 모양을 이으면 더 넓은 세상이 될 거야
향긋한 냄새가 날 거야
어제보다 더 달콤한 맛을 느낄 거야
파편에 찔린 마음이 더 단단하게 굳어질 거야
이제 더 이상 이방인이 아니야

거울 속의 나와
거울 밖의 내가 손을 맞대고 웃는다

「만화경」 전문

이 작품 역시 문명의 뒤안길에서 얻어진 것임을 부인하기 어려운 시이다. 거울을 매개로 자아의 의식 현상을 다루고 있다는 점에서 그러한데, 우선 거울 속의 나와 거울 밖의 나를 시적 소재로 하고 있다는 점에서 이상의 「거울」과 유사한 면을 보여준다. 하지만 서정성을 떠받치고 있는 세계는 전연 다른 모습으로 구현된다. 영원과 분리된 근대적 자아가 서로 합일할 수 없는 갈등을 다루고 있는 것이 이상의 「거울」이라면, 「만화경」에서는 이러한 단면이 잘 드러나고 있지 않은 까닭이다. 또한 윤동주의 「우물」에서 드러나는 두 가지 자아와도 거리가 있다. 「우물」의 자아가 내성을 향한 윤리적 자의식에서 솟아나는 갈등 양상을 묘파한 것인데, 「만화경」에서는 이런 단면을 읽어낼 수 없기 때문이다.

「만화경」에서의 자아들, 가령 거울 속의 자아와 거울 밖의 자아는 서로 갈등하는 관계가 아니다. 시인이 이 둘의 관계가 "더 이상 이방인이 아니야"라고 했거니와 마지막 연에서는 "거울 속의 나와/거울 밖의 내가 손을 맞대고 웃는다"라고 했기 때문이다. 그러니까 이 시에서 근대성 속에 편입된 자아의 갈등 양상은 부재하고 있는 것처럼 보인다. 이런 맥락에서 보면 시인은 근대성의 제반 사유로부터 한걸음 멀리 떨어져 있다는 느낌을 받게 된다. 문명을 비판하고 자연을 옹호하면서 이런 정서의 편린들을 갖는다는 것은 매우 예외적인 일이 아닐 수 없는데, 이는 그의 시들이 갈등의 표출보다는 통합의 정서에 보다 깊은 관심을 보이고 있기 때문일 것이다. 그는 문명의 황폐함이나 그것이 주는 난맥상을 적극적으로 고발하기보다는 이를 치유하고자 하는 의지를 강하게 드러낸다. 이는 통합적 세계와 치유의 감각으로 나아가기 위해서는 갈등이 아니라 화해의 정신이 보다 효과적이라 여겼기 때문이 아닐까 한다.

> 몸은 닳아도 빛은 죽지 않았다
> 반세기 동안 버려졌던 맨도시노 해변*
>
>
> 누군가 바위에 서서 해안으로 무심코 던졌던

망가진 가전제품, 낡은 의류, 술병, 이기심 몇 다발로
해안은 병이 깊었다
찢긴 상처가 곪고 곪았다

마을을 풀풀 날아다니는 검은 그림자의 냄새!
코를 막고 돌아선 사람,
그렇게 무책임 하다니
그들은 해안으로 가는 길에 빗장을 채우고
그들은 아주 잊었다
새들만 적막한 장막 위를 날았으리라

파도와 바람과 햇살은
풍화에 날아가지 못하고 움츠리고 있는
유리 조각들을 매일 씻기고 말리고 또 씻겼다

삐죽삐죽 모난 상처는 무디고 둥글어져
지구 한 모퉁이에서
밝은 표정을 지으며 유리꽃을 피워 올렸다

아는 듯 모르는 듯 바다새는 짝지어 물가를 거닐고
은빛 물결은 누군가 또 버린 것을 걷어 올리고 있다

나도 모르게 허리 굽혀 둥근 조각 하나 주으려다
바라보기만 해도 살을 애는 아픔 견딘 꽃을 감히!

나, 저 자연의 관대함 앞에 고개 숙여
고통을 아름답게 승화시키는 법을 배우리라
* Mendocino: 샌프란시스코의 북쪽 해안

「유리해변(Glass Beach)」 전문

이 작품은 이기적인 인간의 마음으로 말미암아 환경이 훼손됨을 고발한 시이다. 무심코 던진 문명의 쓰레기들이 아름다운 해변을 오염시켰다고 보는 것인데, 그 결과 해변은 "병이 깊었고, 찢긴 상처가 곪고 곪은 것"으로 인식된다. 환경이 이렇게 망가졌으니 인간 또한 동일한 운명에 처하게 된다. "마을을 날아다니는 검은 그림자의 냄새"가 사람들의 코를 찌르게 되어, 궁극에 이르러 그 바다는 건강한 가치, 인간에게 생명의 근원이 되는 조건을 잃어버리게 되는 상황을 맞이하기 때문이다.

하지만 시인의 시선은 훼손된 자연의 현장에서 머물러 있는 것이 아니다. 서정적 자아는 자연의 위대한 힘을 발견했거니와 오염된 환경을 결코 방치하지 않고 있다. "파도와 바람과 햇살"이 버려진 '유리조각'들을 매일 씻기고 말리고 또 씻기면서 건강한 개체로 태어나게 하는 존재론적인 변이과정을 이루어냈기 때문이다.

시인은 그러한 자연의 속성을 관대함이라고 이해했다. 여기서 관대함이란 회복력이라는 말로 대치해도 좋을 것이고, 그것을 자연의 이법이나 섭리라고 치환해도 좋을 것이다. 시인이 닮고 싶은 것은 오직 자연이 주는 위대함이다. "고통을 아름답게 승화시키는 법을 배우리라"고 과감히 선언하고 있기 때문이다. 이런 의지의 표현이야말로 시인의 정서를 근대의 분열적, 파편적 의식으로부터 거리를 두게 하는 요인일 것이다.

양안나 시인의 작품들은 죄의식에 바탕을 둔 윤리적 감각이 지배하고 있다. 그리고 그러한 윤리성이 자연의 위대함과 겹쳐지면서 서정의 단아한 힘으로 결집된다. 시인의 시들이 바닷 바람의 신선함 감각으로 독자에게 다가오는 것은 이런 윤리적 힘이 있기에 가능한 것이었다. 그는 문명의 오염으로부터 좌절하지 않고, 이를 자연의 위대한 힘으로 극복하고자 했다. 그러한 까닭에 시인은 어쩔 수 없는 자연인 그 자체이며 어느 한순간 이 영역 속의 실존을 망각한 적이 없다. 그렇기에 자연의 오염은 저멀리의 것이 아니라 그 자신의 것으로 다가올 수밖에 없었을 것이다. 시인이 자연으로부터 "자연에게 빌려온 빚을 갚기 위한 부끄러운 마음"으로 시를 쓰고자 한 까닭이 여기에 있다. 그러한 시쓰기를 통해서 시인은 묵묵히 자연의 놀라운 회복력을 믿는다. 다음의 시가 느껍게 다가오는 것은 이 때문이다.

낮 동안 활활 타다 식은 빛이
헐떡이던 나뭇잎 사이로 지나간다

저녁 빛이 머뭇거리는 사이
피신 갔던 바람은 밥상머리에 앉아
용돈이 필요한 아이처럼 자분자분 수다를 떨고
먼지 씻어 올린 낮은 웃음 소리
식구들의 입가에 환한 꽃잎이 피는 것을 바라본다

골목길 아이들의 젖은 슬리퍼 소리
뽀드득거리며 새소리에 얹혀 멀어지고
목이 탔던 풀잎은 풀잎끼리

작은 꽃은 큰 꽃에 허리를 뉘이고
서향 빛은 식은 땅 위로 몸을 뒤집는다

영원히 지나가 버릴 것 같은
이미 내 몸에서 빠져나가기 시작하는
하루가 조금씩 아주 조금씩 어둠에 잠긴다

「서향집의 저녁은 느리게 온다」 전문

저녁이나 어둠은 모든 것을 덮는데, 이 또한 자연의 순리일 것이다. 시인은 이 저녁이 주는 편안함, 아늑함을 기다린다. 이를 가능케 하는 것이 어둠의 포용력이다. 어둠은 갈등을 덮고, 모남을 덮으며, 궁극에는 세상을 하나의 색채, 곧 동일체로 만드는 힘을 갖고 있다. 어둠이 자연의 섭리와 겹쳐질 수 있는 근거는 이 감각에서 나온다. 하지만 그 위대한 힘은 그냥 쉽게 육박해들어오는 것이 아니다. 서산으로 넘어가는 해처럼 느릿느릿 온다. 죄의식을 동반한 윤리 감각이, 수양이 내포된 내성이 필요한 것은 이 때문이다. 조급함이 자아를 압박할 수 있지만 내성의 질긴 힘으로 이를 그저 조용히 기다릴 뿐이다. 비록 더디지만 동일성이 아름답게 구현되는 현실은 분명 올 것이라고 믿기 때문이다. 그것이 도래할 때까지 자연에게 진 빚들을 시인은 갚아나가는 시쓰기를 계속 시도할 것이다.

일상 속에서 걸러진 영원의 스펙트럼
— 박영욱, 『유년의 그리움』

1. 시간의 유한성

박영욱 시인이 『유년의 그리움』이라는 제목으로 두 번째 시집을 펴낸다. 첫 시집 『나무를 보면 올라가고 싶어진다』 이후 2년 만의 시집 간행이다. 그러나 실질적으로 계산해 보면, 1년여만의 일이다. 해가 바뀐 다음 곧바로 시집이 상재되고 있으니 기간이 상당히 축소된 까닭이다. 이런 면은 시에 대한 시인의 열정을 말해주는 것이라 할 수 있다.

비교적 길지 않은 간극에 놓여진 두 시집 사이에는 어떤 동일점과 차이점이 있는 것일까. 여기에는 구분되는 점도 있지만, 그렇지 않은 점도 분명 내재한다. 먼저 비슷한 점은 대략 두 가지 국면에서 그러하다. 하나는 자연을 여전히 중요한 시의 소재 가운데 하나로 차용하고 있다는 점이고, 다른 하나는 이를 매개로 존재의 불완전성을 초월하고자 하는 점이다. 그런데 여기서 중요한 것은 이런 유사성보다 그 변별점일 것이다. 이는 시인의 정신 세계가 나아가는, 보다 정확하게는 그 발전이랄까 성숙과 관계된다는 점 때문이다.

우선, 이번 시집에서 가장 먼저 눈에 띄는 것은 산문적인 요소가 거의 발견되지 않는다는 사실이다. 시집을 꼼꼼히 읽어 보면, 알 수 있는 것처럼 대부분의 시들이 정제된 율문 형식으로 되어 있는 까닭이다. 산문이란 솔직성이고, 이런 면이야말로 시인의 의도랄까 전언을 전달하는 데 있어서 가장 효과적인 수단이 될 것이다. 뿐만 아니라 서정의 강도를 드러내고자 하는 시인의 열망을 표명하는 데 있어서도 강한 긍정적인 환기를 가져오게 만들기도 한다.

두 번째는 시의 소재가 자연 세계로부터 인간 세계로 한걸음 더 가까이 다가왔다는 점이다. 이를 생활 세계로의 유입이라 할 수 있는데, 실상 생활이란 자아의 현존과 분리하기 어렵게 결합되어 영역이다. 그러니까 이번 시인의 시들은 생활 속으로 깊이 침투해 들어왔다는 것인데, 이 영역이란 곧 실존의 세계이다. 시인이 이번 시집에서 서정의 끊임없는 모험을 실존의 맥락에서 이해하고자 하는 것은 이런 이유 때문이라고 할 수 있다. 어쩌면 이에 대한 모색과 거기서 얻어지는 서정의 순간들이 서정적 자아로 하여금 산문의 영역으로부터 벗어나게 한 것인지도 모른다. 그러니까 산문이 갖고 있는 솔직성들이 자아의 현존으로 하여금 서정의 내밀한 부분으로 옮아오게 한 것이 아닐까 한다.

『유년의 그리움』에서 가장 빈번히 드러나는 소재 가운데 하나는 시간에 관한 것들이다. 인간이 시간으로부터 자유롭지 않다는 것, 다시 말해 시간의 노예가 될 수밖에 없는 것은 죽음 의식과 밀접한 관련을 맺고 있기 때문이다. 인간이 유한한 존재라고 하는 것은 영원하지 않은 시간의식에서 오는 것인데, 그럼에도 유한한 시간성을 이해하고 이를 실존의 맥락으로 편입시키는 일은 쉽게 이루어지는 것이 아니다. 그것은 마치 공기를 호흡하는 것과 같이 습관처럼 받아들여지기 때문이다. 이는 서정적 자아에게도 마찬가지이다.

마감이 엄존 하는 인생
그 엄청난 신랄함이
젊은 날엔 실감되지 않았다

허무 위에 또 쌓이는 허무의 단층들이
그 시절엔 보이질 않았다
우격다짐으로 보려 하지 않았다

검은 구름 뒤에 웅크리고 있는
무서운 폭우의 실체를
상상조차 하지 못했다

살아간다는 것은
시지포스의 노동처럼
끊임없는 지상에서의 시련.

남은 시간 동안 삶 속에서
과연 무슨 의미를 찾을 것인가
멀거니 기다리기만 할 것인가
그저 한입 다물고
적막 속에 묻혀 지내야 할 것인가

저기,

지는 노을빛 속에는 분명
햇빛의 광채가 숨어 있으리라.

「햇빛의 광채가 숨어 있으리라」 전문

자동화된 시스템처럼 기계적으로 흘러가는 시간들은 경우에 따라 영원한 것으로 받아들여지기 쉽다. 시간이 정지되는 실존의 끝인 죽음은 저 멀리, 아주 멀리 떨어져 있는 것처럼 보이기 때문이다. 그래서 경우에 따라서 그것은 특정 존재에게는 무관한 것처럼 보이기도 한다. 이런 단면은 서정적 자아에게도 예외가 아니다. "마감이 엄존 하는 인생"이 "그 엄청난 신랄함이/젊은 날엔 실감되지 않았기" 때문이다. 뿐만 아니라 그것이 가져올 "검은 구름 뒤에 웅크리고 있는/무서운 폭우의 실체를/상상조차 하지 못한" 일이 환기되기도 한다. 죽음이라든가 한계를 인식하지 못한다는 것은 영원의 세계가 자아 내부에 자리한다는 뜻이기도 하고, 그런 감각에 물들어 있을 경우 서정적 자아에게 존재론적 한계 의식이란 결코 성립할 수 없을 것이다.

그러나 시간의 지속성과 그로부터 얻어지는 영원의 감각은 어느 한순간에 속절없이 무너지는 것이 일반적인 현상이다. 그런 인식은 어떤 계기에 의해서 만들어지게 되는데, 이를 형성케 하는 것 또한 시간 감각에서 비롯된다. 가령, 어느 한 순간 다가오는 실존의 벽이라든가 정점으로 치닫는 나이의 축적 등등이 바로 그러하다.

이렇듯 이번 시집에서 시인의 시들이 형성되는 기본 의장 가운데 하나는 시간 감각이다. 이 시간 의식이 가져다주는 여러 스펙트럼들이 서정의 물결을 이루면서 한권의 시집 모음으로 나온 것, 그것이 『유년의 그리움』이다. 작품의 제목 또한 그러한 시간 감각이 배음에 깔려 있지 않은가.

서정적 자아가 사유하는 시간 감각은 유한한 실존을 영위하는 모든 존재가 대부분 인지하는 것처럼 지극히 양면적인 것이다. 시간의 유한성이 가져오는 한계 상황과 그로부터 존재의 초월이라든가 완성을 이루어나가고자 하는 정서의 교직이 항상 공유되기 때문이다. 그래서 지상에서의 현존이란 "시지프스의 노동처럼/끊임없는 시련"이기도 하고, "지는 노을빛 속에서/숨어있는 햇빛의 광채를" 찾으려는 이중적 상황에 놓이게 된다.

아직은, 내게 어김없이 다가오고 있는 시간들
도처에서 시간이 우쭐대며 활보한다

푸른 산 어딘가에서
바람난 새처럼 촐싹대며 왔다가
실심한 사람처럼 조용히 사라져버린다

하이데거는 관념으로
스티븐 호킹은 물리의 공식으로
그 기원과 흔적을 찾으려 했었지만
시간은 여전히 자신의 정체를 내보이지 않고 있다
지금 당장 파삭 깨뜨려 실체를 알아내고 싶다

언젠가, 내게 분 초 만을 남겨 놓겠지...
아! 이 시점에서 무얼 어떻게 해야 하나
지레 나자빠지는 체념인가

겸허하게 받아내는 포용인가

시간들이 내게서 휘적휘적 자꾸 멀어져만 간다
허무가 나를 어디 으슥한 데로 끌고 간다
다가올 슬픈 어느 날이 그려지니 가슴이 아릿해진다.

「내 앞의 시간」 전문

시간 속의 존재, 절대 한계 속에 놓여 존재인 서정적 자아가 할 수 있는 일이란 무엇일까. 우선 시간과 자아의 관계는 상호 보완적이거나 서로에 대해 이해하는 관계가 아니라 일방적인 관계로 구현된다. 그렇기에 시간은 자아가 어떻게 할 수 있는 대상이 아니다. 인용시의 제목이 지시하는 것처럼, 이 시간이란 '내 앞에' 던져진 채 도사리고 있는 까닭이다. 마치 넘을 수 없는 벽처럼, 자아 앞에 굳건히 서 있는 것이다. 자아의 의지와 무관하게 놓여 있는 것이어서 때로는 무례하기까지 하다. 그래서 이런 시간의 도전을, "이 본데 없이 무례한 도래를/고스란히 받아들여야만 하는 건가"(「무례한 도래」)라는 회의에 젖어드는 것은 당연한 수순이 아닐까 한다.

실존 너머에 있는 시간들이란 대부분 경험적인 것이 아니다. 인간의 주관과 결합되어서 길어지거나 짧아지거나 하는 것이 아닌 까닭이다. 그것은 선험적이고 본래적인 것이어서 자아의 의지와는 무관하게 계속 다가오게 된다. 현존에 대한, 실존에 대한 자아의 고민이 시작되는 것도 이 부분에서이다. 인간의 현존을 위협하는 이 고리는 어떻게든 풀어내거나 합리적으로 수용되어야 한다. 그래야만 비로소 시간의 속박으로부터 벗어날 수 있는 것이 아닌가.

서정적 자아도 이에 대한 뚜렷한 인식을 가지고 있다. 그가 그 해법을 위해 "하이데거의 관념"에 기대거나, "스티븐 호킹의 물리 공식"에 의지해서 그 기원과 흔적을 찾으려 하는 까닭이다. 하지만 시간의 신비로운 모습은 그 자태를 명쾌하게 드러내지 않는다. 그래서 서정적 자아 역시 시간의 실체가 무엇인지 더욱 궁금해질 수밖에 없다. 그 결과 성채 속에 갇혀있는 시간의 신비를 일순간에 알고 싶은 조급성을 갖게 되고, 그런 자의식으로 인해 "지금 당장 파삭 깨뜨려 실체를 알아내고 싶은" 욕망이 발현되기도 한다. 자아 앞에 놓인 시간이란 이렇듯 절대 지존의 위용을 갖추고, 자아를 계속 위협하고 있는 것이다.

2. 시간 속에 형성된 삶의 다양한 스펙트럼

인간이 시간 속에 놓여 있다는 것은 그것으로부터 자유롭지 않다는 것이고, 이는 또한 근대의 특성 가운데 하나인 일시적 감각과 분리하기 어려운 것이기도 하다. 인간이 종교라는 영원성, 혹은 자연이라는 영원성에 갇혀 있을 때에는 시간의 한계를 감각하기란 어려운 일이었다. 하지만 중세의 영원성이 사라지면서 인간은 비로소 스스로가 유한하다는 사실을 알게 되었고, 그 지점에서 새로운 영원을 찾기 위한 발걸음이 시작되었다.

영원하지 않다는 것은 곧 존재의 불완전성을 말하는 것이고, 인간은 이런 불구성으로부터 벗어나기 위해 다시 영원을 향한 순례의 길에 오르게 된다. 물론 영원하지 않다는 형이상학적 관념만으로 존재의 완전성을 찾아나서는 것은 아니다. 여기에는 현존에서 겪는 여러 경험들이 있어야 비로소 그 실천적 힘을 확보할 수 있기 때문이다.

일부러 시간의 더딤을 느껴보고 싶어서
그럴싸한 자리 두어 군데를
나무 우거진 숲속에 마련해두었다

여름 비 내리던 날 오후
계곡 바닥의 돌들을
이렇게 저렇게 옮겨서
물살이 느린 시냇물로 만들었다

큰 비 내린 후 그곳에 가서
한나절을 한 달이나 보내듯이
흔연한 기분으로 있었다

나무 밑 무른 바위 위에 누워
시리도록 파란 하늘을 올려다보며
마음에서는 시간이 더디 가게
한참 동안 그 흐름을 망각하며 있었다

지난날 추억들이 범람했다
무언가가 마음속 깊은 바닥을 긁어댔고
아아아 하는 내 탄식 소리도 들었던 것 같다

간혹 가까운 새 소리도 들렸지만

아주 고요했다

어릴 적, 우연히 들어섰던
뒷마당의 은밀한 고요 같았고
오후에서 저녁으로 기울 때
어김없이 찾아드는 서늘한 고요 같았다

어느덧
해 질 녘 훈흑(曛黑)의 시간이 다가왔다

시간은 결코 더뎌지거나 멎지를 않나 보다
끊임없이 시간이 뿌려놓는
불가해한 얼룩과 앙금들.

그 속에서
나는 버둥거리며
부석부석 살아가고 있다.

「푸른 바위 위에 누워」 전문

존재 너머의 세계에서 선험적으로 흘러가는 시간을 인간이 선택적으로 조정할 수 있는 문제는 아니다. 그럼에도 자아의 개입없이 흐르는 객관적 시간을 주관화하고 싶은 생각을 떨쳐버릴 수 없는 것이 인지상정일 것이다. 그래서 서정적 자아는 이렇게 무심한 시간을 잠시나마 붙들어두고 싶은 욕망을 갖게 되는데, 스스로가 "일부러 시간의 더딤을 느껴보고 싶은" 충동에 사로잡히는 것은 이런 이유 때문이다. 시간을 전취해서 이를 자아화하고픈 자아의 욕망을 생물학적 삶의 연장을 위한 충동으로 이해하는 것은 어불성설이다. 만약 그럴 욕망이 있다면, 이는 신의 영역에 기투해서 세속의 영역을 벗어나는 것이 더 빠른 지름길이 될 수 있기 때문이다.

신의 시간이 아니라 자아에게 남겨진 시간들은 실존과 분리하기 어렵게 결부되어 있을 뿐만 아니라 궁극에는 존재론적인 문제에까지 닿아 있는 것이기도 하다. 이는 현존의 난해함과 존재의 불구성과 분리하기 어려운 것인데, 실상 「푸른 바위 위에 누워」에서의 서정적 자아도 이를 부정하지 않는다.

서정적 자아는 시간을 붙들어매려는 강한 충동에 사로잡혀 있다. 이는 생존의 욕구가 강렬해서도 아니고 실존적 삶의 즐거운 쾌락이나 행복을 위해서도 아니다. 인간이라면 결코 피해갈 수 없는 것들을 긍정적인 것으로 전화시켜서 존재의 영원성을 성취해내기 위해서일 뿐이다. 하지만 시간을 정지시키고자 하는 과정이란 결코 녹록한 일이 아니다. "시간은 결코 더뎌지거나 멎지를 않나 보다"라는 서정적 자아의 탄식이 이를 잘 말해준다. 그렇다면, 이런 탄식이란 왜 생겨나는 것일까. 그것은 "끊임없이 시간이 뿌려놓는/불가해한 얼룩과 앙금들"에 그 원인이 있다. 시간이 흘러간다는 것은 현존을 영위해나간다는 뜻이고, 이러한 과정들은 관계들 사이에서 형성될 수밖에 없는, 어쩔 수 없는 인간의 한계가 가져오는 결과들일 것이다. "그 속에서/나는 버둥거리며/부석부석 살아가는 것", 그것이 인간의 실존인 것이다.

가까운 이에게서 뿜어져 나오는 진한 친밀감
묵직한 여운을 남기고 사라지는 더블베이스 선율

책장을 넘기기가 아까운 명징(明澄)한 글귀들

깊은 숲 바위틈에서 솟아 나오는 차가운 샘물
목젖을 비벼대는 산새들의 절묘한 울음소리
얼굴에 살며시 닿아지는 달콤한 산바람

이 모든 것에서 뭉클한 감흥을 얻거나
짜릿한 희열을 맛보지만

함께 묻어온 행복이나 평화가
너무 쉽게 증발하거나 오그라들면서
가슴 바닥에는
공허함과 무력감만이 남기도 한다

찰나의 시간 속에도 웅크리고 있는
실체를 알 수 없는 사념(思念)의 덩어리들
무뎌져 가는 경이로움에 대한 감각들
쉽사리 사라지지 않는 지난날의 회한들
다가올 어느 날에 대한 피할 수 없는 두려움

미망의 울타리 속에 내가 갇힌다.

「미망의 울타리」 전문

『유년의 그리움』의 특징적 단면은 생활 속에서 길어올려진 시편들이라는 점이다. 그러한 까닭에 그의 시들은 구체성이 있고, 또 현실감이 강하게 묻어난다. 시인의 시들이 이전의 시집에 비해서 관념의 영역으로부터 멀리 벗어나 있는 것은 이런 이유 때문이다. 「미망의 울타리」도 자아 주변의 생활들이 만들어낸 시편인데, 우선 작품을 지배하는 생활 정서들은 익숙함이라든가 친숙함 등등이다. 이 감각은 지금 여기의 일상뿐만 아니라 그 너머의 환경에서 만들어지기도 한다. 가령, 가까운 이에게서 얻어지는 친밀감이라든가 즐겨보는 책들, 그리고 깊은 숲 바위틈에서 솟아 나오는 차가운 샘물이나 산새들의 울음소리 등등이 그러하다.

만약 자아 주변을 감싸고 있는 이런 환경적 요인들이 절대적인 것으로 남아있게 되면, 실존에 대한 위기 의식이라든가 존재의 불구성에 대한 불안 의식은 결코 생겨나지 않았을 것이다. 하지만 현실은 그렇지 못했는데, "함께 묻어온 행복이나 평화가/너무 쉽게 증발하거나 오그라들면서" "가슴 바닥에는/공허함과 무력감만이 남아 있는" 까닭이다. 긍정적 가치를 항구적인 것들로 나아가지 못하게 하는 것도 시간의식이다. 실상 이런 의식이란 자아 내부의 것, 곧 주관적 시간 의식이 만들어낸 결과일 것이다.

선험적으로 흘러가는 시간의 무례한 도전과, 그러한 시간을 자기화하지 못하는 것, 그리고 그 불구화된 시간의식이 만들어내는 실존의 혼돈이야말로 자아를 미망이라는 검은 울타리에 갇히게 하는 요인들 가운데 하나였다. 이를 미망의 울타리로 불렀거니와 그러한 미망들은 다음과 같은 것들이다. "찰나의 시간 속에도 웅크리고 있는/실체를 알 수 없는 사념의 덩어리들", "무뎌져 가는 경이로움에 대한 감각들", "쉽사리 사라지지 않는 지난날의 회한들", "다가올 어느 날에 대한 피할 수 없는 두려움" 등등이 바로 그러하다. 이런 것들이 자아를 가두는 울타리이며,

시간의 속박으로부터 벗어나지 않는 한, 이런 울타리로부터 자아가 스스로 초월하는 일은 불가능할 것이다.

3. 자연이라는 영원

현실의 불온성이나 존재의 불구성을 이해하는 자아가 이로부터 벗어날 수 있는 출구를 잃어버릴 때 느낄 수 있는 정서에는 어떠한 것이 있을까. 가령, 1930년대 이상의 경우처럼 팽창된 시간에 갇힌 권태로운 자아가 될 것인가. 아니면 소월처럼 무언가 신선한 감각을 찾아내고 이를 자아화하기 위한 열정적인 탐구자가 될 것인가.

박영욱 시들은 현대적 감수성을 서정화하는 모더니즘으로부터 한 걸음 비껴서 있고, 지금의 일상을 탈출하기 위한 낭만적 동경의 세계와도 무관한 경우이다. 물론 어느 특정 시인의 작품을 두고 하나의 주류적 경향이라고 계열화해서 말하는 것은 어려운 일이고, 또 그 반대의 경우도 마찬가지이다. 어떤 것이든 한 시인의 작품에서 전부를 배제하거나 일부의 요소를 간취해내는 일이란 불가능하기 때문이다.

그럼에도 어느 뚜렷한 사조에 기대지 않고도 박영욱 시인의 작품에서 이런 의미있는 요소들이 발견되는 것은 분명 예사로운 일이 아니다. 시인의 작품에서 이상의 시에서처럼 극렬한 자의식과 그와 관련된 권태의 요소를 발견하는 것은 어려운 일이지만, 그러나 이로부터 완전히 자유로운 것도 아니다. 그 한 예가 되는 작품이 바로 「권태」이다. 이 작품에서 자아는 의미있는, 그러나 다른 한편으로는 의미없는 사소한 질문을 던지고 답을 끊임없이 얻어내고자 한다. 왜 이런 질문과 응답의 형식을 취하는 것일까. 시인의 표현대로, 그러한 행위는 "아! 삶이 권태로워서 그래봤어요"라는 답에서 찾아진다. 권태란 지겨움의 정서적 표현이지만, 나아갈 방향이 명확하게 제시되지 않을 때, 그래서 현재의 시간 의식에 갇힐 때 흔히 일어난다. 그러니까 '미망의 울타리'에 갇혀있는 자아가 출구를 찾지 못할 때 일어나는 자의식적 유폐 행위인 셈이다. 시인의 작품 세계에서 이런 권태의 감각이 존재한다고 해서 그의 작품을 섣불리 모더니즘의 영역에 한정시키는 것은 옳지 않은 일이다.

두 번째는 권태의 정서와 달리, 감각을 향한 시인의 가열찬 욕망이다. 시인은 이번 시집의 서문에서 자신이 시를 써야할 의무랄까 당위에 대해 이렇게 말한 바 있다. "나태함이나 안일함을 유지하려고/호기심이나 마음의 불꽃을 외면하고 싶지 않다"고 말이다. 여기서 '나태함'이라든가 '안일함'이란 무딘 감각을 말하는 것이다. 이런 감각을 통해서 실존의 난해함과 존재의 불구성을 일깨우고, 이를 초월하고자 하는 것은 불가능하다. '마음의 불꽃'을 향한 과감한 도전이나 정열이 그의 시쓰기의 커다란 축 가운데 하나가 되는 셈인데, 실제로 이런 열정이 가능하기 위해서는 실존의 한계를 극복하기 위한 '마음의 불꽃'이 가열차게 타 올라야 한다.

두 손바닥 하늘 향해 활짝 펴고
빗방울을 받았다
몸으로 차가움이 번졌다
한참 동안 그렇게 서있었다

무디기만 한 손바닥인 줄 알았는데

푸른빛 대나무처럼 싱그럽고 차가운
빗방울이 닿으니
온몸의 감각들이 구석구석 꿈틀댄다
소리 없이 행복감이 스며든다.

「빗방울」 전문

소월은 자신의 무딘 감각, 죽어있는 감각을 냄새의 이미저리를 통해서 회복하고자 했다(「여자의 냄새」). 그런데 이런 감각을 통해서 현존의 어려움과 살아 있음의 감각을 일깨우고자 하는 것은 박영욱 시인에게도 동일하게 일어난다. 「빗방울」에서 이를 매개하는 감각이랄까 소재가 바로 '비'이다.

서정적 자아는 여기서 "두 손바닥 하늘 향해 활짝 펴고/빗방울 받았다"고 했거니와 이런 적극성과 과감성이 무딘 감각을 일깨우는 주된 의장으로 기능한다. 그만큼 시간이라는 어두운 장막 속에 갇혀 있는 자아를 일깨우기 위한 시인의 의도는 매우 격정적인 것이었다 할 수 있다. 빗방울이라는 이 차가운 감각이 일으키는 반향은 시인이 기대했던 것 이상으로 큰 것이었다. 이런 환기 효과를 시인 또한 부정하지 않는데, "무디기만 한 손바닥인 줄 알았는데" "푸른 빛 대나무처럼 싱그럽고 차가운/빗방울이 닿으니/온몸의 감각들이 구석구석 꿈틀댄다"고 했기 때문이다. 손바닥에서 시작된 감각들이 온몸으로 부채살처럼 퍼져나가는 놀라운 효과가 환기되고 있는 것이다. 그리고 그러한 감각을 더욱 배가시켜주는 것이 '푸른빛 대나무'이다. 이처럼 시인은 차가움이라는 촉각적 이미지, 푸른과 같은 색채적 이미지를 통해서 자아의 무딘 감각에 생명의 활력을 불어넣고 있는 것이다.

「빗방울」은 단순한듯 하면서도 결코 그렇지가 않은 시이다. 여기서 비는 일상 속의 소소한 사물일 수도 있지만 분명 그 너머의 형이상학적인 음역들과도 깊게 연결되어 있다는 점에서 의미가 있는 경우이다. 다시 말하면, 비는 일상의 한 현상이면서 자연이라는 질서, 이법을 대변하는 것이기도 하다.

자연은 시간 구성상 영원의 의미를 담아내고 있다. 하루의 반복이나 계절의 반복이라는 측면에서 보면 자연의 시간은 원에 해당되고 그러한 원의 시간이 영원의 시간을 가리키는 것은 지극히 당연한 것이기 때문이다. 서정적 자아가 스스로의 정서를 분열되고 파편화되었다고 사유하는 것은 영원의 감각을 상실했기에 그러한 것이다. 그렇기에 그 잃어버린 영원의 세계로 회귀하기 위해서는 다시 이 감각을 회복해야 한다. 이런 맥락에서 보면, 시인이 자연이라는 영원의 세계를 자신의 시가 나아갈 궁극적 방향의 한 의장으로 도입한 것은 당연한 수순이었다고 하겠다.

불현듯 산의 모든 것이 왈칵하고 사무쳐서
튀듯이 집을 나와 산으로 향했다
검은 숲 이곳저곳을 허둥대며 돌아다녔다

눈을 크게 뜨고 호흡도 크게 하며 헤치고 다녔다
희미한 달빛 아래지만
주위를 휙휙 날아다니는 '자유'가 눈에 턱턱 들어왔다
나무 사이사이로 흐르는 '자유'를 게걸스럽게 마셔댔다

고만고만한 근심거리를 한꺼번에 산에 다 팽개쳤다
산은 군말 없이 받아주는 것 같았다
유난한 산책 이었다.

「유난한 산책」 전문

제목에서 드러나 있는 바와 같이 이 작품을 이끌어가는 핵심 서사는 산책이다. 산책이란 한가한 산보가 아니거니와 그것이 갖는 근대적 의미란 결코 예사로운 것이 아니다. 그것은 현대성을 탐구하는 학문, 곧 고현학(考現學)과 연결되어 있는데, 무엇인가를 알기 위해서는 계속 돌아다녀야 하는 것, 그리고 그 과정을 통해서 현대적인 것들의 단면을 이해하는 과정이 내포되어 있기 때문이다. 시인의 작품이 모더니즘의 정신과 기법과는 거리가 있는 것이라 했지만, 실상, 이런 산책자의 행보 비슷한 산책이 박영욱 시인의 작품 세계에서 갖는 의미 또한 고현학의 그것과 결코 다를 것이 없다는 점에서 그 의의가 있는 경우이다.

시인의 작품 세계에서 산책이란 자아의 파편화된 단면을 치유해주는 매개를 찾기 위한 발걸음이다. 현대적 요인들의 여러 국면을 이해하는 고현학과 대비해서 그의 시들은 정신의 불구성을 치유해주는 여러 국면들에 대한 지속적인 탐색인 까닭이다. 시인은 자신의 산책을 '유난한 산책'이라고 했거니와 여기서 '유난하다는 것'은 '유별나다는 뜻'일 것이다. 이를 달리 말하면 '다양하다는 뜻'으로 이해하면 어떨까. 그것은 자아 속에 감각 되는 '자유'의 여러 층위들과 연결되어 있기 때문이다. 서정적 자아가 느끼는 자유란 적어도 숲의 여러 자연이 주는 다층적인 자유의 감각일 것이다.

산에서는
올려다 보이는 큰 바위든
묘하게 뻗은 나무 가지든
잠시 쉬는 새든

아무 곳이건
시선을 두고 바라보고 있으면
더위에 오이 자라듯
내 안에서 기쁨이 자란다.

「산에서는」 전문

시인이 시도하는 '유난한 산책'은 이 작품에서도 예외가 아니다. 여러 다양한 사물을 통해서 얻어지는 자유랄까 기쁨의 감각이란 결코 하나의 지점에서 솟아오르는 것이 아니기 때문이다. 이 작품에서 서정적 자아에게 기쁨을 주는 요소란 산이라는 거대 자연이지만, 그 내면을 면밀히 들여다보게 되면, 여러 층위들이 겹쳐져서 자아에게 신선한 감각을 불러일으키게 하는 것임을 알게 된다. 가령, '바위'라든가 '나무 가지', '새' 등등이 그 층위들을 구성하고 있기 때문이다.

기쁨이란 현재의 정서나 시간 의식에 충실한 감각이다. 시간 구성상으로 보면, 현재 의식으로의 몰입이라 할 수 있는데, 이런 정서에 어떤 위계 감각이라든가 층위가 나누어지는 것은 불가능하다. 그러한 까닭에 파편화되고 불구화된 정서가 성립되는 것도 어려운 일이다. 산이라는 영원성, 자연이 주는 항구성 속에서 시인은 이렇듯 기쁨이라는 자의식적 해방감에 젖어들게 된다. 이 감각이란 결코 불구화된 것이 아님을 이해하게 되면, 시인이 지향하는 정서의 귀결점이 어떤 것인가를 알게 된다.

4. 생활 속에서 걸러진 영원들

원의 구현으로 표상되는 자연이 순환적 시간, 곧 영원이라면 일상에서도 이와 견줄만한 시간 의식 또한 분명히 존재한다고 할 수 있다. 과거의 시간들, 특히 유년의 시간들이 있는 까닭이다. 이 시간들은 언제나 서정적 자아에게 생생하게 회상되는 기제들 가운데 하나이다. 이른바 그리움의 정서들을 동반하는 시간의식이 그러한데, 유년의 시간들이 영원의 감각과 연결되는 지점은 두 가지이다. 하나는 유년의 시공간이 갖는 합일의 세계이다. 이를 파편화된 감각이라든가 불구화된 정서와 연결시키는 것은 불가능한 일이다. 이때의 시간들이란 깨어지지 않는, 순백한 시간들이기 때문이다. 그리고 다른 하나는 프로이트나 라캉 식의 관점에서 본 동일성의 세계이다. 무의식이 억압의 기제로 작용하기 이전, 상징계로 편입되기 이전의 상상계야말로 전일적 동일성의 세계이기 때문이다.

이러한 시간성을 갖고 있는 것이기에 유년의 시간들, 곧 그때의 아름다운 추억이나 낭만적 세계들은 완결성을 갖고 있다. 완결성이란 파편성의 대항담론이 되는 것이기에 현재의 불구성이나 존재론적 완성을 갈망하는 주체들에게는 얼마든지 치유의 기제로 작용하게 된다. 그러니까 유년의 시간으로 되돌아가는 것, 그 전일적 세계를 회상하는 것만으로도 회복의 시간 내지는 치유의 시간이 되는 것이다.

박영욱 시인이 이번 시집에서 전략적으로 접근하고 있는 시의 소재들은 이 유년의 시간에서 만들어진다. 시집의 제목이 『유년의 그리움』이거니와 시인이 이 세계에 대한 발견, 그리고 이를 현재의 파편화된 정서를 치유하는 도정으로 사유하는 것이야말로 이번 시집이 갖는 의의라는 점에서 주목을 요한다. 이는 첫시집 『나무를 보면 올라가고 싶어진다』가 자연을 통해서 존재에 대한 물음을 던지고 이로부터 인식적 완결의 세계로 나아간 것과는 사뭇 다른 지점이라 할 수 있다. 시인의 시선은 이제 자연으로부터 내려와 생활 속으로 깊이 들어와 있는 것이다. 그런 생활 감각이 만들어낸 것이 유년의 기억이라든가 과거의 아름다운 추억에 대한 서정적 환기이다.

장독대 옆에서 까마중 따먹으며
땅강아지와 밀어내기 하면서 놀았고
언덕 너머 풀밭에선 하얀 풀뿌리 씹으며
메뚜기와 잠자리들 따라 뛰어 놀았다

심심할 땐 곧잘 우물가로 가서
넘어 갈 듯 고개 숙여 우물 안을 들여다보곤 했다
우물 안에는 흰 구름이 떠 다녔고
우물 주변엔 길쭉하게 자란 오이와
노란 오이꽃이 예쁘게 피어 있었다

말간 햇살과 맑은 공기에 취한 새들처럼
그 시절엔 덮어놓고 집 밖으로 나와
온종일 자연 속에서 지낸 것 같다

언제나 평화의 강물이 내 곁에서 흘렀고
기쁨의 물결은 쉼 없이 넘실거렸다

도회지 새가 모처럼
녹음의 숲으로 날아들 때 맛보는 기쁨도
이만하지는 않았으리라

조용히 바람이 불어온다
저녁 바람에는 그리움이 묻어있다.

「저녁 바람에는 그리움이 묻어 있다」 전문

지금 서정적 자아의 정서를 살뜰하게 자극하는 것은 '저녁 바람'이다. 이 감각이 촉각적이기에 더욱 실감있게 다가오는데, 그러한 실감 속에 감춰진 것이 유년의 추억이다. 그러니까 이 추억은 단순히 아름답다가 아니라 지금 여기에서 생동감있게 살아있는 어떤 것으로 구현되는데, 그러한 정서를 가능케 해주는 것이 '바람' 속에 묻어온 유년의 시간들이다.

이 작품에는 과거의 아련한 추억들이 한편의 영화나 그림처럼 아름답게 펼쳐져 있다. 물론 이 장면에는 어떠한 욕망이나 갈등이 들어가 있지 않을 뿐만 아니라 인간 위주의 세계, 곧 근대적 이원론의 세계로부터도 한참 벗어나 있다. 모든 것이 하나의 전일체가 되어 조화롭고 평화로운 세계로 구현되어 있다. 인간과 동물이 하나이고, 그들이 한데 어울려 축제의 한마당을 이루고 있는 것이다. 이런 화합이나 조화의 세계에 인간 우선주의와 근대적 욕망의 세계가 들어갈 여지가 전혀 없다. 파편화되고 불구화된 현존의 자아로서는 거의 상상하기 어려운 유토피아가 작품 속에 펼쳐져 있는 것이다.

서정적 자아가 이런 세계를 회상하고 담론화하는 것은 그저 과거의 추억이 아름답기에 한번쯤 그리고 간헐적으로 회상하는 행위에 머물러 있는 것이 아니다. 분열되고 파편화된 근대인의 한계, 그리고 존재론적 불구성에 대한 대항 담론의 필요성 때문에 그러한 것이다. 그러니까 유년의 시간들은 조화를 향한 치유의 정서로 기능하게 되는 것이다.

유년의 그리움은
서걱거릴 때마다 한 움큼씩 덜어내거나
주저앉히고 싶은 그런 것이 아니다

스르륵 스며드는 비감(悲感)으로
아른대는 미련에 젖게 되는 그런 것도 아니다

유년의 그리움은
쓸쓸해지거나 갈수록 멀어지지 않고
꺼내보면 볼수록 다가오는 그런 것이다

자욱했다가 이내 사라져버리는 새벽안개 같지 않고
언제나 깊은 품 안에 간직되는 그런 것이다

유년의 그리움은
가슴에 살가움이 얹혀지고
사르륵 온기가 퍼져서
마음껏 그리워하는 것이 더 나을 것 같은 그런 것이다.

「유년의 그리움」 전문

이 작품은 이번 시집의 제목이 된 시이다. 그만큼 상징성이 큰 경우인데, 시집을 꼼꼼히 읽게 되면, 시인이 인용시를 시집의 제목으로 붙인 이유를 알게 된다. 유년의 시간이 일회성으로 떠오른 시간이 아니라고 했는데, 시인 또한 이 부분에 대해 애써 강조하고 있다. "유년의 그리움은/서걱걸리 때마다 한 움큼씩 덜어내거나/주저앉히고 싶은 그런 것이 아니다"고 했기 때문이다. 뿐만 아니라 "스르륵 스며드는 비감으로/아른대는 미련에 젖게 되는 그런 것도 아니"라고 까지한다. 말하자면 순간의 감각과 같은 일회성으로 자아에게 환기되거나 회감되는 것이 아니라는 뜻이다.

이런 특성을 갖고 있는 것이기에 유년의 시간이란 항상적이고 영원한 것이 된다. 시인의 표현대로 "언제나 깊은 품 안에 간직되는 그런 것"인데, 이에 기대게 되면, 그것은 순동시적으로 살아있는 영원한 어떤 것과 동일한 것이라 할 수 있다. 어떤 자아의 심연에 항상적으로 살아있는 것이기에 그것은 자아가 나아가야할 지침이나 거멀못 비슷한 구실을 하게 된다. 그것이 회복이라든가 치유의 매개이다. 현재의 파편화된 감각, 분열된 정서를 치유하고 회복시켜 주는 것은 항상적이고 영원한 것이 가장 좋은 수단이기 때문이다.

5. 『유년의 그리움』의 시간성이 갖는 의미

박영욱의 『유년의 그리움』은 시간의 감각이 만들어낸 시집이다. 인간이 존재론적 불안에 사로잡히게 되는 가장 결정적인 준거틀 가운데 하나가 이른바 죽음이라는 한계 의식이다. 그러한 한계의 저변에 놓여 있는 것이 시간이다. 그것이 인간으로 하여금 파편화된 정서, 불구화된 감각으로 만들거니와 모든 인간에게 다가오는 존재론적 불안은 이와 밀접한 관련을 갖고 있다.

존재론적 불안이란 근원적인 것이어서 욕망에 억압된 사람이나 죽음이라는 한계 의식에 갇힌 사람들에게, 궁극에는 모든 인간에게 기능적으로 작용하는 의식이다. 그러한 까닭에 그 대항담론으로 언제나 제시되고 있는 것이 영원의 정서이다. 이 정서를 가장 잘 대변하고 있는 것이 자연이거니와 자연은 우리의 일상에서 흔히 간취할 수 있는 소재들이라는 특징적 단면을 갖고 있다. 한국 시사에서 자연이 서정시의 주된 소재 가운데 하나로 자리한 것도 이 때문이고, 박영욱 시인이 초기 시에서 주목한 것도 이 부분이었다.

박영욱 시인이 이번 시집에서 보여준 시선의 이동, 시점의 변화는 자연보다는 일상에서 비롯되고 있다. 그래서 막연히 기투하고자 했던 자연이 아니라 현재의 파편화된 정서를 통해서 탐구되는 자연이라는 특징적인 단면을 보여주었다. 그리고 그 저변에 놓인 것이 일상이라는 견고한 틀이었고, 이를 지배하고 있었던 것이 죽음이라는 한계 상황이었다. 죽음이라는 상황은 한계 시간 의식과 분리하기 어려운, 절대적인 지대이다. 이번 시집에서 시인이 주로 관심을 표명한 부분이 바로 이 시간과 관련된 담론들이었다. 한계 상황이 가져오는 파편화된 시간을 영원의 시간, 곧 회복의 시간으로 서정화하는 것, 그것이 이번 시집의 전략적 주제였다고 할 수 있다.

세상과 소통하는 희망의 시쓰기
— 장명훈, 『풀꽃』

1. 결핍에서 오는 맑고 투명한 시

시란 세계와 합일할 수 없는 간극이 있을 때 흔히 쓰여진다. 자아와 세계 사이에 놓인 강을 넘어서 서로 합쳐지거나 자연스럽게 교류할 수 있는 지점을 만드는 것, 그것이 서정시의 의무 가운데 하나이기 때문이다.

자아와 세계 사이의 거리가 서정시를 만들어내는 기본 동인 가운데 하나인데, 여기에 개인적인 결핍이 하나 더 추가된다면, 서정의 결핍과 이를 메우려는 욕망은 더욱 강해지기 마련이다. 일찍이 이런 사례들은 문학사의 주변에서 흔히 발견할 수 있는 일인데, 우선 서양의 경우 도스토예프스키는 귀가 들리지 않는 아픔 속에서 『까라마조프가의 형제들』이라는 명작을 쓴 바 있다. 우리의 문학사에서는 「보리피리」를 쓴 한하운의 경우가 있는데, 그는 당시 천형이라고 불리던 문둥병 환자였다. 그는 이 경험을 바탕으로 「소록도 가는 길」이라는 작품을 즉자적으로 표현했는데, 작품 속에 담긴 경험의 직접성과 거기서 우러나오는 진솔한 감정이 시를 읽는 독자에게 크나큰 감동을 준 바 있다.

장명훈 시인도 결핍을 선천적으로 받아든 시인으로 알려져 있다. 결핍이란 끈끈함이고 간절함이며 또한 진솔성 혹은 진정성을 생리적으로 담보할 수밖에 없는 요인으로 작용한다. 이러한 사례란 한하운 시인의 경우나 교통사고로 정신분열증이라는 질병을 새롭게 얻은 박봉우 시인에게서 볼 수 있는 경우였다. 장명훈의 시들에서 풍기는 품격이랄까 진정성도 이들 시인과 별반 다를 것이 없는 사례라 할 수 있다.

경험이 우선이기에 관념이란 요소는 중요하지 않으며, 간절함이 있기에 위장과 허위가 없는 것이 장명훈 시의 특징이다. 그의 시들이 맑고 투명하게 다가오는 것은 이와 깊은 관련이 있다. 뿐만 아니라 그의 시어들은 무매개적으로 마음에 다가오는데, 그의 시를 읽게 되면 진솔하고 진정성있게 느껴지는 것은 이 때문이라 할 수 있다. 영혼이 있는 시, 감동이 있는 시, 진정성이 있는 시, 이런 단면들이 장명훈의 시의 주요 특색들이다.

2. 세상으로 나아가기

맑고 투명한 시세계를 특징적 단면으로 하고 있는 장명훈의 『풀꽃』은 세 번째 시집이다. 시인은 이미 첫 번째 시집 『그대 가는 길』을 2012년에, 그리고 『바람이 살아온 이야기』를 2016년에 펴낸 바 있다. 시인의 약력이라든가 작품 몇 편을 읽어 보면 금방 알 수 있는 것처럼, 시인은 현재 몸이 불편한 상태에 놓여 있다. 그럼에도 그는 편편치 못한 육신의 상태를 극복하고 시를 썼고, 또 시인이 되었다. 이번에 상재하는 시집이

세 번째이니 시에 대한 열정이 대단함을 알 수 있거니와 이런 열정은 앞으로도 계속 이어질 것이다.

그렇다면, 시에 대한 시인의 이런 열정은 도대체 어디서 나오는 것일까. 거기에는 몇 가지 원인이 있을 터인데 우선, 몸이 불편하다는 것은 세상과의 단절이 전제되는 상황이다. 세상과 자아 사이에 형성되는 불가피한 거리 때문에 그러한데, 이런 거리가 형성되는 것은 이처럼 자아 내부에서 비롯된다. 다른 사람과 차별되는 자아만의 특수성이 세상으로 나아가는 길을 일차적으로 차단하고 있는 것이다. 그러한 감각 속에서 형성되는 것이 자아 고립이다. 이런 고립이란 지극히 자연스러운 것인데, 만약 이로부터 벗어나지 못하면 불편한 자아는 세상으로 나아가는 길을 잃게 된다. 자아 고립주의가 형성되는 것은 여기에 원인이 있거니와 이로부터 벗어나지 못하면 세상과의 소통은 더더욱 어려운 형국이 될 수 있을 것이다.

스스로 세상에 갇혀있다는 것, 이런 폐쇄적인 정서로부터 무언가 생산적인 일을 하는 것은 쉽지 않은 일이다. 그리고 이런 감수성에 계속 갇혀 있게 되면, 자아로서의 정체성이라든가 고유성 역시 거의 사라지게 된다. 이런 한계를 알기에 세상과 차단되어 있던 자아들은 그 벽을 넘고 세상과 적극적으로 소통하려고 애쓰는 것이다.

내 고민들을
땅속 깊은 곳에 심어
풀꽃으로 피어나고 있다

몸은 약하고 힘도 없지만

꿈을 부르는 바람 따라
풀꽃은 웃고 있다

알록달록 매달려 있는
세상의 꽃들과 함께
자라나는 꿈을 먹고 있는
작은 풀꽃이 되어 있다

「풀꽃」 전문

이 작품에는 고립된 자아들이 흔히 느낄 수 있는 부정의 정서들로 가득 차 있다. 이를 상징적으로 말해주는 담론이 바로 '고민'이고, 또한 "몸은 약하고 힘도 없"는 나약함일 것이다. 이 감각은 대외적인 것에서 오는 것이 아니라 존재의 폐쇄성에서 오는 것들이다. 만약 여기에 갇히게 되면, 이러한 고민들은 켜켜이 쌓이고 궁극에는 이를 비집고 나올 수 없을 만큼 크나큰 성채가 될 것이다. 자아는 그러한 상태가 가져오는 결과에 대해서 익히 알고 있거니와 그리하여 이로부터 벗어나려고 한다. 그것이 삶에 대한 의욕이고 열정이며, 세상과 소통하고자 하는 자의식의 표현에 대한 열망일 것이다.

시인은 세상으로 나아가는 통로를 끊임없이 탐색하고 모색한다. 그러한 사례를 보여주는 것이 이작품의 마지막 3연인데, "알록달록 매달려 있는/세상의 꽃들과 함께/자라나는 꿈을 먹고 있는/작은 풀꽃"이 되는 존재의 변이가 그러하다. 세상의 꽃들과 함께 하는 것은 자아를 덧씌우고 있는 차단이나 경계를 무너뜨리는 행위이다. 고립된 자아가 열린 광장으로 나아가기 위해서는 자아와 세상을 가로막고 있는 이 선을 넘어야 하는 까닭이다. 그리고 그것과 하나의 동일성을 찾아나서야 한다. 이렇게 하고 나면 나와 너, 곧 자아와 세상은 하나되는 장을 마련할 수가 있다. 이런 환경이 펼쳐질 때, 자아의 고립이나 폐쇄적 환경은 더 이상 존립하기 어려울 것이다

실상, 이번 『풀꽃』의 전략적 이미지 가운데 하나가 '세상과 하나되기' 이다. 그 세상이란 「풀꽃」에서 본 것처럼, 자연과의 합일이다. 자연이란 우리 주변에서 가장 흔히, 그리고 가장 빈번히 대면할 수 있는 대상이기에, 세상과 하나되기 위한 가열찬 열망을 가진 시인의 시선이 가장 먼저 닿을 수밖에 없는 것은 자연스러운 일일 것이다.

왈츠 바람이
내 귓속으로 들어온다

불어오는 바람의 크기에 따라
음색들이 새롭게 연주되고 있다

꽃봉오리 올라오는 사이로 꽃들이
햇볕과 함께 손잡고 춤을 추고 있다

아파트 공원 의자에 앉아서
가만히 눈 감고 음악을 듣는다

신비로운 음률들이
내 심장을 뛰게 한다

「봄의 왈츠」 전문

서정적 자아는 자신을 둘러싼 장막을 벗어던지고 세상 밖으로 나가고 싶어 한다. 그곳에서 자아는 자신의 무딘 감각을 되살리고, 새로운 탄생을 맞이하고자 한다. 탄생이란 활력을 전제하거니와 계절 감각에 비춰보면, 봄은 아마도 그러한 감각과 가장 잘 어울리는 시절일 것이다. 시인의 작품에서 봄이 가장 많이 등장하고 있는 것은 이 때문이다. 갇혀있고, 숨어지낸다는 것은 감각이 무뎌져 있다는 뜻이 될 것이다. 무딘 감각을 일깨우기 위해서는 그에 걸맞은 자극이 있어야 한다. 그래야만 생동감이 솟아날 것인데, 서정적 자아가 주목한 것이 봄의 교향악인 것은 이 때문이라 할 수 있다.

지금 시적 자아의 주변에는 '왈츠 바람'이 '귓속'으로까지 몰려온다. 뿐만 아니라 '꽃봉오리'에서 풍겨나오는 향기도 느껴진다. 바람과 향기라는 이 일차적 이미저리들이 햇볕과 함께 손잡고 무뎌진 자아의 감각을 일깨우기 시작한다. '아파트 공원 의자'에 앉아서 스스로 숨긴 자아의 정체성들이 이들 감각을 통해서 새롭게 환기되고 부활하고 있는 것이다. 그러한 부활을 통해서 자아는 새롭게 건강한 자아로 탄생한다. 자아의 심장이 뛰는 것은 자아가 다시 살아 있다는 것, 아니 새롭게 탄생했다는 것을 의미한다.

끝없는 역병 때문에
내가 좋아하는
사람들을 못 만나고 있다

나는 집안에 앉아
자연스러운 냄새를

좋아하게 되었다

창밖으로 보이는
풍경의 냄새들이
내 눈과 맘으로 들어온다

비가 오면
빗물 냄새를 좋아하고

바람 타고 오는
꽃과 풀 냄새를 좋아하게 되었다

그래도
나는 사람 냄새가 좋다

「그리운 냄새」 전문

앞서 언급대로, 시인이 세상 밖으로 나가려는 이유는 자명하다. 단절이 싫고, 고립 또한 견디기 어려운, 시인의 삶에 있어서 감옥과 같은 것이기 때문이다. 그래서 함께 공감할 수 있는 지대가 그리운 것이다. 인용시에 보듯 "자연스러운 냄새"가 좋고 "풍경의 냄새"들이 그리운 까닭이다. 사실 시인이 호감을 표한 자연의 냄새라든가 풍경의 냄새, 혹은 빗물 냄새, 꽃과 풀의 냄새 등은 자발적 의지만 있으면 언제든 자기화할 수 있는 대상들이다. 하지만 차단되거나 고립된 자아가 자발적 자세만으로는 맡을 수 없는 냄새들이 있다. 인간의 냄새들이 그러하다. 이 냄새는 강요된 상황 속에서 만들어진 것이기에 서정적 자아의 자발적 의지만으로 해결될 수 있는 것이 아니다. 그럼에도 자아는 "사람 냄새가 좋다"고 했다. 이는 곧 자신을 위한 것이면서 타자를 위한 사랑이라는 점에서 그 의미가 있다. 인간에 대한 따듯한 애정, 휴머니즘에 대한 지속적인 사랑과 관심은 아마도 이런 의지에서 형성된 것이리라.

3. 세상을 응시하기

사람을 향한 강렬한 의지는 이제 자아로 하여금 더 이상 고립의 상태에 머물지 않게 하는 힘과 열정으로 작용하게 된다. 이제 자아는 세상 밖으로 거대한 발걸음을 옮겨서 세상이라는 출입구에 우뚝 서게 된 것이다. 갇힌 공간에서 열린 세상으로 나아간 자아는 이제 이전의 폐쇄된, 고립된 상태에 더 이상 갇혀 있지 않게 된 것이다. 여기서 존재에 대한 새로운 변신이 이루어지게 된다. 이제 자아는 이제 갇힌 자아가 아니라 열린 자아이며, 그가 응시하는 곳은 폐쇄된 공간이 아니라 열린 공간이다.

사람이 그립다는 것, 그리하여 사람과 마주한다는 것은 세상과의 소통을 의미한다. 다시 말하면 다양한 일상성과 만나는 일이 되는 셈인데, 어떻든 그것은 곧 인간의 삶과 곧바로 마주하는 일이 된다. 자아를 가두고 골방에 갇혀 있을 때에는 바깥 세상을 이해하는 것은 어려운 일이었다. 하지만 존재론적 변이를 이룬 서정적 자아에게 일상은 저멀리 외따로 있는 것이 아닌 것이 되며, 거기서 시인은 이제 다양한 형태로 존재하는 사회상을 마주하게 된다.

한 번쯤 자살하고 싶다면
큰 병에 걸려서
생사를 넘나드는 사람들에게
진솔한 삶의 이야기를 들어 보세요.

두 번째 자살하고 싶다면
장애인들이 어떻게 살아가고 있는지
진솔하게 삶의 이야기를 들어 보세요.

그래도 자살하고 싶다면
전 세계로 여행을 떠나 보세요.

「자살」 전문

사회라는 열린 공간에서 서정적 자아가 처음 만난 것, 이해한 것은 삶의 소중함에 대해서 무지한 인물군들이었다. 그것은 한계 상황 속에 놓여 있던 서정적 자아가 도저히 이해되지 않는 부분이었다. 우리는 일상에서 아무런 거리낌없이 생을 포기하는 사람들을 쉽게 목도하게 되는데, 하루가 멀다하고 들려오는 뉴스 등은 삶의 소중함과 그것의 진정한 가치가 무엇인지를 모르는 사람들의 이야기들뿐이기 때문이다.

인생의 고비를 지나오거나 삶의 가치를 느껴본 사람들은 이렇게 매일 같이 전해오는 이들의 소식에 당황할 수밖에 없다. 그래서 자아는 이들에게 진지한 질문 하나를 던지게 된다. "한번 쯤 자살하고 싶다면" "큰 병에 걸려서 생사를 넘나드는 사람들에게 진솔한 삶의 이야기를 들어 보라"고 말이다. 만약 이것으로 부족하다면, 더 극단적인 사례 하나를 더 예시한다. "장애인들이 어떻게 살아가고 있는지 진솔하게 삶의 이야기를 들어 보라"고 말이다.

현대인은 흔히 나약하다고 한다. 누가 무엇이 이렇게 현대인을 미약한 존재로 만들었는지도 모른다. 중요한 것은 이런 나약성이 우리의 친숙한 일상성 가운데 하나로 자리했다는 사실이다. 시인은 이런 나약성의 원인이 무엇인지 모르지만 이를 초월하기 위한 해법에 대해서는 분명 이해하고 있는 듯하다. "진솔한 삶", "절박한 삶"을 나약한 현대인들이 결코 살아보지 않았기 때문이라는 것이다.

지금은
많은 움직임이 필요 없다

지금은
많이 생각할 필요 없다

지금은 사람과 사람으로
만나서 말할 필요 없다

나쁜 것들을 봐도
못 본 체하며 지나간다

점점 情들이 없어지고
허수아비 되어 가고 있다

나도

너도…….

「허수아비」 전문

어둠의 긴 터널을 벗어나 세상 밖으로 나온 시인의 시선은 다양한 지점으로 뻗어나가기 시작한다. 자아의 삶이 소중했기에 세상 속의 사람들의 삶도 그러할 것이라 시인은 굳게 믿은 다음 드넓은 세상과 마주한 것이다. 하지만 서정적 자아의 기대와 달리 세상은 그리 긍정적인 것으로만 비춰지지 않는다. 자신의 삶이 절박했던 것과 달리 세상 사람들의 삶은 그렇지 않았던 것이다. 그리하여 그들의 삶은 아무렇지 않게 궁극에는 이름모를 잡초처럼 쉽게 대하는 것이었다.

뿐만 아니라 세상은 메마르고 인간들 간의 끈끈한 정마저 사라지고 있는, 그야말로 정이 없는 삶을 영위하는 사람들의 무대로 넘실대고 있었다. 이런 모습들은 시인의 눈에 마치 허수아비와 같은 존재들만의 사회로 비춰지고 있었던 것이다. 허수아비란 아무런 기능도 할 수 없는 존재이고, 또 영혼없는 존재이다. 그러니까 이들은 아무런 생명성이 없을 뿐만 아니라 더불어 살면서 서로간의 인간미를 확인하는, 아름답고 조화로운 삶과는 거리가 있는 존재들이다. 허수아비의 삶이니 "많은 움직임이 필요 없"고, "많이 생각할 필요" 또한 없다. 그러니 "사람과 사람으로 만날 일도" 없거니와 "나쁜 것들을 봐도 못 본 체하며 지나가"는 것이다. 사람과의 거리가 멀거나 간극이 넓으면 넓을수록 좋은 것이 현대인의 삶이 되어 버렸다. 그런데 이런 삶이란 어렵게 세상 밖으로 나온 시인의 시선으로 볼 때는 의아하지 않을 수밖에 없다. 격리와 차단이라는 그러한 고립이 갖고 있는 의미가 무엇인지, 그리고 그로부터 벗어나는 것이 이미 갖고 있던 가치에 대해 체감하고 있었던 자아에게 개방된 일상에서 벌어지고 있는 이런 허수아비적 삶이란 결코 이해될 수 없는 까닭이다. 그러니 시인의 눈에 일상에 대한, 세상에 대한 비판적 시야가 형성되는 것은 당연한 일이었을 것이다.

하루 종일 일만 하다가
흐르는 땀을 닦아주고 싶은
한 사람이 있어도 눈치만 보는 현대인

거울 하나 있어도
내 얼굴 내가 못 보고
살아가는 현대인

파란 하늘 있어도 볼 수 없는
지하 공간 속에서 살아가는 현대인은
돈과 일에 노예가 되어 가고 있다

「노예」 전문

결핍되어 있는 사람과 그렇지 못한 사람의 차이는 편리함이나 수월함, 혹은 가능성에 있을 것이다. 자신이 갖고 있는 결핍을 초월해서 일상 밖으로 나온 자아에게 세상 사람들은 마이다스와 같은 존재들, 곧 전지전능한 존재들로 비춰질 것이다. 하지만 「자살」이나 「허수아비」에서 살펴본 대로, 세상은 오히려 서정적 자아가 기대했던 것과는 정반대의 경우였다.

「노예」는 서정적 자아가 기대했던 것과 반대되는 현실이 무엇인가를 묘파한 작품이라는 점에서 의미가 있다. 현대인들의 부정적 삶에 대한 또다른 시선이라는 점에서 주목을 요하는 것인데, 지금 이곳을 살아가는 사람들에게 「노예」에서 펼쳐 보이는 모습들은 일상에서 흔히 볼 수 있는 것들일 것이다. 하지만 시인에게는 이런 일상성이 결코 흔한 모습으로 다가오지 않는다. 껍질을 깨고 처음 세상 밖으로 나온 장용학의 '토끼'(「요한시집」)가 겪었던 실존적 수난과 같은 것과 동일한 정서가 아니었을까. 그만큼 세상 밖은 서정적 자아가 기대했던 것과는 다른 것이었다. 그의 세상에 대한 비판적 발언, 경고의 메시지는 이런 토대 하에서 형성된 것이다.

불온한 사회를 향한 서정적 자아의 시선은 날카롭고 매서운 것이다. 그가 세상과 차단된, 오염되지 않은 공간에서 만들어진 순결한 자의식이 있었기에 이런 시선이 가능했을 것이다. 순결한 정서와 오염된 현실의 대비 속에서 형성되는 서정적 자아의 경구들이기에 이 담론의 깊이와 폭은 더욱 웅숭깊게 다가오고 감응된다. 이런 감각이 이 시인의 최대 강점일 것이다.

4. 치유의 시쓰기

장명훈 시인에게 시는 세상과 소통하는 수단이다. 시인은 자신이 갖고 있는 결핍에 대해 충분히 이해하고 있었고, 이를 바탕으로 세상과 만나기 위한 지난한 자기 노력을 해 온 터이기 때문이다. 그 도정이 언어를 매개로 세상과 교류하는 일이었다. 그런데 시인이 그러한 과정에서 만난 세상이란 어떤 긍정성이 내포된 것이 아니었다. 그가 상상했던 것과는 달리 세상은 메말라 있었고, 돈이나 일과 같은 부정적 일상성에 매몰된 것들 뿐이었기 때문이다.

그리하여 긍정적 생산성이 소멸된 사회, 시인이 기대했던 유토피아와는 거리가 있는 사회에서 서정에 대한 거친 회오리가 생겨나게 된다. 이른바 치유로서의 시쓰기이다. 여기서 치유란 자아와 세계 사이의 동일성, 혹은 세계 내에 존재하는 것들이 가져야만 하는 동일성에 대한 가열찬 열망일 것이다.

그리운 영감들이
작은 방안에 번질 때마다
시인은 혼자서 궁시렁궁시렁 말한다

얼어붙은 영감이 머릿속에서 떠도는
흰 그림자 기억의 불빛이
나를 가물가물하게 만든다

그리운 단어 하나하나
기억의 문을 열고 들어와
내 오만과 자존심을 버리고 쓴다

하나하나 쓰다 보면
아름다운 시어를 만날 때마다
나는 첫사랑 만날 것처럼
마음이 설렘으로 가득하다

「시어의 얼굴」 전문

세상과 소통하는 시인의 방식은 언어를 매개로 하는 것이었다. 그러니 세상을 응시할 수 있는 것들, 세상과 소통하는 것들이 언어를 만나서 시인의 영혼에 맴돌게 되면 자아 내부에서는 작은 파동이 일어나게 된다. "그리운 영감들이 작은 방안에 번질 때마다 혼자서 궁시렁궁시렁 말하는" 행위들이 울려퍼지는 것이다. 자아는 궁시렁궁시렁 말한다고 했지만, 이런 정서란 흥분과 신명남이고 궁극에는 축제적 춤과 비슷한 것이 아닐까 한다. 경계와 차단을 넘고 세상과 하나되는 자리 속으로 틈입해가는 것이니 이런 신명이란 당연한 정서적 반응이기 때문이다.

이렇듯 시인에게 시를 만들어내는 영감의 시어를 발견하는 일들은 즐거운 것이다. 시인에게 이 즐거움은 복합적인 것이라는 점에서 그 의미가 큰 것인데, 우선 시어의 발견이 시인의 내성과 관련되어 있다는 점이다. 그리움을 담아내는 언어들, 그 언어에 대한 발견은 "내 오만과 자존심을 버리는 일"과 불가분의 관계에 놓여 있기 때문이다. 이렇게 본다면 시인에게 시를 쓰는 일은 일단 자아를 되돌아보는 행위이기도 하다. 두 번째는 세상과 소통하는 수단이라는 점이다. 시인은 시를 통해서 세상을, 사람을 만난다. 그러니까 시는 자아를 고립된 공간에서 탈출시키는 구원의 행위와도 같은 것이 된다. 이런 목적이 있기에 "아름다운 시어를 만날 때마다 나는 첫사랑 만날 것처럼 마음이 설렘으로 가득하는 것"이 아닐까 한다.

> 따뜻한 봄의 기운 받아
> 언어에 시꽃을 심어 본다
>
> 바람에 떠도는 삶의 이야기 담아

어여쁜 시꽃으로 피우고 싶다

아름다운 언어의 향기로
지친 사람들에게 희망을 나누고 싶다

「시꽃」 전문

이 작품은 비교적 짧은 형식이긴 하지만 시를 쓰는 시인의 목적이 잘 담겨있다. 시인은 자신이 쓰는 시를 '시꽃'에 그 목적이 있는 것이라 했거니와 그러한 꽃이 피기까지의 과정을 이 작품은 시간의 경과를 통해서 잘 보여주고 있다. 1연에서는 언어의 시꽃을 심는 행위가 있고, 2연에서는 그렇게 심어진 꽃이 개화할 때 담겨져야 할 내용이 들어가 있으며, 3연에서는 그렇게 피어난 꽃의 향기를 통해서 "지친 사람들에게 희망을 나누고 싶다"로 연속되어 나타나고 있는 까닭이다.

이런 함의를 담고 있는 이 작품은 이번 시집의 주제의식을 모두 담아내고 있다는 점에서 주목을 요하는데 가령, 세상으로 나아가기 위한 자연과, 그를 통해서 발견한 세상, 그리고 그러한 세상에 대한 시인의 발언이 고스란히 담겨 있다는 점에서 그러하다. 시인은 자신 속에 내재한 결핍을 충족시켜주는 것, 혹은 완성해주는 것에 머물지 않고 이 보다 한 단계 더 나아가고 있는데, 그것이 인간에 대한 사랑이다. 이를 흔히 휴머니즘의 맥락에서 이해할 수 있거니와 그의 시들이 이 지점에 이른 것은 그의 시들이 개인의 결핍이라는 개인성의 차원에 결코 머물러 있지 않음을 말해주는 근거라 할 수 있다. 시인은 자신의 아픔에 대한 초월을 사회적 아픔과 연결시키고 있는데, 여기서 그의 시가 지향하는 보편적 음역이 드러나게 된다. 「시꽃」의 3연에서 알 수 있는 것처럼, "지친 사람들에게 희망을 나누고 싶다는" 인간애, 보편적 휴머니즘이 바로 그것이다.

> 내 안에 예수님이 있다면
> 소외된 사람들을
> 따뜻한 마음으로 바라보고 싶습니다
>
> 내 안에 예수님이 있다면
> 약하고 병든 사람들에게
> 작은 위로가 되고 싶습니다
>
> 내 안에 예수님이 있다면
> 전쟁 같은 세상살이에서
> 사람들에게 평화를 주고 싶습니다
>
> 「크리스마스 안에서」 전문

개인의 결핍이나 한계를 초월해서 보편의 영역으로 흘러가게 되면, 보다 광범위한 가치들에 대해 주목하게 되는데, 장명훈 시인의 경우는 이런 주목이랄까 응시가 더욱 남다른 열정으로 표출, 승화되는 것처럼 보인다. 그러한 정서를 신앙적인 차원으로 끌어올리는 것이 바로 그러한데, 종교가 보편적 이상과 가치로부터 자유롭지 않다는 사실을 염두에 둔다면, 시인이 추구하는 것의 가치랄까 의의가 더욱 강렬한 빛을 발하는 것임을 알게 된다.

서정적 자아는 자신을 예수님의 그것으로 비유하고 있는데, 물론 여기서 스스로 예수되기와 같은 초월적이고 비과학적인 수준을 이야기하는 것은 아니다. 그가 말하고자 한 의도는 예수님의 품성이랄까 속성의 차원이다. 그리하여 만약 자신에게 "예수님이 있다면 소외된 사람들을 따뜻한 마음으로 바라보고 싶다"고 했거니와 "약하고 병든 사람들에게 작은 위로가 되고 싶다고도 했"다. 뿐만 아니라 "전쟁 같은 세상살이에서 사람들에게 평화를 주고 싶다"면서 범 인류애적 사랑으로 확산되기도 한다. 이런 감각에서 알 수 있는 것처럼, 시인은 자신의 시쓰기가 개인적인 영역에 갇혀 있는 것이 아님을 애써 강조한다. 시인의 시선은 이제 개인적 한계라는 감옥으로부터 벗어나 저 건너 편의 사회들, 특히 어두운 구석들에 대해 뚜렷이 응시하고 있는 것이다.

어제의 아픔들이
오늘의 눈물이 되어
살아가는 십자가를
사랑하게 하소서

바보 같은 욕심 때문에
돈의 노예가 되어
살아가는 십자가를
사랑하게 하소서

어두운 삶 속에서
살아가는 사람들에게
예수님의 소중한 심장이
꽃처럼 피어나는 십자가의
사랑을 나누게 하소서

「십자가의 사랑」 전문

사회에 대한 직시를 통해서 시인이 소망했던 것들에 대해서 기도한다. 자신 속에 간직된 순결한 것들이 사회에서도 그대로 실현하게 해 달라고 말이다. 개인사의 어두운 터널을 지나온 것이기에 시인의 기도는 간절하게 들려온다. 이제 시인의 그러한 기도에 대해서 사회는 마땅히 응답해야 할 것이다. 그것이야말로 그의 꿈과 우리의 꿈이 함께 이루어지는 무대가 되기 때문이다. 하지만 그곳에 이르는 것은 결코 쉬운 과제가 아니다. 그러니 기도가 필요한 것이 아닐까. 시인의 기도가 멈추지 않은 것도 이런 이유 때문이다.

사회로 나온 시인의 시선은 여러 지점을 옮겨 다닌다. 처음 사회에 눈을 돌렸을 때에는 주로 사회의 부정적인 면들, 불온한 것들에 집중되었다. 순결한 자의식을 소유했던 자아였기에 이런 단면들이 무엇보다 먼저 눈에 들어온 것은 당연한 일이었다. 하지만 그의 시선은 비판적인 것에 머무는 관조자가 아니었다. 대안없는 비판이 갖고 있는 것의 허무한 감각이 무엇인지 잘 알고 있었기에 시인은 이 불온한 현실을 개선해나갈 해법에 대해 진지한 탐색을 시도하게 된다. 그것이 바로 힘든 자들, 가난하고 소외된 자들에 대한 따뜻한 응시이다.

시인은 자신이 갖고 있는 한계에 갇혀있는 것을 단호히 거부했다. 그리하여 자연을 매개로 세상과 소통하고자 했다. 그 소통의 매개는 당연히 언어였고, 여기서 자아가 원했던, 세상과 간절한 만남이 이루어지게 된다. 그 만남이란 흥분되고 가치있는 것이었지만 시인의 기대와는 어긋나는 것이었다. 시인의 시야에 들어오는 것들은 사회 도처에 산재하고 있는 부정적 국면들이었기 때문이다. 그럼에도 시인의 시선은 이를 냉소적이거나 비판적인 차원에서 머물지 않고 이를 좀더 개선된 방향으로 나아가고자 했다. 그것이 소외된 자들에 대한 따뜻한 응시와 사랑이었다. 이런 정서야말로 그의 시들이 결코 개인적인 차원에 머물지 않음을 말해주는 주요 근거라 할 수 있다. 아픔과 결손에서 형성된 그의 시들이 개인적인 것이 아니라 사회적, 보편적인 것과 연결될 수밖에 없는 필연적 근거가 여기서 만들어진다, 이런 보편성이야말로 그의 시가 갖고 있는 장점이자 의의라고 할 수 있을 것이다.

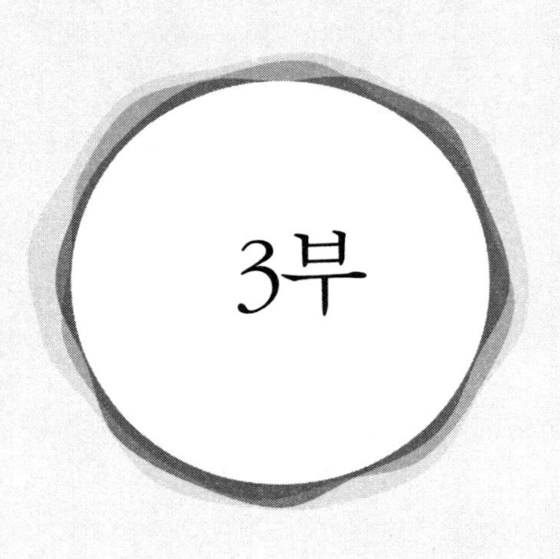

3부

감각의 동일체가 만드는 공감의 너울
— 신달자, 『전쟁과 평화가 있는 내 부엌』

1. 공감의 너울에 귀 기울이기

신달자 시인이 『전쟁과 평화가 있는 내 부엌』(민음사)를 상재했다. 1972년 목월의 추천으로 『현대문학』에 시단에 나왔으니 올해가 등단 59년째이다. 그동안 시인은 『열애』, 『종이』, 『북촌』 등 다수의 시집을 펴낸 바 있다. 오랜 시력과 기나긴 정신의 파고를 거쳐 나온, 시인의 여러 시집들은 다양성을 그 특징으로 하고 있다. 따라서 이런 편린들에 대해서 하나의 결로 단선화시켜 말하는 것은 어려운 일이다. 그만큼 시인의 시들은 다양하고 이질적인 서정의 샘들 속에서 화려하게 무늬져 있기 때문이다.

시란 산문과 달리 관념의 유혹을 쉽게 떨쳐내지 못한다. 그것이 서정시의 약점이다. 하지만 경우에 따라서는 그것이 장점으로 작용하기도 한다. 세상을 파노라마식으로 언어화하지는 못하지만, 시인 자신의 세계관을 뚜렷히 제시할 수 있기 때문이다. 시가 관념의 유혹을 떨쳐내지 못하는 것은 여기에 그 원인이 있는데, 이런 함정에 빠지다 보면, 서정시란 가끔은 초월적이고 형이상학이라는 늪에서 헤어나오기 어렵게 된다.

신달자 시인의 작품들 또한 이 관념이라는 감옥에서 결코 자유로운 것이 아니다. 시인에게도 자신을 응시하거나 세상을 관조하는 방식들이 이 아우라와 굳건히 결합되어 있는 까닭이다. 하지만 이는 시인의 작품 세계에서 극히 일부의 지점 속에서만 만들어지고 있을 뿐이다. 신달자 시의 가장 큰 특징은 인접한 주변의 환경, 곧 생활 속에서 조형되고 있다는 점이다. 시인의 시들이 관념이라는 서정시의 약점을 벌충하는 지점도 바로 이 생활 의식과 밀접한 관련이 있다. 일찍이 시인은 시집 『북촌』에서 그 일면을 분명 보여준 바가 있다. 다시 말해 시인은 '북촌'에서 전통과 현대가 공존하는 삶이 가능하다는 것을 발견한 터이다. 그러니까 '북촌'은 신달자 시인의 서정시가 만들어지는 생활의 공간, 세속의 공간이었던 셈이다.

시인의 시들에서 보이는 이런 서정적 의장들은 『전쟁과 평화가 있는 내 부엌』에서도 크게 달라지지 않는다. 그것이 곧 서정의 일관성이고, 생활 속에서 만들어지는 서정의 세계일 것인데, 시집의 첫 장을 여는 「책을 듣다」에서 이런 면들은 분명 확인된다.

> 손끝과 발가락 끝으로 형체 없음이 지나가요
> 지나가고 있어요. 지나가는 걸 느껴요.
> 처음엔 울림이 내 몸을 두드리고
> 그 두드림이 더 깊이 몸속으로 흘러 들어가고
> 지금은 울림마저 다 놓아 버리고 그냥 느껴요
> 느낌도 지워 버려요
> 다만 귀만 열려요 종이 언어 언어의 그림자 행간

두드림 소나기 의문 공감의 너울에 귀 기울여 봐요

태반에서 지금 이 순간까지의 길이 확 뚫려요

들려요. 그 리듬으로 내면으로부터 세상까지의 길이 보여요.

생은 경청으로 더 더 넓어져요 귀는 더 소곳해지지요

들으면 보여요. 보이면 살아나요

다 내리고 다 가지면

손끝 발끝의 착지에 힘이 가요

몸이 따뜻해져요.

「책을 듣다」 전문

작품의 소재인 책은 자아의 주변에 맴돌고 있는 친숙성 혹은 익명성을 대변한다. 이들 감각은 생활의 단면과 분리하기 어려운 것이며, 또 관념이라는 지대로부터 서정시를 지켜내는 거멀못과 같은 것이라 할 수 있다. 신달자 시인은 서정시의 소재를 자신으로부터 멀리 떨어져 있는 사물에서 가져오지 않는다. 그의 시가 자리한 곳은 시인 자신이 생활하는 범주로부터 비교적 가까운 곳에 있다. 거기서 시인은 시의 소재를 가져오고 이를 매개로 서정의 집을 만들어나간다. 그의 시들과 함께 하는 자리에서 공감의 지대가 쉽게 형성되는 것은 이 때문이다.

「책을 듣다」를 꼼꼼히 읽다 보면, 마치 가람 이병기의 「난초」라든가 「서권기」가 오버랩되는 것처럼 보인다. 잘 알려진 것처럼, 가람은 이성을 무력화시키는 난초향이나 책향기를 통해서 근대의 도구성을 초월하고자 했다. 이런 단면들은 「책을 듣다」에서도 어느 정도 간취된다. 하지만, 그의 시들이 만들어지는 곳은 근대라는 형이상이 아니다. 시인의 시들은 어디까지나 구체성이나 일상성의 범주를 결코 벗어나지 않으려

하는 까닭이다. 그것이 가람류의 서권기(書卷氣)와 구분되는 지점이라 할 수 있다.

신달자 시인이 「책을 듣다」에서 서정화하고자 한 주제는 '공감의 너울'이다. 공감이란 상대방과 자아가 전일적으로 만날 경우에만 성립하는 정서이다. 만약 이들 정서 사이에 어떤 층위나 위계가 생기게 된다면, 공감이라는 감각은 결코 성립하지 않는다. 그래서 이런 감각이 형성되기 위해서는 상대방의 느낌이나 의미, 혹은 입장을 이해해서 자아의 그것과의 '동일한 느낌'을 만들어야 한다. 이를 가능케 하기 위해서 가장 필요한 것이 아마도 소통일 것이다. 시인이 이 작품에서 '느낀다'거나 '듣는다'라는 일차적인 감각을 가장 중요시한 것도 이 때문이다. 보고, 듣고, 느끼고 해야 비로소 동일한 공감의 너울이 생겨날 것이다.

신달자 시인이 추구하는 서정의 세계는 공감이다. 그리고 이를 매개로 공존하는 삶이 시인이 끊임없이 탐색했던 주제 의식이다. 그것은 이미 시집 『북촌』에서 보았던 바이거니와 『전쟁과 평화가 있는 내 부엌』에서는 그러한 감각이 한층 구체화되어 나타나고 있다. 서정적 자아에 의하면 부엌이란 여러 이질적인 요인들이 혼란스럽게 널부러져 있는 공간이다. 하지만 그런 이질성, 혼성의 공간은 또 다른 질서, 곧 평화를 지향함으로써 조화와 균형의 세계, 곧 공감의 지대를 형성하게 된다. 말하자면 팽팽한 긴장이 만들어낸 아름다운 평화, 혹은 공존이 부엌에서 이루어지고 있는 것이다.

2. 공감을 향한 도정

공감을 향한 지난한 도정이 신달자 시인의 작품 세계라고 했거니와 실제로 시인은 그러한 세계로 나아가기 위해 지속적인 자기 확인을 시도하고 있다. 공감을 향한 여정에서 가장 경계해야 할 것이 어쩌면 이질성일 것인데, 이번 시집에서 시인이 주목하는 것도 이 부분이다. 시인은 이 감각에 대해 확인하고 이를 하나의 감각으로 묶어내기 위해 지속인 노력을 시도하고 있다. 여기서 노력이란 곧 자아 성찰이라든가 내성의 감각이다.

내성이나 성찰은 수양의 영역에 속하는 것이어서 세계 속에 피투된 존재들이라면 이 부분에서 자유로운 경우는 아무도 없을 것이다. 그것은 신달자 시인뿐만 아니라 서정적 동일성을 향해 나아가는 존재들이라면 누구나 숙명처럼 마주해야 하는 것이기 때문이다. 이번 시집에서 그러한 단면을 잘 보여주는 시가 「브래지어를 푸는 밤」이다.

> 잠들기 전
> 브래지어를 풀다가 흠칫 놀란다
> 브래지어에도 이빨이 있는가
> 서리 묻은 브래지어에서 어석어석
> 얼음 깨무는 소리 들린다
>
> 낮에 그가 동짓달 고드름 같은 말로
> 내 가슴을 지나가더니
> 한마디로

구둣발로 지나가는 서리 찬 말도 있었거니
핏줄은 사랑이라는 이름으로
더 속 깊이 면도날 푸른 금을 긋기도 하지만

오뉴월 서리가 내 가슴에 꽝꽝 다졌다
무겁게 그 하루를 보내고
잠들기 전
브래지어를 푸는데
말의 소나기가 쏟아지더니
내 가슴이 히말라야 산등성처럼 얼음 절벽이네

내가 흘린 말이 어느 가슴 위로 말발굽 소리를 내며 어쩌나

꾸역꾸역 잠자리에서 무겁게 일어나 성호를 긋는 밤

「브래지어를 푸는 밤」 전문

이 작품의 소재 또한 생활 속에서 가져온 것이라는 점에서 시인의 시세가 갖고 있는 일관성을 잘 보여준다. 브래지어를 비롯한 옷은 자아와의 동일성, 혹은 일체화의 관계에 놓여 있다. 그런데 그런 동일성이 언제나 유지되는 것은 아닌데, 이런 경우는 작품에 나와 있는 대로 "브래지어에 이빨"이 감각되는 순간이다. 그 이빨은 "서리가 묻어 이빨에서 나오는 것"이거니와 경우에 따라서는 "얼음 깨무는 소리"로까지 확장된다. 여기서 '서리'라든가 '얼음'이란 공감을 가져오게 하는 매개가 아니다. 이런 이질성 속에서 시인의 상상력이 새롭게 환기된다는 점에서 이 작품의 신선함이 놓여 있다.

공감을 훼손하는 것들은 매우 다양하게 변주되어 자아 속에 틈입해 들어온다. 자아와 세계 사이에 놓인 동질성을 일탈시키는 여러 음색으로 오버랩되고 있는 것이다. 여기서의 소리는 「책을 듣다」에서의 그것과는 전혀 다른 차원에 놓이는 것이다. 이 작품에서 자아의 귀는 공감을 얻고자 하는 의도에서 개방시켰지만, 「브래지어를 푸른 밤」에서는 그저 피동적으로 들려올 따름이다. 이타적 힘으로 들려오는 소리에 자아의 전일성이라든가 동일성은 적나라하게 깨지게 된다.

자아와 세계 사이에 내재하는 이런 이질성이 어떤 경로로 형성된 것인지는 불분명하다. 세계가 불온해서 그러한 것일 수도 있고, 내성이라는 수양이 미흡해서 그러한 것일 수도 있다. 그런데 이 두 가지 경로에서 서정적 자아가 일차적으로 주목한 것은 후자의 경우이다. 시인의 작품에서 내성의 영역이 중요해지기 시작한 것도 이 부분이다.

> 옥색 물너울에 묵은 미련을 던졌는데
> 하늘도 몸을 씻는
> 진한 맑음에 놀라
> 미련도 돌탑을 비틀대는 찰나
> 무산 스님 침묵 깨고 으흠 하는 소리에
> 급물살에 흔적 없이 다 떠내려갔다네
> 아침 공양과 함께 넘긴 묵은 수심(愁心)까지
> 다 떠내려가
> 돌아 나오는 길이 가벼웠다네
>
> 「백담사」 전문

내성을 문제 삼을 때, 중요한 것은 수양의 정도 혹은 윤리의 감각이다. 지금 자아가 있는 곳은 '백담사'이다. 내성과 수양의 함수 관계를 이야기할 때, 절이라는 공간만큼 좋은 대상도 없을 것이다. 그것은 내성의 상징적 공간이라는 점에서 그러한데, 이런 정서는 서정적 자아에게도 곧바로 수용된다. '공양과 함께 넘긴 묵은 수심'이 그러하다. 실제로 이번 시집에서 시인은 불구화된 자아의 모습을 '짐'과 같은 억압의 정서로 여러 번 담론화한 바 있다, 가령, 「등짐」이라든가 「허공 한 줌에 파닥거리는 생」 등이 그러하다. 억압이란 자아의 욕망과 분리하기 어렵게 결합된 것이다. 그래서 이 한계를 초월하기 위해서 자아를 다스리는 절차가 필요한 것인데, 그것이 바로 수양이라는 윤리적 정서이다.

3. 하나가 되는 공연의 축제

시인은 이번 시집의 끝에서 시세계와 관련한 의미심장한 말을 했다. "올해로 등단한 지 59년이다. 여기까지 오는 동안 협력자가 많았다. 물론 사람이 가장 먼저겠지만 하늘도 나무도 새들도 바람도 비도 눈도 꽃도 나비도 새벽의 여명도 노을 지는 하늘도 나의 응원자들이다"라고 하고 있는데, 이야말로 이번에 상재된 시집의 특징적 단면을 잘 말해주는 것도 없을 것이다. 시인의 시들은 자아 혼자만의 것이 아니었다고 한다. 그의 시들은 자아 주변에 있는 모든 것들로부터 크나큰 도움을 받았다고 한다. 이란 고백이야말로 그의 시들이 생활과 분리하기 어렵게 결합된 것임을 알 수 있는 대목일 것이다.

이런 깨달음 내지 고마움이 있었기에 시인의 시들은 시인 혼자만의 힘으로 생산된 것이 아니라고 본 것이다. 이제는 그들을 위한 시가 만들어지고, 그들을 위한 삶의 공간이 만들어져야 할 순간이 다가온 것이라고 사유한다. 그러기 위해서 무엇보다 필요한 것이 이를 맞이하기 위한 준비 과정일 것이다.

수심이랄까 근심이랄까 상심이랄까
아픔과 시련과 고통과 신음과 통증들은
모두 나의 양 떼들이라

나는 이 양들을 몰고 먹이를 주는 목동

헐떡이며 높은 언덕으로 더불어 오르면 나보다 먼저 가는 양 떼들이 있지
아픔과 시련은 아슬아슬한 절벽 끝을 걷고 신음과 통증은 목동의 등을 타고 올라
채찍질을 하기도 하지

다시 암 진단을 받았어?
무섬증과 외로움이 격투를 벌이다가 서로 껴안는 것을 본다

자 집으로 가자

어둠이 내리면 나는 양 떼들을 모으고 목에 두르고 겨드랑에도 끼워 집에 들어가 가지런하게 함께 눕는다

오늘을 사랑하기 위하여 양 떼들을 달래기 위하여

내 거칠고 깡마른 생을 어루만지기 위하여

「나의 양떼들」 전문

과거와 현재, 혹은 현재의 여러 이질적인 것들이 하나의 '공감'을 갖기 위해서, 그리고 그 '공감'이 아름다운 화음을 만들어내기 위해서 무엇보다 필요한 것이 '자아'의 능동적 혹은 반성적 자세일 것이다. 그러한 존재론적 완성을 위해서 시인은 이 작품에서 기독교적 상상력을 적극적으로 도입한다. '미흡한 양들'과 이를 조련하는 '목자'로 거듭 태어나고자 하는 상상력의 기반이 바로 그러하다. 시인이 이렇게 하는 이유는 매우 자명하다. "오늘을 사랑하기 위하여 양 떼들을 달래기 위하여"이다. 그리고 궁극적으로는 "내 거칠고 깡마른 생을 어루만지기 위하여"이기도 하다.

시인의 현존은 시인 혼자만의 것이 아니었다. 자신을 둘러싼 모든 것들이 시의 참여자였고, 궁극에는 시의 실질적인 주재자였다. 이런 정서가 가능했던 것은 서정적 자아가 그들 속으로 적극적으로 들어갔고, 그들 또한 자아 내부로 깊숙이 들어왔기 때문이다. 자아와 자아 주변에서 맴돌던 사물들은 하나의 동일성을 향해서 계속 진군해 들어왔던 것이다. 그들을 적극적으로 맞이한 다음 이제 서정적 자아는 그들과 함께 하는 공존의 장을 마련하고자 한다. 그들과 함께 하는 '공연'이 필요했던 것이다.

오늘의 무대는 집 옥상입니다

두어 개 별이 관객입니다
불빛과 섞여 내리는 어둠이 관객입니다
아슬아슬 흔들리는 주변 나무들이 관객입니다
이만하면 밤하늘도 하나의 관객이 됩니다

'아베마리아'에서 '부용산' '해운대 엘리지'를 허리 꼬부라지게 불러 댑니다 일인극도 끼어듭니다 하고 싶은 말을 저 아래 늑골이 숨겼던 말을 호소력 있게 절절히 외쳐 댑니다
뿌연 하늘도 별도 찬바람 일으키는 바람도 가까이 바싹 다가앉습니다 다시 '봄날은 간다'를 복장 터지게 부릅니다 노래가 아니라 살 찢어지는 소리입니다

흔날리던 낙엽들이 울먹거리기 시작하고 별 하나도 걸음을 헛딛어 내 발 앞에 떨어집니다 그 별 떨어지는 소리에 개미 떼도 입에 문 먹이를 뱉어 놓고 나를 바라봅니다
명치 끝에 매달린 진실은 미물까지 훌쩍이게 하는 걸까요

내 노래가 간드러지다가 큭큭 소리가 나오지 않자
별도 하늘 그림자도 함께 웃음을 터트립니다
웃음터트리는 일도 공연 주제의 하나입니다

그래야 내일의 공ㅇ연이 숙제로 남는 것이지요
내일이야말로 사무치는 내 밥벌이입니다
웃음과 눈물은 귀한 밥알들입니다
나는 일인극 무명 배우입니다

「오늘의 공연1」 전문

서정적 자아가 주재하는 공연들은 여러 지점에서 시도된다. 첫 번 째 공연은 1행에 나와 있는대로 '집 옥상'인데, 시인은 이를 포함하여 여러 공간을 옮겨 다니면서 공연을 시도한다. 이 공연은 '관객석'(「오늘의 공연2」)에서도 있었고, '효창공원'(「오늘의 공연3」)에서도 있었다. 뿐만 아니라 '아그베나무'(「오늘의 공연4」)도 있었고, '거리두기의 공간'(「오늘의 공연5」)도 있었다. 이런 다양성이야말로 서정적 자아가 시도하는 공연의 다양성과 그 음역들을 말해주는 것이 아닐 수 없다.

공연이란 일면적이면서 상호적인 특징을 갖고 있다. 배우가 관객을 향한 몸짓이라는 점에서 보면 일면적이지만, 서로의 공감 속에 공연이 상연된다는 점에서 보면 후자의 성격에 가까운 것이기 때문이다. 서정적 자아는 자신을 두고 "나는 일인극 무명 배우"라고 했지만, 그의 연기는 자신의 범주 속에 갇혀 있는 것이 아니다. 그의 행동과 몸짓은 관객으로 향해져 있거니와 이를 통해서 자신과 대상은 모두 하나의 동일체로 새롭게 태어나게 된다. 그가 부르는 소리가 광범위하게 반향을 일으키는 것은 이런 이유 때문일 것이다. 그것이 바로 '웃음'의 감각이다. '웃음' 속에서 관객과 자아는 하나가 되는 대합창의 세계가 열리는 것이다. 그 결과 자아와 관객은 물론이고, 심지어 "별도 하늘 그림자도 함께" 하나가 된다. 말하자면 시인이 의도했던 '공감의 너울'(「책을 듣다」)이 비로소 광범위하게 실현되고 있는 것이다.

『전쟁과 평화가 있는 내 부엌』이 뿜어나는 서정적 자아의 음성들은 자아 자신을 향한 목소리가 아니다. 그 자아가 부르는 소리는 여러 대상으로 향해져 있다. 말하자면 자아 주변에 있는 대상들이 그가 부르는 소리의 대상들인 셈이다. 그 소리, 곧 열림의 세계 속에서 자아와 대상은 하나가 되고자 한다. 그 하나됨 속에서 나와 너, 주체와 대상 사이의 거리감은 사라지게 된다. 생활 속에서 얻어지는 '공감의 너울', 혹은 '감각의 동일체'가 탄생하는 것이다. 이런 공감에 대한 지난한 여정, 그것이 이번 시집의 의의이다.

아름다운 조화를 향한 곡선의 사상
— 김예태, 『곡선에 관한 명상』

1. 다양한 지점에서 길러지는 서정의 사유

김예태의 시들이 만들어지는 지점은 다양하다. 흔히 서정시를 자아와 세계의 대립이라고 하거니와 시인의 그러한 대립은 자신의 내면으로부터 시작되어 외부로 확산되어 나아간다. 여러 방향으로 빠르게 흘러들어가는 이런 삼투압의 작용들은 시인의 시정신이 그만큼 가열차다는 증거일 것이다. 실제로 시인이 포착해내는 시의 소재들은 편재되어 있다. 자신의 내면을 들여다보는 정밀한 시선 속에 있는 소재가 있는가 하면, 외부의 불화를 응시하는 소란한 시선 속에 갇힌 소재도 있다. 시인은 이렇게 넓게 펼쳐진 현장에서 자신이 가져야 할 시정신을 모색하고, 거기서 자신만의 고유한 서정의 성채를 만들어나간다.

이번에 상재하는 시집은 시인의 세 번째 시집이다. 그는 2011년 『시문학』에서 등단한 이후 『빈집 구경』(2014)과 『예술은 좋겠네』(2018)를 펴낸 바 있다. 시인이 여기서 탐색해 들어간 세계나 사유 역시 이번 시집과 크게 구별되는 것은 아니다. 특히 소재를 취재해서 서정화하는 의장이나 그로부터 서정의 의미를 만들어내는 경로 등에서 유사성을 보이고 있다. 이런 일관성이란 시인의 시정신이 여전히 현재 진행형이라는 사실을 말해주는 것이고, 서정의 구경적 지점을 향한 자아의 목마름을 채워주지 못한 경우에서 오는 것이라 할 수 있다. 하지만 현재 진행형이란 발전의 감각 없이 성립되는 것이 아니다. 그러한 까닭에 이번 시집에서 시인은 이전과 구분되는 서정의 인식적 단위를 뚜렷이 드러내고 있기도 하다. 자아로부터 벗어나 사회적인 영역으로 편입되어가는 시선의 확장이 바로 그러하다.

하늘로 오르지 못한 이무기가 허리를 가로질러 가고 있어요

살 속 깊은 곳에 수도 없는 가시를 박고 빳빳한 지느러미로 천방지방 날뛰는 청어 떼에게 쫓기고 있어요

뱅글뱅글 도는 머리통을 치켜들고 날뛰는 풍뎅이 툭하면 미사일을 쏘아 올려 붉은 화염 솟아올라요
잔등이에서 솟아오르는 화염에 늘 명치가 뜨끔거려요

물컹거리는 가시에 취해 스스로 삭아 내리는 홍어 떼, 집안싸움이 한창일 때는 햇살과 바람이 맞장을 뜨고 있어요

한데 바람에 뺨이 시리면
자웅동주 베고니아 빨간 입술이 주문을 외요
올리브의 목소리를 이명처럼 듣고 사는 뽀빠이면 좋겠어

얼마나 피눈물을 흘려야 저 이무기 용이 되어 하늘로 오를까요

「DMZ」 전문

시인의 작품 세계에서 이런 소재를 대상으로 한 작품을 만나는 것은 쉬운 일이 아니었다. 적어도 이전 시집까지는 그러했다. 하지만 이번 시집에서는 시인의 시선은 보다 확장되어 나타난다. 이를 증거하는 시가 바로 「DMZ」이다.

자아를 벗어나는 이러한 시도는 비단 이 작품에서만 한정되는 것이 아니다. 일상의 어두운 구석에도 서정의 삼투 현상이 지속적으로 진행되는데, 가령 「서울역 노숙자 스케치」가 그러하다. 실상 노숙자들의 모습만큼 사회의 어두운 구석을 잘 비춰주는 피사체도 없을 것이다. 그렇기에 시의 소재들이 여기서 길러졌다는 사실만으로도 시인이 응시하는 서정의 폭이 대단히 확대되어 있음을 알 수 있다.

그러나 시인의 시선이 이런 폭과 넓이로 확장되어 간다고 해서 자아와 세계 사이에 형성되는 불화의 폭만큼 사회적인 갈등을 응시하고 이를 서정의 화폭에 그대로 옮기고 있는 것은 아니다. 만약 그러하다면 그것은 시인이 여지껏 추구했던 서정의 성채가 한꺼번에 무너지는 일이 될 것이다. 가령, 「DMZ」의 경우를 보면, 시인이 말하고자 했던 서정의 전언이 어떠한 것인가를 대번에 알게 된다.

DMZ란 비무장지대의 두문약어이다. 이는 분명 분단의 현장이고, 우리에게는 아픔의 정서를 주는 공간이다. 적어도 이런 감각을 서정화할 수 있다는 것은 어떤 갈등과 분열의 정서를 표피적으로나마 담아내고 있어야만 한다. 하지만 시인의 경우는 이런 감각으로부터 한걸음 비껴서 있다. 시인은 여기서 이념의 냉혹한 현실을 말하거나 갈등의 현장을

예리하게 짚어내지 않는다. 만약 시인의 시선이 이런 지점에까지 이르렀다면, 그의 시들은 자신이 지금껏 구축했던 서정의 고유한 영역으로부터 일탈하는 경험을 했을 것이다. 하지만 시인은 그 아슬아슬한 선을 밟지 않고, 자신만의 고유한 지대에 머물러 있는 참을성 또한 보여주고 있다.

시인이 이 작품에서 말하고자 했던 것은 일종의 승화였다. 여기서 아픔은 부인되지도 않았고, 갈등 또한 쉽게 지나쳐가지 않았다. 하지만 시인이 관심을 가진 것은 그런 불온한 정서에 갇혀 있는 것이 아니었다. 시인은 이 작품에서 승화라는 숭고의 미가 무엇인지, 또 그 아름다운 결정(結晶)이 어떻게 만들어질 수 있는 것인지에 대해서만 이야기 하고 싶은 듯 보였다. 실상 이런 정서는 시인이 지금껏 쌓아온 서정의 성채 내에 머물러 있는 것이라는 점에서 대단히 소중한 것이라 할 수 있다. 시인은 자아와 세계 사이에 놓인 여러 간극과 불화를 이해하면서도 이를 승화시킬 숭고의 정서가 어떤 것인지에 대해서 계속 탐색해왔기 때문이다.

2. 상실된 조화, 혹은 그 그리움의 세계

김예태의 시들은 일상과 분리하기 어렵게 결합되어 있다. 그래서 그의 시들을 읽는 것은 구체적이고 현실감이 묻어난다. 서정시가 일인칭 주관에 의해 지배되는 장르이긴 해도 주관이 대상을 지나치게 압도하게 되면, 관념의 위험을 피할 수가 없게 된다. 시인의 시들은 정서와 대상 사이에 어느 정도의 균형 감각을 갖고 있기에 적어도 이런 한계에 갇혀 있지는 않다. 그의 시들이 지금 여기서 일어나는 듯한 감각을 갖게 하는 것도 이런 이유 때문일 것이다.

시인의 작품들이 자아와 세계가 분기되는 여러 지점에서 만들어지고 있다고 했거니와 그 하나의 지점은 아마도 자연으로부터의 일탈일 것이다. 하기사 근대시 혹은 현대시가 이런 간극에서 비롯된 것임은 잘 알려진 일인데, 그것은 근대가 주는 이원적 사고와 무관하지 않을 것이다. 영원이라는 전일성이 사라지고 난 뒤에 근대인 혹은 서정 시인에게 다가온 것이란 바로 그러한 분리 감각이었던 것이다. 이런 면은 시인에게도 동일한 경우이다.

닫힌 창문으로 밤이 쏟아져 들어오네

쏫쏠 쏫쏠
똑똑 끊어서 찌읏 찌읏 찌읏
한꺼번에 덤벼오는 어둠과 벌레소리와 뒹구는데
홀연 저들 가버리고
고요마저 적막 뒤로 숨어버리네

적막이 너무 기네, 저들이
또로 또로 또로
쏫쏠 쏫쏠
다시 노래한다 해도 나가볼 수 없네

나는 이미 알고 있다네,
저들은 결코 나를 끼워주지 않는다는 걸

그러면서 쓧쓸 쓧쓸

자꾸만 노래하는 저들의 심리를 모르겠네

지금 나

어둠과 적막과 벌레와 한통속으로 노래하네

가까이서 들리는 이 노래,

그 중

쓸쓸하네

「쓸쓸하네」 전문

제목이 쉬우면서도 재미있는 것이 이 작품의 특색이다. 뿐만 아니라 인간이 가질 수 있는 가장 평범한 정서 내지는 일상화된 정서를 소재화한 작품이라는 점에서도 친숙성을 갖고 있는 시이기도 하다. 그래서 작품에 접근하는 것에 어떠한 거부감이 없이 잘 읽힌다.

'쓸쓸하다'는 정서는 분리의 감각 없이는 성립되지 않는다. 이 정서에는 이미 조화가 존재하지 않는 자아 혼자만의 고립감이 내재되어 있기 때문이다. 실제로 작품의 내용에서도 이런 정서는 크게 다르지 않게 구현되어 있다.

그런데 여기서 주목하고자 하는 것은 이 '쓸쓸함'의 정서가 근대의 분리주의적 사고로부터 자유롭지 않다는 것이다. 지금 자아 주변을 에워싸고 있는 것은 자연이고, 자아는 그 일부가 되어 어두운 밤을 지새고 있다. 하지만 자아는 그를 둘러싼 외부 현실과 결코 동화되지 못한 상태에 놓인다. "저들은 결코 나를 끼워주지 않는다는" 사실을 인지하고 있기 때문이다. 자연과 합일되지 못하는 이런 정서는 마치 소월의 「산유화」를 보는 듯하다. 자연과 영원히 합일할 수 없는 '저만치'의 거리감이 이 작품에서도 그대로 구현되고 있는 까닭이다.

대상과 합일하지 못하는 시인의 정서가 이번 시집의 전략적 주제이거니와 이는 김예태 시인의 시집에서 늘상 표방되었된 사유 가운데 하나였다. 그의 시들은 이렇게 갈라지는 틈에서 서정의 샘들이 만들어지고 있거니와 이는 흡사 깨어진 틈 속에서 자라나는 잡초와 비슷한 면을 갖고 있다. 그렇기에 시인의 시들을 만들어내는 서정의 힘들은 잡초처럼 생명력이 질기고 힘또한 세다. 그리하여 그로부터 새로운 지대로 나아가고자 하는 서정의 정열이 매우 강고한 것또한 사실이다.

짝꿍이라 꿍짝이 맞는 걸까
꿍짝이 맞아서 짝꿍이 되는 걸까

그냥 짝꿍을 떼어 글자의 자리를 바꿨을 뿐인데
뒤집힌 꿍짝이 짝꿍을 달래며 마음을 포개온다
어울리면서 믿어주면서 정분이 깊어진다

사랑의 줄넘기를 오래도록 맞잡고 돌리면
부풀어 오르는 두 마음 쌍생아가 될까

운보 김기창의 짝꿍은 누구였을까
살풀이 수건을 돌리며 탈춤을 추는 화폭엔 누가 숨어 있을까

가난하여 모델을 살 수 없던 고흐는
짝꿍이 되어주지 않는 고갱을 내려놓고

스스로 둥지를 틀어 서른 번도 넘는 자화상을 그렸다

오늘 밤 나를 선보일 짝지는 누구일까
내 고독을 속속들이 품어주는 행운아를 만날 수 있을까
그를 만나면 꿍짝 꿍짝 사랑의 춤에 빠질 수 있을까

「짝꿍과 꿍짝」 전문

이 시 역시 조화감의 상실이 만들어낸 현실에서 길러진 것이다. 뿐만 아니라 시인의 시의 특색 가운데 하나인 일상성이 이 작품에서도 올곧게 구현되고 있다. '짝꿍'과 '꿍짝'은 말의 뒤바꿈에서 하나의 뿌리를 갖고 있지만, 시인은 이를 언어적 차원의 이해에서 한정시키거나 만족하지 않는다. 그것이 만들어지는 현장을 주목하거니와 그러한 현장에서 실현되는 조화의 감각이야말로 자아의 분열, 현실의 갈등을 승화시킬 좋은 매개로 인식하고 있는 것이다.

시인은 그 갈라진 서정의 틈을 메워줄 정서를 지속적으로 탐색해 왔다. 시인이 이렇게 하는 이유는 간단하다. 지금 여기의 시대가, 혹은 상황들이 자신과 세계 사이에 건널 수 없는 강을 만들어놓았기 때문이다. 이런 단절은 인간이라면 누구나 가질 수 있는 존재론적 한계가 만들어낸 것일 수도 있고, 근대라는 형이상학적인 사고, 곧 이원주의적인 사고가 만들어낸 것일 수도 있다. 어떻든 중요한 것은 지금 시인에게 요구되는 것은 그런 틈에 대한 통합의 정서이다. 화해할 수 없는 거리가 만들어낸 간극을 시인은 어떻게든 좁혀야만 하는 것이다. 시인이 서정의 통합에 대한 가열한 정서를 계속 표방하는 것은 이런 이유 때문이다.

3. 통합에 대한 그리움과 수양의 어려움

어떤 문제점이 인식된다고 해서 그것이 곧바로 어떤 해결점으로 연결되는 것은 아니다. 물론 일상의 현실이나 과학적인 사유 체계 내에서는 그것이 금방 실현될 수 있는 것인지도 모른다. 하지만 주관의 세계라든가 존재론적인 관점에서는 전연 그렇지 못하다. 만약 그러하다면, 근대적 사유라든가 종교적 인간형은 탄생할 수 없었을 것이다.

이런 사정은 시인에게도 예외가 아니다. 인식은 하되 도달해야 할 최후의 여정은 쉽게 다가오지 않는 까닭이다. 이런 상황에서 어떤 방향으로 나아갈 것인가를 결정해야 할 주체, 곧 과정으로서의 주체가 갈 수 있는 길은 두 가지 정도가 있다. 하나는 그 최후의 여정에 대한 그리움의 정서이고, 다른 하나는 그 여정을 향한 자아의 수양에 있을 것이다. 하지만 시인은 여기서 하나를 버리고 다른 하나만을 추구하는 제한된 사유와는 무관한 포오즈를 취하고 있다. 그것이 시인의 작품 세계를 넓혀주는 폭이거니와 서정의 깊이일 것이다.

바람 드센 날이면 정선에 가자

관목 숲이야 차마 바랄까마는
산사 한 그루 뿌리내리지 못하는
억새풀 억센 잎줄기마저 까칠하게 살이 트는
빛바랜 천둥벌거숭이 산

밤마다 회오리를 틀고 와 울던 바람이

새벽이면 다시 일어나 우는 산
터진 살에선 뼈마디 같은 돌덩이 솟고
바람은 마침내 뼈마저 날려버려
온산 온마음이 한꺼번에 일어나 맨살로 운다

바람, 바람, 바람이 불어
애증의 돌섬들 심지째 뽑혀 나가면
둘러보아도, 둘러보아도 나는 없는
허허로운 자유, 빈 산, 빈 마음

눈물 듣는 날이면 정선을 가자
* 민둥산 : 강원도 정선에 있는 산으로 11월경 억새풀 축제가 열린다.

「민둥산」 전문

일상을 소재로 해서 형이상학적인 사유를 길러내는 시인의 특징적 의장들이 인용시에도 그대로 드러나 있다. 이 작품의 소재는 '민둥산'인데, 이 산은 강원도 정선에 있다. 이 산의 특성은 나무가 없고, 억새로 되어 있기에 이렇게 이름이 붙여졌다.

시인이 이 작품에서 주목한 것은 이른바 '없음'의 상상력이다. 시인은 이 산을 묘사하는 데 있어 여러 은유적 장치를 사용하는데, 가령 "터진 살에선 뼈마다 같은 돌덩이"라고 하거나 "맨살"이라고 하는 것이 그것이다. 뿐만 아니라 "심지째 뽑혀 나간 산"으로 상상하기도 한다. 이런 비유나 상상력에서 알 수 있는 것처럼 '민둥산'은 없음, 곧 무위의 정서를 우리에게 환기시킨다. 그렇다면, 시인이 사유하는 '없음'이란 무엇을 말하는 것일까.

시인은 이번 작품집에서 분리주의적 감각을 이야기하되 그것이 어떤 것에서 길러져 온 것임을 뚜렷이 말하고 있지는 않다. 그러니까 그러한 것의 원인으로 흔히 지목된 욕망이라든가 종교적 죄의식 같은 것을 언급하고 있지 않는 것이다. 하지만 시인이 이런 감각을 비껴간다고 해서 '민둥산'에 대한 정서의 추구가 이와 전연 무관한 것이라고는 할 수 없을 것이다. 시인이 "둘러보아도, 둘러보아도 나는 없는/허허로운 자유, 빈 산, 빈 마음" 등을 이야기 하고 있기 때문이다.

근대의 분리주의적 사고가 영원의 상실과 그에 따른 인간의 욕망에서 비롯된 것임은 잘 알려진 일이다. 욕망이 있기에 억압이 있고, 또 분리주의적 사고가 만들어졌다는 것이 근대의 일반화된 진실이었던 것이다. 이것은 영원의 감각과 분리하기 어려운 것인데, 이 감각을 회복하는 것이야말로 인간의 숙명적 한계를 극복하는 지름길로 받아들여졌던 것이다. 근대성에 대한 과제 가운데 하나가 현재의 삶에 대한 보다 나은 개선점에 그 목표를 두고 있는 것도 이 때문이다.

아마도 시인이 '민둥산'에 대한 감각이랄까 정서를 희망적으로 표명한 것은 모두 이와 깊은 관련이 있을 것이다. 이는 곧 존재 완성이라는 초월의 미덕이라든가 숭고의 정서에 쉽게 이르지 못하게 하는, 그러한 욕망들과 분리하기 어려울 것이다.

서정의 아름다운 통합 내지는 황홀의 정서를 이루기 위해서는 물론 그리움의 정서만으로 충족되는 것이 아닐 것이다. 그것은 단지 소망의 차원에 그칠 뿐 실천이라는 행동으로는 나아가지 못하는 까닭이다. 여기서 수양이라는 윤리 감각이 주요 기제로 떠오르게 된다. 시인은 존재의 완성을 향하는 그리움의 정서 외에도 그 도정에 이르는 자기 수양을 끊임없이 수행해 나아갔다. 그러한 도정이야말로 어쩌면 서정시가 존재해야 하는 구경적 이유인지도 모른다. 이는 시인에게도 예외가 아니다. 그 한 사례를 볼 수 있는 작품이 「시소 타기」이다.

시소는 한쪽으로 기울어져서 늘 삐딱하다

무게중심이 자꾸 옮겨 다니면서
네가 쑥 올라가면 내가 쿵 떨어지고
내가 쑥 올라가면 네가 쿵 떨어진다

하늘과 땅을 쩍 갈라놓으시고
인간들 북적거리는 그 사이사이에
야망과 낙망의 롤러코스트 시소를 놓아두시다니

해와 달이 맞돌면서
부지런히 수평을 맞춰보지만
빛이었다가 다시 어둠이었다가

혼자서는 못 탄다
마주 보며 눈맞춤을 해야
비탈길 내리막에서도 비등점을 찾는다

어렵게 중심축을 잡고 일어선 해바라기
긴 목이 점점 수척해간다

「시소 타기」 전문

수양이라는 정서에 묶을 수 있는 이 작품 역시 「DMZ」나 「짝꿍과 꿍짝」과 분리되어 있는 것은 아니다. 존재론적 한계에 직면한 자아가 구경적 목적에 도달하고자 하는 정서들은 모두 동일한 지점에 뿌리를 두고 있는 까닭이다. 그럼에도 「시소 타기」가 이 목적이라는 테두리에서 더욱 돋보이는 것은 수양이라는 윤리 감각 때문이다.

잘 알려진 대로, '시소 타기'는 균형 감각이 전제되어야 가능한 놀이이다. 평소에 '시소'는 한쪽으로 기울어져 있다. 이는 물리적인 진실이거니와 형이상학적인 진실이기도 할 것이다. 이 모양새가 존재론적 한계를 운명적으로 지니고 있는 인간과 비유될 수 있는 것은 애초부터 그것이 균형감각을 잃고 있었기 때문일 것이다. 시인은 이런 불균형을 종교적인 것에서 찾고 있는데, 존재론적인 불구성이 에덴동산의 신화와 분리하기 어려운 것이라는 점에서는 매우 설득력이 있는 것이라 할 수 있다.

어떻든 '시소'는 수평을 향해서 가열찬 노력을 기울이게 된다. 물론 이것을 가능케 하는 것은 인간 자신일 것이다. 하지만 그 수평적 균일점을 찾아가는 과정은 결코 쉬운 일이 아니다. "해와 달이 맞돌면서/부지런히 수평을 맞춰보지만/빛이었다가 다시 어둠이었다가"를 반복할 따름이기 때문이다. 하지만 이 작품에서 균형감각 찾기보다 더 중요한 것은 '해바라기'로 은유된 서정적 자아의 모습일 것이다. 한때 '해바라기'는 "어렵게 중심축을 잡고 일어나는데"까지 성공한다. 하지만 그 성공은 오래가지 못하고, 설사 지속되었다고 해도 결코 안온한 상태를 유지하지 못한다. "긴 목이 점점 수척해가는" 현상을 목도하기 때문이다. 이런 감각은 구경적 목적을 향한 어려움이면서 실존을 어렵게 하는 윤리적 자의식의 결합 속에 놓여 있는 것이라는 점에서 그 의미가 있는 경우이다. 존재론적 한계와 윤리적 감각이 기묘하게 어우러져 만들어낸 정서가

'해바라기의 목'이었던 것인데, 이야말로 이번 시집에서 시인이 발견한 전략적 객관적 상관물이라는데 그 특징적 단면이 있는 것이라 하겠다.

4. 서정의 통합을 향한 힘찬 도정, 곡선의 세계

시인은 근대의 이원적 사고에 비판적 시선을 보낸다. 그의 시들은 다양한 지점에 뿌리를 두고 있긴 하지만 이를 통어하는 것은 모두 이 감각과 연결되어 있다. 그래서 그의 시들은 분리가 아니라 통합을, 분열이 아니라 조화의 감각을 추구한다. 이런 면들은 한때 우리 시단을 풍미했던 두 개의 지향점들, 가령 포스트 모던적인 것과 모던적인 것 사이에서 시인의 시들은 후자에 그 지향점이 놓여 있다고 하겠다. 물론 시인의 시들이 모더니즘의 의장이나 사유를 온전히 수용하고 있는 것은 아니다. 그의 시들은 순수 서정의 영역에 놓여져 있거니와 이 음역이 수용하는 것들을 충실히 구현해내고 있기 때문이다. 가령, 갈등을 넘어 조화의 감각을 추구하는 통합주의적 사고가 그의 시의 본령이었던 것이다.

끈 풀린 코로나19 서성거리는
21세기의 지구는
그리움의 수축과 불신의 팽창으로 빚어진 사막의 땅

낱낱으로 흩어진 얼굴이 고개를 돌려 다시 외면을 한다

마스크로 모두 입을 막았으니

이제 사람을 향해 열어야 할 귀는 필요 없다

눈을 맞추면 하늘과 바람과 풀꽃들은
묵은 얼음을 깨고 와서 방글거리는데
너와 나
담장을 높이 치고
굽은 등을 돌려 모로 눕는다

갈라지고 흩어진 마음들이
뜨거운 갈망으로 망연자실 바라보아도
반응하면 안 된다
손길 주면 안 된다

포스트모더니즘의 잔등에 올라앉아
그토록 취해 졸졸 따라다니던 노령의 해체주의가
마침내 서둘러 완성이 되는갑다

「코비드 1」 전문

이번 시집에서 시인의 시세계 가운데 하나를 잘 보여주는 작품이 「코비드 1」이다. 한때, 우리 시단, 아니 전세계적인 화두 중의 하나가 이른바 근대성 논쟁이었다. 하버마스를 비롯한 독일 철학자들은 계몽의 기획에 여전히 미련을 두고 있었고, 그 초기에 설파되었던 본래의 정신으로 되돌아가야만 현재의 위기를 극복할 수 있다고 믿었다. 하지만 리오타르를 비롯한 프랑스 해체주의자들은 그런 거대 담론을 부정하고 작은 담론, 곧 소서사만이 이 시대를 이끌어가는 본령으로 이해했다. 후자의 정서를 대표하는 것이 포스트모던이거니와 그 특징적 단면은 작은 자아였다. 다시 말해 작은 영역으로 자아를, 세계를 축소해서 사회를 진단하는 것이 이들의 현실관이었던 것이다.

시인은 지금 펼쳐지고 있는 '코비드'의 세계적 유행을 포스트모던의 궁극적 실천이 아니었나 하고 의심하기에 이르른다. 이런 사유는 '코비드' 팬더믹이 가져온 모습들, 가령 작은 규칙들이 횡행하고 있다는 사실에 주목한 것이라는 점에서 그 의의가 있는 것이었다. 광장보다는 밀실, 접촉보다는 비접촉, 대중보다는 혼자에서 보듯 통합보다는 고립을 강제한 것이 '코비드'가 남기 유산이고 보면, 이런 현실은 포스트모던의 현실에 꼭 들어맞는 것이 사실이긴 하다. 하지만 시인은 이런 현상에 대해 결코 긍정적인 시선을 던지고 있는 것은 아니다. "포스트모더니즘의 잔등에 올라앉아/그토록 취해 졸졸 따라다니던 노령의 해체주의가/마침내 서둘러 완성이 되는 갑다"라고 냉소적 시선을 던지고 있기 때문이다.

이런 면에서 보면, 시인은 영미 모더니즘이 추구했던 구조체 지향을 추구한 시인이라고 할 수 있고, 하버마스류의 계몽주의에 가까운 사유 태도를 갖고 있었다고 할 수 있다. 하지만 시인을 모더니스트의 사유 틀에 놓고 이해하는 것은 적절한 방법이 아닐 것이다. 앞서 언급대로 시인의 작품 세계에서 모더니즘의 의장이나 내용을 읽어내는 것은 어려운 일이기 때문이다.

그가 돌아서지 않았다면 그가 화가 났다는 것을 모를 뻔했다
그가 화를 냈다면 그의 화가 풀릴 때까지 기다려야 하고
기다리는 동안 그의 화기가 내게로 옮겨붙을 수 있다는 것을 모를 뻔했다

까닭을 모르는 채 옮겨붙은 불길은 울분으로 차오른다는 것을
울분은 시린 뼈들을 녹이며 설움으로 번져온다는 것도 모를 뻔했다
설움은 울뚝불뚝한 울분의 씨앗을 스스로 견뎌내는 힘이며
견뎌낸다는 것은 스스로 삭아 내린다는 말인 것을
삭아 내리면서 마음의 방향이 바뀐다는 것도 모를 뻔했다
방향이 바뀐다는 것은 직선이던 길이 조금씩 휘어진다는 것
세상의 많은 목숨이 휘어진 길을 찾아가는 중이며
휜 길만이 우리가 함께 머물던 시원始原으로 이어진다는 것도 모를 뻔했다
시원을 찾아가는 열망이야말로 내 영혼의 밥인 줄을 정말 모를 뻔했다
말없이 돌아선 그의 화를 어렴풋이 짐작해 본다
날고 뛰고 구르고 달리는 그의 발소리 들리는 듯도 하고
골인지점이 보이지 않는 외피를 따라 날마다 뱅뱅이를 도는 듯도 한데
더 휘어지지 않고는 우리가 근원에 닿을 수 없다는 걸 어떻게 들려주나

「곡선에 대한 명상」 전문

'곡선'의 반대에 놓여 있는 것은 '직선'이다. 직선이란 휘어짐이 없는 강직함이다. 그러니까 융통성이 없고 타협이 없다. 이런 직선의 감각이 사회적으로 의미 있는 때가 분명 있긴 했다. 서정적 자아가 인정할 수 없는 불합리한 현실이 에워싸고 있을 때에는 이 감각이 필요했기 때문이다. 우리는 그러한 사례를 김수영의 「폭포」에서 목도한 바 있다. 거침없이 곧게 뻗어나가는 폭포의 직선이야말로 비타협의 표본일 것이다. 물론 김수영의 시에서 이 직선을 의미화의 반열에 올려 놓은 것은 불온한 당대 사회였다.

김예태 시인이 강조한 것은 김수영이 말한 직선과는 상대적인 자리에

놓여 있는 것이다. 여기서 시인이 의미를 둔 것은 직선이 아닌 까닭이다. 물론 이 말은 시인이 지금의 현실에 대해 어떤 긍정의 시선을 갖고 있다거나 혹은 부정의 시선을 갖고 있기에 그러한 것은 아니다. 시인의 시에서 불합리한 현실이 뚜렷히 포착되고 있는 것은 아니기 때문이다. 이 작품에서 어떤 시대적 함의가 드러나지는 않는다. 이런 시대성이야말로 어쩌면 시인의 작품 세계와는 거리가 있는 것일지도 모른다. 시인이 이 작품에서 강조하는 곡선의 사상이란 이른바 타협의 감수성에 가까운 것이고, 조화를 향한 자기 포기, 곧 윤리적 감각과 밀접히 결합된 것이라 할 수 있다. 그러니까 곡선은 어떤 진실, 어떤 조화를 향한 최선의 길인 셈이다.

이런 맥락에서 시인의 시들은 분리가 아니라 통합에, 갈등이 아니라 조화에 놓여 있는 것이라 할 수 있다. 그가 분리주의를 애써 용인하는 포스트모던에 비판적 시선을 보내는 것도 이와 밀접한 관련이 있을 것이다. 뿐만 아니라 휘어짐이랄까 곡선이 어떤 진실을 왜곡하지도 않는다고 할 수 있다. 그런 감각이 이 시인의 또 다른 매혹일 것이다.

> 와리가리 핑킹가위로 가로세로 자르다 보면
> 외길도 아늑한 안쪽이었다가
> 허공으로 나앉은 바깥이었다가
>
> 안과 밖의 자리가 바뀔 때마다
> 볼 부은 얼굴로 등을 맞대고 돌아앉지만
> 우리가 함께 가는 이 길은
> 한 줄로 박아놓은 외기둥을 잡고

지그재그로 돌면서 각자 걷는 길

외줄타기 직선만의 길이 있을까
굴곡 많은 이 길도 굽이굽이 이어지는 하나의 길
네가 먼저 안쪽을 돌아도
내가 먼저 바깥쪽을 돌아도
굽이진 길 꼭짓점을 지나갈 때면
우리 선 자리의 안팎은 또다시 바뀌고 만다

바뀐 길 끝에서 다시 외기둥을 잡고
지그재그로 돌아야 하는 이 놀이
왼편으로 돌아도
오른편으로 돌아도
중심이 지워지는 날은 한 번도 없다

「지그재그로 산다」 전문

이 감각은 융통성과 분리하기 어려운 것이다. 자기만이 옳다고 주장하는 것이야말로 직선의 사상에 가까운 것이라 할 수 있다. 우리는 지금 여기에서 그러한 사유 태도를 수도 없이 목격한다. 흑백 논리와 진영 논리가 그러하지 않은가. 게다가 우리 사회에는 많은 집단 이기주의가 도처에 깔려있지 않은가. 이를 지탱하고 있는 사유들이 모두 직선임은 두말할 필요도 없을 것이다.

"지는 것이 이기는 것이다"라는 속담이 있다. 물론 이는 패배주의를 감추기 위한 자기합리화일 수도 있다. 하지만 결과적으로 이 속담이 진실임을 우리의 일상은 가르쳐주고 있다. 「지그재그로 산다」도 그러한 진리의 한 단면을 잘 보여준다는 점에서 서정적 의의가 있는 작품이라고 할 수 있다. "왼편으로 돌아도/오른편으로 돌아도/중심이 지워지는 날은 한 번도 없"다는 말에 주목해보자. 여기서 시인은 중심이란 말을 새롭게 이해한다. 본디 중심이란 해체주의가 가장 싫어하는 말이다. 중심이 분리주의라든가 이원적 사고, 혹은 위계질서를 만들어낸 주요 기제이기 때문이다. 하지만 그것은 어디까지나 도구화된, 혹은 수단화된 중심일 경우로 한정된다. 시인이 이야기하는 중심이란 그런 지점에 놓여 있는 것이 아니다. 그것은 건강성이라든가 진리 혹은 진실에 가까운 것이다. 비껴가는 것 같지만 궁극에는 서정적 자아가 추구하는 본질이 곧 중심이 아닐까 한다.

김예태의 시들은 다양성을 특징으로 한다. 거기서 만들어지는 여러 서정의 음색들이 하나의 무대 속에 올려진 것이 이번 시집의 특색이다. 시인은 이 무대에 함께 춤추어나갈 매개가 무엇인지에 대해 계속 응시의 시선을 보낸다. 그것이 대상을 향한 서정적 자아의 탐색이나 도정이거니와 이 과정에서 시인이 발견한 것이 바로 곡선의 사상이다. 하나를 고집하지 않은 유연성, 조화를 가능케 하는 타협성, 자아의 흠결을 벌충하는 적절한 피사체를 발견케 하는 것이 곡선이다. 곡선의 유연함, 혹은 부드러움이 만들어내는 아름다운 춤이 이 시집이 갖고 있는 전략적 주제라고 할 수 있다.

존재론적 완성을 위한 동일성으로의 여행
— 오광운, 『떠나온 길』

1. 기투된 존재

『떠나온 길』은 오광운 시인의 세 번째 시집이다. 2018년 『시문학』으로 등단한 이후에, 시인은 이미 『끌고온 바다』와 『바람의 끝』을 펴낸 바 있기 때문이다. 등단 이후 길지 않은 시간에 세 번째 시집을 상재하고 있으니 시인은 꽤나 부지런한 편이라 할 수 있다. 이런 성실성이야말로 인생에 대한 시인의 좌표라든가 시에 대한 시인의 열정을 말해주는 것이리라.

오광운 시인이 서정의 샘을 일구어내는 곳, 혹은 전략적 이미저리가 생성되는 곳은 떠남의 자리이다. 이런 서정적 의도는 『끌고온 바다』나 『바람의 끝』에서 어느 정도 드러나 있는데, 가령, '끌고 왔다고 하는 것'이나 '바람'이라고 하는 이미저리들이 모두 흐름이나 유동적인 상상력과 깊은 관련을 맺고 있기 때문이다. 이런 떠돌이의 상상력과 이를 뒷받침하는 서정의 의장들은 이번 시집에서도 예외가 아니다. 시집을 꼼꼼히 읽어 보면 금방 알 수 있는 것처럼 방랑의 사유들이나 떠돎의 이미지들이 쉽게 간취되기 때문이다.

그렇다면 이런 유동적 사유들은 어디에 근거를 두고 있는 것일까. 이는 아마도 두 가지 끈에서 비롯되는 것처럼 보이는데, 하나는 전기적인 사실이고, 다른 하나는 보편적 결손을 태생적으로 짊어지고 사는 인간의 운명, 곧 형이상학적인 사유이다. 시집의 서문에 수록된 작가의 말에서 알 수 있는 것처럼, 시인은 현재 모국어가 지배하는 공간으로부터 멀어진 곳에 위치해 있다. "고향을 두고 태평양을 건넜다"는 작가의 고백에서 알 수 있는 것처럼, 시인은 모든 것이 낯설고 새로울 수밖에 없는 이타적 공간에 놓여 있는 것이다. 그런 공간적 상실감, 장소적 귀속성이 사라진 지대에서 서정의 물결이 형성되다 보니, 시인이 펼쳐보이는 사유의 편린들이란 그 빈 지대를 메우는 일에서 시작되고 있는 것이다. 고향과 고향 아닌 것 사이에서 형성되는 정서의 간극이란 클 수밖에 없는 것이어서 시인의 담론에 이런 정서가 무늬져 들어오는 것은 어쩌면 당연한 것이라 할 수 있을 것이다.

그리고 다른 하나는 필연적으로 다가올 수밖에 없는, 모든 인간에게 예외 없이 다가오는 결핍감, 곧 형이상학적인 한계에서 오는 정서이다. 인간은 스스로의 의지에 의한 존재가 아니라 세상에 내던져진 존재, 곧 기투된 존재라는 것이 이 사유를 지배하거니와 이는 오광운 시인뿐만 아니라 모든 인간이 짊어져야 하는 운명이기도 하다.

이 두 가지 감각이 모여서 하나의 샘으로 모아진 것, 그것이 오광운 시인의 정서에서 간취되는 서정의 지대이다. 이 지대는 때로는 고유의 영역으로 현상되기도 하고, 경우에 따라서는 겹쳐져서 파노라마 형식으로 독자에게 제시되기도 한다. 원인은 다른 지점에서 형성된 것이긴 하지만, 정서의 효과는 하나로 모아지는바, 그것이 곧 결핍감이다. 그리고 노스탈쟈에서 오는 비동일적 사유나 존재론적 필연이 만들어내는 한계 의식이 그 하위 요소로 뒷받침된다.

너도 나도 없었던
무대
까만 덩어리 하나
아무도 모르는 어디에선가
깨지던 그날
우린 씨알도 먼지도 아니었다
엄마도 아빠도 없었던 그때
아주 먼 기억도 없는 훗날처럼
생각조차
실마리가 없는
어느새 여기에 살고 있는 존재가 되었다

우주의 테두리 속에
피어난 송이
숫자가 없는 숫자

웃었던
어느 날

빨려간 결집의 하나
모두가 하나된 끝의 끝은
아무도 대답이 없는 해방인 듯

깜깜한 우주 속
허수아비 별들이 잠든 구름 사이로
영원이라는 말
스쳐 간 바람의 숙제
존재가 없는 길목에 서 있는가

「없던 날」 전문

시인의 사유를 지배하고 있는 것은 우연의 감각이다. 그러니까 시인 자신이 왜 지금 이곳에 있어야 하는 것인가에 대한 아무런 필연적 연결 고리를 갖고 있지 못한 것이다. 그가 광대 무변한 공간, 곧 우주의 한 존재가 된 것은 "우주의 테두리 속에/피어난 송이"이며 "숫자가 없는 숫자"에 불과할 뿐이라는 인식에서 비롯된다. 여기서 '피어난 송이'나 '숫자'가 어떤 고유성의 존재로 자리하지 않는 것은 당연하다.

이런 우연적 상황이 만들어내는 것이 "어느새 여기에 살고 있는 존재가 된" 자신을 발견하는 일이다. 이는 하이데거 식으로 말하면, 어느 날 갑자기 '피투된 존재'이기도 하다. 여기에는 어떤 필연적 연결 고리가 존재하지 않거니와 이는 경우에 따라서 일종의 '원죄'와도 같은 것이기도 하다. 자아의 의지나 윤리 감각과는 무관하게 형성된 것이 이 감각이다. 그런데 시인의 존재론적 한계라는 이 숙명은 곧바로 자신의 실존적 상황으로 곧바로 접맥된다. 이를 일러주는 작품이 「나는 지금」이다.

나는 지금
어디에 있는지
무엇을 하는지

당신들 모르는

꿈도 아닌
땅속도 아닌
하늘도 아닌
물속도 아닌
현실도 미래도 아닌

나는 지금
태양의 흑점인가
우주의 끝인가

형상이 없는 먼길
아무도......대답이 없다
끝없는 고요
여긴 이름이 없다
비어있는 채
배역도 이름도 없다

「나는 지금」 전문

시인 앞에 지금 놓여 있는 결손의 감각은 크게 두 가지인데, 하나는 실존적인 것이고, 다른 하나는 형이상학적인 것이라고 했다. 그러나 서로 다른 지점에서 형성되는 것이긴 해도 그 결과는 분명한 것이다. 정주하지 못한 의식, 곧 방황 의식이다.

서정적 자아는 지금 어느 구체적이고 물리적인 공간에 정주해 있을 것이다. 하지만 실제의 그곳은 시인의 자의식 속에 무정형의 지대로 남아 있다. 그러니까 그 공간은 고유성이 아니라 익명성으로 기능하게 되는 것인데, "나는 지금/어디에 있는지/무엇을 하는지" 전혀 알 수 없게 되는 것은 이런 이유 때문이다. 따라서 자신이 노출되어 있는 이 시공간은 전혀 알 수 없는 미지의 것이 된다. 그리고 경우에 따라서는 물리적, 현실적인 시공간을 떠나서 '꿈'이라든가 '미래'와 같은 초현실의 영역으로 확대되기도 한다.

의문은 그것이 해소되지 않은 이상 하나의 지점에서 멈추지 않는 것이 보편적인 감각이다. 다시 말해 하나의 의문이 있다면, 다른 의문으로 계속 연쇄 고리를 만들어 가는 것이다. 「나는 지금」에서의 서정적 자아가 이런 형국이다. 그러한 까닭에 '지금 여기'가 알 수 없으니 '꿈'으로 가기도 하고 '물속'으로 가기도 하며, '미래'라는 알 수 없는 영역으로 전진하기도 한다. 하지만 그것으로 끝나는 것이 아니다. 존재가 무엇인지에 대한 궁금증과, 그 해법을 위한 사유의 여행 길은 결코 끝이 보이지 않는 까닭이다. 그래서 '태양의 흑점'이라든가 '우주의 끝'과 같은 감촉되지 않는 지대로까지 사유의 기나긴 항해를 하게 된다. 그럼에도 이 의문를 해소시켜줄 어떤 계기도 발견하지 못했거니와 또 이를 말해줄 사람도 만나지 못했다. 그래서 서정적 자아는 방황하는 자아로, 자신에게 부여된 의혹을 해소시켜줄 해법을 위한 여행길은 종결되지 않는 것이다.

2. 존재의 불구성을 초월하는 길

원죄를 갖고 태어나는 것이 인간이라 했는데, 실상 이 원죄에는 다양한 음역이 내포된다. 가령, 억압이라든가 본능, 무의식과 같은 것들이 포함되기도 하는데, 이런 영역이 존재한다는 것 자체가 인간으로 하여금 비동일성의 영역으로 남게 하는 요인이 된다. 그래서 인간은 이를 딛고 동일성을 향한 거대한 발걸음을 옮기게 된다. 동일성을 향한, 아니 영원을 향한 꿈의 도정을 시작하는 것이다.

신기한 세상을 만났다
숨쉬고
천하가 내것으로
신나게 살았다
끝이 보이지 않고 들리지도 않았다
사랑과 전쟁의 자유를 위해 먼길도 가고 있었다
하늘도 찌르고
바다도 쪼개고
산도 깨트린

어느 날 갑작스런 질서의 변덕으로
무릎 꿇고
백기를 들며
따라가듯 나섰다

쉼 없는 길

「어느 날」 전문

이 작품의 제목이 시사하는 바는 매우 남다른 것이다. '어느 날'이라고 했거니와 이 감각 속에서 우연의 정서가 짙게 스며나오는 것은 부인할 수 없는 사실이다. 그만큼 서정적 자아의 현존을 만든 것은 '어느 날'이라는 우연이다.

이런 단면은 내용에서도 곧바로 확인된다. 1행에서 언표된 담론이 그러한데, 자아가 세상을 마주한 것은 우선 "신기한 세상을 만나는 것"에서 시작되기 때문이다. 그러니까 자아의 탄생이란 우연적인 것이긴 했지만, 이는 곧 "천하가 내 것인 양" 신나는 일이기도 했다. 하지만 이런 유토피아가 언제나 유지되는 것은 아니었다. 마치 에덴의 유토피아가 영원한 것이 아니 듯, 우연히 마주한 삶의 질서 또한 동일한 것이었기 때문이다. "사랑과 전쟁의 자유를 위해 먼길도 가고", 그 도정에서 "하늘도 찌르고/바다도 쪼개고/산도 깨뜨리"는 일탈도 경험했다. 뿐만 아니라 "어느 날 갑작스런 질서의 변덕으로", "무릎꿇고/백기를 들며" 따라 나서기도 하는 것이다.

세상으로 향해가는 서정적 자아의 항해는 순탄한 것이 아니었다. 그럼에도 그는 나아가야만 했다. 현존의 동일성과 유토피아를 위해서는, 그 길로 향하는 길을 멈추어서는 안 되었기 때문이다. 하지만 이런 열정에도 불구하고 그 행보가 어느 순간에 종결되지 못했다. 자아의 길을 멈추게 할 종점이란 다가오지 않은 까닭이다. 자아가 나아가야 할 길이 "쉼 없는 길"이 될 수밖에 없었던 것이다.

이번에 상재하는 오광운 시집에서 가장 전략적으로 많이 구사한 이미저리는 아마도 '길'일 것이다. 길이란 존재의 목적을 실현시키는 수단이자 방법이다. 길이 있어야 비로소 자아는 자신이 원하는 목적을 이룰 수 있는 까닭이다. 이번 시집에서 '길'이 전략적으로 많이 등장하는 것은 그만큼 자아 스스로가 성취해야 할 목적이 많다는 근거가 된다. 시집의 제목이 "떠나온 길"인 것도 그 연장선에 놓여 있거니와 이 외에도 "모르는 길"이라든가 "끝없는 하늘 길", "길없는 낙엽" 등도 있다. 뿐만 아니라 "모르는 길"도 있고, "길없는 물길"도 존재한다.

시인의 시집에서 '길'이 많다는 것에는 두 가지 이유가 있다. 하나는 서정적 자아가 도달해야할 목표가 많다는 뜻이고, 다른 하나는 그러한 목표를 향해 전진할 수 있는 선택의 여지가 많다는 뜻도 된다. 그러나 그 반대 편의 담론도 가능한데, 길이 많다는 것은 오히려 길이 없다는 의미도 될 수 있을 것이다. 마치 십자로에 서 있는 자아처럼 선택의 다양성이란 곧 선택의 부재와도 연결될 수 있기 때문이다.

끝이 보이지 않는
만년의 안갯속
모두가 나의 것인 것 같은

등고선 없는 구름의 골짜기
젊음의 황혼은 달린다

끝없는 성간층의 구름 바다에
보이저1,2호와 뉴 호라이즌스 호
외로운 세 우주의 방랑자
어디를 가고 있는지

쉴 곳은 어디에
부닥칠 곳은 어디에
멈춤의 벽은 어디에

어디까지 가야 하나

길 없는 길

「젊음의 황혼」 전문

인용시의 지배적 이미지 또한 길의 상상력이다. 그러나 여기서의 길은 일상의 그것으로 단순히 현현되는 것은 아니다. 일상성의 지대에서 길어올려지는 길이 아닌 까닭이다. 작품을 읽어 보면 금방 알 수 있는 것처럼, 이 작품의 퍼소나는 '보이저 1, 2호'와 '뉴 호라이즌스 호'이다. 우주선이 서정의 가면을 쓰고 독자 앞에 우뚝 서 있는 형국이다. 우주의 탐험선이란 미지의 개척자이다. 지구 밖 너머의 세계를 조금이나마 이해하고자 한 의도의 표상이 우주선의 이름으로 등장한 것이다. 그래서 이 우주선이 갖는 중요한 의미는 실험정신이라든가 개척 정신에서 찾아야 할 것이다.

지금 시인 자신이 처한 실존적 상황이란 이 우주선과 겹쳐진다는 점에서 주목을 요한다. 시인은 '어느 날' 선뜻 던져진 지상에서 실존의 안락함을 위해 존재론적 고뇌의 사유를 펼친 바 있다. 그 고뇌가 이끈 지점이 지상의 아늑함으로 유도하는 '길'의 상상력이었다. 그래서 시인에게 '길'은 존재론적 완성을 향한 여정으로 수용되어 왔다. 하지만 그것은 어디까지나 현실에서 완성해내기는 벅찬 일일 개연성이 큰 경우이다. 존재의 불구성에 노출된 존재는 단지 그러한 꿈을 향해 나가는 탐구자 내지는 구도자의 역할에서 그칠 수밖에 없는 까닭이다. 완성되지 않는다는 이 현실적 조건이 만드는 것은 어쩌면 존재로 하여금 끊임없이 구도자의 자세로 가둬두는 일인지도 모른다. 그래서 '길'을 계속 탐색해내고, 그 선택된 길을 가야하는 것이 아닐까.

이런 단면은 인용시에서도 그대로 드러난다. 보이저 호가 나가는 길, 뉴 호라이즌스 호가 나아가는 길에는 쉴 곳도 없거니와 심지어 부딪칠 곳이라든가 멈춤의 벽조차도 없는 무한 광대의 영역인 까닭이다. 그래서 이들의 행보가 끝나야 할 지점이란 사실상 없는 것이나 다름없게 된다. "어디까지 가야 하나/길없는 길"이란 탄식이 나오는 것도 이와 밀접한 관련이 있는 것이 아닐까 한다.

싱그럽게 피어
끝이 없을듯한
파란 꿈이었지

한 잎 두 잎 흩날리고
오그라진 낙엽들
길바닥에
호숫가에
골목길 모퉁이에
옹기종기 모였다

어느 날
우리 모두 엉킨
낙엽의 고백들
바람의 친구 되어

어디로 인가 흩어져
길 없는 길 떠난다

「길없는 낙엽」 전문

이 작품은 「젊음의 황혼」에 비하여 지상적인 질서에 편입된 시이다. 광대한 우주로의 막연한 탐구자로서가 아니라 현실적인 지상의 현장에서 행하는 구도자의 모습을 보여 주고 있기 때문이다. 그럼에도 여기서의 행보에도 어떤 목적이 예정되어 있는 것은 아니다. 마지막 연에서 알 수 있는 것처럼, "길없는 길"을 계속 떠나야 하는 과업에 놓여 있는 까닭이다.

3. 우주론적 진리 혹은 섭리의 세계

『떠나온 길』을 지배하는 정서는 구도자 내는 탐색자의 정신이라고 했다. 이는 실존의 영역에서도 그러하고 형이상학의 영역에서도 그러한 것이었다. 이런 단면은 시집의 제목에서도 시사받을 수 있는 부분이다. 상식에 속하는 일이긴 하지만 제목이란 한 편의 글, 한 편의 작품집을 대표하는 담론이다. 이런 경우는 오광운 시인에게도 예외가 아닐 것이다. 그의 시집 제목이 『떠나온 길』이라고 했거니와 이는 그만큼 그의 시편들이 부유하는 정서 속에 노출되어 있음을 밀해주는 사례라고 할 수 있다. 게다가 그는 이미 "떠나온 길"에서 알 수 있는 것처럼, 한 지점에서 다른 지점으로 이동해 있는 상태이다. "떠나왔"다는 것은 이미 과거 지향적인 시간성을 갖고 있는 것이기 때문이다.

그럼에도 탐색자로서 시인의 역동적인 행보는 결코 과거적인 것에서 머무는 것이 아니다. 그것은 현재 진행형이다. 보이저 1,2호가 지금도 저 광대무변한 우주의 창공을 날고 있는 것처럼, 자아의 행보 역시 보이저 호와 꼭 닮아 있는 까닭이다. 이는 오직 기투된 존재라는 우연성, 불구화된 존재의 결핍을 채우기 위한 위대한 순례 속에서 나온 행보이다.

가면 안 되는 날 또 갑니다
만 가지의 모습들
바람으로
구름으로
빗방울로
안갯속 그림으로
강물 따라 파도에 숨고

들에 핀 이름 모를 야생화처럼

어느 날

별꽃이 고와
서로 간지르는
낮의 빛과 밤의 꽃으로
이 세상 어디에도 다 있는
우리들의 무대입니다

「낮의 빛과 밤의 꽃」 전문

구도자로서의 자아의 행보에는 멈춤이나 정지와 같은 고유한 감각은 필요치 않다. 그에게 중요한 것은 자아의 완성을 위한 끝없는 행보뿐이다. 그러니 계속 가야만 한다. "가면 안 되는 날"조차도 "또 가야하는 것", 그것이 자아의 숙명이기 때문이다.

자아가 이렇게 앞으로만 전진해야 하는 이유는 분명하다. 현존의 완결성과 존재의 완전함을 위한 필연적 욕구가 있기에 그러한 것이다. 「낮의 빛과 밤의 꽃」은 이렇게 가야만 하는 자아의 숙명이 고스란히 나타나 있다. 그것이 존재가 살아가야 하는 이유이기 때문이다. 시인은 이를 두고 "이 세상 어디에도 다 있는/우리들의 무대입니다"라고 했다. 그렇다면, 이 무대란 무엇일까 하는 의문이 자연스럽게 떠오르게 된다. 이 해답은 분명한 것인데, 일상성이 비교적 잘 갖추어진 환경, 곧 삶의 긍정성과 건강성이 확보된 환경일 것이다. 이런 감각을 시인은 이렇게 표현한 바 있다. "구름으로/빗방울로/안갯속 그림으로/강물 따라 파도에 숨고" 하는 모습들로 말이다. 뿐만 아니라 "들에 핀 이름 모를 야생화처럼" 활기가 넘쳐나는 세상으로도 사유했다. 그리고 그러한 모습이 총체적으로 구현되는 현장은 다음과 같은 것이라고 인식했다. "별꽃이 고와/서로 간질이는/낮의 빛과 밤의 꽃"이 어우러지는 세상이라고 말이다.

삶의 긍정성과 건강성, 혹은 그러한 환경에 편입된 자아의 모습이란 어떤 것일까. 그것은 자아와 세계의 거리가 무화된 세상은 아닐까. 혹은 이런 동일화된 세상이야말로 존재의 불구성이나 실존의 한계를 초월할 수 있는 세계가 아닐까. 아마도 자아가 따로 있고, 우주가 또 따로 있는 세계가 아니라 이 둘이 조화롭게 어우러진 우주론적 동일체가 실현되는 곳, 그것이 구도자인 자아가 탐색했던 세계일 것이다.

> 긴 겨울밤의 산책
> 쉬어갈 틈이 보인다
>
> 암흑의 기다림

그리움은 커졌고
오를 수 없는
가로지른 횡단만 있었던
메마른 가지는
흩어진 낙엽의 고백을 불렀다

봄의 식탁 위에
뼈대를 다듬는다
꽃 천사들 날개를 펴고
봄의 소리도 들린
해빙의 시냇물 흐른다

하늘과 땅의 별들이 만나는

흙의 진실은 말했다
봄의 눈물은
구름 틈에 피어난 꽃이라고...

「봄의 눈물 1」 전문

이 작품에서 서정적 자아는 자신의 모습을 적극적으로 드러내지 않는다. 은밀히 숨어있으면서 자신의 눈에 들어온 풍경을 만들어낸다. 이 지점에 이르러서 자아의 행동은 급격히 멈추어버린 듯한 느낌을 받는다. 이런 정밀한 행동은 어디에서 비롯되는 것일까.

『떠나온 길』의 전략적 이미저리는 '길'이라고 했다. 그런데 이 이미저리와 맞서는 의장이 '그림'이다. 이 제목으로 제작된 시편이 10편이나

되는데, 이런 연작시가 말해주는 상상력은 분명하다. '길'과 더불어 그림이 시집의 전략적인 이미지가 되고 있다는 사실이다. 그림이란 곧 풍경이고, 이런 물상이 형성되기 위해서는 응시의 의장이 필요하다. 이는 구도자의 행보, 그러니까 역동적인 움직임과는 상대적인 자리에 놓이는 감각이다.

구도자는 탐색자이고 발견자이다. 탐색이나 발견이라는 감각에서 이해하게 되면, 응시 또한 그 연장선에 놓여 있는 의장이다. 무엇을 알아내기 위해서는 응시가 불가피하게 필요해지기 때문이다. 그러니까 시인의 시에서 '그림'이란 구도나 탐색의 연장선과 동일한 음역이라 해도 틀린 말이 아닐 것이다.

「봄의 눈물 1」은 시인의 응시를 표명한 시편이고, 그 감각적 표현이란 그림, 곧 풍경이다. 자아는 응시를 통해서 자신이 찾고자 했던 것, 곧 지금까지 펼쳐보였던 구도의 정서와 곧바로 합일시키는 전략을 펼쳐나간다. 이 전략의 저변에 놓인 것이 '보인다'라는 담론과 "꽃이라고"하는 담론이다. 전자가 응시임은 당연하거니와 후자 또한 이와 밀접하게 연결된다. "꽃이라고"는 서정적 자아에 귀속된 담론이라기 보다는 전달되어 온 타자의 담론이다. 말하자면 전달의 말이거니와 시적 자아는 이를 독자에게 제시해주는 역할을 하고 있을 뿐이다.

서정적 자아가 이 작품에서 응시를 통해 만든 그림이란 맑고 경쾌한 자연의 질서이다. 여기에서 그 음역을 더 확장시켜 나가게 되면, 우주론적 질서가 아닐까 한다. 이런 감각을 펼쳐나가게 해주는 것이 바로 신화적 상상력이다. 잘 알려진 대로 겨울은 신화적 의미에서 죽음의 계절이고, 봄은 생명이 부활하는 계절이다. 계절의 변화란 조화 감각을 떠나서는 성립하기 어려운 정서이다. 이런 감각은 이 작품의 마지막 두 번째

연에서도 뚜렷히 제시된다. “하늘과 땅의 별들이 만나는” 과정을 통해서 “봄의 눈물”이 피어난다고 했거니와 이런 개화가 가능했던 것은 이렇듯 우주론적 조화를 통해서였던 것이다.

4. 근원에 대한 감각, 원점 회귀 사상

지금 자아는 고향 밖에 있다. 이는 이미 “작가의 말”에서도 드러난 바 있거니와 이런 이타적 경험이야말로 시인의 직조해낸 서정의 원형이라고 했다. 말하자면 비동일성의 정서가 만들어낸 서정의 간극이 오광운 시인이 펼쳐보인 서정의 샘이었던 것이다.

나는 없었다
오래전 아주 먼 곳에 조차
기억이 없는
어느날 엄마의 고향을 떠나 온
세상을 만났다

무엇과도 바꿀수 없는 길
삶의 도전장을 쥐고 달콤한 입술 만나고
헤어짐의 날들 잠시 잊기도 했다
싸움의 성난 파도와 회오리속 꿈이 자랐고
국방색 군복도 한폭의 그림을 그린
역경과 혼란의 채찍을 두고

떠나 온 고향
아내를 찾아온 외길
태평양을 건넜다
40년을 넘긴 이국 땅의 아름다운 삶
떠나 온 길을 돌아보니
참 긴 세월인 듯 했는데

너무 짧은 길!!!
떠나 온 만큼 다시 돌아가고 싶은
어머니의 고향

「떠나온 길」 전문

이 시편은 시집의 제목에 해당하는 표제시이다. 그러니까 이 시집의 주제의식을 가장 잘 드러낸 시라고 해도 무방한 경우이다. 1연에 제시된 대로 서정적 자아가 있는 곳은 "엄마의 고향을 떠나온 세상"과 마주한 자리이다. 그가 이곳에 온 이유는 분명한데, "삶의 도전장을 쥐고 달콤한 입술을 만나고자"한 것, 그리고 "싸움의 성난 파도와 회오리 속에 꿈"을 키우기 위해서였다. 말하자면, 이 시는 시인의 전기를 짧은 서정의 물결로 채운 것이라 해도 과언이 아니다.

하지만 이렇게 떠나온 길, 타향의 삶 속에서 시인 자신이 체감한 것은 고향이 주는 정서와 교환할 수 있는 성질의 것이 아니었다. 서정적 자아가 걸어온 길이 "너무 짧은 길"이기도 했지만, "떠나 온 만큼 다시 돌아가고 싶은/어머니의 고향" 속에 침윤되는 것이었기 때문이다. 이런 감각을 두고 노스탤지어의 정서로 설명할 수도 있을 것이고, 근원으로 나아가고자 하는 열망으로 설명할 수도 있을 것이다. 그런데 중요한 것은 서정적 자아가 탐색의 열정이라든가 실험적 도전의 정신에서 한걸음 비켜서 있게 되었다는 사실일 것이다. 이제 시인의 시선 앞에 놓인 것은 앞으로만 전진하고자 하는 정서에 갇혀있는 존재가 아니라는 점이다. 그 한 자락에서 만난 것이 고향에 대한 향수였다.

고향이 근원에 대한 정서이고, 이런 감각이 현재화된다는 것은 자아의 분열의 정서로부터 결코 자유로운 것이 아님을 알게 된다. 자신 앞에 무한히 놓여진 길, 그 길을 향해 계속 전진하게 되면 무언가 유토피아가 다가올 것이라는 기대가 서서히 무너지는 순간에 온 것이다. 이런 틈새를 파고든 것이 자신의 고향이었다. 고향이 근원이라든가 모성적 상상력의 매개가 되는 것은 이런 파편화된 정서의 흐름과 무관한 것이 아니다.

한 잎
한 송이
한 알
만 가지의 봄들이 기지개를 켰다
새들이 찾아오는 고향의 쉼터에
상추가 부추가 푸짐한 보쌈이 한입에
푸르름 이 익었다

찌는 듯 타는 듯 끓는 듯
목이 마르고
찜질방의 숲은 쉴 틈 없이 헉헉이며 뒤틀린
열정의 열매는 화를 낸 맛으로 끝이 없다

광어의 맛
참치의 맛
포도주의 맛
허리케인 할킴도 잊은채
배, 단감, 대추, 사과가 익었다

고추가 빨갛게
맷돌 호박 둥글 넙적 색깔이 물들고
배롱나무 곱슬머리 흔들어 대는
그때
단풍잎 빨갛게 나 질세라 샘을 부린다

두고 온 고향 집 그리다 허리 굽어진 소나무
솔잎이 떨어지면 후드득 칠면조 떠나
하얀 잎새들 소복이 겨울을 깨뜨린다
칼바람 획을 그어 꽁꽁 오그라 들었다

벽난로의 활화산
통나무 횃불
일상의 기습이었다

혹 깨어나지 않는 외계의 그림으로 얽혀도
다시 오리라
이 행복한 삶
나 없는 현실이 온다 해도

사계절의 법칙은 영원하리
지금의 일상처럼.....

「넋두리」 전문

제목이 '넋두리'이기에 무언가 편한, 혹은 가벼운 느낌을 준다. 형이상학을 탐색하는 주제가 굳이 장중하거나 무거운 제목일 필요는 없는 것이지만, 어떻든 작품에 내포된 정서와 비교해 보면 무척 가벼운 것이 사실이다. 하지만 이 가벼움 속에서 시인이 말하고자 하는 의도는 그 너머의 것이라는 점에서 그 의미가 있다. 그러니까 표면과 이면의 격차가 큰 아이러니 속에 이 작품이 갖고 있는 진정한 함의가 담겨져 있는 것이다.

불구화된 자아의 완결이나 파편화된 정서의 동일성을 위해 시인은 보이저 1,2호와 같은 실험적 항해의 행보를 보여주었다. 그 도정에서 서정적 자아가 얼핏얼핏 조우해간 것이 우주론적인 질서들과의 만남이었다. 그는 존재론적 완결을 향한 순례의 도정에서 '봄의 눈물'이 형성되는 과정을 이해했고, '꽃' 개화하는 도정을 인식해온 것이다. 뿐만 아니라 방랑의 한 자락에서 굳건히 자리하고 있었던 근원들, 가령 고향이라든가 모성적인 것들이 주는 형이상학적인 의미들이 무엇인가에 대해 이해하기도 했다. 이런 풀이의 과정에서 어쩌면 가장 중요한 위치를 차지하고 있는 것이 우주의 섭리나 자연의 이법이 아닐까 한다.

「넋두리」는 그러한 우주의 섭리가 무엇인지를 표나게 강조하고 있다. 이 작품을 이끌어가는 중심 카테고리 역시 신화적 상상력에서 기인한다. 소생의 계절인 봄과, 성장의 계절인 여름, 수확의 계절인 가을의 상상력이 모두 동원되고 있는 까닭이다. 이는 틀림없는 자연의 이법, 우주의 섭리이다. 이런 감각을 서정적 자아도 굳이 숨기지 않는다. 아니 적극적으로 표명한다. 자아는 이를 두고 "사계절의 법칙은 영원하리/지금의 일상처럼"이라고 분명하게 말하고 있는 까닭이다.

오광운의 『떠나온 길』은 시인이 의도한 지점에 완전하게 도달했다고 보기는 어렵다. 뚜렷한 형이상학적 목표는 있는데, 이런 주제의식과 비교적 약한 거리를 유지한 채 단지 응시하고 있는 상태이기 때문이다. 그리고 그러한 응시를 통해서 결핍된 자아가 나아갈 길이 무엇인지 계속 탐색하는 포오즈로 일관하고 있기도 하다. 그 도정에서 발견한 것이 '길'의 상상력과 그 상징적 가치이다. 이제 시인은 어렴풋이 존재하는 이 길에 대해 보다 분명한 그림과 음영을 만들어나갈 것이다. 그런 다음 그 그림 속에 파편화된 자아를 겹쳐 놓을 것이다. 파편화된 자아의 온전한 치유와 복원을 위해서 말이다.

버림, 비움, 그리고 사랑의 시학
— 원순련, 『돌 틈에 꽃피운 민들레에게』

1. 전일적 동일성으로서의 자연

원순련 시인의 시들은 서정적 동일성에 대한 열정으로 가득차 있다. 그래서 그의 시들에서 자아와 세계의 대립이나 서정적 동일성이 파탄되는 경우를 읽어내는 것은 쉽지 않다. 세계 속에 기투된 존재가 이런 동일성에 상존해 있는 것은 예사롭지 않은 일인데, 이는 아마도 시인의 고향 거제도가 주는 푸근함에서 오는 것이 아닐까 한다. 실제로 그의 시들을 읽게 되면, 자신의 고향에 깃든 이야기들이 심심치 않게 등장한다. 가령, 거제도라든가 배숲개 등이 그러할 뿐만 아니라 이 지역과 관련된 여러 장소들이 그 나름의 의미를 포회한 채 끊임없이 서정의 물결 속에 떠오르고 있는 것이다. 그를 거제의 시인이라고 불러도 전연 이상하지 않을 정도로 이 장소성과 깊이 관련되어 있는 것이 시인의 시적 특성이다.

그리고 이런 지역성 내지 장소성과 더불어 시인의 시세계에서 또 하나 주의 깊게 살펴보아야 할 것이 자연의 의미화이다. 실상 고향이라는 감각이 농촌이나 전원 세계와 분리하기 어렵게 얽혀 있는 것이라면, 작품에서 자연을 서정화하는 것이란 어쩌면 지극히 자연스러운 일이 될 것이다. 실제로 원순련 시인의 작품에서도 자연은 전략적 소재 가운데 하나로 자리한다.

비오지
않아도 꽃이
피더니

바람 불지
않아도 잎이
지더라
누구의 귀띔 없어도

그 찬란했던 사연들
그렇게 남겨주고 말없이 떠나더라.

눈에 밟힌 사연 두고
그렇게 떠나더라.

「꽃 진 자리」 전문

제목이 시사하는 것처럼, 이 작품의 소재는 '꽃이 진 자리'이다. 그러니까 꽃이 피고 지는 현상에 대한 뚜렷한 응시를 통해서 생산한 것이 이 작품의 특징인 셈이다. 이런 감각은 자연과 함께 하는 자리가 아니라면 결코 서정화할 수 없다는 점에서 자아는 지금 자연과 함께 하는 존재임을 알 수가 있다. 자연이란 흔히 섭리나 이법으로 정서화된다. 「꽃 진 자리」에서도 이런 감각은 어느 정도 유효한 듯 보인다. "비오지/않아도 꽃이/피더니", "바람 불지/않아도 잎이/지더라"고 하며 순환의 맥락에서 이를 이해하고 있기 때문이다. 이런 도정이란 흔히 섭리나 이법의 감각으로 다가오게 된다. 그것은 지금 이곳의 어떤 현존에도 간섭받지 않고 선험적으로 수용되고 있기 때문이다.

하지만 시인의 시들이 자연을 서정화했다고 해서 이전의 시인들이 시도했던 방식이나 의미화의 과정과 유사한 것이라고 단정할 수는 없을 것이다. 시인은 자연을 초월적인 어떤 것으로 사유하거나 그것이 펼쳐 보이는 우주론적 이법들에 대해서 보다 뚜렷한 감각을 지니고 있는 것은 아니기 때문이다. 자연을 서정화한 시인의 작품을 통해서 어떤 교훈의 맥락을 표나게 읽어내는 것은 쉽지 않은 일이다. 이런 면들은 그동안 자연을 서정화하고 이를 존재론적 삶에 대한 귀감으로 수용한 시인들의 경우와 차별되는 지점이라 할 수 있는데, 그렇다면 이 시인이 자연을 통해서 얻고자 했던 정서란 어떻게 구별되는 것일까. 그러한 사유의 한 단면을 이해할 수 있는 시가 「봄」이다.

너가
있어 빛
얻었고
너가 와서 환희에
물든다. 나비 등에 타고
다가온 너는
새싹이

되고

꽃잎이

되고

내 마음에 분홍빛 꽃물이 된다

「봄」 전문

이 작품을 지배하는 것은 예찬인데, 시인은 봄에 대해 왜 긍정적 정서를 보내는 것일까. 봄은 신화적으로 이해하게 되면, 생명이 약동하는 계절이다. 특히 겨울이라는 죽음을 딛고 일어서는 것이기에 그 역동성은 다른 어느 계절에 비해 크고 깊은 정서의 울림을 갖고 있는 것이 사실이다. 생명을 고양시키는 힘이 있기에 서정적 자아는 이에 대해 찬양하고 있는 것이다.

서정적 자아는 봄이라는 존재를 통해서 빛을 얻었다고 했다. 뿐만 아니라 비로소 환희에 젖었다고도 했다. 그런데 그러한 봄은 시인에게 저 멀리 대상화된 채 거리화되어 있는 것이 아니다. 물론 꽃을 피우고 싹을 틔우며, 꽃잎이 되는 과정을 주재하긴 하지만, 이러한 과정들이 자아와 무관한 채 이루어지는 것이 아니다. 그것은 어느 순간에서부터인가 자아와 겹쳐지게 되는데, "내 마음에 분홍빛 꽃물로" 바뀌는 까닭이다.

이 작품에서 알 수 있는 것처럼, 시인의 시들에서 자연이 주는 섭리들은 뚜렷히 제시되지 않는다. 그렇다고 해서 이런 사유들이 시인의 작품에서 완전히 배제되지도 않는다. 시인은 자연이 주는 섭리에 대해 감각하고 있긴 하되, 이를 선험적으로 곧바로 수용하지 않고 있기 때문이다. 그의 시들에서 자연의 형이상학적인 의미들을 곧바로 간취해내기 어려운 이유가 여기에 있다. 시인은 자연을 응시하고, 그를 통해서 그것이 주는 가치랄까 의미에 대해서 정밀하게 수용하고자 할 따름이다. 자연을 향한 시인의 목소리가 크지 않은 것은 이 때문이고, 또 그의 자연시에서 딱딱한 관념이 읽혀지지 않는 것도 이와 밀접한 관련이 있다고 하겠다.

내 출근 한 뒤에
열어놓은 창문으로 슬쩍 넘어와
주인 없는 부엌에서 소꿉놀이를 한다

냄비도 주전자도 슬금슬금
꺼내어 저녁도 지어보고 밥상도
차려보고

하루 종일 노닥거리다
주인 아줌마 돌아올 시간 눈치채고
슬그머니 달아난 흔적 나는 알고 있다

너는
사월의 송화가루

「송화가루」 전문

근대 사회에서 자연과 인간이 하나 될 수 없음은 보편화된 사유이다. 그것이 근대의 이원적인 사고이거니와 인간은 이런 사유 체계를 뛰어넘기 위해서 가열찬 노력을 기울여 왔다. 영원에 대한 회복이라든가 자연의 일부로 회귀하고자 하는 서정적 정열이 생겨난 것도 이와 무관하지 않다.

「송화가루」는 자아와 세계 사이에 놓인 거리, 근대가 파생시켜 놓은 이원론적 사고들을 어떻게 초월할 수 있을까 하는 의문들에 대해 적절한 해법을 제시한 시이다. 송화가루가 자연의 일부임은 당연한데, 지금 그것은 인간의 삶에 적극적으로 틈입해들어와 하나의 장으로 승화하고자 한다. 소위 인간적인 것들과 적극적인 관계, 곧 동일성을 유지하려 하는 것이다. 자연적인 것과 인간적인 것들이 둘이 아니고 하나임을 보여주는 것이 이 작품의 내포라 할 수 있는데, 시인은 이런 함의를 송화가루의 속성을 통해서 이해하고자 한다.

2. 아픔을 치유하는 모성적 상상력

시인의 고향은 거제라고 했는데, 여기는 우리 현대사의 굴곡으로부터 자유로운 곳이 아니다. 거제포로수용소라는 고유명사가 지시하는 것처럼, 이곳은 아픔의 현장이었던 것이다. 그래서 시인에게 이런 체험은 생리적이고 어쩌면 본능의 영역에 닿아 있는 것이었는지 모른다. 따라서 시인의 시들이 개인의 차원에서 벗어나 역사의 현장으로 시야가 넓혀지는 것은 자연스러운 일이었을 것이다. 이런 면들은 시인의 작품 세계를 확장시켜주는 계기가 된다.

이곳에 서면
이념의 쇠사슬에 죄 없는 노예가
되어 울부짖다 쓰러져간
꽃다운 청춘의 통곡이 들린다

누구의 업보인가
한 핏줄을 붙들고
총부리 겨누며 싸워야 했던 저 눈빛들을
지구의 한 모퉁이
대한민국의 자유를 위해 쓰러져 간 이국의 젊은이들을

피비린내 나는 역사를 쓴 이는 어디에 숨어있나
바람은 알리라
나신으로 토해 놓은 저들의 아픔을
구름은 물었단다

빛도 없이 이름도 없이
역사의 제물이 되어 침묵으로 참아온 적들의 오열을

이곳에 서면
차마 지울 수 없는 슬픈 눈동자가 있다
역사의 제물이 되어 절규하는 저들의 통곡이 들린다

「포로 수용소에서」 전문

시인이 생리적으로 얻을 수밖에 없었던 역사의 경험들은 자연스럽게 서정의 샘으로 자리하게 된다. 다시 말하면, 비록 간접적이긴 하지만 시인이 경험한 역사는 자연을 떠나 일상과 필연적으로 결합하게 만들어 버린다. 그러한 사유의 표백이 만들어낸 작품이 「포로 수용소에서」이다. 지금 시인은 역사의 현장인 이곳에 서 있거니와 그가 듣는 것은 통곡의 음성이다. 포로수용소가 주는 교훈은 원인이 아니라 그저 결과만

이 시인에게 다가오는 것처럼 보인다. 그러한 단면이 "역사의 제물이 되어 절규하는 저들의 통곡"일 것이다.

서정시를 쓰는 시인이 역사 속으로 들어가는 것은 자연스럽기도 하거니와 결코 낯선 일도 아니다. 그것이 자아와 세계 사이에 놓인 단절 가운데 하나인데 이런 면이야말로 서정시가 뚫고 나가야 할 의무 가운데 하나이기 때문이다. 게다가 시인은 역사가 주는 아픈 현장의 한 가운데서 있을 수밖에 없는 운명에 놓여 있었다. 이런 운명들이 시인으로 하여금 이 현장에 대한 관심을 지속적으로 표명하게 된 것이 아닐까. 그러한 사유를 보여주는 또 하나의 작품이 아래의 시다.

> 산을 오른다
> 몸집보다 많은 사람을 실은 버스는
> 산굽이를 돌 때마다
> 가파른 경사에 지쳐 비명을 토해내며 사성암을 오른다.
>
> 굽이굽이
> 부끄러운 듯 몸부림을 치며
> 곡선의 미학을 마음껏 자랑하는 저 산 봉오리들
>
> 그 속에 숨어있는 진실 하나를
> 보았다. 산사에 숨어있던 진실
> 하나를 보았다. 이념과 사상에
> 얽매어
> 사선을 넘나들었던 한 맺힌 젊은이들의 흔적들을

그러나 말이

없었다. 목구멍까지

차 오르는

그 피비린내 나는 그 역사의 현장을 가슴에 묻어두고

사성암 암자의

산봉오리들은 꽃을

피우고 숲을 만들며

마음을 살 찌우는 역사를 만들고 있었다.

(2010년 9월9월 사성암을 오르며)

「구례 사상암에서」 전문

한국 현대사에서 지리산 또한 거제 포로 수용소 못지않은 비극적인 의미를 담고 있다. 이념의 편차가 만들어낸 아픈 상처가 지리산 곳곳에 숨어 있는 까닭이다. 지금 자아는 지리산 사성암에 오르면서 한때 이곳에서 펼쳐졌던 비극의 현장을 환기한다. 실상 이런 감각은 자아에게 근원적인 것이기에 가능했던 일이라 할 수 있다. 거제의 아픔을 알고 있기에 시인은 그 연장선에서 지리산으로 확장될 수 있었기 때문이다.

산행의 과정에서 시인이 정서화한 것은 이념의 편차라든가 그로 인한 비난의 정서가 아니다. 그것은 대단히 표피적인 것이거니와 지금 시인에게 다가오는 것은 "그 속에 숨어 있는 진실 하나"이다. "이념과 사상에 얽매어 사선을 넘나들었던 한 맺힌 젊은이들의 흔적들"인데, 하지만 아픈 과거들에 대해 시인의 환기는 더 이상 전진하지 않는다. 그가 본 것은 상처가 아니라 "사성암 암자의/산봉오리들"이 만들어내는 '꽃'과 '숲'

인 까닭이다. 이 '꽃'과 '숲'들이 "마음을 살 찌우는 역사를 만들고 있는" 현장만을 응시하게 된 것이다.

시인은 역사의 아픈 현장을 이렇듯 자연을 통해 승화시키고자 했다. 자연이 주는 치유의 정서를 통해서 상처를 극복하고자 한 것이다. 이제 그의 자연시들은 개인의 치유라는 단계를 벗어나 역사의 치유라는 보다 높은 차원으로 확장되기 시작한다. 자연이 갖고 있는 신화적 의미 가운데 하나가 생산과 포회라는 모성적 상상력임을 감안하면, 이런 사유방식은 매우 적절한 것이라 할 수 있다. 그러한 단면들은 「빨래터」에서도 다시 한번 확인되는데, 서정적 자아는 "무명 옷자락 올올이 숨어 살아온/기억들을 맑은 물 뚝뚝 울음으로 승화시켜/가슴 아린 설움들을 헹구어낸다"고 한다. 이런 설움은 물론 개인적인 것에 한정되는 것이어서 역사라는 큰 음역과는 구분되는 것이긴 하다. 하지만 설움 또한 아픔이고 상처일 터인데, 자아는 그러한 정서들을 「구례 사성암에서」처럼 자연이라는 모성적 품 속에서 승화시키고 있는 것이다. 이렇듯 자연은 시인에게 자아와 세계 속에 놓인 거리를 좁히고 상처를 치유하는 매개로 수용되고 있었다.

3. 내성으로서의 자세

이번에 상재하는 원순련 시인의 작품들은 크게 보면 두 가지 지향성을 갖고 있는 것처럼 보인다. 하나가 대상으로 향하는 것이라면, 다른 하나는 자아에게로 향하는 것이다. 물론 일인칭 자기 고백으로 쓰여지는 것이 서정 양식이기에 서정시에서 이 두 가지 방향을 구분짓는 것은 크나큰 모험일 수도 있을 것이다. 그럼에도 시인의 작품 세계를 이렇게 구분할 수 있는 근거는 그 지향하는 방향이 비교적 뚜렷하게 나타난다는 점 때문일 것이다.

시인은 자연의 예찬을 통해서 그것이 주는 의미랄까 교훈에 대해 이해의 폭을 넓혀 온 터이다. 그리고 자신이 태어난 고향이 갖고 있었던 본원적 모습을 통해 역사에 대한 통찰을 이루어낼 수 있었다. 이런 이해와 응시들이란 모두 자연이 주는 근원 감각, 가령 모성적 상상력과 분리하기 어려운 것이었다. 모성의 감각이 포용적이며, 이원론과 같은 분리의 정서를 초월하는 것이라면, 이로부터 얻어지는 자아 또한 동일한 정서를 갖는 것이 당연한 수순이 될 것이다. 이런 맥락에서 시인의 작품들에서 내성이라든가 반성과 같은 윤리에 바탕을 둔 시들이 생산되는 것은 당연한 수순이라고 하겠다.

소리 없이 흩어져간 세월을 앞에
놓고 나는 한 잔의 녹차를 마시며
주섬주섬 건져 올린 추억에다
나름대로의 옷을 입혀봅니다

그 때 그 일은 내가 참아야
했습니다 한 쪽 눈을 감고
세상을 볼 수 있는
작은 깃털 같은 지혜 하나만 누가 귀띔해
주었더라면 선뜻 내 의자를 비워줄 수도
있었을텐데

그때
며칠 밤을 뜬 눈으로 지세워야 했던 그
아픔도 따지고 보면 내 탓이었습니다
새끼 손가락 끝에 붙은 작은 흠집 하나가
기둥처럼 무거운 짐이 되어왔던 그 오만함을
잠재워 줄 수 있는
그림자 닮은 지인이 곁에 있어 주었더라면
나는 좀 더 온유의 덕을 쌓은
바라보기만 해도 넉넉함이 묻어나는
그런 자신있는 모습을 간직할 수 있었을텐데

모두의 기억들에 녹색의 옷을 입혀봅니다
시도 때도 모르게 불쑥불쑥 오만의 고개를 쳐들고
다가 오는
그 속상함을 곰삭여
형체없이 피어르는 녹차 향기에
마알갛게 헹구어 바지랑대에 걸어두고
그렇게 배웅하리라
그렇게 살아가리라

「녹차 한 잔을 앞에 놓고」 전문

서정시는 일인칭 고백체의 장르이기에 스스로에게 말하는 목소리는 매우 당연한 의장이라 할 수 있다. 다만 시인의 목소리가 지향하는 방향이랄까 그 세기만의 문제가 남아 있을 수 있다고 할 수 있겠는데, 인용시의 어조는 매우 강한 편이라는 점에서 그 의미가 있는 경우이다. 지금 서정적 자아는 녹차 한 잔을 앞에 놓고 사색에 잠긴 상태이다. 그런 다음 자아는 자신이 지금껏 살아온 지난 세월로 추억의 여행을 떠나게 된다. 하지만 서정적 자아가 더듬어 들어간 사유의 여향은 결코 아름답거나 즐거운 것이 못된다. 흔히 지나온 과거로의 여행, 곧 추억이 아름다운 것으로 환기되는 것이 일반적인데, 이 작품은 그러한 정서들과는 거리가 있기 때문이다. 자아가 과거로의 즐거운 여행을 할 수 없는 것은 자신이 남겨온 상처, 혹은 타인에게 준 아픔 때문이다. 이런 윤리적 자의식이 있었기에 과거로의 여행이 즐거운 추억이 될 수 없었을 것이다.

그런데 이 유쾌하지 못한 과거로의 여행길에서 시인이 우연치 않게 만난 것이 '녹차 향기'이다. 자아는 이 향기를 '오만'이라든가 '조급함', '흠집'과 같은 정서들을 덧씌워서 감추려 한다. 말하자면 녹차 향기라는 새로운 옷을 입혀 정서의 새로운 환기를 시도하고 있는 것이다. 그런 다음 그 부정적인 것들을 곰삭여 "마알갛게 헹구어 바지랑대에 걸어두고" 과거의 삶과 구분되는 새로운 삶을 살고자 한다. 부정적인 것들을 '배웅'하고 이를 긍정적인 것들로 '채운' 상태로 존재론적 탄생을 예비하고 있는 것이다.

가을을 보냈습니다
마지막 비바람에 행여 길 잃을까
다시 돌아올 주소를 잘 챙겨서 떠나보냈습니다

그리고 떠나지 못한 가을을
주웠습니다 은행나무, 벚나무,
느티나무, 옻나무 조심스레

주워서 대소쿠리에 담아 서재에
데려다 놓았습니다

내가 글을 쓰는 동안
그들이 나누는 이야기를 들었습니다
마알갛게 물든 얼굴 서로 맞대며
추운 겨울 꽁꽁 언 땅에서 물을 끌어올린
이야기부터 폭풍우 비바람에 모진 고난을 당하며
한 살이를 마치고 잘 여문 결실을 미련없이
내려놓는 저들의 이야기에
긴 세월 발목을 잡고 있던 그 아픔을 버리지 못한
내 좁 은 소견에
부끄러워 고개를 떨구었습니다

그 겨울을 보낸 후
나는 많이 성숙해졌습니다
낙엽의 이야기에서 내 걸어온 발자국을 돌아보며
물러설 줄 아는 지혜를

사랑하는
법을 이해도
용서도
원망을 내 탓으로 돌릴 수 있는 익어가는
마음도 비틀거리며 살아온 마지막
흔적까지도 아낌없이 사랑하는 여유를

배웠습니다

「흔적」 전문

존재론적 변신을 시도하는 시인의 윤리적 자세에서 중요한 매개로 작용하는 것 역시 자연의 상상력이다. 비록 적극적인 포오즈로 드러나지는 않았지만, 「녹차 한 잔을 앞에 놓고」에서 보여준 자아의 변신도 이와 밀접한 관련을 갖고 있는 것이었다. 그런데 자연을 매개로 한 이런 시도가 「흔적」에 이르게 되면 보다 분명하게 제시되고 있다는 점에서 주목을 요한다.

가을이란 조락의 계절, 곧 모든 것이 떠나는 계절이다. 다른 한편으로는 성숙의 계절이기도 하다. 그러한 계절의 순환이 시인의 정서에도 그대로 수용된다. "긴 세월 발목을 잡고 있던 그 아픔을 버리지 못한/내 좁은 소견에/부끄러워 고래를 떨구는" 행위야말로 가을이라는 계절이 주는 비움의 상상력 없이는 성립하기 어려운 것이기 때문이다. 이런 도정을 통해서 자아는 "물러설줄 아는 지혜"를 배우거니와 "원망을 내 탓으로 돌릴 수 있는 익어가는 마음"의 자세를 이해하게 된다.

비움이란 채움의 대항담론이며, 그것은 또한 인간의 가장 근원적인 정서라 할 수 있는 욕망과도 밀접한 관련을 맺고 있다. 욕망이란 본능적인 것이어서 이를 다른 사유로 전환하거나 교환하기가 쉽지 않은 감각이다. 이를 새로운 패러다임으로 대체하기 위해서는 지난한 자기 노력이 필요하다. 「흔적」에서 자아가 가을이 주는 비움의 정서를 자기화하고 이를 실천의 장으로 이끌어내려는 노력도 이와 밀접한 관련이 있을 것이다. 가열찬 자기 수양과 단련이 이 시점에서 요구될 수밖에 없는 것이다. 그래서 시인은 또다른 수양의 자세를 찾아나서게 되는데, 신에 대한 의탁이 바로 그러하다.

여기 이 자리
무릎 꿇고 앉습니다

나의 나 된 것은
하나님의
은혜입니다 나의
나 된 것은
바라보는 곳마다
조건 없이 보내준
고운님들의 눈빛 덕분이었습니다

그저 주신 모든 것
헤아릴 수 없는 모든
은혜 행여 세월
건너오는 동안
시나브로 빛 바랠까
두려우니 갚으며 살아갈 수
있는 그런 마음 허락하여
주시옵소서

「기도」 전문

기도란 세속의 시공성을, 성스러운 시공성으로 곧바로 바꾸는 행위이다. 그 신성한 장소에서 신과 직접 마주하는 것이 기도의 역능이다. 이 신성한 시간과 공간 속에서 자아는 세속성을 초월하고자 한다. 가령, 가장 인간적인 요소인 욕망 등을 무화시키고자 신의 전지전능성에 의탁하고 있는 것이다.

이 작품에서 보듯 새로운 존재로 탄생하고자 하는 시인의 자세는 자못 진지하고 경건하다. 자연의 섭리와 이치를 체득하는 것만으로도 시인의 윤리성은 충분히 확보되었지만, 그는 여기서 머물지 않고 한 단계 더 앞으로 나아가고자 한다. 그것이 기도라는 형식의 차용이다. 시인은 이 신성한 의식을 통해서 윤리적으로 보다 완전한 존재로 태어나고자 했던 것이다.

4. 사랑을 향한 여정

원순련 시인이 이번 시집에서 내세우고 있는 전략적 주제 가운데 하나가 사랑이다. 사랑이란 흔히 자기로 향하는 것과 타인으로 향하는 것으로 구분되긴 하지만, 그것이 가장 의미있는 것은 이타적일 때이다. 타인에 대한 애틋함이란 자기 희생없이는 불가능하다. 다시 말해 욕망에 물들어 있거나 세속적인 이해 관계에 깊이 침잠되어 있는 경우에 사랑은 결코 실천될 수 없기 때문이다. 사랑을 갖기 위해서는 자아로부터 모든 것이 떠나야 한다. 욕망이나 집착으로부터 벗어나야 비로소 가능해지는 까닭이다. 시인은 어쩌면 이러한 정서를 자기화하고 실천하기 위해서 그 오랜 서정의 터널을 뚫고 나왔는지도 모른다. 실상 이 아름다운 정서에 이르는 것은 어느 한순간의 실존적 결단에 의해 이루어지는 것이 아니다. 그것은 오랜 내성의 과정과 존재의 윤리적 실천이 있은 후에

나 가능해질 것이다.

시인은 「흔적」에서 사소한 것들조차 아낌없이 사랑하는 여유를 배웠다고 했다. 그러니까 자신의 정서 속에 남아있던 부끄러움을 자각하고 다른 한편으로는 원망을 내 탓으로 인정하는 윤리적 실천 속에서 사랑을 배워온 것이다. 이는 비움과 내성의 과정을 통해서 얻어진 것이었다.

돌 틈에 꽃 피운 민들레에게
지나치지 말고 눈웃음 한 번
주어라

작은 바람에도 흔들리는 나뭇가지
그 속내에도 귀 기울여
보려무나

밤새워 문 두드리며
길 떠날 채비에 가슴 아픈
낙엽의 속앓이를 지나치지 않았는지

너무 바라지 말아라
그저 눈빛만으로도 만족하거늘
그저 바라만 보아도 행복하거늘

「사랑1」 전문

사랑이 필요한 사람들은 언제나 그러하듯 가련한 존재들이다. 물론 강한 자들에게도 사랑은 필요할 것이다. 하지만 사랑의 본질적 의미가 펼쳐지는 순간은 그것이 연약한 존재들에게 주어질 때이다. 시인은 이번 시집의 3부에서 사랑에 관한 시편들을 중점적으로 써내었다. 사랑은 보듬어주어야 할 필요성이 있는 존재가 있어야 비로소 성립된다.

시인이 응시하는 것도 대부분 이와 관련된 것들이다. 시인의 눈에 들어오는 것은 어떤 거대한 성채들이나 힘있고 권위 있는 것, 거대한 것에 놓여 있는 것이 아니다. 그가 응시한 것은 "돌 틈에 꽃 피운 민들레"이거나 "작은 바람에도 흔들리는 나뭇가지"에서 보듯 어리고 약한 것들이다. "밤새워 문 두드리며/길 떠날 채비에 가슴 아픈/낙엽의 속앓이"에도 시인의 시선은 가 닿아 있다. 그런 다음 그것과 하나의 동일성을 이루고자 한다. "그저 눈빛만으로도 만족"하거니와 "그저 바라만 보아도 행복"을 느끼는, 하나의 공감대를 갖고 거듭 태어나는 것이다. 그리고 그러한 동일성의 정점을 보여주는 시가 「나비」이다.

비가 오면
나비야 어디로 갈래

날개에 얹힌
수분에
짓눌리고

안개비에
가는 길
잃어버려
하루종일

눈물짓는

비가 오면
나비야 너는
어디로 갈래
(2019.7.10. 비 오는 날에)

「나비」 전문

우리 시사에서 서정시의 가장 흔한 소재 가운데 하나가 '나비'이다. 하지만 그 의미의 진폭은 시인마다 다르게 울려나왔는데 가령, 김기림의 경우, 그것은 근대에 대한 무지의 상징으로 구현되었고, 김규동의 경우는 비행기에 희생된, 곧 근대의 피해자로 은유되었다. 그리고 자신의 시에 나비를 가장 많이 등장시킨 시인으로는 황금찬을 들 수 있는데, 그는 나비를 잃어버린 자신의 딸로 비유했다.

이렇듯 나비는 다양한 방식으로 은유화되어 왔지만, 그것이 갖고 있는 한 가지 공통점이 있었다. 그것은 대개 연약한 존재였다는 사실이다. 이런 면들은 원순련 시인에게도 마찬가지인데, 이 작품에서 나비는 연약하고 가련한 존재로 구현되고 있기 때문이다. 하지만 나약한 존재로 은유되긴 했지만 시인의 작품 속에 구현된 나비의 의미가 기왕의 시인들과 동일한 내포를 갖는 것은 아니다. 그것이 이 시인이 갖고 있는 나비의 의미라는 점에서 그 의의가 있는 것이라 할 수 있다.

지금 자아는 비에 맞은 나비를 뚜렷이 응시하고 있다. 나비는 태생적으로 연약한 존재일 수밖에 없는데, 이를 더욱 극단화시키고 있는 것이 비이다. 비를 마주하는 사물이야말로 애틋한 정서를 필연적으로 환기시킬 수밖에 없는데, 그것이 나비일 경우 이 감각은 더욱 확대된다. 시인이 의도했던 서정은 여기서 표나게 길러지게 되는데, 그것은 처연함, 애틋함의 정서와 긴밀히 결합된 중층적 함의를 갖는다는 점이다. 시인의 사랑은 이렇듯 작고 힘없는 것들에 대한 애정에서 시작되고 길러진다. 그의 시들이 아름답고 읽는 독자로하여금 서정의 진폭이 크게 울리게 하는 것은 이와 밀접한 관련이 있다고 하겠다.

시인은 이 사랑의 실천에 이르기까지 수많은 서정의 여행을 거쳐왔다. 자연 속에서 이법을 배우고, 거기서 윤리적 실천이 어떤 것이어야 하는지를 터득해 온 것이다. 이 과정을 거쳐서 그는 새롭게 존재론적인 변신을 시도했다. 그것이 비움의 자세였고, 이를 통해서 사랑의 정서를 체득했다. 작고 힘없는 것들에 대한 가없는 사랑을 발견한 것, 그것이 이번 시집에서 시도한 아름다운 서정의 여행이라고 할 수 있을 것이다.

고독의 항해자가 도달한 곳, 무경계의 세계
― 이재무, 『고독의 능력』

1. 소외와 고독

이재무 시인의 『고독의 능력』(천년의 시작, 2024)을 편안하게 읽었다. 이 감각은 의미의 스펙트럼이 비교적 잘 전달된다는 것, 그리하여 시인이 말하고자 하는 전언이 분명하다는 것과 관련이 있다. 그의 시들은 기교의 늪에 빠져서 독자들의 접근을 방해하지 않고 있거니와 지금 이곳이 요구하는 시대 정신 또한 비껴가지 않고 있다. 그러니까 그의 시들은 누구나 사유하고 있는 것들에 닿아 있고, 거기서 자신만의 투명한 언어로 이에 응전하고 있다.

『고독의 능력』이 이전 시집과 어느 면에서는 겹쳐지고 또 다른 면에서는 분명 구분되는데, 그 변별점 가운데 가장 중요한 것은 아마도 대상을 향하는 그의 시선들이 비교적 섬세한 곳에 머물러 있다는 점일 것이다. 대상으로 향하는 시선이 강하면서 섬세해질수록 구분이라든가 차이점이 크게 오버랩 될 수밖에 없는데, 이럴 경우 시인의 시선이 닿는 곳은 대개 거대 서사와 깊은 관련을 맺게 된다. 『고독의 능력』 이전에 펼쳐보였던 시인의 시들이 사회적 발언들에 무게 중심이 놓여 있었던 것은 이런 이유 때문일 것이다.

하지만 이번 시집에서 시인이 응시하는 것은 큰 이야기들이 아니다. 시인 주변에서 흔히 다가오는 것들, 혹은 감촉되는 것들에 서정의 샘들이 고여 있는 까닭이다. 그렇다고 해서 거대 서사로 향했던 시인의 정서들이 완전히 닫혔다고 보기는 어려울 것이다. 이 시집의 5부에 실려있는 작품들에서 일상의 현실을 대하는 시인의 불편한 시선들이 여전히 드러나 있기 때문이다. 다만 이런 불온성이 시집의 작은 영역에 그치고 있다는 사실이다.

시인에게 일어난 이런 변화는 아마도 시인의 실존적 삶과 밀접한 관계가 있는 것처럼 보인다. 시인은 근래에 이르러 강화도에 작은 농막을 짓고 전원 생활을 하고 있는 것으로 알려져 있다. 이런 생활의 변화가 시인의 시세계에 어떤 영향을 줄 것인지는 어느 정도 예견되어 있다고 보아야 한다. 자연이란 피로에 지친 자아에게 어느 정도 휴식의 공간을 준다는 것, 그리고 여기서 생겨난 여유가 작은 일상성에 대한 세심한 관심으로 이어질 수밖에 없을 것이다. 주변의 일상에서 걸러지는 소재들이 그의 시의 서정의 샘을 꽉 채우고 있는 것은 이러한 이유 때문일 것이다.

시인은 이번 시집의 제목을 『고독의 능력』이라고 했다. 고독은 소외의 한 자락으로 분류되거니와 흔히 역동성이 희박한 형이상학으로 이해되고 있다. 외부로부터 고립되는 이런 감각은 어떻게 형성되는 것일까. 존재론적 한계에서 오는 것일까, 아니면 욕망이 충족되지 않은 실존적 삶이 가져다 준 것일까. 전자의 요소들이 이번 시집의 한 조류로 자리잡지 않았다는 점에서 보면, 그의 고독은 후자의 요인들과 비교적 가까운 것처럼 보인다. 그 한 단면을 볼 수 있는 것이 「신오감도」이다.

> 아이들이 거리를 질주하고 있다.
> 달리는 아이들을 세워 놓고 묻는다.
> 꿈이 무엇이냐?
>
> 아이 하나가 말한다. 땅 부자가 되는 꿈.
> 아이 둘이 말한다. 건물주가 되거나 수십, 수백 채 아파트를 소유하는 꿈.
> 아이 셋이 말한다. 권력자가 되는 꿈.
> 아이 넷이 말한다. 재벌이 되는 꿈.
> 아이 다섯이 말한다. 연예인이 되어 사는 꿈.
> 아이 여섯이 말한다. 아이 하나의 꿈과 같다.
> 아이 일곱이 말한다. 아이 둘의 꿈과 동일하다.
> 아이 여덟이 말한다. 아이 셋의 꿈과 닮았다.
> 아이 아홉이 말한다. 아이 넷의 꿈과 비슷하다.
> 아이 열이 말한다. 아이 다섯의 꿈이 나의 미래다.
>
> 아이들아, 원대하구나!
>
> 아이들이 거리를 질주하고 있다.
> 생각의 쌍둥이들이 경주마처럼 앞다투어 달리고 있다.
>
> 「신오감도」 전문 158

이 작품은 1930년대 이상의 「오감도」를 패러디 한 시이다. 패러디가 원텍스트를 시대적 상황이나 자신의 세계관에 어울리게 변형하는 것이기에, 작품의 면면을 꼼꼼히 들여다보게 되면 사유의 저변에 무엇이 깔려있는지 어렴풋이 이해할 수 있는 근거가 된다. 잘 알려진 대로 「오감도」는 시인 이상이 근대의 한 자락에서 올 수 있는 사유들을 공포와 좌절의 감각으로 풀어낸 시이다. 근대성의 맥락이라는 점에서 이해하게 되면, 「신오감도」도 이상의 그것과 동일한 정신 구조를 갖고 있다고 할 수 있다. 하지만 이상의 작품과 이재무의 작품은 근본적으로 다른 지점에서 표백된 경우이다. 이상의 「오감도」는 아직 완전히 도래하지 않은 근대성의 맥락에서 길어올려진 것이라면, 이재무의 그것은 도래한 근대의 현실을 곧바로 읊고 있기 때문이다. 말하자면 일제 강점기는 완성되지 않은 근대이며 「오감도」는 그 가상의 차원에서 기표한 작품이기에 공포라는 추체험의 형태로 표명된 것이다. 하지만 「신오감도」는 지금 여기에서 진행되는 현실이기에 가상의 형태를 전제한 상황에서 노래할 필요를 느끼지 못한다. 그 결과 공포와 같은 추체험의 형태로 구현될 필요가 없었을 것이다. 오직 물질로부터, 욕망으로부터 자유롭지 못한 '아이들', 그래서 공포와 무관한 아이들이 거침없이 질주하는 형태로 나타난 것이다.

이런 자본으로부터 혹은 그에 기반한 권력으로부터의 소외야말로 외부 현실과 벽을 두게된 까닭이 아닐까. 뿐만 아니라 자아의 이상을 충족시켜주지 못하는 사회 현실 또한 이와 비슷한 함량으로 다가온 것은 아닐까. 5부에 수록된 시편들은 적어도 그러한 시인의 한 단면들을 보여주기에 충분한 사례들이라고 이해된다. 이렇듯 「고독의 능력」이 탄생된 배경에는 지금 이곳에서 펼쳐지는 대상과의 끊임없는 불화가 놓여 있었던 것이다.

고독을 학습하기 위해 숲에 든다
길의 첫 장을 열어 숨 크게 들이마시고
도열한 잡목들 페이지
한 장, 한 장 넘기며 신의 숨결을 듣는다
내가 사물에 스미어 하나가 될 때
순간을 열어젖힌 하늘의 음성이
번개처럼 번쩍, 살을 찢고 들어와 박힌다.

「고독의 능력」 전문

이 작품은 시집의 표제시이다. 그러한 까닭에 시인의 사유를 잘 대변해주는 작품이라고 해도 무방할 것이다. 「신오감도」를 비롯한, 불편한 사회 현실을 담은 작품들은 흔히 소외의 정서로 수용되는 것이 일반적이다. 자본으로부터의 소외, 사회로부터의 소외, 정치로부터의 소외 등등이 그러하다. 그러니까 소외란 대상으로부터 강요된 것, 주체의 의지와는 상관없이 부여된 것이다. 그러한 까닭에 이 사유는 피투적이며, 소극적이고, 수동적일 수밖에 없는 한계를 갖고 있다.

하지만 동일한 정서의 연장선에 놓여 있는 고독은 소외의 경우와 현저히 다르다. 우선 고독에는 자아를 스스로 추동할 수 있는 에네르기가 담겨 있다. 말하자면 스스로를 조율해나갈 수 있는 능력이 있다는 뜻이다. 그래서 던져진 것이 아니며 적극적이고 능동적인 방향을 갖게 된다. 게다가 여기에 '능력'이라는 말이 첨가되었다. 그러한 과정을 통해서 탄생한 것이 시인의 '고독의 능력'인 것이다. 고독이라는 능동성에 '능력'이라는 적극적 의지가 첨가되었기에 현실에 응전하는 시인의 태도는 결코 소극적일 수 없는 포오즈를 취하게 된다. 이번 시집에 수록된 시들에서 힘찬 에네르기, 역동적 힘이 느껴지는 것은 이 때문이라 할 수 있다. 시인은 고독을 위한, 그 초월을 위한 적극적 항해자로 이제 존재론적 변신을 시도하고자 했던 것이다.

2. 타자를 포회하는 관계 속으로

소외라든가 스스로를 가두는 폐쇄의 정신은 혼자 있을 때 빛을 발한다. 가능하면 자기 고립주의 세계에 갇히는 것, 그것이 소외라든가 고립의 정신이자 토대이다. 하지만 스스로를 정립하거나 앞으로 전진하는 힘을 가질 수 있는 고독의 단계에 이르게 되면 고립과 같은 폐쇄의 정신은 더 이상 필요하지 않게 된다. 이때 중요한 것은 자아를 둘러싼 주변 환경의 등장이다. 유폐되었던 고립을 뚫고 나아가기 위해서는 자아를 견인할 수 있는 대상이 필요한 까닭이다. 인식론적 관점에서 타자가 중요해지는 것이 바로 이 순간이다.

새벽 다섯 시, 들판의 벼 포기처럼 빼곡히 들어찬 어둠 헤치고 강화 들판을 두 시간 걷고 들어와 아침밥 지어 먹고 밀린 빨래 하고 커피 내려 마신 후 침대에 누워 창밖 풍경을 본다.

가는 비가 내리고 있다. 빗물이 유리창에 아라베스크 무늬를 남긴다. 알 수 없는 상형문자로 보였다가 암호처럼 보였다가 세잔의 정물화로 보인다.

빗방울과 유리는 겉도는 기표와 기의처럼 혹은 우리들 사랑이 그러한 것처럼 연속하여
미끄러지는 모습을 보이고 있다.

창 너머 감나무가 방 안의 나를 물끄러미 바라본다.

타자를 지옥이라 명명했던 사르트르의 세상에 대한 관점에서 타자의 시선을 포용하여 관계의 지평을 연 메를로-퐁티의 관점으로 인생의 열차를 갈아타는 중인데 과연 관념이 아닌 생활 세계 속에서도 그게 가능할지는 장담할 수 없다.

나를 봄으로써 자신을 바라고 있는 나무. 감나무의 시선을 내 몸 안쪽으로 받아들인다. 이파리 하나가 가지를 떠나자 허공이 뒤를 받쳐 주고 있다. 허공 속에는 침묵이 우거져 있다.

「강화 일기2」 전문

제목이 시사하는 바와 같이 이 작품은 시인이 강화에 거처를 두고 그 경험을 서정화한 시들 중 하나이다. 작품을 읽어 보면 대번에 알 수 있듯이 서정적 자아의 시선이 대단히 역동적이거니와 그 행동 반경 또한 전통적인 서정의 틀을 벗어나 있다. 그만큼 시선과 행동 반경이 역동적이고 광범위한 지점에 걸쳐 있음을 알 수 있다.

이 작품을 이끌어가는 기본 서정의 구조는 자아와 대상이다. 그런데 여기서의 대상은 자아를 벌충하는 은유의 기법에 한정되지 않는다. 마치 이상의 「거울」이나 윤동주의 「자화상」에서 볼 수 있는, 내성을 재단하는 매개 역할을 하는 까닭이다. 물론 이 작품이 자아를 한 단계 승화

시키는 윤리 의식을 강조하고자 하는 것은 아니다. 단지 자아라는 고유성과, 그것이 대상을 통해서 어떻게 규정될 수 있는 것인가에 대한 관심만 있을 뿐이다. 그러니까 자아는 고립자의 위치에서 서정의 내면을 표출하는, 대상의 자아화라는 수준을 넘어서는 위치에 서게 된다. 이런 의도를 가능케 하는 것이 타자의 역할이다. 시인이 표나게 강조하는 고독이 고립자가 아닌 것, 그리고 폐쇄된 울타리 안에 갇히지 않는 근거는 바로 이 타자의 현상학에서 발생한다. 소외라든가 고립은 타자를 결코 필요로 하지 않는다. 스스로의 감옥 속에서 실존을 모색하는 상황이기에 타자의 역할이란 굳이 필요하지 않은 까닭이다. 하지만 '고독'이라든가 그것이 한단계 확장된 '고독의 능력'은 타자 없이는 성립 불가능하다.

자아도 자율적이고 고유성을 갖고 있지만 타자 또한 그러하다. 어느 일방의 지위에 의한 동일화의 단계로는 나아가지 않는다. 이 작품에서 "방 너머 감나무가 방안의 나를 물끄러미 바라보는" 상호 응시법이라든가 그러한 과정 속에서 상호 주체성이 확보되는 것은 이 때문이다.

시인은 일찍이 자신이 추구해나가는 사유의 끈이 메를로-퐁티에 닿아 있음을 말한 바 있다. 이 작품에서도 그 한 편린이 드러나 있다. 일찍이 사르트르는 타자의 존재를 가급적 멀리 하고자 했다. 본질보다 실존이 우선인 것이 그의 사유이기에 타자란 결코 사유의 중심에 올라설 수 없었을 것이다. 하지만 메를로-퐁티는 사르트르와는 대척점에서 타자의 존재와 그것이 갖는 존재론적 의미에 대해 절대적인 가치를 부여해왔다. 지금 시인은 관점의 변이 과정 속에 놓여 있고, 서정적 자아 역시 생활 속에서 그것이 가능할 수 있을까 하는 회의에 젖어 있다. 새로운 단계로 나아가는 실험이란 늘상 가능성과 그 실현태에 대한 불안의식으로부터 자유롭지 않을 것이다. 지금 서정적 자아의 위치 또한 그러하다.

타자와 그것이 자아에게 끼치는 인식론적 중요성은 불확실성을 갖는 문제이다. 확신하지 못하는 가설만큼 인식 주체를 당황하게 만드는 일도 없을 것이다. 그렇다고 존재론적 변이의 과정을 모험 앞에 좌절시킬 수는 없는 일이다. 그것이 지금 시인 앞에 놓인 새로운 시정신에 대한 실험 혹은 가설이기 때문이다. 그러한 불확실성을 해소하기 위해서는 무언가 실천의 단계가 요구된다. 관념이 아니라 생활인데, 실상 생활 그 자체는 정적인 관조만으로는 성취될 수 없다. 행동이 절대적으로 요구되는 까닭이다.

> 상수리나무 숲에 든다. 이곳은 지난여름 풍뎅이들이 혼례를 치렀던 곳, 가지를 떠나 땅에 수북이 쌓인 잎들은 작고 여린 산짐승들의 겨울 이불이 되어 줄 것이고 여기저기 흩어져 흙 속에 얼굴 묵고 있는 열매들은 양식이 되어 주림을 면하게 하리. 텅 빈 가지 사이로 하늘은 맑게 빛나고 바람은 물소리를 내며 빠르게 공중을 흐르고 있다. 이곳에 오면 나는 까닭 없이 경건해져서 두 손 모으게 된다. 상처가 아무는지 자구만 마음이 가렵다. 저 멀리 드문드문 가옥들은 가축들처럼 순하게 엎드려 있고 우련하게 비탈을 타고 종소리가 들려온다.
>
> 「강화산책」 전문

『고독의 능력』에서 무엇보다 주의깊게 살펴볼 단어가 인용시에서 보듯 '산책'이다. 이 제목으로 된 것에는 「산책」도 있고, 「정오의 산책」도 있다. 뿐만 아니라 이렇게 직접적으로 표명된 단어 외에도 가령, '숲으로 간다' 든가 '어디로 들어간다'라는 동사가 무척 많이 등장하는 것이 이 시집의 특색이다. 그만큼 역동적이고 능동적 에네르기가 실감있게 다가

옴을 느낀다.

그렇다면 서정적 자아는 왜 대상으로 틈입해가는 이런 행동을 감행하는 것일까. 그의 산책은 그저 막연히 시간의 여백을 메우기 위한 한가한 동작에서 그치는 것이 아니다. 여기에는 분명 어떤 목적이 담겨 있다. 경우에 따라서는 '고현학(考現學)'을 실현하고자 했던 1930년대 모더니스트들의 '산책자'와 같은 모양새를 읽어낼 수도 있다. 하지만 시인의 산책은 모더니스트들의 그것과는 분명 구분된다. 현대성의 본질을 이해하고자 했던 것이 '고현학'이었다면, 이재무는 그 반대 편에 놓여 있기 때문이다. 서정적 자아가 찾아가는 곳은 이른바 관계의 본질적 실현이 가능할 수 있는 지대이다. 어쩌면 그는 모더니스트들이 추구했던 근대 풍경에 대한 관심과는 거리가 있는 것처럼 보인다. 시인이 응시하는 것들은 주로 자연과, 그것의 함의를 간직하고 있는 것들로 한정되기 때문이다.

「강화 산책」에서 알 수 있는 것처럼, 시인의 발걸음이 향하는 곳은 자연이다. "상수리나무 숲"이 그곳인데, 여기에는 지난 여름부터 시작해서 지금 여기에 이르기까지, 소위 자연 현상들이 골고루 포진되어 생생하게 구현된다. 여기서 펼쳐지는 여러 실타래가 유기적 관계망 속에 묶여 있다는 것, 그렇기에 어느 하나의 요소만이 돌출되어 나올 수 없는 곳이 이 숲의 유기적 관계망이다. 시인의 산문 정신이 발현되는 순간도 이 지점에서이다. 유기적 동일성이란 어느 하나의 요소가 제시되거나 완결되었다고 해서 종결되는 것이 아니다. 여러 요소가 등장해서 관계의 아름다운 틀을 가져야 하는 것, 그리고 이 모든 것이 건강하게 작동하고 있다는 것을 서정의 물결 속에 펼쳐놓아야 한다. 그러기 위해서 필요한 것이 산문적 속성이다. 산문은 여러 타자를 나열할 수 있는 기제이다. 순서라든가 우열은 중요치 않거니와 부채살처럼 퍼져나가는 여러 대상들이 자아로 수렴되면 그만이다. 그저 수평적으로 여러 대상들이 제시되어 자아와 상호주체성을 형성하면 된다. 시인이 이번 시집의 형식이나 내용에서 읽어낼 수 있는 이런 단면들은 자아와 타자의 교묘한 관계라는 이 관계망이 만들어낸 것이다.

> 구름은 하늘이 적적할까 봐 생겨나고 새는 나무가 심심해할까 봐 날아오르고 물고기는 물을 정화하려고 헤엄치고 꽃은 나비를 희롱하려고 피고 달과 별은 어둠을 이기려고 빛나고 나무는 흔들리는 이를 위해 서 있고 나는 너의 슬픔을 온전하게 안으려 악착같이 살아간다
>
> 「살아가다」 전문

존재의 본질은 무엇보다 생을 유지하는 데 있다. 곧 살아가야 하는 것이다. 그런데 여기서 중요한 것은 물론 어떻게 살아가느냐에 놓여 있을 것이다. 하나의 수레처럼 유기적으로 움직이느냐 아니면 나사빠진 바퀴처럼 덜컹거리며 불완전한 삶을 살아가야하는 차이만이 있을 뿐이다.

「살아가다」의 요체는 「강화일기」와 마찬가지로 관계망이다. 나와 너, 대상과 또 다른 대상, 즉 자아와 타자의 교묘한 배치 속에 '살아가는' 근거가 생겨나는 것이다. 자연의 속성이나 관계가 그러할진데, 서정적 자아 또한 이 범주 속에서 자유롭지 않다. "나는 너의 슬픔을 온전하게 안으려 악착같이 살아가는" 까닭이다. 여기에 이르게 되면 이재무의 시들은 대단히 실존적인 차원에 이르게 된다. 하지만 그것은 타자가 배제되지 않은 실존이라는 점에서 사르트르적인 그것과는 거리가 있다. 그래서 그의 실존은 고립이 아니라 조화의 맥락과 보다 깊은 관련을 맺고 있다. 조화란 자아와 타자라는 둘 이상의 주체가 필요하고 이들의 관계가

상호보족적일 때 비로소 완성된다. 지금 서정적 자아는 그러한 이상을 꿈꾸며 자아와 타자 사이에 놓인 간극을 좁히고 이를 하나의 맥락 속으로 편입시키려 한다.

3. 나와 타자의 관계, 그 구분없는 세계를 향하여

관계가 만들어지기 위해서는 자아와 상대되는, 혹은 맞서는 타자가 필요하다. 자아의 정체성을 확보하기 위해서 이 타자는 많으면 많을수록 긍정적이다. 시인이 지금 갖고 있는 전략적 주제인 고독의 파장을 일렁이게 하고, 거기서 의미있는 결론을 도출하기 위해서는 여러 타자들, 다양한 타자들이 필요한 까닭이다.

> 자기 시대에서만 친구를 찾는 사람은 위대한 사람이 아니다(니체).
>
> 노자, 장자, 사마천, 원효, 쇼펜하우어, 스피노자, 니체, 카뮈, 메를로-퐁티, 박지원 등을 친구로 삼아볼까?
>
> 「친구」 전문

시인에게 있어 타자는 자아와 분리된 대상이 아니다. 자아의 정체성과 고유성을 정립하기 위해서 꼭 필요한 존재들이다. 그래서 시인은 이 대상을 친구라고 사유했다. 친구는 정서적 유대 관계가 남다른 존재이며 그 관계 속에서 자아는 새로운 정체성을 확보하게 된다.

그리고 이 작품에서 한 가지 주목해야 할 것은 그러한 과정에서 만날 수 있는 친구의 다양성이다. 1연에서 시인은 니체의 말을 빌려 친구의 의미가 갖는 시대성을 말하고 있다. 자기 시대에서만 친구가 한정될 수 없다는 것이다. 그러니까 서정적 자아에게 있어서 친구란 시공을 초월한 곳에 걸쳐 있다는 뜻으로 읽힌다. 실제로 2연에서 열거한 목록을 보게 되면, 여러 시대에 걸쳐 있고, 공간 또한 동서양을 넘나들고 있다. 뿐만 아니라 친구의 속성 또한 다양한 사유의 대변자로 구성되어 있다. 이는 자아 주변에 포진된 타자들이 갖고 있는 다양성을 말해주는 근거가 된다고 할 수 있다. 친구의 목록에서도 그의 산문 정신은 빛을 발한다.

그러면 고독이라는 사유의 끝자락에서 펄럭이고 있는 이 타자란 무엇이고, 또 그것이 자아와 갖는 관계란 어떤 것일까. 실상 이에 대한 해법이야말로 『고독의 능력』이 갖고 있는 전략적 주제 가운데 하나가 될 것이다. 시인은 자아와 타자, 혹은 타자와 타자 사이의 구별이랄까 분별이 시대의 온갖 불온한 상황을 만들어내고 있는 것으로 이해하고 있는 듯하다. 그러한 단면을 알 수 있는 것이 1920년대 단편서사시의 형식을 취하고 있는 「시드니 연가」이다.

> 인간의 분별이란 때로 얼마나 야만입니까
> 제노사이드의 광기는
> 분별이 차별을 낳을 때 발생합니다.
>
> 「시드니 연가」 부분

여기에 이르게 되면, 자아와 타자와의 관계가 어떤 포오즈를 취할 것인지 혹은 어떤 방향으로 나아갈 것인지에 대한 방향이 읽히게 된다. 바로 분별이고, 그것이 차별로 이어질 때의 위험성이다. 분별이란 구분인데, 이 갈라진 틈에서 솟구쳐 나오는 것이 위계 질서라든가 이원론적 사고임은 분명할 것이다. 분별의 위험성이 갖고 있는 한계란 제노사이드와 같은 광기로 발현될 때이다. 이런 단면은 전일성이 상실된 사고가 만들어낸 결과이다. 시인의 사유가 이 지점에 도달했다는 것은 그가 반근대적 사유를 적극적으로 수용하고 있다는 의미이다. 근대에 대한 대항담론이 동일성을 향한 여정이라고 한다면, 적어도 시인은 이에 대한 사유에 긍정적, 적극적인 자세로 임하고 있다. 그것은 자아와 타자가 하나의 물상으로 새롭게 태어나는 세계이다.

> 우주의 미래에 대한 책을 읽고 나서부터 이상한 사고가 나를 지배하고 있다. 산책길에 만나는 온갖 사물들이 뉴런처럼 보이기 시작한 것이다. 강물, 강물 속 물고기들, 강물에 젖을 댄 풀잎들, 꽃잎들, 길가의 나무들, 공중을 나는 새들, 무정물인 돌멩이와 전선줄까지 신경세포로 보여 무심할 수 없게 되었다. 더러는 그들의 숨결까지 엿듣게 되어 문득문득 걸음을 멈추게 된다. 공장의 굴뚝, 하늘의 구름도 근친 같아서 무엇 하나 무심할 수가 없다. 이념도 종교도 국가도 장난 같아서 자꾸 헛웃음이 나오는 것이다.
>
> 「무경계」 전문

제목이 시사하는 것처럼 이 작품의 주제는 무경계, 곧 경계가 없는 세계에 대한 지향이다. 우선 시인에게 다가온 이상한 사고는 "우주의 미래에 관한 책을 읽고"나서 생겨나기 시작했다고 한다. "산책길에 만나는 온갖 사물들이 뉴런처럼" 보이기 시작한 때인 것이다. 이 작품을 이해하는 과정은 두 가지 독법이 요구된다. 하나는 타자, 곧 친구를 향한 발걸음이고, 다른 하나는 하나의 단위로 연결된 조직에 대한 발견이다. 타자에 대한 인식의 과정에서 '산책'이라는 역동성이 매우 중요하다고 했거니와 이런 움직임은 이 작품에서도 고스란히 포착된다. 그리고 다른 하나는 뉴런으로 표명되는 연결 고리에 대한 발견이다. 뉴런이란 신경계와 신경조직을 이루는 기본 단위이다. 그래서 이 관계는 절대 구별이나 단속적인 것으로 구현되지 않는다.

자아와 연결된 뉴런적 구조는 매우 복잡하게 얽혀있는데, 그러한 감각에 기댄 시인의 상상력도 이와 밀접하게 관련된다. 강물이나 강물 속의 물고기를 비롯하여 공중을 나는 새들, 그리고 무정물인 돌멩이와 전선줄에 이르기까지 하나의 선으로 연결되어 있는 까닭이다. 촘촘하게 연결되어 있다는 것은 구분이나 분별같은 것들이 없다는 뜻이다. 반면 이런 뉴런 구조의 상대편에 놓여 있는 것이 '이념'이라든가 '종교', 혹은 '국가'이다. 시인에 의하면 이런 개념은 모두 구분이 낳은 결과가 될 것이다. 시인의 표현대로 말하면 반뉴런적인 것들이다. 구분은 있되 구분이 아닌 것, 분별이 있되 분별이 아닌 것, 그것이 뉴런이다. 말하자면 여러 요소들이 하나의 단위로 묶일 수 있는 것, 그것이 뉴런적 구조의 핵심인 것이다. 경계없는 것, 곧 무경계의 구경적 실체인 것이다.

1.
나는 무엇을 찾아 시드니에 갔는가
시드니에서 무엇을 보고 읽었는가
3대 미항의 하나인 시드니에 와서
한 마리 야생으로 떠도는 동안
진정한 자유를 누렸어요

시내 깊숙이 들어와 강물처럼 흐르는 바다
해안선을 따라 걸으며
새삼 바다와 육지가 하나라는 것을
섬광처럼 깨달았어요
해안선은 나누는 경계선이 아니라
만나는 지점이니 그들은 둘이 아니라 하나입니다
쾌락 없는 고통 없듯
삶 없는 죽음도 없습니다
고통과 쾌락이 하나이고
삶과 죽음도 하나입니다

나는 바다의 녹지에 키보드를 두들겼어요
영혼의 언어들 흩어질세라
서로를 바짝 끌어안고
출렁출렁 바다로 흘러갔어요
아직 아무에게도 읽히지 않은
나의 시가 대양을 떠돌다
더러 물고기들 밥이 되고
뱃전에 부서지거나
낯선 이국의 부두에 닿아
철썩이며 훌쩍이기도 하리라 생각했어요

산불이 다녀간 뒤에도 살아남은
유칼립투스 나무들 바라보면서
나라는 주체가 소멸되어

나무와 내가 하나라는 깨달음이 왔어요
나는, 바라보는 나를 볼 수가 없어요
보여지는 것과 보는 것의 경계가 사라지고
우주 속에서 나무와 나는
하나로 연결되어 있다는 것을 실감했어요

모든 기관들이
하나의 신체 구조 속에서
서로 이어져 있듯 우주 밖에서
안을 들여다보면 개체들은
경계로 나누어진 것이 아니라
하나로 연결되어 있어요
이것이 실재입니다

울런공 Wollongong에서 바라본 에메랄드빛
바다는 원주민의 슬픔으로 출렁였어요
얼마 남지 않은 부족은
호주 정부가 무상으로 공급하는
마약에 취해
생을 탕진한다고 해요
인간의 분별이란 때로 얼마나 야만입니까
제노사이드의 광기는
분별이 차별을 낳을 때 발생합니다

오페라하우스에서 마음을 굽이치는

선율에 젖어봅니다
음악은 주술성이 있어 영혼을 취하게 합니다
음악은 사람을 가르는 장벽을 제거할 수도 있지만,
음악에 대한 감수성은 정치적 잔인성과 결합할 수도 있지요

「시드니 연가」 부분

타자를 향한 자아의 발걸음은 산책에서 했던 행보와 마찬가지로 지금 시드니로 향해져 있다. 시드니는 고유명사이지만 작품 속에 그것이 편입되면서 그 고유성을 잃는 대상이 된다. 여기서도 타자를 만나기 위한 시인의 '가는' 행위는 계속 된다. 그래서 그것은 단순히 물리적 움직임이 아니라 심오한 사유를 담고자 하는 자아의 성스러운 행보가 된다.

자아가 시드니 해변에서 만난 것도 이른바 '무경계'의 사상이다. 이 감각은 몇 가지 각도에서 이루어진다. 하나는 물리적인 구분과 그것이 갖는 허상이다. 자아가 "시내 깊숙이 들어와 강물처럼 흐르는 바다/해안선을 따라 걸으며" "새삼 바다와 육지가 하나라는 것을/섬광처럼 깨닫기" 때문이다. 다시 말하면 "해안선은 나누는 경계선이 아니라/만나는 지점이니 그들은 둘이 아니라 하나입니다"라는 사유의 자락으로 나타난다. 엄연한 사실인 물리적 국면을 초월할 수 있는 것은 정서적 감각에서나 가능한 것이다. 이런 감각이 만들어낸 것이 바로 뉴런적 사유이다. 이 정서로 걸러진 서정적 자아와 그 속에 편입된 타자는 더 이상 고립자로 남아 있는 대상이 아니다. 이런 통합적 사유가 있기에 육지와 바다를 구분하는 해안선은 더 이상 의미가 없게 된다.

그리고 다른 하나는 타자 속으로 들어간 자아의 소멸 현상이다. 그 인식적 단면이 드러난 부분이 4연이다. 이를 가능케 한 요소가 불의 이미

저리이다. 불은 흔히 욕망의 구현으로 사유되는 의장이지만, 소멸과 그에 따른 정화의 의장으로 수용되기도 한다. 이 작품에서 불의 이미저리는 후자의 감각과 연결된다. 모든 소멸에 따른 정화의 의식을 거치고 난 뒤, 유일하게 남은 존재, 곧 타자성은 '유칼립투스 나무'이다. 하지만 이 타자성도 자신만의 고유성을 금방 잃어버리게 된다. 고유성이 서정적 자아 속으로 편입되면서 그 익명성을 상실하는 까닭이다. 그런데 이 과정에서 주의깊게 살펴볼 것이 자아의 역할이다. 자아는 "나라는 주체가 소멸"된다고 했거니와 그 일련의 과정 속에서 "나무와 내가 하나라는 깨달음을 갖게 되었다"고 한다.

자연과 인간 사이에 내재된 구분의 세계에서 자아의 소멸은 매우 중요한 인식론적 변화의 한 단면이라 할 수 있다. 근대의 불행을 자초한 이원론적 사고도 실상은 자아를 곧추 세우는 과정, 자연으로부터 분리된 자아에 대한 굳건한 인식이 자리하고 있기 때문이다. 분리의 단초가 된 것이 자아인데, 그 돌출된 자아를 무디게 하는 것이야말로 하나의 동일성으로 나아가는 거멀못이 될 것이다. 자아와 타자가 구분되지 않는 세계, 그 무경계에 대한 아련한 꿈은 이렇게 시인의 정서 속에서 서서히 꿈틀대고 있었다.

4. 하나된 것, 무경계의 기원들

『고독의 능력』에서 펼쳐지는 자아의 성스러운 순례가 지향하는 것은 뉴런적인 것이었다. 자아의 주변에 편재하는 여러 타자들이 고유성과 자율성을 잃어버리고 익명성을 갖는다는 것, 곧 유기성 속에 놓여 있다는 것, 그것이 뉴런적 사고의 핵심인 것이다. 시인은 그러한 사유의 정점에 이르기 위해서 자아를 인식하고 타자를 조정하는 과정에서 이 둘은 결국 하나라는 인식에 이르게 되었다. 무경계에 대한 사유의 표백이 바로 그러하다.

무경계란 글자 그대로 경계에 대한 지표가 존재하지 않는 공간이다. 경계가 드러나지 않기 위해서는 그 구분의 지점들이 보이지 않아야 한다. 물리적인 면에서나 정서적인 면에서 말이다. 시인은 그러한 도정을 위해서 다양한 의장을 동원한다. 반 이성적인 사유체계가 그러하고 시간과 공간에 대한 다양한 여행들을 감행하는 것이 그러하다. 먼저 시간에 대한 여행의 국면을 보게 되면, 시인의 작품 세계에서 과거의 시간들이 매우 중요한 의미의 파장을 일으키면서 제시된다. 이는 경계를 무화시키고자 한 시인의 전략과 무관한 것이 아니라는 점에서 주목을 요하는 경우이다.

어스름 새벽 홰에 올라 황금빛 날개를 펴고 포효하듯 하루의 개막을 알리던 수탉의 울음 소리 듣고 싶다.

수탉의 장쾌한 울음소리가 키 작은 지붕을 몇 번 들었다 놓으면 엄니의 부엌문 여는 소리, 외양간 소가 입김을 길게 내뿜으며 워낭을 흔들어 대고 이어, 아부지의 괜한 호통 소리가 문창을 흔들어 댄다.

야, 이놈들아! 해가 중천에 떴다. 여직 안 일어나고 뭣들 하느냐?

죽기보다 듣기 싫었던, 겨울 아침 머리맡에 포탄처럼 떨어지던, 기상을 알리는 아부지의 고함 소리!

「그리운 것들은 멀리 있다」 전문

그리움이란 추억에서 시작되고 그 시간적 배경은 보통 과거로 제시된다. 그것이 그리울 수 있는 것은 현재의 불편부당한 정서와 무관한 것이 아닐 것인데, 지금 이곳의 자아가 전일적 충족감을 느끼지 못하면, 그의 시간의식은 미래로 전진할 수 없게 된다. 그리하여 그 대안으로 제시된 것이 과거로의 여행이다. 과거는 지금으로부터 '먼 시간', '아득한 곳'에 놓여 있다. 그 시간이란 어찌 보면 구분이라든가 분열 이전의 세계라고 할 수 있다. 가령, 유년의 시간이 그 하나이다. 이때의 시간의식이란 대개 파편화되지 않은 것으로 구현된다. 게다가 이때의 시간들이 대개 고향의 정서와 불가피하게 연결될 수밖에 없는데, 고향은 대개 과거 속에 존재하는 까닭이다. 시인의 작품들에서 과거적 상상력이 많이 등장하는 것도 이 때문이다. 「옛날 생각」을 비롯한 시인의 담론이 이곳으로 향하는 것도 이와 무관하지 않은 경우이다.

과거의 시간이 중요한 함의를 담고 있는 것은 그것이 분화 이전의 세계이기 때문이다. 자연과 인간이 하나되었던 곳, 자아와 타자의 관계가 고유성으로 정립되지 않은 세계가 과거의 시간이다. 그러한 과거에는 경계가 뚜렷이 드러나지 않고 감각되지 않는다. 모두가 하나의 실타래로 연결되어 있는 유기적 과거의 세계이다.

옛적 눈 많이 내린 날 들판을 걷다 보면 산이 우는 소리가 들려왔다. 어흥! 어흥! 영락없이 호랑이가 우는 소리였다. 산이, 아니 호랑이가 쩌렁쩌렁 하늘 장막을 찢어 대며 울부짖을 때마다 갓 태어난 푸른 별들 깜짝깜짝 놀라 경기를 일으켰고 설해목이 우지끈, 쿵, 쓰러지고는 하였다. 고요가 울타리를 치는 마을 백 년 전 사라진 시베리아 산 호랑이가 돌아와 삼동을 살다 가곤 하였다.

「설국」 전문

이 작품 속에 구현된 세계는 신화라든가 민담 혹은 전설의 영역이다. 공적인 영역에 가까우면 신화이고, 세속에 보다 가깝게 되면 민담이나 전설의 영역이 된다. 이런 관점에서 보면 「설국」은 후자에 가까운 요소들이 더 많이 드러나 있다. 하지만 중요한 것은 이 작품 속에 구현된 것이 공적 혹은 사적인 것의 여부에 있는 것이 아니라 시간적 국면에 놓여 있다는 사실일 것이다. 이 신화적 이야기, 설화적 이야기는 지금 이곳의 서사가 아니다. 저 먼 어느 알 수 없는 시절의 비과학적인 이야기가 신화나 전설의 영역이다. 따라서 이때의 시간은 무시간성으로 읽힌다. 이런 시간의식들은 파편화된 것이 아니다. 그렇기에 유기적 국면이나 전일성이 다른 어떤 경우보다 효과적으로 드러난 경우라고 할 수 있다. 이런 먼 과거의 시간에서 들여다 보게 되면, 현재의 구분이나 경계는 잘 드러나지 않게 된다. 시인이 과거의 시간성, 과거로의 아름다운 여행에서 본 것은 이렇듯 구분이나 경계가 없는 공간이다. 멀어질수록 지금 이곳의 흔적은 보이지 않는다. 그 원근적 지점을 이용하여 시인은 이를 구분없는 하나의 지점으로 승화시키고 있는 것이다.

그리고 다른 하나는 우주라는 먼 공간에서 응시한 시인의 시선이다. 이번 시집에서 자주 등장하는 우주적 이미저리들은 모두 이 감각과 분리하기 어렵게 결합되어 있다.

나는 이제 멀리 보려 한다.
가까이 오래 들여다봐야 예쁜 것도 있지만
멀리 한참을 보아야 드러나는 진실도 있다.
밤하늘 명멸하는 별빛들 바라보며
생의 근원을 떠올리고
내가 마침내 돌아갈 곳을 떠올린다.
너에 대한 미움과 불신으로 마음이
성마를 때 하늘을 올려다보면
네가 나와 한 가족이고
네가 내 일부란 것을 문득 깨닫게 된다.
그렇다. 하늘을 바라본다는 것은
과거를 돌아보는 일.
시간을 거슬러 오르면 우리는
태곳적 한날한시 별의 재에서 태어난 자손들이다.
속이 시끄러워 몸이 아플 때
저 먼 곳, 아득한,
시작도 끝도 없는 우주의 침묵을 뒤적인다.
나는 이제 가까이
바로 보는 대신 멀리 보려 한다.

「멀리보다」 전문

여기서의 우주는 중의적 의미로 구현된다. 거리라는 물리적 요소가 있고, 통합이나 근원이라는 시원의 감각, 곧 화학적 요소도 담겨있는 까닭이다. 하지만 더 중요한 요소는 대상과 자아 사이에 놓인 거리감일 것이다. 멀리 떨어져 있는 공간에서 지금 이곳을 응시할 때 드러나는 것은 하나의 점이나 면에 불과하다. 그 반대의 경우도 마찬가지이다. 지상의 존재가 저 멀리 아득한 곳을 응시하면 그 또한 하나의 별, 곧 점에 불과하지 않은가. 아인슈타인의 상대성 원리가 시인의 사유 속에서도 은근히 작동하고 있음을 알 수가 있게 된다. 물리적으로 다가갈 수 없는 거리에서 서정적 자아가 느끼는 감각은 이른바 시원의 감각이다. "태곳적 한날한시 별의 재에서 태어난 자손들"이라는 사유가 그것이다. 하나의 지점이란 구분이나 분별이 존재하지 않는다.

시인은 이런 우주적 상상력을 통해서 지금 이곳에서 벌어지는 온갖 불온한 국면들을 초월하거나 승화하고자 한다. 그러기 위해서 비교적 먼 곳을 응시하려하고, 또 그 먼 지점에서 이곳을 응시하는 상상력을 펼친다. 상호주체적으로 형성되는 이 거리감에 서정적 자아의 뿌리가, 인간의 근원이 담겨져 있다고 본다. 근원이나 뿌리에서는 구분이나 층위가 없다. 구분이 없는 곳에서 어떻게 차별이 있을 수 있으며, 그에 기반한 갈등이나 분열이 있을 수 있겠는가.

마당을 서성이며 듣는다.
개울에서 기어 나온 빗소리
감나무에서 튕겨 나온 빗소리
대추나무에 떨어지는 빗소리
밤나무에서 뛰어내리는 빗소리
채전에서 흘러드는 빗소리
지붕에서 통통 튀는 빗소리
우산 위에서 굴러온 빗소리
빗소리들 서로를 밀쳐 내고

껴안고 스미고 엉킨다.

손 뻗어 빗소리의

뭉클한 살을 만진다.

빗소리가 깊게 들어와 나를 적신다.

소리에 젖은 몸 흘러내린다

「살(肉)」 전문

지금 자아가 있는 곳은 집안 어디쯤이다. 물론 그가 어디에 있는가 하는 현존은 중요하지 않다. 지금 필요하고 중요한 것은 일차적인 감각이 생생하게 작동하고 있다는 사실일 뿐이다. 일차적 감각이란 본능이고, 이성 너머의 세계이다. 본능이란 이 작품에서처럼 살(肉)의 세계와 가깝다. 이성이 개입되지 않는 곳이 이 살의 세계이다. 근대를 지배했던 것이 이성이고, 그 도구성이 남겨놓은 불온한 유산이 이원론적 세계이다. 이성의 때가 남긴 불온한 유산을 알기에 시인은 그 상대적인 자리에 놓인 본능으로 육박해 들어가고자 한다. 경계를 만드는 곳은 늘 이성의 영역인 까닭이다. 그가 반이성의 세계, '살'의 세계 속에서 또다른 '살'과 만나는 것은 경계 초월의 세계이다. 이런 세계 속에서 비로소 하나의 점을 만들 수 있으며, 그 점이란 바로 '무경계'의 세계이다.

전동차에서 한 아낙이 일어선 자리에 앉는다.

따뜻하다.

그녀의 몸이 데운 의자의 온기를 궁둥이가 쬐고 있다.

궁둥이는 낯가림을 하지 않는다.

「궁둥이로 쬐다」 전문

인용시는 독특한 재치와 재밌는 상상력으로 쓰여진 시이다. 여기서 온기란 인간과 인간을 하나로 연결시켜주는 세계, 말하자면 본능의 세계이다. 또한 기표로부터 아무런 방해를 받지 않는, 기의가 온전히 전달되는 세계이다. 이런 세계를 가능케 하는 것이 '궁둥이'의 감각, 살(肉)이의 감각, 본능의 감각이다. "궁둥이는 낯가림을 하지 않는다는 것" 그것이 「고독의 능력』이 발견한, 경계가 감각되지 않는 육체의 절대 질량일 것이다.

고독이 있되, 그것을 고립자로 한정시키지 않는 것, 그리고 이를 적극적인 의지로 개선하고자 하는 것, 그것이 '고독의 능력'이다. 그는 결코 고독하지 않거니와 이를 초월하는 과정에서 경계없는 세계의 존재를 이해하게 되었다. 경계를 초월하고자 하는 다양한 실타래가 부채살처럼 펼쳐져 하나의 점을 만들고자 계속 노력하는 것, 그것이 『고독의 능력』이 갖고 있는 구경적 의의라고 할 수 있을 것이다.

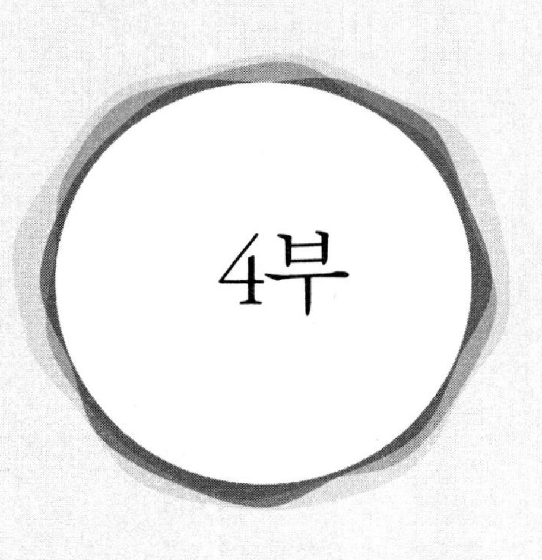

4부

중심에서 주변으로의 확산, 새로운 단계의 모더니즘
— 이영순의 시

1. 영동과 이영순

이영순은 1922년 충북 영동군 양강면 가동리에서 태어났다. 그의 아버지는 전주이씨 익안대군파 16대손인 이세제(李世濟)이고 어머니는 신오성(申五成)이다. 그는 고향인 영동에서 소학교를 졸업한 뒤, 1930년 일본으로 건너가 도쿄제일고등학교에 입학했다. 그리고 이 학교를 졸업한 후 1943년에는 도쿄대학(東京大學) 경제학부를 졸업했다. 이상의 경력에서 알 수 있는 것처럼, 그는 일제 강점기에 비교적 엘리트 그룹에 속한 인물이었다고 할 수 있다.

이런 일련의 전기와 더불어 이영순은 군대와 비교적 밀접한 관계를 갖는 예외적인 삶을 살아온 인물이다. 일본 유학 시절에는 학병으로 차출되어 일군(日軍)의 장교로서 활동했는가 하면 해방 후에는 미 군정청 군사영어학교에 입학하여 계속 군인의 길을 걸었다. 이후의 삶도 군대와 관련된 것이 대부분이었다. 군사영어학교를 졸업한 뒤에는 정일권 등과 더불어 국군을 만든 주체로 활동했기 때문이다.

이영순이 문단에 들어선 것은 비교적 늦은 편이었다. 그의 첫 작품인 소설 「肉彈」을 서울신문에 발표한 것이 해방 직후이다. 이후 「매연(煤煙)」을 1948년 전남일보에 발표함으로써 문단에 자신의 이름을 더욱 알리는 계기를 마련한다.

이영순의 대표작품은 잘 알려진 대로 「연희고지」이다. 이 작품은 자신의 전기적 삶이 고스란히 담긴 시라는 점에서 주목을 요한다. 그는 한국전쟁이 발발한 이후 미 8군 연락장교단장으로 인천과 원산 상륙작전에 참가하게 되는데, 이 때의 경험을 담은 작품이 장편서사시인 「연희고지」인 까닭이다. 이러한 작품이 하나 더 있는데, 바로 「지령」이다.

서사시 「연희고지」와 「지령」 등의 작품을 창작하긴 했지만 이영순의 작품들은 어느 특정 장르 혹은 주제에 편중된 것은 아니었다. 그는 서사시 외에 소설도 썼거니와 수필이나 비평을 쓰기도 했고, 서정의 세계나 모더니즘 정신사를 담은 것들도 있다. 작품의 이런 다양성에도 불구하고 이영순을 문학사적 위치에 올려 놓은 것은 서정시 분야였다. 전쟁체험을 담은 시들이 특히 그러했는데, 특히 「연희고지」를 비롯한 그의 작품들은 전쟁에서 출발하여 거기에서 종결되었다고 해도 과언이 아닐 만큼 이와 밀접한 관련을 맺고 있었던 것이다.

2. 「연희고지」의 영웅적 근대성과 「지령」의 비판적 반근대성

작가가 자신의 경험을 직접적으로 표현하는 경우, 거기에 묘사된 것들에서 마치 지금 이곳에서 벌어지는 듯한 현장감이 느껴지는 것은 당연하다. 가령, 노동을 직접 경험한 저자가 쓴 노동시라든가 여행을 통해서 얻어지는 여행시들을 보면 이런 감각이 대번에 다가오기 때문이다. 전쟁은 매우 예외적인 상황이다. 그런 희소성과 더불어 이 현장에 직접 참여하고, 또 이를 서정화한다는 것은 노동시나 여행시 못지 않은, 아니 그 이상의 현장감을 주기 마련이다. 「연희고지」를 읽을 때, 가장 먼저 다가오는 정서란 바로 이런 것들이다.

조급한 마음으로
뛰다시피 기다시피
독수리 몇마리 포개어 날으듯
延禧高地[1] 마루턱에 다다랐을 때
저편 梨花高地[2]로부터
우리를 狙擊하는 막강한 돌풍같은 敵彈에
나는 섬뜩하는 복부에 손을 탁 대며
뭉클하는 敵屍體를 밟는지도 모르고
塹壕 속으로 뒹굴어 떨어졌다
내 뒤에 곧 따라 올라 온
美海兵[3] 사이드 中尉도 또한
고통을 못이기는 표정으로
바로 내 앞 구렁에 푹 엎으러진다
앗! 저걸 어쩌나

---

1) 延世大 뒷 高地. 第1次 서울 奪還戰 때 敵은 이곳에서 가장 激烈하게 抵抗하였다. 이 전투에서 美海兵 1個中隊(E)가 전멸당했다.
2) 梨花女大 後方高地. 敵戰鬪司令部가 이곳에 자리잡고 있었다.
3) 美國 桑港出身 E中隊 先任將校였다.

石榴를 터뜨린 듯한
새빨간 핏줄기가 샘물 높이 줄줄 내 솟는다

그러나 뒤를 연달아 진격하는 海兵들은
부상한 우리 둘은 볼틈도 없이
우리 둘의 머리 위를 뛰어 넘어서
2, 3미터 前方의
지금까지 敵兵이 있다 물러간 塹壕 속으로
거울에 부닥치는 햇살같이 뛰어든다
그럴 적마다 몇개의 流彈이
그 작은 城壁에 콱콱 박히며
뽀얀 먼지를 연기처럼 피우므로
머리털 하나 들먹 할 수도 없다
292高地로부터 내갈기는
敵 기관포의 무서운 集中彈은
塹壕斷面의 황토를 갈듯 쑤셔대고
바윗돌을 탁탁 깨트리고
소나무를 툭툭 동강내면서
무시무시한 죽음의 폭풍을 일으킨다
그리고 엄청난 박격포탄은
鋼鐵의 破片을 휘뿌리면서
주변의 초록을 재밭으로 만들며
몇몇의 생명을 볼 순간에 희롱해서
황폐한 山上에 四散시킨다

「연희고지 · 1」 부분

'연희고지'란 인천에서 서울로 향하는 관문 역할을 하는 지역이다. 인천 상륙작전이 성공적으로 이루어진 다음, 연합군이 서울로 진격하는 과정에서 상대방과 마주한 곳이 이 연희고지이다. 관문이기에 이곳을 지키려는 세력이나 돌파하려는 세력의 충돌이란 다른 어느 지역에 비해 치열하고 격렬할 수밖에 없다. 이영순은 군인의 신분으로 이 작전에 직접 참여했고, 그 경험을 언어로 표현한 것이 이 작품이다. 따라서 여기에 구현된 전쟁의 모습은 지금 시를 읽는 독자 앞에서 펼쳐지고 있는 듯한 착각을 불러일으킬 정도로 사실감 내지는 현장감으로 다가오게 된다.

전쟁이란 상대방을 제압하여 정치적 이데올로기를 하나로 통일하는 과정에서 발생한다. 그래서 상대방에 대한 적개심과 아군에 대한 옹호, 그리고 그 과정에서 형성된 애국주의가 녹아들어가기 마련이다. 「연희고지」에서도 이러한 부분들은 충분히 구현되어 나타난다. 그 하나가 전쟁을 수행하는 인물들의 영웅심과 애국심이다. 「연희고지」를 읽게 되면, 침략의 주체에 대한 증오심과 이를 방어하는 주체들의 정당성 혹은 충성심이 대조되어 나타나는 것도 이 때문이다. 뿐만 아니라 하나의 이데올로기로 통일하는 과정이 전쟁이기에 새로운 국가 창조와 이를 수행하는 인물들의 영웅성, 신성성이 부각되는 것도 당연한 일이다. 「연희고지」를 서사시의 영역으로 분류해볼 수 있는 근거도 여기서 생겨난다.

전쟁이란 힘의 논리, 곧 우승 열패에 의한 논리에서 비롯된다. 이는 근대 사회를 풍미했던 진화론과 분리하기 어려운 것이다. 근대를 풍미한 제국주의란 모두 이 사유가 가져온 결과였다. 하지만 양육강식이란 자연의 법칙이라는 점에서 그 정당성이 확보된다고 하더라도 그것이 전쟁으로 구현되는 일은 긍정적으로 수용될 수 없을 것이다. 그 안티테제로 휴머니즘이라든가 모더니즘의 사조가 등장하는 것도 이와 밀접한 관련이 있다.

실상, 이영순의 전쟁시도 이런 세계사적 흐름으로부터 벗어나 있는 것은 아니었다. 그의 시정신이 나아간 경로를 이해하게 되면, 이영순의 작품 세계도 모더니즘으로 전회하는, 세계사적 보편성으로부터 벗어난 것은 아니기 때문이다. 그 단초를 보여주는 작품이 「지령(地靈)」이다. 이 작품이 발표된 것은 「연희고지」가 상재되고 2년이 지난 뒤이다. '지령'이란 사전적 의미로 '땅의 신령스러운 기운'이다. 제목이 시사하는 바와 같이 이 작품은 전쟁이라는 상황, 혹은 그것을 만드는 문명의 반대편에서 시작된 것이라 할 수 있다. 물론 「지령」에서도 전쟁의 흔적이 완전히 제거되어 있는 것은 아니다. 하지만 「연희고지」에서 볼 수 있는 것과 같은 치열한 전쟁의 현장은 지극히 옅어져서 나타난다. 대신 시인의 시선은 전쟁이 펼쳐지는 지상이 아니라 그 아래의 심연에 있는 항구적, 혹은 영원의 감수성과 같은 원형적인 것들로 모아진다.

나도 알 수 없는
나의 얄궂은 운명이여
아아 나는 아직 살아있구나
死의 선풍이 광무하는
까치高地 斷層에 몸을 던지고
나는 또다시 육지의 魚族처럼
혼탁한 日光을 숨쉬고 있다

얼마나 시간이 흘렀는지
나는 시간의 의미조차 모른다

다만 내 눈에 보이는 것은
지금도 변함 없는 대지과 確固하고
그 大自然의 莊嚴한 雪景뿐
거기서 과학의 비탄을 發見할 뿐

冷徹한 岩層과 氷壁 사이에서
양양이 줄을 느리듯이
즐비하게 犧牲된 肉塊의 狼藉
殷殷한 砲聲과 雪原을 물들이는
여기 저기서의 流血의 斷末魔소리
무서운 混亂과
숨 막히는 騷擾가
砲火에 터지고 타서 붉게 물들며
모든 物體를 불바다로 眩惑시킨다

죽다 남은
아아 죽다 남은
나는 정녕 살아있다
살아있다는 生의 기쁨이여
貪婪의 戰場에서
한낮의 눈빛 속에서
投射角의 曲線을 그리는
새로운 生의 欲望
나의 血管은 뛰는 핏속의 波高만큼 약동한다

「地靈 · 3」 부분

「연희고지」와 마찬가지로 「지령」 속에 묘사된 세계 역시 전쟁의 중심임은 부인할 수 없을 것이다. 그러한 단면을 보여주는 것이 1연인데, 지금 시적 화자는 어느 이름 모를 전쟁의 현장에서 우연히 살아있는 자신을 발견하게 된다. 그런 실존적 환경의 구현은 필연이 아니라 우연이 만든 것이다. 가령, "死의 선풍이 광무하는/까치高地 斷層에 몸을 던지고/나는 또다시 육지의 魚族처럼/혼탁한 日光을 숨쉬고 있"는 자아의 현존을 확인하고 있는 것이다.

그런데, 서정적 자아는 우연히 살아남은 자신을 뒤돌아보면서 전쟁의 비극성이라든가 상대방에 대한 적개심으로 인식의 지평을 넓히지 않는다. 그러니까 그의 시선은 지상의 현장에 머무르는 것이 아니라 그 아래의 세계, 곧 지령으로 향한다. 아니 그것을 느낀다. 이런 시정신의 변화는 이영순의 시세계에서 매우 중요한 인식의 전이라고 할 수 있는데, 그가 여기서 사유한 것은 '자연의 장엄함'과 '과학의 비탄'이다.

근대성의 맥락에서 보면, 자연과 과학이 반비례 관계에 놓여 있는 것은 상식에 속하는 일이다. 과학이 부상할 때, 자연은 위축되고, 반대로 과학이 의심스러운 것이 되었을 때, 자연은 부상하기 마련이다. 시적 자아가 자연의 가치에 대해 긍정적 시선을 보냈다는 것은, 시인의 시 정신에 크나큰 전환이 이루어졌다는 것을 의미한다.

이영순의 시들은 「지령」을 계기로 자아라든가 문명, 혹은 국가와 같은 중심으로부터 벗어나기 시작한다. 말하자면 중심으로부터 주변으로 시선의 폭을 넓히게 되는데, 이런 변화야말로 반근대성으로 나아가는 뚜렷한 행보라는 점에서 의미가 있는 것이며, 모더니즘으로 나아가는 주요 단계라는 점에서도 시사적 의의가 있는 것이라 할 수 있다. 이는 전쟁 뒤에 필연적으로 수반되는 것이 모더니즘에의 길이라는 것, 곧 세계사적 보편성과도 연결되는 부분이다.

3. 중심에서 주변으로 나아가는 다양성의 세계

「연희고지」와 「지령」 이후 이영순의 시세계는 전쟁으로부터 점점 아니 더욱 멀어지기 시작한다. 가령, 과학이라든가 문명, 그리고 이를 기반으로 형성되었던 영웅주의라든가 애국주의와 같은 거대 서사로 부터 탈피하기 시작한 것이다. 그의 작품들은 작은 이야기, 곧 소서사의 세계로 좁혀지면서 현실이 추방되는 관념적 경향을 보이는 것이다. 이 시기 그의 시들이 현실이 추체험 되면서 모더니즘적 경향으로 나아간 것은 이 때문이라 할 수 있다. 「왕도」를 비롯한 그의 후기들이 선명한 이미지의 조형성보다는 해사적 언어 세계로 나아간다든가 혹은 일상의 시어로부터 점점 멀어지면서 관념화의 길을 걷기 시작한 것이다.

이런 단면은 분명 시정신의 확산이라는 점에서 긍정적이라 할 수 있다. 뿐만 아니라 그로 하여금 전쟁의 아우라에 갇힌 시인이라는 정신사적 편협성으로부터 벗어나게 해주는 좋은 계기를 마련해주기도 한다. 「연희고지」와 「지령」 이후 이영순은 이에 걸맞은 작품을 뚜렷히 보여주지 못했다는 평가를 받아 왔다. 작품의 양에 있어서 뿐만 아니라 질에 있어서도 그러했다고 이해하는 것이다. 하지만 이런 평가는 그의 시세계를 꼼꼼히 읽게 되면, 일정한 한계가 있음을 알게 된다.

步道 위 빗속으로 色紙 풀이는 세월을 밟고 가면서 色鉛筆로 그린 Bonnad의 太陽을 바삐 聯想한다.

아내는 분만의 시간 속에
뜰을 왕래하며
뱃속의 물감 같은 思想을 애무하고 있겠지

눈이 녹는 빗속을 빠져
나는 멀리 와 있다
꽃씨들 움직이기 시작하는 연한
흙 위의
속

아내는 내 趣向대로 사갖고 간 房안의
壁紙무늬를 두고 태어 날 思想과 의논하며 아이의
意見에 좇아주리라 결심하고 있겠지

그때
내 곁에서 시도되는 것
Monet의 봄의 들같은 耳目口鼻가
분명치 않은
한점으로만 모이는 윤각
號角 속에 휘날리는 젊은 그림자를 본다

문밖 나서는 아이에게 아내는
몸 섞어 마음 딸리며 풍요한 성장을
기다려 다시 또 젊고 있겠지

비둘기떼
溺死하는
아내의 뱃 속은
화사하고 조용한 마을

王道는 充滿 속에 충분하다

「王道」 전문

이 작품은 이영순의 작품 가운데 해사적 특성을 가장 잘 보여주는 것 가운데 하나이다. 통사적 질서 속에서 의미가 간취되는 것이 일반적인데, 이 작품에서는 그러한 통사적 질서가 잘 드러나 있지 않고 있다. 말하자면 의미의 자연스러운 연결이 해체되면서 해독이 상당히 어려운 경우이다. 이런 난해성은 통사적 질서의 파괴에 따른 자유 연상과 밀접한 관련이 있을 것이다. 자유 연상이란 무의식과 거기에 뿌리를 둔 기호들의 자유로운 결합이 만들어내는 의장이다. 이를 가장 잘 대변하는 부분이 6연이다. "비둘기떼/익사하는/아내의 뱃 속은/화사하고 조용한 마을"이라고 한 것이 그것이다. '아내의 배'란 모성의 근원이 되는 곳이고, 가장 편안해야할 공간이다. 시인은 이를 "비둘기떼/익사하는" 곳이라고 했는데, 이는 상당히 기괴적인 표현에 해당한다. 하지만 비둘기 떼의 소란함이 소멸된 자리, 그 평안한 자리가 '아내의 뱃속'이라는 모성적 상상력으로 대치된 것이 인상적인 감각으로 다가온다. 이런 단면은 의미의 해독을 완전히 배제하지 않은 채, 자동 기술법을 도입한 조향의 수법과 매우 유사하다고 하겠다.

시의 제목이 '王道'이다. 왕도란 무엇을 하는 데 있어서 마땅히 거쳐야

하는 과정이라는 사전적 의미를 담고 있다. 무엇을 하는 과정이란 어떤 것이 중심으로 모아지지 않았다는 의미이기도 하다. 이는 「연희고지」에서 말하고 있는 영웅성이라든가 충성심과 같은 중심의 세계와는 거리가 있는 것이다. 지금 이곳의 대상이나 자아는 만들어지고 있는 과정으로 이해한다. 의미 또한 마찬가지이다. 그러니까 이영순의 시에서의 기표들은 지금 무엇인가로 향해가는 도정에 있는 것, 다시 말해 '王道'에 놓여 있다. 의미의 이런 미종결성이야말로 의미를 부정하는 모더니즘의 맥락과 밀접히 닿아 있는 부분이다. 존재나 대상, 혹은 지상의 모든 현존하는 것들이 과정으로서의 주체라는 사실이야말로 모더니즘 사유가 도달한 정점이다. 그런 면에서 이영순의 후기 시들은 이 사조가 내세우는 정신을 충실히 구현하고 있다고 하겠다.

> 그때 존재는
> 과정 속에 있었다
> 下午의 沙洲는
> 코레니아에 빛나고
> 물오리를 쫓던 유한의 半神人은
> 넋을 잃은 채
> 아페피리안을 찾아 헤매고 있었다
> 形成의 바람을 안고
> 펄럭이는 앙가라
> 枯蘆의 네안데루타르 地帶를
>
> 藻의 上流는 얼어붙어 있었다
> 爐址의 동굴은 잠들어 있었다

나무를 찍는 손에서
거품처럼 꺼지는 北斗의 印
海豹의 사냥과 茯苓의 陰刻
龜旨歌의 會蘇와
사슴이 작살에 찍혀 날뛰는
노르웨이 氷島와 바이칼 湖水
無始의 汀線인 青磁빛 蔚州紀海에서
붉은 산호같은 標石을 가슴에 안고 거닐던
海鹽의 길은
氷蝕以前의 古址

耕地는 걸어서 目測으로 갈았다. 옛 씨앗을 손에 쥔 채
들꽃 앵두나무 그늘에서 노래하던 갈대의 史前…
물새의 알을 손에 들고 방긋 웃었다
허나, 사막이 하얗게 덮였을 때
테스의 고인돌과 Cuzco는 傳說
뒤에서 모래 時計가 더위 속에 서서이 깨진다

「土壤見本 · 2」 부문

「土壤見本 · 2」이 말하는 것도 과정으로서의 주체라는 점에서 「王道」와 동일한 음역에 놓인다. "그때 존재는 과정 속에 있었다"고 한 것처럼, 서정적 자아는 어떤 종결점을 찾기 위해 나아가는 항해자의 위치에 있는 까닭이다. 열린 가능성을 위해 사색의 선장이 되는 것, 이것이야말로 모더니즘의 근본 정신 가운데 하나가 아닌가. 마치 그의 또 다른 대표작 가운데 하나인 「나비」의 자아처럼 말이다.

나는 8월의 나비가 된다
신의 부드러운 입김을 속 입으며
동녘의 하늘을 난다

도라지꽃 피는 언덕 너머
사랑이 숨쉬는 님의 품안
눈을 감은 채 날개는 닿는다

「나비」 전문

'나비'는 새로운 지대로 나아가는 항해자이다. 과정으로서의 주체임을 담당하고 있다는 점에서 「土壤見本 · 2」의 서정적 자아와 꼭 닮아 있다. 하지만 나비의 여행은 계속 진행되지 않는다. 저 언덕 너머 손짓하고 있는 '도라지꽃'의 품안에 안기는 존재론적 변신을 하고 있기 때문이다. 거기서 나비는 날개를 접은 채, 곧 항해자의 임무를 마친다. 그 마지막 구현체가 '눈을 감은' 모습이다.

이런 감각은 구조체 모형, 통합의 모형을 제시했다는 점에서 엘리어트적인 감수성과 비견될 수 있을 것으로 보인다. 현재를 파편이 아니라 통합에 정서에 의해서, 혹은 문명사적 구원의 감각에 의해서 서정적 자아의 여정이 마감되고 있다는 의미에서 그러하다.

4. 새로운 모더니즘을 향한 행보

이영순의 시들은 「연희고지」에서 보듯 일단 중심의 사유에서 시작되었다. 그로 하여금 중심의 한 가운데 우뚝 서게 한 것은 전쟁이라는 현실이 가져온 것이다. 이를 담은 시가 초기 시의 세계이다. 하지만 전쟁 이후 그의 시들은 새로운 단계를 맞이한다. 전쟁의 근간이 되었던 과학에의 불신과 그 비판의 정서로 나아갔기 때문이다. 이를 계기로 그는 전쟁으로 형성된 중심을 버리고 주변으로 자신의 시 정신을 확산시켜 나간다. 모더니즘에의 길이 바로 그것이다. 그는 이 시정신이 요구하는 대로 주변적인 것들에 대한 탐구 정신을 발동시킨다. '나'는 확정되지 않았거니와 그가 응시한 '대상' 또한 마찬가지의 처지에 놓여 있었다. 시인은 이런 사유를 어떤 것을 하기 위해 마땅히 거쳐야할 '왕도'의 정신으로 사유했다. 뿐만 아니라 이를 '토양견본'의 사유로도 이해했다. 그의 서정성들은 이런 작품 세계에 이르러 무한히 확산되는 계기를 맞이하게 된다.

이영순은 모더니즘의 사유를 수용하면서도 기왕의 모더니스트와는 매우 다른 면을 보여주었다. 모더니스트하면 흔히 연상되는 엑조티시즘이라든가 프로이트적인 치열한 자의식의 갈등과 같은 세계와는 거리를 두고 있었다는 사실이다. 그가 수용한 모더니즘은 동양적이고 토속적인 것이라는 점에서 의의가 있는 것인데, 이는 두 가지 측면에서 그러하다. 하나는 언어적인 국면이고 다른 하나는 내용적인 국면이다. '왕도'나 '토양견본'이라는 제목에서 알 수 있는 것처럼, 그는 서양의 기표가 아니라 동양적 기표, 곧 한자의 세계에서 이를 이해하고자 했다. 서양적인 것으로 나아가는 엑조티시즘이 아니라 동양적인 것으로 나아가는 엑조티시즘이었던 것이다. 이런 단면이란 분명 우리 시사에서 매우 예외적인 것이라는 점에서 그 의의가 있는 것이라 할 수 있다. 그리고 다른 하나는 '토양'에서 알 수 있는 것처럼, 동양적 노장 사상이나 근원적 토속 사상에서 모더니즘의 정신을 찾으려 했다는 점이다. 이런 면들이 한자와 결부되면서 이영순의 시들은 이전과는 전혀 다른 새로운 차원의 모더니즘을 보여주고자 했다. 한자와 결부된 동양적 사유, 그 토속적 사유가 이영순이 선보인 새로운 모더니즘이었던 것이다. 이런 특이성, 혹은 예외성이야말로 그의 작품이 갖는 시사적 의의라고 할 수 있을 것이다.

미메시스적인 뚜렷한 응시와 그로부터 피어나는 생생한 자연
— 박이도의 시

서정시에서 자연은 흔히 인유되는 소재 가운데 하나이다. 아니 어쩌면 서정시에서 이 소재만큼 많이 차용되는 것도 없을 만큼 편재성을 갖고 있다. 이는 물론 근대시가 형성된 이후부터 말하는 것이 아니다. 가장 앞선 시가 형태라 할 수 있는, 고대 시가의 「황조가」에서 시작하여 고려나 조선 시대에 이르기까지 시에서 자연과 무관한 소재는 거의 찾아볼 수 없기 때문이다.

자연이 시의 소재로 등장하는 이유는 분명하다. 그것이 우리의 삶과 분리할 수 없을 정도로 밀접하게 연결되어 있기 때문이다. 그래서 과거뿐만 아니라 자연의 서정화는 현대에 들어서도 지속적으로 이루어지고 있다. 자연이 이렇게 서정시의 중심 소재로 자리하면서, 그 음역은 다양한 형태로 구현되기 시작했다. 그 대부분은 자연이 내포하고 있는 형이상학적인 의미, 곧 섭리라든가 이법 등의 의미로 구현되기 시작한 것이다.

자연의 서정적 의미가 이법이나 섭리 등에 주어진다면, 그러한 의미를 생산해내는 방식은 보통 두 가지 형식으로 이루어졌다. 하나는 있는 그대로의 자연, 곧 카메라적 묘사에 가까운 미메시스의 방식이고 다른 하나는 창조적 방식, 곧 반미메시스의 방식이다. 이를 대표하는 시인들은 근대 초기의 경우로 한정한다면, 전자는 정지용 등의 시에서, 후자는 목월의 시 등에서 찾아볼 수 있다.

서정시에 어떤 형식으로 자연이 인유될 것인가 하는 것은 전적으로 시인의 세계관이 결정할 문제이다. 여기서 시인의 세계관 뿐만 아니라 객관적 현실 또한 중요한 결정 요소 가운데 하나가 된다. 자연에 대한 이런 의미론적 제시는 일제 강점기 현실에서 뚜렷이 보았거니와 그것이 갖는 정합성 여부는 시대성과 분리하기 어렵게 결합되기 때문이다. 물론 이와 더불어 시인의 생리적인 국면들 역시 제외될 수 없음은 당연하다고 하겠다.

박이도의 근작시들은 자연을 소재로 대부분 쓰여지고 있다. 물론 시인의 이런 특징적 단면들이 이 지점에서 처음 시도된 것은 아니다. 시인의 서정시는 자연을 근간으로 해서 주로 만들어졌거니와 그 의장들이 항상성을 갖고 있었다고 해도 과언이 아닐 정도로 지속적으로 이루어져 왔다. 자연에 대한 이런 서정화 방법은 창조라든가 허구적인 측면에서 이루지지 않았다는데 그 특징적 단면이 있는 경우였다. 그는 자연을 새롭게 창조하거나 어떤 커다란 형이상학적 의미를 간취해내기 위해 시를 생산한 것은 아니기 때문이다. 그의 시들은 자연을 충실히 응시하고 시인의 시선에 감각되는 대로 이를 충실히 반영하는 미메시스적인 수법으로 쓰여진 것이다.

소달구지 길 여기저기
소똥이 널려 있고

길섶엔 외로운 민들레
노오란 그리움을 품고
떠나갈 새 영토를 꿈꾼다
미루나무 위에 걸린 하얀 구름떼
한 낮의 평화를 꿈꾸고 있다

소똥구리는 부지런히
소똥을 굴려가고
어미 찾는 송아지 울음
들녘으로 메아리지니
들길은 마냥 어수선하구나.

「소똥구리」 전문

이 작품은 자연의 일상 가운데 하나인 '소똥구리'의 활동을 배경으로 쓰여진 시이다. 자연을 형상화하는 두 가지 방식 가운데 미메시스적 방법을 충실히 하고 있다는 점에서 시인의 시들은 전통적인 자연시의 계보를 잇고 있다고 할 수 있다. 작품을 읽어 보면 금방 알 수 있는 것처럼, 작품 속에 구현된 자연들에 어떤 인공적인 면도 가미되어 있지 않은 까닭이다. 그러니까 시인의 작품 속에 구현된 자연은 날 것의 자연이라고 해도 크게 틀린 말은 아닐 것이다.

그렇다면, 이렇듯 자연의 소소한 일상을 기록한다는 것에는 어떤 내포가 들어가 있는 것일까. 이런 음역에서 본다면, 「소똥구리」에는 적어도 몇 가지 의미가 중층적으로 구현되어 있는 것처럼 보인다. 하나는 자연의 소중함이다. 잘 알려진 바와 같이 '소똥구리'는 지금의 일상에서는 흔히 볼 수 있는 동물, 곧 자연이 아니다. 과거에는 소똥구리를 보는 일이란 그렇게 어려운 일이 아니었다. 길가에 아무렇게나 흩어진 소똥을 흔히 볼 수 있었거니와 거기에는 어김없이 똥을 굴리는 '소똥구리'의 모습을 볼 수 있었기 때문이다. 하지만 지금은 그것의 존재를 확인하기 매우 어려운 것이 사실인데, 근대적 새니터리의 감각, 그리고 그에 대한 강박적 관념이 이런 결과를 만들었기 때문이다. 그래서 여기에는 자연의 소중함이란 내포가 은연중에 들어가 있음을 어렵지 않게 읽어낼 수가 있다.

그리고 다른 하나는 생생히 살아있는 자연의 일상이다. 시인은 이를 종합적 정서로 통해 읽어내고 있는데, 하나는 평화이고 다른 하나는 활기찬 자연의 모습이다. 1연에서 시인은 '소똥구리'가 굴리는 모습을 평화라고 직접적으로 언표화하고 있거니와 그 연장선에서 2연은 활발한 자연의 모습을 은유적으로 표현하기까지 한다. "들길은 마냥 어수선하구나"라는 담론이 바로 그러한데, 여기서 '어수선'이란 일종의 역설이라는 점에서 그 의미가 한층 웅숭 깊게 울려퍼지는 효과를 나타내고 있다.

수면水面은 투명透明한 대리석大理石
조심스레 내려 앉은 구름과
밀어대는 실바람에
두둥실 소금쟁이가 등장한다

가벼이, 날렵하게 춤추는
물 위의 춤꾼
수면에 미끄럼을 지치다가
돌연 허공을 훌쩍 넘어 뛰는 곡예사

수초 사이로 숨바꼭질하는 신기神技
실바람 꽃바람 원무곡圓舞曲에 맞춰
빙글빙글 원무를 그리는
소금쟁이.

「소금쟁이」 전문

자연에 대한 섬세한 미메시스적 묘사는 인용시에 이르면 절정에 이르게 된다. 지금 화자는 고인물에서 한가로이 노니는 소금쟁이를 유난히 응시한다. 미세한 관찰이 얻어내는 시적 의장이 이미지즘의 수법으로 나아가는 것은 자연스러운 일일 터이다. 그것이 이 작품을 이끌어가는 근본 동인 가운데 하나라는 사실을 주목할 필요가 있다. 가령, 맑은 물 위의 모습을 "수면은 투명한 대리석"이라고 한 것이나 "실바람 꽃바람 원무곡에 맞춰/빙글빙글 원무를 그리는 소금쟁이"는 이 수법이 만들어낸 아름다운 그림이기 때문이다.

「소똥구리」에서 읽혀지던 한가롭고 평화로운 자연의 모습이 「소금쟁이」에서도 그대로 재현된다. 박이도는 자연을 뚜렷히 그리고 정확히 응시하는 시인이다. 이런 일상을 위해 시인은 자연에 인위적 조작이나 가공을 가하지 않고 있는 그대로 펼쳐둔다. 자연은 저멀리 외따로 존재하고 있을 때, 그것이 갖고 있는 가치라든가 형이상학적 의미가 제대로 드러나는 까닭이다. 시인은 자연이 포회하고 있는 그러한 가치가 무엇인지 잘 이해하고 있는 것처럼 보인다. 그래서 거기에 어떤 인위를 가미하지 않고 있는 그대로의 자연, 곧 날 것의 자연을 여과없이 제시하고 있는 것이다. 이렇게 자아의 어떠한 개입이나 간섭없이 무매개적으로 제시되는 자연들, 곧 미메시스적인 수법에 의해 구현되는 자연의 모습이

이 시인이 즐겨 사용하는 서정시의 특색이라 할 수 있다.

실상, 우리가 언제나 만나는 자연은 신선함과는 거리가 있는 것처럼 보인다. 특히 무심히 그저 그냥 저기에 존재하고 있는 것처럼 자연이 눈에 들어올 때, 자연의 일상성은 더욱 인간으로부터 분리된 것처럼 보이는 것이 사실일 것이다. 하지만 결손의 상태가 기도라는 갈급의 행위를 유발하는 것처럼, 일상의 현실로부터 무언가 부족함을 느낄 때 자연의 가치들이 새롭게 다가오는 것은 당연한 이치일 것이다. 그렇다면, 부족함이나 결손이란 무엇을 말하는 것일까. 이 또한 중세의 영원성이라든가 근대의 이원론적 세계관과 긴밀히 연결되어 있는 것이 아닐까. 만약 어떤 존재가 인식의 파편성으로부터 자유롭지 못한 존재가 되면, 이를 보충하기 위한 에네르기가 용솟음치는 것은 당연한 수순일 것이다. 실제로 자연을 매개한 시인들의 경우 대부분 이런 맥락과 분리하기 어렵게 결합된 것처럼 보인다.

꾀꼴꾀꼴
맑고 고운 목소리
눈꼬리에 검은 띠를 세워
머리에 화관을 두른 듯
한껏 위엄을 부리며
꾀꼴꾀꼴 꾀꼬리

꾀꼴꾀꼴-* 울다가
우가야우가야** 하며 날아간다
여름 산들에 온갖 새소리는

냇물소리에 섞여 흐르고
깊은 소소에선 잠시 시간이 멈춘다

꾀꼴꾀꼴 꾀꼬리
삣 삐요코 삐요, 삣 삐요코 삐요***
사랑의 듀엣이
성당성당 안에서 듣는 미시곡처럼
숲속의 모두의 귀를 모아
자연의 생기, 생명의 기운을 나눈다.
* 예로부터 꾀꼬리 울음소리를 표기한 것
** 꾀꼬리가 날아갈 때 들리는 소리
*** 번식기에 서로 나누는 소리
(이신우 〈우리새 백가지〉에서 인용)

「자유의 노래, 꾀꼬리」 전문

이 작품이 일러주는 효과는 자연의 경쾌함, 그리고 그로부터 일궈지는 삶의 유쾌함일 것이다. 자연의 소리는 생명의 소리이고, 살에 기운을 복돋우는 소리이기도 하다. 그런데 지극히 뻔한 이 논리를 시인이 이렇게 서정시로 굳이 노래하는 이유가 무엇일까. 어떤 현상이 노래되었다면, 그 이면에 감추어진 본질은 분명 손상이라든가 결핍이라는 감각과 무관한 것이라고 할 수는 없을 것이다. 생명의 소리를 갈구하고 있을 때, 이 소리를 자연에서 구했다면 일상의 현실은 이런 세계로부터 한 걸음 뒤로 물러난 상태이기 때문이다.

지금 이 시대가 전쟁이나 환경으로부터 거대한 위협을 받고 있는 것은 부인할 수 없는 사실일 것이다. 그래서 위기의 담론들이 밖으로 밀치고 튀어나오거나 수면 위로 거듭거듭 떠오르고 있는 것이 아닐까. 그러한 까닭에 그 상대적인 자리에 놓인 자연이 이에 응전할 수 있는 대항 담론으로 떠오르게 되는 것은 어쩌면 당연한 수순처럼 보인다. 문명이 실패할 때, 자연의 가치가 비례해서 수면 위로 부상했던 지난 시절의 수많은 담론들이 이를 증거하고 있지 않는가.

박이도의 시가 놓인 자리란 바로 이 지점에서 찾아야 한다. 명랑하고 쾌활한 자연은 인간들이 현재 겪고 있는 불온한 삶들과 관계없이 저멀리 혼자 외따로 존재할 수는 없을 것이다. 「자유의 노래, 꾀꼬리」에서 자연은 온갖 불평부당하고 억눌린 인간의 일상성과는 무관한 삶이 펼쳐지는 축제의 장으로 구현되는데, 이런 면은 현재의 불온한 면들에 대한 대항 담론의 차원에서 구현된 것이 아닐까 한다. 만약 그러하다면, 이는 전후의 폐허를 자연의 아름다운 조화를 통해서 초월하고자 했던 서정주의 「상리과원」을 연상시키는 것이라 할 수 있겠다. 그러나 차이점도 발견된다. 비교적 긴 형태의 「상리과원」과 달리 시인은 짧은 형식으로 이런 함의를 담아내고 있기 때문이다. 시의 그러한 간결미와 압축미가 박이도의 시가 갖는 매혹일 것이다.

나의 하루는
내일의 오늘
오늘 아침은
내일의 아침

나는 끝내 내일로 다가 갈 수 없네
오늘 아침에도 해님은 저 먼저

내일을 이끌고 오시네

돌고 도는 물레방아
목마른 천수답에 생명수를 퍼붓듯
오늘도
내일의 꿈이 축복으로 쏟아지네.

「오늘」 전문

이 작품은 현재의 시간 속에 몰입된 서정적 자아의 즐거운 일상이 정점에 오르고 있다는 점에서 주목의 대상이 된다. 즐거운 일상성에 갇힌 자아라면, 굳이 내일 무엇이 될지 예비할 필요성을 느끼지 못하는 것은 당연할 것이다. 뿐만 아니라 지나온 과거의 삶도 마찬가지로 현재 속에 크나큰 영향을 미치지 못할 것이다. 중요한 것은 지금 여기의 현재적 시간 속에서 느끼는 즐거운 일상성만이 자아를 압도하는 형국이라는 사실이다. 만약 현재가 불행하거나 불온하다면, 현재의 시간은 부정되고, 미래에 대한 시간성을 생리적으로 갈급하게 될 것이다. 그렇게 다가올 미래만이 현재의 불안의식을 초월하게 해줄 미약한 희망 사항내지는 유토피아가 될 수 있기 때문이다. 지나온 과거 또한 마찬가지이다. 이 역시 현재의 유쾌함 속에서는 아무런 교훈도 가질 수 없는 까닭이다.

그런데 「오늘」에서는 다가올 미래에 대한 어떤 희망 사항도 보이지 않거니와 과거의 영광이나 유토피아 의식 또한 존재하지 않는다. 현재 속에 몰입된 자아만이 편안하게 녹아들어가 있는 모습으로 넘쳐나기 때문이다. 현재 속에 구현된 이런 안온한 일상성이란 당연히 자연이 준 혜택없이는 결코 성립될 수 없는 정서일 것이다. 현재 의식 속에 몰입된 자아는 열락의 경지에 놓여 있고 이를 가능케 한 것이 자연이 주는 영원성의 가치 때문이었다.

박이도의 시에서 자연은 긍정적으로 구현된다. 시인은 일상성이 갖고 있는 한계에 대해 담론화하거나 또 그에 대한 비판이나 저항의 손길을 내민 적이 없다. 오히려 이러한 것들을 애써 외면했다고 해도 크게 틀린 말은 아닐 정도로 자연과 밀접히 결합되어 있고, 그것이 주는 교훈에 깊이 물들어 있다. 시인은 굳이 대상이 갖고 있는 것들에 대해 비판의 촉수를 들이댈 필요성을 느끼지 않았을 개연성이 큰 것처럼 보인다. 자연이 갖고 있는 긍정적 가치에 대해 언표화하고 이를 선양하는 것만으로도 부조리한 현대 사회에 보내는 경고의 메시지라고 이해하고 있는 듯하다.

맑고 투명한 자연의 가치, 언제나 생생하게 살아있는 자연의 가치를 발견하고 이를 담론화하는 것, 그것이 박이도 시인이 추구하는 자연의 미학이다. 현실과 무관한 듯 보이지만, 결코 무관하지 않은 함의가 담겨있는 것, 이 또한 박이도 시인이 갖고 있는 자연미의 특징이기도 하다. 이런 단면들을 가능케 했던 것은 자연에 대한 섬세한 관찰과 이를 통한 미메시스적 모사의 정확성이라 할 수 있다. 자연은 저멀리 외따로 홀로 남겨져 있는 것이 아니라 언제나 생생하고 살아있는 것으로 인간 사회에 오버랩되는 것, 그리고 이를 통해 인간의 일상성을 반추해보는 것, 그것이 박이도 시가 갖고 있는 자연관의 큰 특징적 단면이라 할 수 있다.

이미지즘 수법이 선사하는 상대성의 원리
— 김인숙의 시

김인숙의 신작시를 비롯해서 근작시 10편과, 산문 1편을 받아들였다. 많지 않은 작품들을 통해서 어떤 시인의 정신사나 작품들 간의 유기성 내지는 동일성을 이야기하는 것은 결코 쉬운 일이 아니다. 그래서 이런 경우에 시인의 최근 시집을 들여다보게 된다. 그 시집과 신작시들이 갖는 연계성을 살펴 보고, 신작시만의 고유한 의미를 추적해보기 위해서이다. 시인은 근래에 『익숙한 것을 새롭게 보는 방식』이라는 제목으로 2023년 9월에 4번째 시집을 상재한 것으로 되어 있다. 제목에서 이미 드러나 있는 것처럼, 시인은 이 시집에서 익숙한 것들에 대해 소위 '낯설게 보기' 혹은 '삐딱하게 보기' 등의 수법을 구사하면서 시의 새로운 지대를 만들고 있었다. 마치 20세기 초 러시아 형식주의자들이 제기했던 언어 속에 함유된 습관화되고 관습화된 것들에 대해 조직적인 폭력을 가해서 사물을 새롭게 환기시키는 '낯설게 하기'의 수법을 시도하고 있는 것처럼 보인다. 이 효과가 갖고 있는 것은 분명한데, 바로 사물을 새롭게 환기하여 인식론적 시간성을 확장시켜나가는 데에 그 목적이 있다. 이 의장은 인식의 지속적 시간성이 문학성을 담보해주는 주요 근거가 되는 셈이다.

'낯설게하기'의 수법이 습관화된 사물을 새롭게 환기한다는 점에서 보면 흄 등이 말한 이미지즘의 수법과 서로 분리되는 것은 아니다. 물론 그 등장 배경이나 지향하는 목적에는 분명 차이가 있긴 하지만, 사물을 이미지화시켜서 이를 새롭게 환기하거나 인식을 연장시킨다는 점에서 보면 동일한 무대에서 논의될 수 있는 성질의 것이기 때문이다.

『익숙한 것을 새롭게 보는 방식』은 시집의 제목이긴 하지만, 이 시집 속에 담겨져 있는 시들의 전체적인 주제라 해도 무방한데, 실제로 이런 의장은 이번에 발표된 신작시와 근작시에서도 여전히 유효하다는 사실을 확인하게 된다. 시인은 관습된 사물들이나 자동화된 사물들에 대해 새롭게 환기시켜 존재의 변이를 일으키게 하거나 전혀 다른 차원의 의미론적 전환을 이루어내기 때문이다. 가령, 신작시 가운데 하나인 「입속에 핀 꽃」의 경우가 그러하다.

아무리 애를 써도 입이 벌어지지 않을 때
내 귀속까지 욱신거리며 윙윙거리는 벌떼들
입속 아니, 이빨 속에서
지금 꼬물거리는 애벌레 한 마리나
아니면 벌떼가 새까맣게 달라붙어 있는 것이
분명해서 나는 새벽부터 고민하기 시작한다
아픈 이를 앙다물고 양봉업자에게 가야 하나
아니, 차라리 새 한 마리를 입속에 풀어놓고
애벌레를 잡아먹게 하자
차라리 이빨 없는 말로 평생을 살자

딱딱한 곳엔 딱딱한 벌레가 살고
바람 속엔 또 시큰거리며 바람을 앓는
풍치들이 살겠지만
단언컨대, 나는 단 한 번도
달달한 것을 입에 문 적이 없는데도
벌레들이 몰려들었을까.
그게 아니라면 누가 내 입속에
딱딱한 벌레를 집어넣었을까.
내 입속엔 어떤 꽃이 피는 철이 있어
양봉업자들이 벌통을 싣고 와 벌떼를 풀어 놓았을까.

극심을 입에 물고
온몸이 헐리는 중심을 감당하고 있다.

「입속에 핀 꽃」 전문

작품을 읽어 보면 금방 알 수 있는 것처럼, 인용시의 소재는 '치통'일 것이다. 시인은 그것이 주는 고통을 "윙윙거리는 벌떼들이 입속 아니 이빨 속에서" 있기에 그러하다고 하거나 입 속에 "꼬물거리는 애벌레 한 마리"의 반란으로 은유하기도 한다. 그리고 이에 대한 치유의 방식도 그 연장선에서 이루어지고 있는데, '양봉업자'에게 가서 벌떼들을 제압하거나 '새 한 마리'를 입속에 넣어두고자 하는 희망 등이 그러하다.

'치통'이란 단어와 그것이 원인이 되어 나타나는 결과들은 일상성에서 흔히 알 수 있는 것들, 곧 자동화된 관습들이다. 하지만 시인은 이를 단순한 일상성, 다시 말해 자동화되고 습관화된 정서로 인식하게끔 방치하지 않는다. 시인의 정서에 매개된 의미론적 층위들, 다양한 인식론적 층위들은 '치통'이란 대상을 새롭게 감각화함으로써 전혀 다른 차원의 일상성으로 끌어올리고 있는 것이다.

대상을 이미지화시켜서 새롭게 환기하는 방식으로, 혹은 그것을 낯설게 하거나 새롭게 응시함으로써 인식의 확장성을 이루어낸다는 점에서 보면, 시인은 영락없는 형식주의자 혹은 이미지스트라고 할 수 있다. 사물을 정확하게 응시하되 이를 새롭게 환기시키는 것이 이미지스트들의 궁극적인 목적이기 때문이다. 하지만 시인을 이전에 보아왔던 이미지스트 시인들이라고 간주하기에는 몇 가지 점에서 차이가 난다. 우선, 시인은 이미지를 단어 차원에서 시작하여 이를 하나의 어구 단위에서 그치지 않는다는 점이다. 우리 시사에서 이런 이미지를 바탕으로 시를 쓴 시인으로 김광균을 들 수 있는데, 그는 단어를 새롭게 환기시키는 수법을 주로 구사한 시인이다. 가령, "길은 한줄기 넥타이처럼 풀어져"라고 하거나 "낙엽은 망명정부의 지폐"라고 하는 것 등이 바로 그러하다. '길'을 '넥타이처럼 풀어진 모습'이라고 하는 것은 이미지를 어구 차원에서 한정시키는 일이다. 그것이 김광균이 대상을 새롭게 인식한 방식, 사물을 참신하게 이미지화하는 방식이었다. 하지만 김인숙 시인이 시도하는 '익숙한 것을 새롭게 보는 방식'은 단어차원에서 시작해서 하나의 어구나 행에서 종결되지 않는다. 그러한 확장성이 기존의 이미지스트와 구별되는 또 하나의 특징적 단면인데, 가령 「입 속에 핀 꽃」에서 이해한 것처럼, 대상은 여러 층위들이 동원되어 하나의 연, 혹은 작품 전체로 확대되고 있는 것이다. 그러니까 이는 비유의 차원에서 보면, 확장 비유에 해당하는데, 시인의 비유들, 이미지들은 이처럼 부채살처럼 넓혀 나가고 있는 것이다.

우리들의 고향은 모두 계절 속에 있다 꽃피는 봄이거나 눈 내리는 간이역이거나 갈꽃이 휩쓸리는 가을이거나, 그러나 나의 고향은 여름에 있다 바캉스와 모닥불 속에 있고 무궁화호나 비둘기호에서 내리던 배낭과 기타에 있다 출항하던 어선의 깃발이 있고 숭어 떼가 지나가는 연안에 있다

경포대에서는 파도 소리를 시간으로 쓴다 정확한 날짜를 물으면 파도가 잠잠하던 날 또는 파도가 방파제를 넘던 날 이라고 대답한다 봄을 물으면 대관령을 오르는 초록이라고 하고 가을을 물으면 대관령을 내려오는 단풍이라고 한다 장래희망을 물으면 다만, 령(嶺)을 넘어가는 것이라고 했었다

가끔은 폭설과 키재기 놀이를 했던 고향, 뜨겁던 나의 맨발들은 여전히 경포대 모래사장에 남아 있을까

나는 지금도 수평선 너머 해넘이를 따라간다

「경포대」 전문

「입 속에 핀 꽃」과 마찬가지로 「경포대」는 흔히 이해되는, 개념으로 수용되는 공간이 아니다. 가령, 사전적인 의미의 경포대도 아니고, 역사적인 것, 혹은 습관화된 일상의 것도 아니다. 그것은 서정적 자아의 경험 속에 녹아내린 지형으로만 존재하는데, 바로 고향의 정서가 매개된 공간으로 구현되고 있는 것이다. 하지만 고향도 일상화된 차원의 그것이 아닌데, "우리들의 고향은 모두 계절 속에 있다"는 말에서 알 수 있는 것처럼 고정적인, 굳어진, 석화된 것이 아닌 까닭이다. 그것은 가변적인 데

에 있고, 이를 만드는 것은 변화무쌍한 계절이라든가 날씨 등등이 만들어낸다. 그러니까 하나의 소기에 갇혀져 있는 고향이 아닌 셈이다.

시인의 모험하는 이런 수법들은 의미의 중심을 무너뜨리는 탈구축이나 해체에 가까운 것이 된다. 시니피앙 속에 만들어진 시니피에가 다양하다는 점에서 그러한데, 하지만 그의 시에서 의미론적 연속성이 여러 층위에서 형성된다고 해서 해체주의에 묶어두는 것은 그의 시를 오독하는 일이 될 것이다. 시인은 의미를 거부하는 것이 아니라 다양한 의미를 만들어가고 있을 뿐이다. 말하자면 기호들의 끊임없는 연쇄를 만들어내는 것이 아니고 의미의 여러 스펙트럼을 생산해내고 있다는 뜻이다. 그것이 이미지의 다층성, 혹은 의미의 다발이다. 이런 맥락에서 시인의 작품을 두고 이미지의 확장자라든가 작품 전체를 하나의 이미지 덩어리로 만들어내는 유기적 이미지스트라고 불러도 무방할 것이다.

시인이 하나의 대상을 두고 이렇듯 여러 각도에서 응시하고 이를 이미지화하고자 하는 것에는 어떤 시적 동기가 있는 것일까. 실상 이에 대한 물음이야말로 시인이 선보인 작품의 내포이거니와 시의 형식적 국면을 보충하는 주요 근거 가운데 하나가 될 것이다. 첫째, 시인은 이런 이미지의 확장을 통해서 자신의 상상력을 넓히고, 미지로의 사유의 여행을 떠난다는 사실이다. 시인은 시적 대상에 대해 경험 속에서 오는 사유나 혹은 형이상학적인 국면을 제시함으로써 다양한 상상력을 실험하면서 사유의 유영을 감행하고 있는 것이다. 이 과정을 통해서 미세한 것은 크게, 큰 것은 미세한 것으로 존재론적 변이를 이루게 된다. 이런 상상적 모험을 통해서 시인의 정신은 갇혀진 언어의 감옥을 벗어나 자의식적 해방감에 이르게 되는 것이 아닐까 한다.

둘째는 의미론적 국면이다. 이와 관련하여 시인은 이번에 함께 제시된 산문, 「일본 무사도의 뒷면, 그들도 사람이었다」의 마지막 부분에서 자신의 작품들과 관련한 것들, 혹은 자신의 세계관과 연결지을 수 있는 매우 의미심장한 것들에 대해 이야기한 바 있다. "사실만큼이나 해석이 중요한 것이 역사라는 학문이지만 그 해석을 우리에게 유리하게 끌어오고자 하는 시도를 할 때마다 역사는 우리에게 역습을 가한다. 우리가 역사를 대할 때 잊지 말아야할 것은 의외로 간단하다. 역사는 말 그대로 그 시대를 살았던 사람들의 삶의 기록이라는 것, 그리고 사람들의 삶이란 언제 그렇듯 보편적이라는 것"이라고 했는데, 이 글이 시사하는 바는 크게 두 가지이다. 하나는 역사란 사람들의 삶의 기록이라는 사실과, 다른 하나는 그러한 삶들이 언제나 그렇듯 보편적이라는 사실이다. 그러니까 역사는 늘상 존재해왔던 것이라는 점과, 그것이 시공을 달리한다고 해도 역사 속에 명멸해갔던 사람들의 삶이란 궁극에는 동일하다는 것으로 이해할 수 있다.

모든 만물들이
한낮의 태양에 마음을 두고 있다.
사과들이 춘분점을 기점으로 태양을 행하는
각도를 실천하는 동안
그늘들은 지상의 각도에 참여한다.

바라는 일엔
누군가의 질투가 있다.

알고 보면 모두가 반대의 반대

비 오는 날 가지고 나간 우산이 쨍쨍
햇볕을 막는 일이 우연히 탄생했다

곳간문은 활짝 열어 놓고
대청마루는 자물쇠로 잠가놓는 삶
머피는 누구일까?
모든 반대를 설득하는 일보다
머피를 설득하는 일이 더 빠르지 않을까.

보기 싫어 눈 감았던 일이
눈 속에서 들끓을 때
버리고 싶어도 본 것이 없어서 버리지 못할 때

지상의 그늘들에서는
태양을 행해 철 지난 각도를 딴다.

「머피의 법칙」 전문

'머피의 법칙'의 사전적 의미는, "우연히 자신에게 불리한 상황이 반복되는 상황"로 정의된다. 하지만 인용시에서 이 의미가 고스란히 적용되고 있는 것은 아니다. 여기서는 '불리한 상황의 반복' 보다는 인과론 혹은 상대성적인 논리로 읽히기 때문이다. 가령, "바라는 일엔/누군가의 질투가 있"는 것이고, "알고 보면 모두가 반대의 반대"라든가 "비 오는 날 가지고 나간 우산이 쨍쨍/햇볕을 막는 일이 우연히 탄생했다" 등등이 그 반증이다. 비오는 날에서의 이러한 반전 상황은 어쩌면 '인생은 새옹지마'와 같은 형국이 되어서 삶의 동일성, 존재의 동일성이라는 교훈을 환기시켜준다.

그리고 또 하나 시인의 작품에서 지속적으로 읽어낼 수 있는 것이 인과적론 세계 내지는 징후적인 세계들에 관한 것이다. 현상을 통해서 원인을 이해하고, 원인을 통해서 현상을 이해하는 방식인데, 이런 고리를 이해하게 되면 시인의 시들은 철저하게 기계적 인과론의 아우라에 갇혀 있는 것처럼 보인다. 하지만, 그의 시들이 인과론을 이해하고, 이를 통해서 사물의 현상을 읽어낸다고 해서 근대의 이론적 세계관에 기대고 있는 것은 아니다. 이 이원론을 대표하는 것이 자연과 인간의 상극적 관계인데, 실상 시인이 이런 세계관을 작품 속에 내재화시킨 경우는 거의 발견되지 않는다.

지구엔 날씨와 같은 종류로
분류되는 존재들이 있다
개구리들은 봄의 선두를 자처하지만
울음은 비를 전조(前兆)한다
아프리카 원주민들은
잡은 가축의 내장을 보고
그해 날씨를 예측하는 풍습이 있다
그건 먹이사슬로 이어진
연결고리들 때문일 것인데
갑자기 내리던 비가 뚝 그치듯
내가 다가가면 요란하게 울던 개구리 울음들이
일시에 고요해 진다
봄밤의 침묵,

나는 울음의 천적이 된 듯 조신(操身)해진다

개구리들은
비를 신으로 모시고 있는 것이 분명하다
내 할머니는 비의 전조를
밤새 끙끙 앓곤 했다
빨랫줄 빨래들과 뚜껑 열린 장독들과의
불화를 겪는 빗방울들은
할머니 온 관절을 돌아다니며
동그란 파문을 깨트리곤 했다

몇 마지기의 요란한 신음(呻吟)들
봄밤이 관절을 앓는다

「날씨의 후예들」 전문

이 작품 역시 시인의 형식적 의장을 잘 드러낸 경우이다. 날씨를 예견하는 일들이 여러 일차적 이미지 속에서 다양하게 묘파되고 있기 때문이다. 그리고 이와 더불어 이 시에서 주목해야 할 것 역시 이미지들을 만들어내는 인과 관계의 중요성이다. 제목이 '날씨의 후예들'이라고 했는데, 그 시사하는 바가 상당히 징후적이고 예단적인 까닭이다. 그러니까 하나의 현상이 등장하고, 이를 예비하는 것들 속에서 그 현상의 단초를 읽어낼 수 있다는 것이 이 단락의 요지이다. 그렇기에 시인의 표현대로 이런 흐름은 매우 견고한 연결 고리를 갖게 된다.

하지만 이 작품을 근대 세계가 추구하는 합리적 인과 관계로 이해하는 것은 쉽지 않은 일이다. 오히려 인용시는 그와 대립되는 지점에 놓여 있다는 점에서 주목해야 한다. 소위 일기 예보라든가 그 일기 속에서 일어나는 신체의 변화가 어떤 과학적 세계관에 의한 것이 아니기 때문이다. 오히려 샤머니즘에 가까운 인식성을 보여주고 있다는 점에서 비과학적 세계에 가까운 것은 아닐까 한다. 가령, "아프리카 원주민들은/잡은 가축의 내장을 보고/그해 날씨를 예측하는 풍습이 있다"라든가 "개구리들은 비를 신으로 모시고 있는 것이 분명하다"는 사유는 과학적 인식과는 거리를 두고 있는 모습들인 까닭이다.

샤먼의 세계를 두고 전근대적이고 비과학적이라는 것은 근대의 이원론적 세계관이 낳은 오해이자 그릇된 진단법이다. 거기에는 분명 과학의 합리성을 능가하는 정확한 징후와 예단의 세계가 있기 때문이다. 시인은 그러한 사유의 한자락을 「동굴벽화」를 통해서도 이해한다.

> 지금도 툰드라 어디 쯤이나
> 어떤 나라의 어떤 마을에서는
> 집 안에 가축을 들여놓고 주인과 같은 잠을 자고
> 같은 음식냄새를 맡는 일이 종종 있다
>
> 그 옛날 동굴은 집이며 외양간이었을 것이다
> 사람보다 더 빠르게 도망치는 짐승을
> 동굴벽에 풀어놓고 살이 통통하게
> 오를 때가지 키우고 싶었을 것이다
> 벽이 귀하던 시절이었을 것이고
> 지붕이 아직 발명되지 않았던 시절의 일이니까
> 벽은 잉여의 넓이였던 셈이니까

바닥엔 사람이 살고
벽엔 가축을 희망하는 야생을 그려놓고
풀밭의 소문을 먹여 살찌웠을 것이다
짐승들은 모두 도망치는 모습이니까
살살 달래서 올가미를 발명하는 모습으로
그려 놓았을 것이다

캄캄한 동굴 속으로 스며 들어 온
빛 한줄기를 구부리고 문질러서 색체를 입혔다
빨강과 검정으로 소, 말, 노루, 산양들이
마른 혀를 꺼내 허공을 핥는 모습
캄캄한 어둠을 우적우적 되새김질하는 모습

알타미라 동굴 벽
그곳은 최초의 외양간이며
목책이 없는 목장이었던 것이다

「동굴벽화」 전문

이 작품의 소재로 되어 있는 것이 프랑스의 유명한 「알타미라 동굴 벽화」이다. 벽화를 보면서 시인은 "역사는 말 그대로 그 시대를 살았던 사람들의 삶의 기록"이라고 전제한대로, 당대 사람들의 삶을 읽어내고 있다. 벽화에 기록된 삶의 기록들은 처음에는 샤먼의 세계에 기댄 것이었을 것이다. 시인이 먼저 주목하는 것은 이 부분이다. 곧 시인은 그들이 기원한 샤먼의 근원들에 대해 상상적 잣대를 들이대고 해석하는 까닭이다. 그런데, 결과론적인 것이긴 하지만 시인의 판단과 알타미라 동굴의 벽화를 그린 사람들의 기대는 거의 동일한 결론을 낳게 된다. 샤먼이 징후가 되고, 징후가 사실이 되는 과정이 지금 이 시점에서 그대로 맞아 떨어지고 있는 것이다.

여기서 시인이 의도했던 함의는 대략 두 가지임을 이해하게 된다. 하나는 이원적 세계관이 갖고 있는 한계와 그 상대적인 자리에 놓인 일원적 세계에 대한 긍정적 시선이다. 지금껏 시인의 시세계나 세계관을 지배한 것은 하나를, 동일성을 지향하는 세계였다. 가령, 밖과 안의 동일하고, 행과 불행 또한 하나의 지점에 그 뿌리가 있고, 긍정과 부정 역시 궁극에는 뫼비우스의 띠처럼 하나로 연결되어 있다는 것이다. 그리고 그것의 토대를 이루는 것에 샤먼적 사유가 놓여 있음은 당연한 것이라 할 수 있다. 그리고 다른 하나는 삶의 보편적 편재성인데, 시인은 앞서의 산문에서 역사에 대한 이해와 그로부터 얻어진 교훈에서 "사람들의 삶이란 언제 그렇듯 보편적"이라고 단정한 바 있다. 이 보편성이 갖는 함의란 동일하고 똑같은, 그리고 어떤 특이성이나 고유성도 인정하지 않는다는 것인데, 그만큼 인간이라는 존재와 삶의 모습은 항상성을 갖고 있다는 점을 전제하고 있는 것이다.

그런데 시인의 이러한 인식에는 매우 중요한 사유의 저변이 놓여 있음을 알게 되는데, 앞서 언급한 대로 근대의 이원론같은 세계에 대한 부정적 사유이다. 잘 알려진 대로 인간의 삶은 근대를 기점으로 해서 크나큰 차별성을 갖기 시작한다. 그러니 근대성에 대한 대항담론들이 줄기차게 뿜어져 나온 것이 아니겠는가. 그럼에도 시인은 근대 이전의 삶과 그 이후의 삶에 대해 뚜렷히 구분하는 이원론적 사유를 보여주지 않았다. 시인은 보편적 삶이 갖고 있는 가치들에 대해 이해하고자 했다. 다시 말해 징후적 삶이 갖고 있는 비과학성으로 보편적 현상이 갖는 과학성을 치환하고자 한 것, 그것이 동일성의 사유에 대한, 그의 시학이 추구하는 구경적 목적이 아닐가 한다. 시인은 이 도정에 이르기 위해서 다양한 상상력의 모험을 시도했거니와 그것은 어디까지나 특이성이나 고유성에 의해 일그러지지 않은 보편성, 곧 원형적 삶에 대한 긍정적 시선이었다.

반근대적 사유로서의 고향 감각
— 남효선의 시

남효선은 울진 출신이다. 그의 이력을 굳이 들추지 않아도 시인의 작품을 읽게 되면, 그가 이 지역 출신임을 대번에 알게 된다. 그는 1989년 「문학사상」에 등단한 이후로, 이 지역과 관련된 곳이나 혹은 주변적인 공간에 대해 작품을 꾸준히 써 왔다. 이번에 발표된 5편의 작품들도 이 범주 안에 있는 것들이다.

고향을 대상으로 작품을 쓴 시인은 우리 시사에서 헤아릴 수 없을 정도로 많다. 시인이라면 누구나 한번쯤 자신이 태어난 곳에 대해서 예술로 묘사하고픈 충동을 당연히 느끼기 때문이다. 고향의 시인이라 불리우는 오장환도 그러하거니와 정지용, 백석의 경우도 마찬가지이다. 하지만 고향이 작품 속에 틈입해 들어온다고 해서 그것이 갖는 내포는 시인마다 천차만별로 달라지게 된다. 식민지 시대에 고향은 단순한 노스탤지어의 정서에서부터 존재의 전일성에 대한 희구에 의해서 묘사되기도 했고, 파편적인 근대에 대한 안티 담론으로 구현되기도 했다.

남효선의 시들이 고향을 대상으로 하고 있다는 점에서 보면, 기왕의 시인들이 인식했던 고향 담론으로부터 멀리 떨어져 있는 것이 아니다.

시인의 시에는 고향에 대한 아련함, 사라져 가는 것들에 대한 안타까운 회한의 감정이 있는가 하면, 현대 물질 문명에 대한 비판의 정서도 고스란히 스며들어가 있기 때문이다. 하지만 고향에 대한 감각이 이전의 시인들과 마찬가지로 동일한 조건과 비슷한 음역으로 구현되고 있다고 하더라도 시인이 묘파해내는 고향의 정서는 이전의 시들에서 보지 못한 감각으로 독자들에게 새롭게 환기된다는 점에서 주목을 요한다.

고향을 정서화한 남효선 시들의 가장 특징적인 단면은 우선 형식적인 국면에서 찾아볼 수 있다. 이야기성을 바탕으로 하고 있다는 점에서 그러한데, 이런 면은 우리 시사에서 이야기 시 혹은 담시의 형태로 분류될 수 있거니와 여기에는 사건이나 주인공 등이 등장하게 된다. 사건을 비롯한 서사 구조가 작품에 있다는 뜻은 시가 근본적으로 길어질 수밖에 없는 필연적 조건 가운데 하나이다. 일찍이 이런 단면의 시를 가장 잘 보여준 시인이 백석이다. 백석의 시들은 고향의 원형적인 모습들, 전통적인 삶의 모습들을 이야기 속에 구현시킴으로써 당대의 소중한 모습을 충실히 재현시켰는데 대부분 장시 형식을 갖추고 있었다. 그리고 그러한 재현이 토속적인 것의 생생한 복원이라는 시대적 요구와도 분리될 수 없는 것인데, 그렇기 때문에 이 동기는 반근대라든가 반제국주의 사유로 간주되기도 했다.

남효선의 시들이 고향과 풍속, 그리고 전통적인 것들의 재현이라는 점에서 보면, 백석의 시와 꼭 닮아 있다. 하지만 이 담론이 내포하는 결은 당연히 다를 수밖에 없는데, 이는 물론 시대의 변화에서 오는 필연적 결과라 할 수 있다. 백석이 주로 민족 모순과 관련된 것이라면, 남효선은 주로 반근대적인 요소와 밀접한 관련이 있다. 근대란 휘발성의 속성을 갖고 있기에 이른바 세시적 풍속과 연관된 것들은 얼마든지 사라질 위기에 처해있는 것이 사실이다. 그러한 위기의 순간에 등장하는 것이 원초적인 고향에 대한 가열찬 재현이며, 거기서 펼쳐지는 전통적인 삶들에 대한 지속적인 복원일 것이다. 남효선 시인은 그러한 복원의 과정에서 방언 등을 적절히 구사하면서 그 아름다운 재현을 배가시키고 있는데 이 또한 백석의 작시법과 꼭 닮아 있다고 하겠다.

하지만 시인의 시들을 두고 백석의 영향으로부터 자유롭지 않다고 하는 것은 그의 시를 단순화시키는 오류로부터 벗어나기 어려워보인다. 시인은 고향에 대한 아름다운 묘사를 하면서도 이를 거리화시키지 않는데, 이런 단면들은 시를 읽는 독자로하여금 거리감을 유발시키지 않는 요인으로 작용하게 된다. 시인은 자신이 기억하는, 그리하여 휘발적 속성으로 물들어있는 현시대에 대한 안티담론을 만들어나가는 데 상당히 적극적이다. 이런 행위는 자신의 작품 속에 독자를 적극적으로 참여시키는 일일 터인데, 그 매개랄까 수단으로 기능하는 것이 고향에 대한 감각적 이미저리들이다. 이를 대표하는 시 가운데 하나가 「돌미역」이다.

> 내 할매 평생을 물속에 살았네
> 여섯 나던 해 처음 어매 좇아 바다를 만났네
> 처음엔 고무신 벗고 불*가에서 물장구치고
> 밀려오는 파도가 가슴으로 흠뻑흠뻑 들어오는 같아
> 난생처음 가슴 콩닥콩닥 뛰었네
>
> 일곱 살 먹던 해 혼자 바다로 나갔네
> 어매가 바닷속 자맥질하며 내 머리숱처럼

새까만 길고 치렁한 미역을 베던 날
파도에 떼밀려 밀려 나비처럼 뱀처럼
흐르는 미역을 건졌네

미끈둥한 미역 냄새는 아, 파릇푸릇 비릿하기도
고소한 냄새가 코끝에 오래오래 앉아 있었네
파릇푸릇 비릿 고소한 미역은
내 허기진 배를 채우고
목 안 가득 새긴 감처럼 달큰했네

여덟 살 나던 해 어매 손에 끌려
자맥질을 익혔네
늘 보던 바다라 그저 어매 품처럼
따듯하고 푸근했네
열 길은 넘어 보이는 물밑은
희한했네 난생처음 내 가슴보다 더 커 보이는
납작한 고기들이 끝도 없는
바다를 떠다녔네

물밑은 그저
자유 천지였네
미역풀이 진저리가 토박이
물살 따라 흘렀네

「돌미역」 부분

이 작품은 울진 앞바다를 자신의 생계 무대로 하면서 한편생을 살았던 '내 할매'의 삶을 서사적으로 구성한 시이다. 시인은 해변을 배경으로 살았던 사람이라면 누구나 경험했을 법한 일들을 '할매'의 일생을 통해서 재현시키고 있는 것이다. 그런데 이 작품을 꼼꼼히 읽어 보면 대번에 알 수 있는 것처럼, '할매'의 삶이 마치 지금 이곳에서 생생하게 펼쳐지고 있다는 환상을 불러일으킨다. 그것은 곧 독자의 적극적인 참여에 의해 가능할 터인데, 이를 매개 해주는 것이 감각적 이미저리들이다. 시인은 이 작품에서 촉각이나 시각, 후각과 같은 일차적 이미지를 구사하여 '할매'가 겪었던 삶의 현장을 그려내고 있는데, 이 감각적 체험들이 독자로하여금 마치 자신의 경험처럼 느껴지게 만들고 있는 것이다. 가령, "푸릇푸릇한 미역"이라든가 미역의 "고소한 냄새가 코끝"에 어른거린다고 하는 것, 그리고 그 미역의 섭취로 인해서 "내 허기니 배를 채우고/목안 가득 새긴 감처럼 달큰했네"라는 표현 등은 마치 독자가 체험하고 있는 듯한 정서를 불러일으키는 것이다.

감각을 통해서 고향의 생생한 모습을 재현하는 시인의 솜씨들은 이전의 시가에서는 쉽게 볼 수 없는 국면이다. 감각에 의한 묘사는 사실적 서사를 카메라적으로 모방한 것과는 다른 경우이다. 물론 시인의 작품들이 사실이 아니라 추상에 의해 재구성되고 있다는 뜻은 아니다. 시인은 사실을 재현하되 이를 감각화시킴으로서 자신이 경험했던 것을 더욱 생생하게 재현하고 있다는 의미이다.

이름이 뭐냐구 칠구여 김칠구라고 불러 나이가, 팔십일곱이여 안태고향이 어디냐고 어렸을 적에 할매가 그러는데 쩌기 강원도 꼬치방우라 그러두구만 그러니까 일곱 살 먹던 해에 영월 꼬치방우에서 울진 작은빛내

로 왔구만

봄이 오면 어른들은 지난 가을 산비알에 베어놓은 나뭇가지에다 불을 지펴바람 잔잔한 날루다가 날을 받아 산꼭대기에서 밑으루다 불을 질르는 거여 그러면 참꽃처럼 이쁘게 잘 타들어 가지 한참 탄 연후에 밑에서 맞불을 놓아 그러면 널찍한 밭이 돼

괭이루다 골을 파서 서숙을 뿌리지 소가 어디 있는가 그저 사람 힘으로 다 해내지 산농사에는 서숙이 젤이야 서숙은 그래도 꽤 까탈스런 곡물이라서 그게 잘 안되면 메밀을 뿌리지 달빛에 타들어 가듯 환한 메밀꽃을 보노라면 한 시절 좋았던 때도 있었는디

그러다가 서른 나던 해에 울진 큰빛내라는 델 들어왔어 산 임자는 나라인께 지금도 산간수들이 젤루 귀찮고 무서워 울진 와서 같은 화전꽤기 딸과 결혼했네 딸 둘 아들 하나에 밤이면 장작을 내다 팔고 숯도 구웠어 숯이라면 박달남구가 젤이지

눈이 허리까정 쌓이는 날이면 살피를 신고 산돼지 사냥을 가능겨 어떤 해는 산돼지를 두 마리나 잡았네 커다란 단지에 고기를 잘게 썰어 간장에 재워 두면 이태 동안 고기 걱정은 없어

어느 봄날 만산에 참꽃이 허벅지게 피던 날 할멈이 세상을 버렸어 참으로 슬프더구먼 누가 볼세라 아무도 몰래 울기도 많이 울었제

어찌어찌 딸년 둘을 시집보내고 지금껏 혼자 살아 아니여 아니여 아들

놈 하나 있는 거 그거 벙어리여 낼모레면 나이가 오십인데 그놈하고 둘이 살어

육십팔 년도에 무장공비가 들어 나라에서 지금 있는 곳으루다가 소개촌을 지어줬는디 첫해에 스무 가구가 이제는 두 가구만 남았어

나라에서 보조금을 주느냐꼬 아니여 그런 거 없어 이제는 산농사도 못 해먹어 그놈의 산불 땜에 외지 사는 돈 있는 사람들 와서 산판 많이 해먹었어 그때사 쪽쪽 곧은 황장목이 얼매나 많았는데

산이 젤인겨 산전을 일굴 때는 빛내 속이 훤히 들여다보이는 찬물에 목욕재계하고 얼매나 깨끗하게 불을 놓았는디 조상님 모실 적에는 집에서 소주를 고았어 곧잘 노랫가락도 잘 불렀는디

여그 젊은이 아까 가져온 술 같이 먹고 가 내 집이라 찾아온 손님한테 찬물이라도 내 집 거를 대접해야 되능겨

지금이라도 눈을 감을 수 없능 게, 쩌그 저 벙어리 아들놈 땜이여

「해는 져서 어두운데」 전문

제목이 시사하는 바와 같이 인용시는 저물어가는, 혹은 사라져가는 농촌의 아련한 모습을 담고 있는 작품이다. 그러나 여기서 말하고자 하는 시적 의도는 하나의 단순한 메시지에서 그치는 것이 아니라 매우 다층적이라는 점에서 그 의미가 있다. 첫째, 인용시에는 이 시대에는 결코 보기가 쉽지 않은 화전(火田) 농사에 대한 것을 묘사하고 있다. 지금 세

대에게 화전이란 말이 고색창연한 박물관에서나 볼 수 있을 듯한 현상이기 때문이다. 흔히 볼 수 없는 이런 흔적이나마 노인의 말 속에서 생생하게 살아나게 되는데, 이를 두고 전통의 재현이라거나 잃어버린 습속의 복원이라고 해도 틀린 말은 아닐 것이다.

그리고 두 번째는 근대적 삶에 대한 적극적인 비판, 곧 근대에 대한 안티 담론에 관한 것들이다. 시인은 이를 위해서 두 가지 요건을 준비했다. 하나는 근대적 욕망에 사로잡힌 집단에 대한 직접적인 항변과, 다른 하나는 근대성에 대한 간접적인 저항 의식이다. 먼저 전자의 경우는 "나라에서 보조금을 주느냐꼬 아니여 그런 것 없어 이제는 산농사도 못 해먹어 그놈의 산불 땜에 외지 사는 돈 있는 사람들 와서 산판 많이 해먹었어 그때사 쭉쭉 곧은 황장목이 얼매나 많았는데"에 잘 나타나 있다. 욕망의 무한한 발산과 자연을 인간의 그러한 욕망의 움직임에 따라 이용하는 것이 근대의 부정적 국면인데, 시인은 욕망이 팽창하는 근대인의 일상을, 황폐화해가는 고향의 일상을 통해서 잘 포착하고 있는 것이다. 그 연장선에서 "육십팔 년도에 무장공비가 들어 나라에서 지금 있는 곳으루다가 소개촌을 지어줬는디 첫해에 스무 가구가 이제는 두 가구만 남았어"고 하여, 도시화에 따른 농촌 공동체 현상도 짚어내고 있다. 여기서 알 수 있듯이 시인은 고향에서 이루어지는 여러 현상들을 통해서 근대가 갖고 있는 함정들에 대해 입체적으로 고발하고 있다.

고향의 허물어져 가는 모습을 통해서 근대 사회가 안고 있는 부정적인 면들, 병리적인 면들에 대해 경계의 시선을 보냈다면, 시인은 이것이 갖고 있는 또 다른 한계를 고향이 갖는 신화성이라든가 주술성, 곧 샤만을 통해서도 비판한다. 이를 단적으로 보여주는 부분이 "산이 젤인겨 산전을 일굴 때는 빛내 속이 훤히 들여다보이는 찬물에 목욕재계하고 얼매나 깨끗하게 불을 놓았는디 조상님 모실 적에는 집에서 소주를 고았어 곧잘 노랫가락도 잘 불렀는디"라는 곳이다. 근대적 사유가 계몽이라든가 합리성에 놓여 있다는 것은 잘 알려진 일인데, 과학에 의해 검증한 것이기에 이에 대해 회의하거나 부정하는 것은 어려운 일이다. 하지만 근대 초기에 형성된 관념들이 현재에 대해 유토피아라든가 미래에 대한 아름다운 가능성만을 제시했다면, 근대에 대해 부정하거나 의심 하지는 않았을 것이다. 하지만 그 과정이나 결과의 국면에서 보면, 근대는 결코 긍정적인 것으로 인류에게 다가오지 않았다. 그래서 반근대성에 따른 모더니즘의 제반 사유들이 등장하는 것은 이와 무관치 않을 것이다.

모더니즘이 근대에 대해 보다 즉자적으로 대응하는 방식이라면, 소위 반근대적인 것들에 대한 적극적인 구현이나 재현의 방식, 곧 간적접인 형식을 통해서도 그 반담론을 제시할 수 있을 것이다. 계몽에 대한 회의나 그 상대적인 것에 대한 신뢰가 바로 그러하다. 이럴 때 흔히 동원되는 사유가 샤만적인 것들에 대한 굳건한 믿음이나 신뢰들이다. 계몽의 정신이 확산되면서 샤만에 속하는 것들, 소위 비과학적인 것들은 현실에 대한 정합성 여부를 떠나서 부당한 대우를 받아온 것이 사실이다. 하지만 계몽이 의심스러운 것이 되면서 그 상대적인 자리에 놓인 것들이 비로소 수면 위에 당당하게 떠오르게 된다. 인용시에서 "산전을 일굴 때는 빛내 속이 훤히 들여다보이는 찬물에 목욕재개" 하는 행위나 "조상님 모실 적에는 집에서 소주를 고"는 것과 같은 샤만적인 행위들이 그러하다. 노인은 이를 두고 과학에 맞서는 행위로 간주한다. 아니 오히려 더 신뢰의 응시를 보내는데, 이런 행위야말로 반계몽을 떠나서는 설명할 수 없는 부분이라고 할 수 있다.

여섯 해째 마음만 다잡았다
주먹밥 꿍치듯 눈길 한번 제대로 못 맞췄다
밤새 뜬 눈으로 뒤채이다 봉로방을 나섰다
서늘하다 하마 정지에는 솔가지 태우는 냄새가
십이령 고갯길처럼 외롭다
손목을 덥석 잡았다 소천댁이 얼른 앞치마께로 손을 감춘다
눈길이 마주친다 가슴패기로 바람 한 줄기 스친다
소천댁, 앞치마 감싸며 곰국 한 사발 디민다
밤새도록 끓은 돼지뼈 냄새, 코끝을 달군다
얼른 받아 마셨다 속이 화끈 달며 맥이 풀린다
바지게를 걸치고 봉로집 싸리문을 밀친다
소천댁, 뒤따라 나와 눈길 내리고 분홍빛 댕기 한 쌍 건넨다
건네는 손끝이 가늘게 흔들린다 두 손으로 소천댁
손목을 덥석 쥐었다 손아귀 안에서 소천댁 물 묻은 손끝이
꼼지락거린다 아련하다
닷새 후를 기약했다 허적허적 싸리문을 나섰다
배나들재 마루에서 얼핏 고개를 돌렸다
낙동이 피우는 물안개에 싸여
소천댁, 싸리문 잡고 미동도 없이 서 있다

「십이령을 가다」 부분

「해는 져서 어두운데」의 연장선에 놓여 있는 시가 인용시일 것이다. 이 시를 구성하는 요인은 크게 두 가지인데 하나는 자연과 일체화하는 삶이고, 다른 하나는 국밥집을 하는 소천댁과 화자 사이에 이루어지는 사랑이다. 전자는 "눈부시다 한나무재 등성이 온통 메밀꽃이다/달밤,

허기를 어루며 환한 메밀꽃을 한 줌 뜯었다"에서 볼 수 있는 것처럼, 자연 속에서 인간의 생리적 욕구를 해결하는 방식이다. 거기에는 어떤 인공도 가미되지 않는 순수 자연의 삶, 곧 자연과 하나되고자 했던 인디언적 자연의 삶이 고스란히 배어 있다. 이야말로 자연에 대한 끝없는 신뢰, 곧 영원에 대한 굳건한 믿음일 것이다.

그리고 다른 하나는 소천댁과 서정적 자아 사이의 사랑이야기이다. 이들의 사랑은 순간의 감수성에 의해 쉽게 만들어진 사랑이 아니다. 그것은 오랜 시간을 통해서 익은, 숙성된 사랑인 까닭이다. 그러한 면에서 현대인들이 갖고 있는 휘발적 속성의 사랑과는 분명 다른 경우라 할 수 있다. 사랑이라는 것이 시간구성상 영원을 표현한다고 할 때, 고향의 한 자락에서 펼쳐지는 이들의 사랑의식은 아마도 이 감각을 떠나서는 그 설명이 불가능할 것이다. 이는 서정적 자아등이 메밀꽃으로 허기를 달래는 인디적인 삶의 모습들, 곧 자연이라는 영원성과 분리되는 것이 아니기 때문이다. 시인은 이렇듯 자신의 고향 속에서 영원을 노래했는데, 이는 근대의 일시적, 순간적인 속성과 상대적인 자리에 놓이는 것이라는 점에서 그 의미가 있는 경우이다.

말하자면 시인은 일상에서 포착되는 것에서 영원을 탐색하고 이를 갈구한 것이다. 이런 면은 미당 서정주의 「질마재 신화」를 꼭 닮은 형국이다. 신라라는 공식적 영원을 질마재라는 일상 속에서 또다른 영원을 찾아낸 것이 「질마재신화」의 주제이기 때문이다. 신라가 아니라 질마재라는 점에서 미당의 영원 의식은 무척 현실감있고 사실적으로 다가온 경우였다. 이처럼 사실을 바탕으로, 곧 세속의 일상성을 통해서 영원의 길로 나아가는 남효선의 시들 역시 미당의 그것처럼 구체적이고 현실감있게 다가온다. 관념으로 근대를 비판하고, 또 이를 형이상학이라는 막연한 초월의식으로 이 시대를, 혹은 근대와 마주하는 것이 아니다. 시인은 이 시대와 적극적으로 마주하고 대화하면서 지금 이곳이 갖고 있는 한계와 부조리에 대해 적극적으로 응전하고자 한다. 그 응전의 결과, 시인이 발견한 것은 사실적 고향, 구체적 고향에서 길어올려지는 영원의 감각이었다. 영원이라는 형이상을 이야기할 때, 흔히 다가오는 추상성이 시인의 작품에서 감각되지 않는 것은 이런 아름다운 일상성이 있기에 가능한 것이었다. 그의 시가 감명깊고 웅숭깊어지는 것은 이 때문이라 할 수 있다.

소모된 자리에서 피어나는 사랑과 희망
— 박상봉의 시

박상봉은 1981년 『국시』로 문단에 나왔고, 지금까지 두 권의 시집을 상재한 것으로 알려져 있다. 『카페 물땡땡』이 그 하나이고, 『불탄 나무의 속삭임』이 다른 하나이다. 흔히 이야기되듯 서정시는 자아와 세계 사이의 화해할 수 없는 거리나 결핍의 자리에서 태어난다. 완결되지 못한 빈 자리가 있기에 이를 빼곡이 채워넣고자 하는 것이 서정의 욕망이거니와 이 욕망이 서정시가 존재하는 이유 가운데 하나일 것이다.

서정시의 존재 이유가 이러한 것이라면 박상봉 시인의 작품들은 이런 서정시의 조건에 어쩌면 꼭 들어맞는 것처럼 보인다. 지금까지 상재한 시집들이 이 범주에서 크게 벗어나지 않거니와 이번에 발표한 신작시에서도 이런 감각은 여전히 유효한 까닭이다. 시인이 선택한 소재들은 삶의 조건을 충족시켜왔던 것들이 이제는 소용없게 되거나 결핍의 정서를 가져오게끔 변질된 것들로 가득 채워져 있다. 보다 구체적으로 말하자면, 용도 폐기된 것들이나 이별과 같은 부재의 정서에서 오는 것들이 소재의 대부분을 차지하고 있는 것이다.

그리고 이런 소재들에 대한 관심과 더불어 시인의 시에서 또 하나 주목해야 할 부분이 이른바 사물에 대한 시인만의 응시법이다. 중심에서 주변으로 밀려난 것들, 한때는 필요한 부분을 꼭 채우고 있었지만, 이제는 그러한 임무에서 벗어나 그 고유한 역할을 내려 놓은 것들, 혹은 관계의 부재에서 솟아나는 서정을 포착해내기 위해서는 대상을 제대로 고찰해야 할 것이다. 이는 곧 시인의 시들이 반영론의 영역, 곧 미메시스의 영역을 충실히 지킬 수밖에 없게끔 만든다. 그의 시들이 율문의 양식이긴 하되 산문의 영역에 다소간 침투해들어갈 수밖에 없는 필연성도 여기서 발생하게 된다. 작품을 읽어 보면 금방 알 수 있는 것처럼, 시인의 시들은 비교적 긴 시형을 유지하고 있는데, 사물에 대한 미세한 관찰과 거기서 얻어지는 의미의 결을 만들어내기 위해서는 이런 서사 양식이 필요했던 것으로 보인다.

사물에 대한 이런 미세한 포착과 더불어 시인의 시에서 또 하나 주목해야 할 것이 선명한 이미지의 조형이다. 사물을 자세히 고찰할 수밖에 없는 시인의 작시법을 고려하게 되면, 그의 시에서 이미지즘의 수법이 효과적으로 구사될 수밖에 없음은 이미 예견된 일이라 할 수 있다. 이미지즘은 이미 굳어져 버린 것들, 그리하여 낡아버린 것들에 대해서 신선한 그림으로 다시 태어나게 하는 것에 그 목적이 있는 까닭이다. 그러니까 낡아버린 대상들이 시인의 정서를 통과하고 나면 생생한 물상으로 새롭게 존재의 변이를 하게 되는 것이다. 낡고 쓸모없는 것에 화려한 그림을 덧씌워서 새롭게 보이게 하는 이미지의 치장 속에서 시인의 시들이 만들어지고 있는 것이다. 그런데 시인은 이런 도정을 단지 형식적인 의장에서 한정하는 협소함으로 자신의 정서를 가두지 않고 있는데, 그런 이미지의 확장성이 어쩌면 이 시인만의 고유한 의장이라 할 수 있다.

의자가 앉아 있다

아파트 쓰레기장 헌옷수거함 곁에
시트가 떨어져 나간 의자가
오래된 주화처럼 녹슬고 있다

다리 한쪽이 기울어진 채 버려진 다른 의자는
누군가 앉았다 간 궁둥이의 온기를
낮잠 자는 고양이와 나누는 중이다

몸통이 떨어져 말갛게 산화된 오토바이 안장
흐늘흐늘 부러질 듯한 철사 팔뚝과 칠이 벗겨진 선풍기 머리는
완벽하게 조립된 금속 재질의 고양이 같다

아파트 쓰레기장엔 빈 깡통들도 북적 북적댄다
납작해진 것, 찌그러진 알루미늄 캔은
버려진 일도 서러운데 구둣발에 짓밟힌 모양새다

얼떨결에 손목이 낚아채 끌려 나온
속옷 따위는 녹슨 철제 수거함에 몸을 숨겼다

쓰레기 분리수거장 바깥에 유모차 한 대가
시동 끄고 색이 바래고 있다

쿠션은 아직도 유지하고 있는 듯

운전석에 용케 올라앉은 고양이 한 마리
생애 가장 편안한 자세로 졸고 있다

더는 쓸모없는 폐품이지만
한가한 낮에 오수 즐기러 나온 고양이는
시방 고급 침대 이상의 호사 누리는 중

유모차에 올라탄 고양이가 갑자기 액셀 밟고
부릉 부르릉 초록 봄 길을 향해 속도를 내기 시작한다

안전띠도 매지 않은 채 지그시 눈 감고
니야옹 니야옹
젖이 마른 엄마를 필사적으로 빨아댄다

뾰족한 입술 햇볕 한 뼘 더

「고양이 의자」 전문

인용시는 박상봉 시인의 시세계를 가장 상징적으로 보여주는 작품일 것이다. 시의 소재는 작품에 즉자적으로 드러난 것처럼, 쓰레기 하치장이다. 이곳은 용도 폐기된 것들이 군집을 이루는 곳이다. 그러니까 아무도 관심을 기울이지 않는 공간이 되는 것인데, 쓰레기 자체도 그러하지만, 이에 관심을 갖고 응시하는 사람도 드물다. 하지만 시인의 시선은 이런 일반의 과정 내지는 성정과는 크게 다른 경우이다. 그는 우연히 지나칠 법한 이곳을 자세히 관찰하고 이를 서정화의 맥락으로 편입시키는 까닭이다. 다시 말하면, 이곳에 갇혀 있는 온갖 사물을 시간의 정서 속에 차곡 차곡 가두고 있는 것이다. 시인은 이렇듯 대상 하나 하나를 미세하게 관찰하고 이를 서정으로 여과시켜 이전과는 새로운 사물로 탄생시키는 작업을 수행하고 있다. 이런 도정을 통해서 시인은 단순한 서정의 매개자가 아니라 충실한 미메시스트로 거듭 태어나는 것이다.

이런 부활은 단순한 복원에 그치지 않고, 새로운 이미지의 옷을 입고 보다 생생한 재생으로 이어지게 마련이다. 가령, “시트가 떨어져 나간 의자가/오래된 주화처럼 녹슬고 있다”에서 보듯 선명한 조형성을 갖고 새롭게 탄생하고 있는 것이다. 이 과정을 통해서 사멸해있는 것처럼 보였던 물상들이 새로운 생명을 부여받는다. 인용시에서 이런 작업을 효과적으로 매개하는 것이 고양이의 존재이다. 고양이의 삶은 잘 보존된 환경, 생태론적 이상이 보존된 환경에서 보증되는 것이 아니라 그 반대편의 조건에서 더욱 되살아나는 까닭이다.

박상봉의 시들은 주변적인 것, 혹은 사소한 것에서 시작된다. 한때 중심을 차지하고 있었지만, 이제는 그 중심을 잃은 것들, 그리하여 쓸모없는 것들에 대한 응시와 그 부활을 통해서 시가 생성되고 있는 것이다. 중심과 주변의 경계를 허물거나 주변적인 것들이 중심으로 자리바꿈하는 것이 이 시인의 서정화 수법인 셈이다. 이런 맥락에서 이해하게 되면, 시인의 의장들은 1980년대 유행하던 포스트모더니즘을 연상케 하기도 한다. 하지만 그의 시를 두고 이 맥락으로 편입시키는 것은 섣부른 접근이다. 기법뿐만 아니라 정신세계에서도 그의 작품들은 해체 지향적 속성으로부터 거리가 먼 까닭이다.

> 공중에서 물장구친다
> 땅으로 내려오기 싫은지 공중에서만 논다

건물 창유리와 가로수 이파리 쪽으로 곤두박질치기도 하지만
요령껏 빗줄기 한쪽 끝 붙들고
비 내리면 젖어 하염없이 웅크린 몸으로 유배되는 봉지

억누르고 눌린 것이 봉지다
핏기 뽑아버린 빈 봉지 몸통 너머 세상이 보인다

큰 키 나무 넘어 하늘 높이 사무쳐 오르다가
땅속 깊이 뻗쳐 내리다가
나무의 팽팽한 긴 외로운 가지 끝에 와 덜컥, 안긴다

오갈 데 없는 찢어진 봉지
더 이상 밀고 갈 힘없어
비바람에 송두리째 흔들리는 나무에 등 기대고 머물다가

만 리 밖에서 바람이 부르면
후득 후드득 깃을 털며 저문 언덕 넘어간다

바람의 어깨를 깨물고
울창한 공기의 숲으로

기억 속 절망 딛고
길고 긴 하늘 자락 붙들고 일어서는

꿈틀꿈틀 솟아오르는 봉지는

팔뚝보다 질긴 근육을 가졌다

「봉지 날다」 전문

이 작품은 「고양이 의자」의 연장선에 놓여 있다. 「고양이 의자」에 등장한 여러 생활 폐기물들과 봉지의 가치 체계와 동일한 연장선에 놓여 있기 때문이다. 이 작품을 이끌어가는 힘도 사물에 대한 자세한 관찰과 이를 서정화하기, 곧 미메시스의 수법이다. 그 연장선에서 시에 산문적 미메시스를 도입하는 것도 비슷한 경계 내에 놓여 있기 때문이다.

이 작품의 소재인 '봉지'는 여러 통과 의례를 거치면서 존재론적 변이를 기듭 시도한다. 마치 하나의 선에서 여러 선이 갈라져 나오는 무지개처럼 '봉지'는 여러 단계의 무늬를 갖게 된다. 그것은 '공중에서 물장구'를 치기도 하지만, '건물 창유리와 가로수 이파리 쪽으로 곤두박질치기도 한'다. 뿐만 아니라 '비바람에 송두리째 흔들리는 나무에 등 기대고 머무는 존재'로 색다른 포오즈를 취하기도 한다. 그러니까 이 작품에서 '봉지'는 자동적 삶을 상실한 채, 그저 이타적인 힘에 의해 수동적인 존재성을 구현하고 있을 뿐이다.

하지만 이 봉지도 시인의 긍정적인, 그리고 적극적인 서정의 샘 속으로 삼투압된 이후에는 전혀 다른 존재로 바뀌게 된다. 그 적극적 매개로 기능하는 것이 '바람'이다. 「고양이 의자」에서의 '고양이' 존재처럼. 하지만 작품의 후반부는 이전의 '봉지'와는 전혀 다른 존재론적 변신을 하게 된다. '저 멀리서 부르는 바람'에 의해 '봉지'는 "기억 속 절망 딛고/길고 긴 하늘 자락 붙들고 일어서는", "꿈틀꿈틀 솟아오르는 봉지는/팔뚝보다 질긴 근육을 가진" 존재로 새롭게 태어나는 까닭이다.

시인의 시들은 섬세하고 미려하다. 이런 효과를 살려내기 위해서 시인은 이미지의 현란한 의장을 효과적으로 이용한다. 그러나 그러한 이미지의 춤들이 작품을 내용이 흐린 기교주의, 혹은 형식주의로 전락시키지는 않는다. 그것이 이 시인의 매력이거니와 그러한 시인의 의도를 통해서 죽어있는 사물은 새롭게 존재론적 변신을 시도한다. 그래서 시인의 시들은 건강하고 활기차다. 마치 한때 유행하다 사라진 생태주의의 한 자락을 붙들고 있는 착각을 불러일으키게 할 정도로 이와 유사한 구조를 보여주고 있다.

사회의 구석진 것들, 혹은 어두운 것들에 대한 뚜렷한 응시와 거기서 길러지는 서정이 하나의 건강한 정서로 모아지는 것, 그것이 박상봉 시의 특색이라고 했다. 그런데 이런 감각은 인간 너머의 세계 속에서만 이루어지는 것이 아니다. 그의 시선들이 향하는 곳은 인간과 사물의 경계를 초월한 모든 곳에서 이루어지는 까닭이다. 그것이 이 시인이 갖고 있는 작품의 깊이일 것이다. 다음 작품에 이르러 시인의 시선은 바깥에서 안쪽으로 옮아오게 된다.

종종 소리가 안 듣기오
물에 잠긴다는 것이 얼마나 두려운 일인지 아오

어린 시절 강물에 빠져 죽을 뻔한 경험이 있소
코와 귀에 물이 찬 상태에서 제때 치료받지 못해 청력을 잃었소

오랜 세월 말귀 알아듣지 못했소

가끔은 기적이 일어나기도 하오

어느 날 갑자기 소리가 크게 들리기 시작했소

스무 해 넘게 써온 보청기 서랍 속에 넣어두고
지금껏 다시 꺼내 쓸 일 없었다오

전 생애는 어두운 그늘 짙게 드리워 있었소
하지만 그늘 속은 초록이오

차양을 들추고 초록으로 들어와 보오
너르게 펼쳐진 풀밭 넌출 거리는 초록 너머

아이들 떠드는 소리 가깝게 들리잖소

「이명」 전문

박상봉 시인이 중심에서 밀려난 것들, 쓸모없는 것들에 대한 응시와, 거기에 적극적인 의미 부여를 통해서 서정의 영역을 일구어낸다고 했다. 뿐만 아니라 그의 시들은 조화의 결핍 속에서도 의미화된다고 했는데, 바로 인용시가 그러하다. 대상으로만 향하던 시인의 시선이 이제 시인 자신의 것으로 옮아오고 있는 것이다.

'이명'이란 조화라든가 질서를 깨는 소음, 곧 이질성이다. 하나의 존재가 건강하게 살아남기 위해서는 '이명'이란 그저 방해꾼 내지는 훼방꾼에 불과할 뿐이다. 중심에서 벗어난 곳, 중요하지 않는 곳에서 정서가 길러진다는 점에서 보면, 「고양이 의자」나 「봉지 날다」와 동일한 서정적 구조를 갖고 있기도 하다. 하지만 응시의 방향이라는 측면에서 보면 상대적인 자리에 놓인다.

「이명」의 서정적 화자는 지금 소리를 듣지 못하는 환자이다. 그러한 상실은 실질적 삶의 부조화가 만들어낸 것이다. "어린 시절 강물에 빠져 죽을 뻔한 경험"과 "제때 치료받지 못해 청력을 잃은 결과"가 만들어낸 것이 자아의 현존이기 때문이다. 이는 실존의 상황일 수도 있고, 가상의 경험에서 오는 것일 수도 있다. 하지만 중요한 것은 실제와 가상 사이를 오가는 추측에 있는 것이 아니라 이를 인식하고 새롭게 존재론적 변신을 꾀하고자 하는 자아의 의도에 있을 것이다.

귀가 먹은 상태가 가끔은, 아니 한번쯤은 새로운 경험으로 환기되곤 한다. 그것이 특이한 서정적 충격을 만들어낸다. 가령, "기적이 일어나서" "어느 날 갑자기 소리가 크게 들리기 시작하는" 낯선, 그리고 신선한 경험을 할 수 있었기 때문이다. 그런데 서정적 자아는 거기서 삶의 적극적 태도, 능동적 자세로 존재의 변이를 시도하게 된다. 자아를 한 평생 지배했던 "어두운 그늘"이라는 터널 속에서 '초록'으로 표상되는 삶의 긍정성을 읽어내고 있기 때문이다.

여기서 '초록'이라는 담론이 시인의 정신 세계를, 혹은 작품 세계를 신성하게 만든다는 점에 주목할 필요가 있다. 어둠의 대항담론은 일단 밝음에서 시작된다. 흔히 연상되는 것으로 빛을 떠올릴 수도 있지만, 서정적 자아의 선택은 '초록'이라는 일차적 이미지, 곧 색채적 이미지에서 비롯된다. 그것이 밝음의 상관물일 것이다. 선명한 조형성도 문제적이지만, 거기서 삶의 건강성을 독해하는 것 또한 문제적이다. 주변에서 혹은 부조화에서 건강한, 긍정적인 정서를 환기하려는 시인의 의도가 이채롭다.

엄마가 외출하고 없는 빈방

벽면 구석에 우두커니 서 있는
거울의 사람을 은밀히 만나는 시간

식구의 슬픔을 서러운 눈빛으로 지켜보던
눈동자 이글이글 타오르면

불꽃의 심지는 바람이 자는 쪽으로 눕고
그 옆에 나란히 찬 몸을 누인다

엄마가 벗어놓고 간 꽃무늬 팬티로
유리의 가슴 닦아내고

손바닥으로 헐렁한 배를 쓸다가
바지춤 사이로 햇볕 한 뼘 집어넣는다

어디서 왔을까
얼음처럼 말갛게 빛나는 눈물의 창

유리를 닦던 바른손이
날마다 불면에 시달리는
식구들의 눈물 닦아내고 있다

눈물은 문밖의 어둠 밀어내고
해 질 때 한층 더 선명하게 반짝이는데
꽃무늬 벽지는 왜 안방을 환하게 밝히지 못할까

곰팡이 덕지덕지 들러붙은 사람 없는 방에서
거울이 젖은 팬티 쥐어짜며 구슬피 울고 있다

「빈방」 전문

이 작품은 어머니의 부재를 소재로 한다. 따라서 결핍이나 부조화에서 그의 시가 만들어진다고 할 때, 이 작품 역시 그 연장선에 놓여 있다고 할 수 있다. 지금 시적 화자는 어머니가 없는 방에서 그 어머니를 혹은 그 환경을 환기한다. 어머니의 부재는 일시적일 수도 있고, 항구적일 수도 있다. 중요한 것은 어머니가 있던 방에 지금 그녀가 부재한다는 사실이다. 이런 환경이 자아로 하여금 서정의 물결을 출렁이게 만든다. 하나는 그리움의 정서이고, 다른 하나는 애틋함이며, 마지막으로는 사랑의 물결이다. 실상 서정의 결핍이 여러 층위로 구분되어 있는 것처럼 보이지만 궁극에는 하나일 것이다. 그리움이 동반된 사랑의식이 바로 그러하다. 그것은 자아의 몫이기도 하고, 그러한 정서가 투영된 거울의 몫이기도 할 것이다. 이 두 가지 정서가 어우러져서 '울음'으로 승화되는 이채로운 장면으로 구현된다. 물론 그 '울음'을 뒷받침하고 있는 것이 사랑임은 물론이다.

그리움이란, 그리고 사랑이란 그 대상이 부재할 때 더욱 솟구쳐 오르기 마련이다. 이렇게 오르다가 힘이 빠져나갈 때, 눈물로 전화되는 것은 상식에 속한는 일이다. 관념에서 시작하여 실체의 사물로 구체화하는 것이 울음인 것이다. 그것이야말로 서정적 자아의 절박성을 알게 해주는 좋은 매개일 것이다.

박상봉의 시들은 맑고 선명하다. 이런 감각을 만들어주는 것이 그의 시에서 표나게 등장하는 이미지즘의 수법이다. 시인의 시들은 중심에서 밀려난 것들이나 결핍이 강하게 표출되는 지대에서 형성된다. 그리고 이를 뚜렷하게 감각화시켜주는 것이 이미지의 조형성이다. 그런 투명한 세계 속에서 소외된 것들에 긍정적 가치를 부여하고자 하는 것이 시인의 서정의 의도이다. 뿐만 아니라 조화가 깨진 자리, 빈 결핍의 지대에서 이를 빼곡히 메우고자 하는 지난한 탐색 의지 또한 내포하고 있다. 그것이야말로 사물에 대한 애틋한 정서, 결핍이 만들어낸 공백을 사랑으로 채우려는 시인의 고매한 정서일 것이다. 그의 시들이 허전하지 않고, 충만된 감각으로 읽히는 것은 사물에 대한 능동적, 적극적 자세 때문이다.

존재론적 완성을 향한 진솔한 내성
— 손경선의 시

손경선 시인이 추구하는 서정의 세계는 우선 교훈적이고 계몽적인 것에서 찾아진다. 하지만 서정화하는 대상이 그룹화되어 있거나 특정 집단에 한정되지 않다는 점에서 사회적 맥락과 곧바로 연결되는 것은 아니다. 가령, 무지한 대상을 각성시키거나 좀 더 합리적인 길로 안내하는 그런 계몽성과는 거리가 있다는 뜻이다. 시인은 그저 인간이 갖고 있는 근원적 한계에 대한 경계의 목소리를 내거나, 혹은 그러한 목소리를 자신에게 던짐으로써 인식의 전환을 이루어내고 있는 것이다.

손경선의 시의 소재들은 아주 작은 영역에서 비롯된다. 그러니까 미세한 물상에 대해 자세히 응시하여 그 본성을 이해하고, 이를 서정화함으로써 그만의 고유한 서정의 영역을 만들어가고 있는 것이다. 그러한 단면들은 문인의 길을 걷기 시작한 때부터 보여주었는데, 최근에 이르러서는 이런 시적 의장이 보다 강화되는 측면이 있다. 사물이 갖고 있는 특징들을 잘 포착해서 이를 자신만의 독특한 서정의 성채를 일구어나가고 있는 것인데, 이번에 발표된 시편들도 이런 의장으로부터 자유로운 것이 아니다.

오죽 만만하면 -밥이라 불릴까

개밥바라기 별이 지키는 떠돌이 개밥도 되지 못하고
도둑괭이조차 먹지 않는 괭이밥

키 작은 제비꽃
껑충한 쑥부쟁이 틈에서도
곁을 내달라며 바닥을 기어 옆자리를 차지한다
늘 친구와 키를 맞추어 크지도 작지도 않게
나란히 앉아주는 것이다

뽑고 뽑아내도
곁에 있는
곁을 내어준 이 땅의
전사 중의 전사, 불퇴전의 전사

끝내 작더라도 꽃을 피우고
씨앗을 맺는
만만한 밥들로

오늘도 나는 외롭지 않고 배부르고 등 따뜻하다

「괭이밥」 전문

우선, 시인의 시선에 가장 먼저 들어온 것은 인용시에서 보듯, '괭이밥'이다. 시인이 언급하고 있듯이, 괭이밥은 아주 사소한 것이다. "오죽 만만하면-밥이라 불릴까"에서 알 수 있는 것처럼, 그것은 "오죽 만만한 것"에 불과한 존재이기 때문이다. 그런데 시인은 여기서 그 대상이랄까 존재에 대해 한 번 더 세밀하게 응시하고, 서정화한다. "개밥바라기 별이 지키는 떠돌이 개밥도 되지 못하고/도둑괭이조차 먹지 않는 괭이밥"으로 말이다. '괭이밥'에 대한 이런 사전적 정의야말로 이에 대한 뚜렷한 관심과 미세한 응시가 없이는 불가능하다. 그만큼 시인의 시선은 예리하고 섬세한 것인데, 대상에 대한 뚜렷한 응시와, 거기서 얻어지는 서정의 감각이 이번 신작시의 특징적 단면들이라 할 수 있다.

일상에서는 사소하고, 경우에 따라서는 아무 쓸모없는 것으로 비춰지는 사물도 시인의 정서 속에 삼투하게 되면, 그것은 이전과는 전혀 다른 존재로 새롭게 태어나게 된다. 존재론적 변이가 일어나는 것인데, '괭이밥'에서 포착되는 그러한 존재론적 의미는 크게 두 가지이다. 하나는 질긴 생명성이고, 다른 하나는 조화의 감각이다. 필요없는 혹은 쓸모없는 존재가 자기의 고유성을 드러내는 것은 주변의 사물들에게는 그저 귀찮은 일에 불과하다. 그러니 그러한 모습들은 시인의 시선, 아니 대중들의 시선에서 사라져야 한다. 서정적 자아가 '괭이밥'을 "뽑아내는" 행위를 계속 수행하는 것은 이 때문이다. 하지만 이런 행위들이 언제나와 같은 항상적인 일로 곧바로 연결되는 것은 아니다. 뽑아내도 "곁에 있는/곁을 내어준 이 땅의/전사 중의 전사, 불퇴전의 전사"라는 불사조의 특성을 갖고 있는 까닭이다.

그리고 다른 하나는 조화의 감각이다. 제거되어 사라진 '괭이밥'이 다시 부활했기에, 곧 불사조처럼 강한 생명력이 있기에 의미가 있는 것이 아니라 그것이 존재한다는 그 자체로서 새로운 조화 감각을 불러일으킨다는 사실이다. 가령, "끝내 작더라도 꽃을 피우고/씨앗을 맺는/만만한 밥들로" 태어나서 "오늘도 나는 외롭지 않고 배부르고 등 따뜻하다"는 감각이 바로 그러하다. 그러니까 '괭이밥'은 결코 사소한 것이 아닌, 생명감이라든가 조화의 한 맥락을 주는 등 그 자신만의 존재론적 가치가 충분히 내재되어 있다는 의미이다.

조물주가 사물을 새롭게 만들었을 때, 그리하여 지상의 존재로 자리했을 때, 그것은 분명 하찮은 존재가 아니었을 것이다. 어떤 사물이든 그 나름의 고유한 존재 의의를 갖고 있었을 것인데, 지상의 존재에서 사소한 것, 그리고 다른 타자에게 해로운 것을 굳이 창조해내야 하는 필연성이 있었던 것일까. 만약 창조의 필연성이 있었다고 한다면, 조물주는 왜 이런 사디즘적인 사물을 만들어냈을까. 물론 사디즘적 속성이 없다고 판단했기 때문에 창조했을 것이다. 지상의 존재치고 불필요한 것이 과연 존재하는 것일까. 이런 의문은 시인에게도 그대로 유효한 것처럼 보인다. 「괭이밥」에서 일러준 것처럼, 시인의 눈에 들어온 일상의 사물이나 대상에서 그런 사디즘적인 요인을 결코 읽어낼 수 없기 때문이다.

사소한 일상의 영역들이 그들만의 고유성과 존재 의의가 있다면, 그 상대적인 자리에 놓인 인간은 어떤 존재로 비춰지는 것일까. 혹은 자연에게 인간이란 어떤 존재성을 갖고 있는 것일까. 자연과 인간이 화해할 수 없는, 영원한 평행선 관계에 놓여 있다는 것은 근대의 이분법적 사고가 만들어낸 불변의 진리였다. 말하자면, 자연이 주는 영원한 세계가 붕괴됨으로써 이 분리된 사고가 만들어진 것이다. 그리고 그 저변에 놓여 있는 것이 인간의 이기주의, 곧 욕망의 세계였다. 욕망이 있기에 인간만의 이기주의가 생겨나게 되었고, 그러한 감각이 그로 하여금 유토피아로부터 멀어지게 만들었다. 그러니 서정적 자아가 인간의 삶이라든가 인간의 욕망에 대해 경계의 시선을 보내게 되는 것은 당연한 것이라 할 수 있다. 그의 시를 두고 계몽적 특성이 내재되어 있다고 하는 것은 이런 맥락에서였다.

갈매기도 해를 향해 일제히 돌아앉는 겨울날
주꾸미 샤부샤부를 먹는다

살아남기 위해
수시로 주위에 맞춰 몸 색을 바꾸는 변색과
위기의 순간마다 뒤집어썼던 먹물로
한 생을 견딘 주꾸미

먹물이 구하는 것은 생명과 밝은 내일이지만
때로는 생명줄이 죽음을 부르기도 하는 세상

먹물이 별미이자 진미, 몸에 좋다는
인간의 머리에 든 먹물 몇 자
끝 모를 탐욕으로
주꾸미는 죽어서도 맑은 물속에 몸을 뉘지 못하고
남는 것은 야만의 절규

국물을 검게 물들이는
눈물 대신 몇 방울 주꾸미의 먹물
가자미눈을 뜨고 번득거리며 세상을 어지럽히는
어둡고 짧디짧은 인간의 먹물

앞이 보이지 않는 먹물 속에서
돌고 돌아 원래의 자리로 돌아오는 것이
삶이라고
몸을 비비 꼬아대며 붉게 익어간다

「주꾸미 샤부샤부를 먹다」 전문

여기서 주꾸미가 자연을 대변하는 것이라면, 그 상대적인 자리에 놓인 것은 인간일 것이다. 그리고 이들 사이의 경계에 서서 이분법적인 음역을 만들어내는 것이 '먹물'이라는 대상이다. 주꾸미에게 그것은 생명 보존의 수단이었지만, 인간에게는 그저 한갓 욕망의 대상에 불과할 뿐이다. 이런 정서를 드러내기 위해 시인이 시도한 의장이 대조의 수법이다. "국물을 검게 물들이는/눈물 대신 몇 방울 쭈꾸미의 먹물"과 "가자미눈을 뜨고 번득거리며 세상을 어지럽히는/어둡고 짧디짧은 인간의 먹물"의 대립이 바로 그러하다. 하나의 '먹물'이 누구에게는 생명이지만, 다른 누구에는 먹이에 불과한 것이다.

이런 대조 속에서 주꾸미가 인간에게 던지는 교훈이랄까 계몽의 정서는 매우 의미심장하다. "앞이 보이지 않는 먹물 속에서/돌고 돌아 원래의 자리로 돌아오는 것이/삶이라고/몸을 비비 꼬아대며 붉게 익어간다"는 주꾸미의 절규를 인간에게 뚜렷이 환기시키고 있기 때문이다. 먹고 먹히는 이런 관계를 누군가는 생태계의 정당한 질서라고 말할지도 모른다. 양육강식이란 어쩌면 순리적인 것, 곧 자연의 법칙이니까 말이다. 하지만 성서의 전언에 의하면, 에덴 동산에서의 양육강식이란 결코 존재할 수 없는 법칙이었다. 이 법칙을 위반한 것이 인간이었고, 그러한 정서들을 더욱 극단화시킨 매개가 근대의 이분법적 세계였다.

그의 생에서 도망이란 없었다
불가능했다
앞서거니 뒤서거니 쫓기듯 살아왔고, 살아갈
쭉정이도 아니고 알맹이도 아닌
작은 나무였다
어젯밤부터 오늘 아침, 내일 한낮까지도
바람에서 바람으로 흔들릴 뿐이지만
욕심은 고래보다 크게 그 바람보다 빨리 자랐다
많은 가시를 품어도 누구도 핍박하지 않는
가녀린 나무의 꽃은 늘 희미한 색
어렴풋이 보이고 잠시 머무른다
피는 꽃마다 열매를 달 수 없고
달린 열매마다 익어갈 수 없음을
그늘의 품에서 깨달아 간다
가끔은 가시에 찔리고
어쩌다 울음을 삼킨다 해도
도무지 알 수 없는 아픔
적막의 끝에서 함초롬히 젖은 나무의 어깨 위로
봄의 왈츠는 언제나
가을의 세레나데로 끝났다.

「작은 나무」 전문

자연의 세계에서 인간의 질서가 결코 틈입해 들어올 수 없음을 보여주는 시가 「작은 나무」이다. 우선, 이 작품은 제목이 '작은 나무'라는 것이 이채롭거니와 여기에 함축된 의미는 양육강식의 논리이다. 만약, 야생의 작은 동물임을 염두에 둔다면, 이 동물은 분명 양육강식의 희생자가 되었을 것이다. 이런 감각은 인간의 세계에서도 크게 달라질 것은 없다. 연약해 보이는 자, 사기치기 좋은 자는 결코 강자의 영역에 놓일 수 없는 존재들인데, 강자가 아니기에 이들은 당연히 자신보다 힘 센 존재들의 희생자가 될 위험성에 놓여 있게 된다.

하지만 「작은 나무」에서는 강자 우선주의가 성립할 개연성은 전혀 보이지 않는다. 우선 '작은 나무'이기에 자신만의 생존을 위해서 이 나무는 '큰 나무'가 없는 곳으로 도망쳐야만 했다. 하지만 도망이란 가능한 것이 아니었거니와 또한 '불가능'한 것이기까지 했다. "앞서거니 뒤서거니 쫓기듯 살아왔고, 살아갈/쭉정이도 아니고 알맹이도 아닌/작은 나무"였기 때문이다.

이 나무는 그럼에도 자신만의 생존 법칙을 만들어나갈 수 있는 지혜를 갖고 있는 존재이다. "가시를 갖고 있으되 누구를 찌르지" 않았고, "피는 꽃마다 열매를 달 수 없고/달린 열매마다 익어갈 수 없음을/그늘의 품에서 깨달아" 갈 수 있는 포용성내지는 조화의 감각을 내재하고 있었기 때문이다. 말하자면, 자신이 갖고 있는 신체적 한계를 인지하고 이를 자신의 생존 요건에 맞게 적응해간 것이다. 이것이 조화 감각이거니와 이런 의장이야말로 생존을 향한 자연스러운 적응의 한 도정일 것이다. 인간의 손길이 닿지 않는 곳, 그들의 욕망으로부터 해방된 곳에서는 이런 세계가 가능하다고 보는 것이다. 그것이야말로 자연이 주는 아름다운 전일성의 세계가 아니겠는가.

시인은 자연이 주는 조화의 감각과 이를 훼손하는 관계들에 대해 직시하고 있었다. 인간 너머의 세계, 곧 자연과 함께 공존하는 세계야말로 시인이 늘상 그리워하고 꿈꾸는 세계였기 때문이다. 시인은 분열보다는 통합, 갈등보다는 조화, 무질서보다는 질서의 세계를 탐색해 왔던 것이다.

출근길 버스 창밖으로 강물로 도로변으로
내려앉는 눈송이를 본다
창에 부딪는 눈발의 각도를 삼각 함수에 적용하면
달리는 버스의 속도를 계산할 수 있을까
강으로 내리는 눈과 길가의 눈을
친수성과 소수성으로 구분할 수 있을까
강은 순식간에 녹아든 눈을 품고
여전히 강물로 흐르고
온갖 사람들이 흘러들어
하나가 되어 살아가는 세상 강물
나는 기름 한 방울로 둥둥 떠다니다 미끄러진다
내가 나를 떠도는 것은 아닐까
자신에게 녹아들어 하나가 되지 못하고
세상과도 하나 되지 못하고
세상을 겉도는 떠돌이 이방인
생각의 눈발이 향하는 곳은 어디인가
흔들리는 버스에서 내려
내가 나를 볼 때
눈가에 매달린 녹지 못하고 얼어붙은 눈
슬픔은 좀체 쉬 사라지지 않고
잔설 뒤축으로 밟힌다

「녹아든다는 것」 전문

이 작품은 인간의 본질이나 실존과 같은 거대 담론이 아니라 스스로에게 던지는 작은 질문이라는 점에서 의미가 있는 시이다. 인간이나 자연과 같은 큰 이야기가 아니라 내성과 같은 작은 이야기로 시선이 돌려지고 있는 것이다. 집단에 대한 계몽의 목소리가 보다 큰 정서적 환기를 가져오기 위해서는 내성에 대한 성찰이 전제되어야 한다. 이런 진리에 비추어보면 시인이 펼쳐보인 시선의 변이는 지극히 타당한 귀결이라 할 수 있다.

이 작품에서 서정적 자아는 출근하는 중이고, 그 도정에서 차창밖에 내래는 눈송이를 응시한다. 눈이라는 사물과 그에 대한 미세한 관찰을 통해서 서정의 샘을 길어올린다는 점에서 보면, 다른 작품들의 작시법과 크게 구분되는 것은 아니다. 서정적 자아는 내리는 눈 속에서 이른바 '친수성'과 '소수성'을 읽어내게 되는데, 이는 다른 말로 하면 쉽게 동화되는가, 혹은 그렇지 않은가의 구분점이 된다. 잘 알려진 대로 물로 바로 입수하는 눈은 전자의 속성을 갖는 것이고, 도로로 떨어지는 눈은 후자의 속성을 갖는다. 이런 일상에서 서정적 자아는 스스로에 대해 내성의 시간을 갖게 된다. 그 스스로는 어떤 속성을 갖고 있는가 하는 존재론적 질문을 던지는 것이다. 가령, 자아는 친수성의 존재인가 아니면 소수성의 존재인가 하고 말이다.

하지만 서정적 자아의 이런 진지한 질문에도 불구하고 답은 이미 정해져 있다. 그 자신은 "기름 한방울이 되어 둥둥 떠돌아다니는 존재", 곧 소수성의 존재임을 알고 있는 까닭이다. 이런 인식은 부조화의 감각과 분리하기 어려운 것이고 시인이 전략적으로 모색하고 있는, 자연과 하나되는 존재로 회귀하고자 하는 꿈과도 거리가 있는 것이다. 그렇다고 해서 서정적 자아가 욕망에 깊이 침윤되어 있거나 그 결과 자신만의 이기주의에 함몰된 근대적 인간형에 갇힌 존재라는 뜻은 아니다. 만약 그러하다면 그러한 자아는 곧 파괴자라는 괴물의 형상을 갖추고 있어야 한다.

하지만 작품 어느 곳에서도 자아의 그러한 괴물스런 모습은 포착되지 않는다. 자연과, 혹은 집단과 어울리지 못하는 고립자로서만 구현되고 있을 뿐이다. 이런 단면은 솔직한 내성이거니와 진지한 윤리성의 표백에 해당한다. 솔직한 내면의 고백이야말로 이 시인만이 갖고 있는 고유성이거니와 서정적 황홀이다. 조화라든가 동일성을 향한 서정적 자아의 꿈들이 아름답고 진정성있게 느껴지는 것은 생리적으로 내재하고 있는 솔직성 내지는 담백성에 그 원인이 있다. 위장되지 않고, 허위에 갇히지 않는 내성의 직접성이야말로 이 시인만이 갖고 있는 서정의 매혹이다.

일상성에 던지는 형이상학적인 서정의 물음들
— 권정우의 시

권정우의 최근 시들은 이전보다 형이상적인 색채들이 점점 짙어지는 듯한 경향을 보여주고 있다. 『손끝으로 읽는 지도』를 비롯한 이전의 시들이 감각적, 구체적인 이미저리들을 통해서 일상성의 여러 편린들을 자유롭게 읽어나갔다면, 최근의 시들은 이런 매개로부터 한 단계 뛰어넘는 듯한 곳에 자리하고 있는 것처럼 보인다. 하지만 그의 이런 행보를 두고 의미를 향한 서정의 색채가 옅어졌다고 보는 것은 옳지 않은데, 그만큼 시인은 일상이나 현존과 같은 구체적인 문제들에 대해서 보다 깊은 성찰의 세계로 나아간 것으로 이해되기 때문이다.

성찰이란 시인의 시선이 외부로 나아가기 보다는 내부로 옮아오게 되는 것이 일반적이다. 따라서 시인의 최근 시들이 대상보다는 자아와 자신을 둘러싼 환경에 관심을 두는 것은 이와 깊은 연관을 맺고 있는 것이라 할 수 있다. 이는 대상 속에 던져졌던 여러 서정적 질문들에 대한 명쾌한 답의 부재로부터 오는 것인데, 해법이 마땅치 않다는 것은 시인으로 하여금 서정을 향한 자맥질을 계속 시도하게 만드는 계기로 작용한다. 그의 시들이 선문답 같은 형식을 취하거나 무언가 확신하지 못한 담론의 차원에 머무르는 이유도 여기서 찾아야 할 것으로 보인다. 그러한 까닭에 시인의 시들은 이전과 달리 쉬운 해독과는 거리가 있는 것처럼 보인다.

그럼에도 시인은 자아와 세상의 현존에 대해 던져왔던 의문의 부호를 결코 거둬들이지 않는다. 의장과 담론의 양식은 달라졌어도 존재에 응전하고자 하는 서정의 치열한 모색은 여전히 현재 진행형으로 자아 앞에 놓여 있는 까닭이다. 그러한 모색 가운데 하나가 현존에 대한 진정성, 혹은 긍정성에 대한 확인이다.

끝도 없는 고요와 어둠을 찢고
우주가 태어나지 않았다면,

은하계에 태양계라는 작은 마을이 생겨,
투포환 선수가 쇠로 만든 무거운 공을 던지려 할 때처럼,
태양이 지구를 돌리지 않았다면,
태양의 손아귀를 벗어나지 못하는 신세라면서
지구가 달덩이를 돌리는 걸 포기했다면,

이제 때가 되었다며
태양이 하나뿐인 푸른 공을 까마득한 어둠을 향해 던져 버렸다면,

오늘이라는 선물을
어떻게 받을 수 있었겠어요.

한 번뿐인 오늘은

이름을 알 수 없는 별에서 당신이
나를 만나려고 빛보다 빠르게 날아와
지구별에 도착한 날입니다.

기적 같은 그 일이 없었다면 나는
달을 돌리고 있는 지구보다
지구를 돌리고 있는 태양보다
태양계와 은하계를 품고 있는 우주보다
더 소중한 게 있다는 걸 알지 못한 채
오늘을 맞이했겠지요.

「오늘」 전문

오늘이 현재의 시간의식에 놓여 있는 것임은 자명한데, 시인에게 이런 시간의식으로 자아를 인도하게끔 한 대상들은 거대 서사에서 비롯된다. 이는 그의 시에서 펼쳐지는 서정의 폭과 상상력의 모험이 그만큼 넓고 깊다는 것을 말해주는 것이라 할 수 있다.

시인은 현재의 시간, 곧 오늘이 오게 만든 것은 우주이고, 그 톱니바퀴 같은 조밀함, 정밀성 속에서 현재의 자아, 현재의 시간이 완성되었다고 믿는다. 그렇다면 현재가 왜 시인에게 소중한 것으로 다가오는 것일까. 시를 꼼꼼히 읽어보면, 얼핏 짐작할 수 있는 것처럼, 자신에 대한 긍정성, 지금 이곳에서 펼쳐지는 여러 대상들이나 사건들에 대한 우호적 정서 때문이다. 시인은 그러한 감각을 "오늘이라는 선물"이라고 말하기도 하고 "어떻게 받을 수 있었겠어요"라는 설의적 어법을 통해서 확인하고자 한다.

현재에 대한 긍정이라든가 나의 상대적 자리에 놓인 '당신'과의 아름다운 만남이 없다면, 시인에게 '오늘'이란 결코 성립될 수 없는 시간의식이다. 시인 앞에 놓인 시간의 무대는 다른 것으로 대체불가능한 매우 소중한 것이다. 이를 알기에 시인은 이 만남의 현장을 가능하게 만든 현재를 적극적으로 긍정하고 이 시간 속에 자신을 몰입시킨다. 하지만 현재를 긍정하고, 이를 적극적으로 자기화하는 삶을 산다고 해서 이를 소시민의 소소한 일상이라고 가볍게 넘기는 것은 곤란하다. 이 지점이야말로 서정적 유토피아를 향한 그의 열정이 솟아나는 지점이 되기 때문이다. 그것은 틈이고 어긋남이며, 그러한 여백 속에서 서정의 샘이 만들어진다.

긍정에는 부정이, 진실에는 가짜가 있기 마련이다. 다시 말해 모든 대상에는 앞 뒤의 단면이 존재할 수밖에 없는데, 「오늘」에서 긍정되는 현실의 이면에는 또 다른 단면이 존재한다고 본다. 그것이야말로 시인이 탐구하고자 하는 서정의 목적이라 할 수 있을 것이다.

내가 사랑하는 사람은
세상에 없을지도 몰라.

있다고 해도
인공지능 프로그램인 것만 같아.

메일로 안부를 전하고
카톡으로 대화를 나누지만
만날 수 없으니.

내가 사랑하는 사람은
내가 아는 그 사람이 아닐지도 몰라.

많은 시간을 들여 우리는
서로를 더 깊이 알려고 한 게 아니라
상대방을 닮은 아바타를 만들고 있었던 게 아닐까.

아바타와 가까워지는 만큼
사랑하는 사람에게서 멀어지고 있었는데
사랑이라 여겼던 거지.

아바타와 사랑에 빠지는 걸
사람들은 이별이라고 부르지.

잡으려 하면 놓치고
가지려 하면 잃어버리고
깨끗이 닦으려다가 박살이 나는

사랑은
신이 만든 그릇.

「신이 만든 그릇」 전문

이 작품의 소재랄까 주제는 사랑이다. 사랑이란 생명체 있는 존재라면 모두가 경험할 수 있는 감각이다. 그만큼 보편적인 영역을 차지하고 있는 정서이다. 보편이란 나에게도, 또한 상대방에게도, 우리 모두에게도 존재한다. 그래서 그것은 나의 것이자 상대방의 것이며, 또한 우리의 것이 되기도 한다. 이렇듯 나의, 너의, 혹은 우리의 것이라는 소유 의식은 누구나 이 영역에 참여할 수 있는 근거가 된다. 내가 사랑하고, 네가 사랑하며, 우리가 사랑하는 것은 모두 이런 이유 때문이다.

하지만 내가, 혹은 누구나 가능한 것이라고 해서 사랑을 두고 보편적이고 또 진정성이 있는 것이라고 할 수 있는 것일까. 사랑에 대한 시인의 형이상학적인 질문은 이 뻔한 지대에서 시작된다. 그런데 결론은 이미 내려져 있는 것인지도 모른다. 이런 단면을 서정적 자아가 대번에 알고 있는 까닭이다. 작품의 1연에서 "내가 사랑하는 사람은/세상에 없을지도 몰라"라고 선언하고 있는데, 이 선언이나 단언이란 일단 시인이 시도하는 서정의 의도와는 거리가 있다. 시인은 대상에 대한 즉자적이고 직접적인 화법으로부터 한발자국 멀리 떨어져 있는 까닭이다. 이를 대변하는 것이 2연이다. 사랑을 두고 서정적 자아는 "있다고 해도/인공지능 프로그램인 것만 같아"라고 하면서 확신의 단계에 까지는 이르지 못하고 있다.

사랑은 정서를 교감하고 이를 확인하는 장이 되어야 한다. 하지만 시인이 응시하는 현대의 사랑은 이런 규격과는 거리가 있다. 실제적인 만남이 아니라 메일이나 카톡 등의 간접적인 수단을 통해서만 사랑의 형식이 이루어지는 까닭이다. 실체가 없는 사랑이란 혹은 그 대상이란 시인의 언급대로 알 수 없는 대상과 대화하는 것, 혹은 어떤 아바타를 만드는 일인지도 모른다. 소통이 길어질수록 가까워져야만 하는 대상이 결코 그런 관계로 나아가지 못하는 것, 이런 사랑이야말로 아바타와의 사랑일 것이다. 그래서 시인은 "아바타와 사랑에 빠지는 걸/사람들은 이별이라고 부른다"고 이해하거니와 이 영원히 만나지 못하는 이상 야

릇한 사랑을 “신이 만든 그릇”이라고 비유한다. 신이 만든 것이라면 분명 완벽해야 한다. 그리고 그러한 사랑이란 정서로 통일되어 비로소 하나로 되어야 하는 관계일진데, 여기서의 사랑은 그 반대의 경우가 된다. 뿐만 아니라 그것이 만남이라는 행위로 완결되지 않고, 상대적인 자리에서 시소게임하듯 펼쳐지는 공백의 놀이로 일관한다. 이 또한 틀에 맞춰진 놀이이며 한치의 여백도 허용되지 않는 완결성을 갖고 있다. 그래서 시인은 이를 두고 “사랑은/신이 만든 그릇”이라고 한 것이 아닐까.

‘오늘’이라는 현재, 이를 가능케 한 현존이 시인이 펼쳐보이는 서정성이라면, 이 서정의 샘 속에 늘 위장이나 가짜의 정서만이 녹아들어가 있는 것은 아니다. 긍정이 있으면, 부정이 있는 것인데, 이런 이중성의 시야 속에 펼쳐지고 있는 것이 시인이 펼쳐보이는 서정의 특색이다. 가짜의 사랑이 있다면, 그 너머의 세계에는 진정성 또한 놓여 있다. 이를 대변하는 것이 「농부 오리」이다.

산책하는 사람들 눈에는
보이지 않겠지만
청둥오리가 노란 물갈퀴로
물장구를 치는 척하면서
볍씨를 뿌리고 있습니다.

자전거를 타고 지나가는 사람들은
기억하지 못하겠지만
벚꽃잎이 개구리밥처럼 떠내려가는 개울에서
부리로 바닥을 갈아엎던 그 녀석입니다.

조깅을 하는 사람들은
맡지 못하겠지만
비탈진 개여울에서 애기똥풀이
오리에게 꽃향기를 전해주고 있습니다.

우산을 들고 지나가는 사람들에게
말해줘도 들리지 않겠지만
개울 건너에서
흰 두루미가
쉬지 않고 일하는 오리를
눈여겨보고 있습니다.

가을 햇살 아래서
허수아비처럼
황금빛 들판을 지켜야 한다는 걸
잘 알고 있으니까요.

「농부 오리」 전문

인용시는 오리들이 뛰노는 현장에서 시의 소재를 가져온 작품이다. 이 서사를 이끌어가는 힘은 두 개의 감각이다. 하나는 무관심과, 다른 하나는 그 이면에 감춰진 일상성이다. 「농부 오리」는 5연으로 구성되어 있고, 총 네 부류의 사람들이 등장한다. '산책하는 사람들', '자전거를 타고 지나가는 사람들', '조깅을 하는 사람들', 우산을 들고 지나가는 사람들'이 바로 그러하다. 이들은 서정의 현장에 참여는 하지만 그 이면에서는 거리를 두고 있는 존재들이다. 그러니까 이들은 서정의 진실을 보다 표나게 드러내기 위한 일종의 장식에 불과한 존재일 수도 있다. 서정적 자아는 이들의 외피를 걸치고 자신이 하고자 하는 음색을 담론에 실어 발언하고자 한다. 가령, "물장구를 치며 볍씨를 뿌리거나" "부리로 바닥을 갈아엎거나" 혹은 "애기똥풀이 오리에게 꽃향기를 전해주거나" "흰 두루미가 쉬지 않고 일하는 오리를 눈여겨 보거나" 하는 행위들인데, 서정적 자아는 그저 이런 풍경을 묵묵히 응시한다. 그러면서 진실이나 진정성의 실체에 가까이 가려고 한다. 이런 응시는 「모과」에서도 동일하게 표명된다. 표면과 이면이 어떻게 다르고, 또 모과가 전하는 말을 어떻게 수용하느냐의 여부가 중요한 것이 아니라 모과의 변치않는 존재성, 있는 그대로의 현존을 응시하는 것인데, 이런 관찰만으로도 본질을 향한 시인의 의도랄까 열정을 알게 해준다.

시인의 작품에는 이렇듯 두 개의 일상성이 존재한다. 하나가 표피적인 모습이라면, 다른 하나는 이면적인 모습이다. 물론 시인이 이 두 가지 사유의 무대에서 자신의 무게중심을 한쪽에 놓아 두지는 않는다. 다시 말해 중심의 한가운데에서 한쪽의 기울기에 관심을 보이지 않는다는 뜻이 된다. 이런 양면성이야말로 이 시대의 진성성의 모습, 시인이 응시하는 현대성의 한 단면일 것이다.

> 우리 아들 머릿결처럼
> 내 머릿결에서도 윤이 났을 때
> 나는 행복한 하루를 알아보는 눈이 없었다.
> 그러지 않았다면 좋았겠지만
> 후회할 일은 아니다.

내 인생에서 가장 행복한 하루가
바로 그날이었다는 걸
조금 일찍 알았더라면
나의 하루는 달라졌을까?
내가 눈치채지 못한 사랑이 있었던 건 아닐까?

예전의 나는
좋은 것을 알아보는 눈을 원했다.
이제는 나쁜 것을 알아보는 눈을 갖고 싶다.

어둠 속에서 이불을 뒤집어쓰고 후회하는 건
잘못을 저질렀기 때문이 아니라는 걸
이제는 안다.

황사가 걷히고 하늘이
우리 집 창문을 기웃거린다.
하루 사이에 세상이 달라졌다는
놀라운 소식을 전해주려고 그러는 거다.

「세상의 비밀」 전문

제목이 세상의 비밀이라고 하니 무언가 크나큰 거대 담론이 숨어 있는 것처럼 보인다. 「오늘」의 시에서 본 것처럼 우주적 상상력이 펼쳐지는 것이 아닐까하는 생각이 앞서기도 하는 것이다. 그만큼 이번 신작시에서 시인이 펼쳐보이는 서정의 진폭은 강하고 크게 울려퍼진다. '세상의 비밀'이라고 했으니 여기에는 얼마나 큰 서정의 음역이 담겨있는 것일까. 하지만 작품 속에 등장하는 서정의 영역은 의외로 작은 부분에 갇혀 있다. 바로 내성의 문제에 한정되고 있으니 말이다.

'오늘'이라는 시간 속에서 자아의 시선은 세상 속으로 거대란 발걸음을 옮기게 된다. 서정적 자아가 찍는 발자국 속에서 가짜의 현실이 간취되기도 하고, 현실 너머의 저편에서 진실이 묻어나는 물결의 흐름도 인식된다. 이제 시인의 시선은 다시 외부가 아니라 내부로 되돌아 오는 존재의 전환을 시도하게 된다. 그 옮김의 과정에서 만난 것이 '세상의 비밀'이었던 것이다.

비록 '세상의 비밀'이라는 거대한 종을 치긴 했지만 시인이 말하고자 한 서정의 의도는 지극히 작은 소리에 갇혀 있다. 자아라는 영역에서 흔히 일어날 수 있는 '성찰'이 그 중심에 놓여 있는 까닭이다. 인간은 행복할 때, 결코 행복했다고 생각하지 않는다. 물론 그 반대의 경우도 마찬가지일 것이다. 그런데 서정적 자아의 의문은 그 행복의 순간에 그러했다고 생각했다면 "자아의 실존이라든가 현존이 바뀌거나 달라졌을까"하고 반문한다. 물론 대답은 이미 정해져 있다. 그렇지 않다는 것이다.

이런 자아 성찰 속에서 서정적 자아는 이제 또다시 새로운 존재론적 변신을 시도한다. "예전의 나는/좋은 것을 알아보는 눈을 원했지만" "이제는 나쁜 것을 알아보는 눈을 갖고 싶다"라는 인식 전환을 하고자 하는 것이다. 물론 이 두 가지 시야 가운데 어느 것이 자아의 성숙이나 내성을 위해 긍정적인 기능을 하게 되는지는 알 수가 없다. 다만 중요한 것은 이제는 서정적 자아가 과거를 반추하고 새로운 시점을 갖는 상황에 놓여 있다는 사실이다. 존재가 새로운 단계로 나아갈 때, 가장 필요한 것이 존재론적 변신일 것이다. 이런 전환 없이 새로운 탄생이란 불가능하기 때문이다.

권정우의 최근 시들은 사색적이고, 철학적이다. 현실 너머의 세계에 놓여 있는 형이상학적인 물음들에 언어의 두터운 옷을 입히고자 한 것이 그만의 독특한 시적 의장이다. 그러한 작업 속에서 시인은 대상에게 혹은 자신에게 규격없는, 무정형의 질문을 거침없이 던져나간다. 해법이 설핏 내포되기도 하고, 모호한 채로 남아있기도 하다. 그리고 남겨진 여백들이 크고 깊은 것이어서 독자의 정서가 이를 메우고 찾아내는 것이 쉽지 않아 보이기도 한다. 시인도 탐색의 도정에 있거니와 독자 또한 마찬가지의 상태에 놓여 있기 때문이다. 그렇지만, 언젠가는 그러한 여러 실타래들이 풀어지면서 서정의 틈은 서서히 열리게 것이다. 그럴 때, 시인과 독자는 조화로운 무대 속에서 이 시대의 진정성을 두고 아름다운 해후를 하지 않을까 한다.

평화로운 일상이 만들어내는 작은 유토피아
— 한연순의 시

한연순의 시들은 일상성과 깊은 관련을 맺고 있다. 시인의 시들은 생활 속에서 얻어진 감각을 이미지화해서 속깊은 진리를 담론화하고 있는 까닭이다. 시인의 이런 작시법은 비록 최근에 이르러 한층 구체화된 것이긴 하지만, 어느 한순간의 자의식적 일탈에 의해서 갑자기 얻어진 것은 아니다. 그만큼 시인의 시들은 일상의 이미지화라는 방법적 의장을 통해서 꾸준히 서정의 샘물을 길어올리고 있었던 것이다.

하지만 한연순의 시들은 의미의 진정성에 올라타거나 획득하기 위해서 조급해하거나 서두르지 않는다. 어쩌면 진정성에 대한 이런 완만한 발걸음이야말로 시인의 작품이 갖고 있는 최대 장점이라 할 수 있을 것이다. 서정의 느릿한 행보들은 실상 시인이 발언하고자 하는 담론의 정점에 이르는 것을 어렵게 할 수 있거니와 한두 편의 작품을 통해서 이를 이해하는 것도 쉬운 일이 아니다. 그만큼 시인의 시쓰기는 완만함과 은폐의 의장 속에서 시도되고 있는 것이다. 시인의 시들이 서정시의 한계라 할 수 있는 주관에 의해 압도당하지 않은 이유도 여기서 찾을 수 있다.

시인의 시들이 갖고 있는 이러한 특징들은 무엇보다 대상에 대한 관조라든가 응시 속에서 찾아진다. 이미 상재된 시집들도 그러하거니와 최근의 근작시와 신작시도 모두 이 의장에서 크게 벗어나지 않는다. 이러한 단면을 가장 잘 보여주는 시가 「단추」이다.

단추는 때론 약간 귀찮은 것들

구멍과 일직선상에 있는
덜 거짓말

간당간당한 절망이 벽을 긁는 손톱으로
구멍을 붙들고 있지

늘 긴장해야 해
순서와 차례에서
나도 모르게 떨어져 나갈 수 있어

때론 많이 고단하고 슬픈 것들

「단추」 전문

이 시의 의장을 지배하고 있는 것은 응시라는 방법이다. 지금 서정적 자아는 습관적 일상성 속에서 거의 감각되지 않는, 아주 흔한 일상의 사물 가운데 하나인 단추에서 서정의 샘을 파 내려간다. 일상적이고 습관적인 것들이 새로운 인식성으로 자리하는 것은 그것이 자동화된 감수성을 벗어나는 때일 것이다. 지금 시인이 서정화하고 있는 단추는 어느 순간 낯설음의 감각으로 다가오게 된다. 그 감각이란 아마도 인용시에서 보듯 일종의 불안의식이었을 것이다. 의복에 매달린 단추가 갑자기 간당간당한 모습으로 인식되었고, 그것이 시인의 정서적 인식성을 새롭게 환기했을 것이다.

「단추」에서 알 수 있는 것처럼, 시인의 시들은 일상 속에 깊이 자리한 지점에서 시작된다. 하지만 시인은 그 지점에서 얻어지는 서정을 객관적인 묘사로 한정시키지 않는다. 말하자면 일상의 현실을 세태의 차원으로 단순히 복원시키지 않는 것이다. 그러한 복원이란 과거의 아련한 향수라든가 현실 고발이라는 도구성에서 벗어나지 못할 것이다. 시인의 시들은 갈등하는 현실의 장으로 나아가지 않을뿐더러 과거의 막연한 추억을 재현하지도 않는다. 시인의 관심은 지금 이곳일 뿐만 아니라 이를 조율해나가는 자아의, 아니 존재들의 치열성에 주어져 있다.

그러한 까닭에 단추는 곧 존재의 불완전성을 은유하는 대상으로 구현된다. 인간이 에덴의 신화를 거부하는 순간, 혹은 세계에 내던져지는 순간이란 "순서와 차례에서/나도 모르게 떨어져 나갈 수 있는" 순간과도 같은 것이다. 이는 일종의 분리 불안인데, 이런 감각으로부터 자유로운 존재는 결코 없을 것이다. 「단추」에서 말하고자 했던 시인의 의도는 바로 여기서 찾을 수 있다.

> 선 하나 똑바로 긋는 일이 얼마나 어려운가
> 물결처럼 흔들리는 선
>
> 수백 번의 연필이 지나간 뒤라야
> 그림자 하나

둥근 공에 기대어 쉴 수 있다

지우개로 지워 본 사람은 안다
가고 싶은 길 하나 내기 위해
수 없이 비껴간 길을

수만 번의 사유가 지나간 뒤라야
흰 도화지 속에
마음의 집 한 채 지을 수 있다는 것을

「데생dessin」 전문

일상성에서 길러지는 서정의 의미화들은 인용시에서도 그대로 재현된다. 비록 데생이 특정 분야에서 이루어지는 전문적인 영역임에도 불구하고 시인에게는 그것이 일상의 영역과 밀접히 연결되어 있는 까닭이다. 평소 무엇인가를 끊임없이 그리고 낙서하는 습관적 행동들은 이 데생과 분리하기 어려운 것이기 때문이다.

「데생」은 「단추」의 연장선에 놓인 작품이다. 이 작품의 주제는 신화적 상상력과 연결되어 있는데, 우선 에덴 동산에서 떨어져 나온 인간이란 늘 잃어버린 유토피아를 꿈꾸기 마련이다. 이 낙원으로 되돌아가야만 존재의 완성을 이룰 수 있는 까닭이다. 하지만 그 도정이란 결코 만만한 것이 못 된다. 에덴 동산에서의 추방 이후 인간들은 단 한번도 그곳에 이르지 못했기 때문이다.

일찍이 하버마스는 영원을 잃어버린 근대인이 할 수 있는 것은 스스로 현실을 조율해가면서 사는 일이라 했다. 중세의 신이 하던 것들은 더 이상 유효성을 발휘할 수 없으니 인간이 신을 대신해서 스스로 살아가야 한다는 뜻일 것이다. 이런 감각은 이 시에서도 그대로 구현된다. 말하자면 시인이 이 작품에서 말하고 있는 것처럼 그러한 시도들은 "선하나 똑바로 긋는 일"에 해당한다고 할 수 있다. 하지만 쉬울 것만 같은 선 하나를 긋는 일들이 결코 쉬운 일이 아님을 알게 된다. "물결처럼 흔들리는 선"이 계속 방해하는 까닭이다.

하나의 올바른 선을 만들어내는 것, 곧 존재론적 완성으로 나아가기 위해서는 여러 번의 시도가 이루어져 비로소 가능할지 모른다. 그러한 일들이 내성이나 성찰과 분리하기 어렵게 결합된 것인데, 시인은 이를 '지우개'의 감각으로 풀어낸다. 그러니까 '지우개'란 내성이라는 윤리적 잣대에 속하는 것이라 할 수 있는데, 여기에 이르게 되면 시인이 이번 소시집에서 말하고자 하는 음역이랄까 주제의식을 어느 정도 알아차리게 된다. 세계 속에 내던져진 인간에게 숙명처럼 다가오는 성찰의 정서가 이 시인에게도 고스란히 다가오기 때문이다.

똥을 빼지않은 멸치볶음을 먹다가
똥이 맛있다는 생각으로 저녁을 먹는데

죽은 멸치가 뼈를 꼿꼿이 세우고 있다

할말이 있는 거니

풍장이 된 빨간 금붕어가
베란다 분꽃 화분 위에서 거실 안을 보고있는 시간

접시 안에 많은 눈들이
나를 올려다보고 있다

아직 할말이 살아있는 거니

누가 느낌표처럼
앰뷸런스 소리로 떠나가고 있어

따뜻한 체온과 반응하는 것들은
어디로 가 버린 거니

「아무 것도 아닌 저녁」 전문

내성이라는 자아의 감옥에 갇혀 있던 시인의 시들은 이 작품에 이르게 되면, 그 음역이 좀 더 확대된다. 이는 서정의 진폭이 크게 울린다는 점에서 의미가 있거니와 그 울림들은 자아의 영역으로부터 벗어나게 한다. 인용시는 작품의 제목부터가 이색적이고 아이러니컬하다는 점에서 흥미를 끄는 경우이다. 서정적 자아는 자신이 어느 한 순간에 마주한 저녁을 '아무 것도 아닌' 것으로 가볍게 치부한다. 하지만 시인이 묻는 주제란 결코 '아무 것도 아닌' 것이 아니라는 점에서 의미의 폭을 크게 울려준다.

지금 서정적 자아는 죽은 멸치와 대화한다. 죽은 사물과의 대화를 생생한 것으로 외화하는 것 자체가 또 다른 역설을 불러일으키게 되는데, 여기서 시인이 무엇보다 주목하는 것은 멸치의 눈이다. 죽은 멸치의 눈은 살아있는 것처럼 환기된다. 그것도 상대방의 눈 속에 파노라마처럼 펼쳐지고 있는 것이다. 죽은 것과 산 것이 대화하는 자리에서 이미 이들 사이에 놓인 경계는 사라져버린 상태이다.

서정적 자아는 비록 가상의 상태이긴 하지만 죽어있는 것들의 부활을 꿈꾼다. 시인이 이렇게 하는 의도에는 어떤 목적성이 분명 있는 것처럼 이해된다. 시인은 현대성을 불활성의 상태로 보고 있는 것은 아닌가 하는 생각이 든다. 무덤과 비슷한 그 무엇으로 보고 있는 것인데, 실상 이런 정서의 의미화는 이미 소월의 시에서 구현된 바 있다. 소월은 조선의 땅을 죽음으로 보고 그 부활을 혼의 주입으로 보았기 때문이다. 그래서 「초혼」에서 죽은 자의 혼을 계속 불렀던 것이다. 현대성이 저질러 놓은 것들이 묘지와 같은 부정적인 것이라면, 한연순 시인이 펼쳐보이고 있는 부활의 감각은 소월과 마찬가지로 새로운 이정표를 마련하기에 충분한 것이라 할 수 있다. 여기에 이르게 되면, 그의 시들은 내성이라는 작은 틀에서 벗어나 형이상학적 깊이를 구현하는 것이기 때문이다.

황금 꽃수술 모란이 공원의 봄을 지우고 있습니다

초록바람이 나뭇가지를 흔들며 모란꽃 그림자를 지웁니다

온동네 떠 있던 수수꽃다리 향기도
꽃 그림자 현수막을 내리고 있습니다

계속 피어있는 꽃은 조화이니까요

「우체국 가는 길」 전문

소품화되어 있는 것처럼 보이는 이 작품을 지탱하고 있는 것은 활성화된 정서들이다. 그리고 그 활발할 정서의 흐름들이 어느 하나의 감각으로 연결되고 있는데, 이를 그리움의 세계라고 해도 좋을 것이다. 시인은 왜 이런 세계에 대한 정서를 표명하는 것일까. 그 해법을 제시하고 있는 것이 이 작품의 마지막 연이다. 서정적 자아는 여기서 "계속 피어 있는 꽃은 조화"라고 했거니와 실상 시인이 관심을 갖고 있는 것은 조화가 아니다. 시인이 원망하는 것은 그 건너 편의 것이다. 조화가 아닌 생생한 세계가 그러한데, 이 작품에 나타나 있는 대로, 이는 자연의 순리 혹은 법칙과 비슷한 것들이다. 하지만 시인이 자연의 섭리를 예각화했다고 해서 자연이 주는 이법과 그 형이상의 의미를 적극적으로 받아들이고 있는 것은 아니다. 시인에게 자연이 의미가 있는 것은 '조화'의 저편에 있는 경우 뿐이다.

검은 스웨터 입은 여자가
흰 강아지 안고 초록 대문 나온다

헬멧 쓴 남자와 여자가
오토바이를 세워 두고
유모차 안에 있는 아기를 바라보고 있다

한 아이가 화단에 오줌 누는 개를 바라보다가 유모차가 있는 아기쪽으로 간다

다른 아이는 빈 깡통을 툭툭 차며 놀다가 또 다른 아이와 숨바꼭질하

는 또 다른 아이와 주차된 차 사이로 숨는다

쓰레기가 공손히 쌓여가고 이웃이 지나가고 모이는 길마산 아래

왈츠풍으로 흔들리는
4.5m 고압선은 파란 골목 오브제

산비탈이 단풍 따라 물들어 간다
단풍 따라 골목길이 뛰어다닌다

가을이 해 지는 줄도 모르고
모두 골목길에 내려가 있다

「3층에서 내려다보이는 파란 골목」 전문

제목이 시사하는 바와 같이 이 작품의 서정적 자아는 응시자이다. 그것도 지금 3층에서 아래 쪽을 바라보는 막연한 응시의 주체일 뿐이다. 그러한 까닭에 이 작품을 두고 세태시라고 불러도 좋을 것이다. 한 공간의 순간을 포착해서 이를 언어로 표현한 것이 이 작품의 특징적 단면이다. 하지만 이런 분류의 시라고 해서 여기서 현실에 대해 비판하거나 고발하는 것과 같은 세태시 특유의 정서가 드러나 있는 것은 아니다. 오히려 이 작품은 그 반대 편에 놓인 경우라는 점에서 그 의미가 있는 것이라 할 수 있다.

우선, 3층에서 바라본 골목 안 풍경은 평화롭다. 거기에는 "검은 스웨터 입은 여자가/흰 강아지 안고 초록 대문을 나오거"나 "헬맷 쓴 남자

와 여자가/오토바이를 세워 두고/유모차 안에 있는 아기를 바라보고 있는" 풍경이 제시되고 있다. 뿐만 아니라 "한 아이가 화단에 오줌 누는 개를 바라보다가 유모차가 있는 아기쪽으로 가는" 모습 또한 포착된다. 그러니까 이 작품 속에 등장하는 풍경은 여느 일상의 모습 그대로이다. 여기에는 이 일상을 넘어서는 것도 혹은 그 이하의 모습도 결코 제시되지 않는다.

그렇다면 시인은 왜 이런 일상성을 사진 찍듯 파노라마 식으로 제시하고 있는 것일까. 이런 평범한 제시가 일러주는 시적 의도란 무엇일까. 하지만 여기에 어떤 심오한 형이상학적 의미를 부여하는 것은 시인의 의도를 훼손하는 것이 아닐까. 서정적 자아가 본 막연한 일상이니 이를 독해하는 독자 또한 여기에 어떤 깊은 의미를 부여할 필요는 없는 것처럼 보인다. 이 풍경은 그저 평범한 골목안의 모습에 불과할 뿐이다. 게다가 그 모습은 평화롭기까지 하다. 평범과 평화가 시인의 눈에 올곧이 포착되어 있는 것이 이작품의 특색이다. 따라서 시인이 말하고자 하는 의도는 그 이하도 그 이상도 아니었을 개연성이 크다. 골목은 그저 살아있을 뿐이고, 그 살아 있음 속에 일상의 평화가 아무렇지도 않게, 그저 자연스럽게 이루어지고 있었다는 사실을 말하고 싶었던 것은 아닐까.

한연순 시인의 작품들은 대상의 특이성에 집착하지 않는다. 뿐만 아니라 그러한 특이성으로부터 어떤 주관의 심오한 영역을 틈입시켜 이를 의미화하고자 애를 쓰지도 않는다. 그의 작시법은 대상에 대한 응시와, 이를 통해서 얻어진 것들에 자신만의 고유한 서정의 샘을 만들고자 할 뿐이다. 그 샘에서 시인은 현대가 뿌려놓은 가짜라든가 인공의 질서에 대해 부정하고자 할 따름이다. 서정적 자아는 불구화된 자아가 완결한 자아로 나아가고자 하는 것에 관심을 두고 있다. 다시 말해 시인이 꿈꾸는 것은 인공의 세계가 넘쳐나는 죽어있는 사회가 아니라 활기 있게 살아있는 진정성 있는 사회이다. 그에 대한 애틋한 그리움을 자신의 담론 속에 촘촘히 담아내는 것, 그것이 시인의 서정시가 담당하고 있는 몫이라 할 수 있을 것이다.

찾/아/보/기

ㄹ

ㅁ

ㅂ

ㅅ

ㅇ

송 기 한

서울대학교 국문과 및 동대학원 졸

문학박사. 문학평론가

1991년 계간『시와시학』비평 등단

UC Berkeley 객원교수

현재 대전대학교 국어국문창작학과 교수

주요 저서로는『1960년대 시인연구』,『한국시의 근대성과 반근대성』,『서정주 연구-근대인의 초상』,『정지용과 그의 세계』,『현대시의 정신과 미학』,『육당 최남선 문학 연구』,『한국 현대시의 체험과 상상력』,『서정의 유토피아』,『현대문학의 정신사』,『서정의 유토피아2』,『소월연구』,『치유의 시학』,『한국 근대 리얼리즘 시인 연구』,『서정시학의 원리』,『한국 현대 현실주의 시인 연구』,『해방공간의 한국 시사』,『제의의 언어들』,『한국현대작가연구』등이 있다.

한국 현대시와 비평정신

초판 인쇄 | 2024년 8월 26일
초판 발행 | 2024년 8월 26일

지 은 이 송기한

책임편집 윤수경

발 행 처 도서출판 지식과교양
등록번호 제2010-19호
주 소 서울시 강북구 삼양로 159나길18 힐파크 103호
전 화 (02) 900-4520 (대표) / 편집부 (02) 996-0041
팩 스 (02) 996-0043
전자우편 kncbook@hanmail.net

ISBN 978-89-6764-210-5 93800 정가 29,000원